I0762706

ESTE LIBRO PERTENECE A

____________________________

# Todas esas cosas que te diré mañana

**Elísabet Benavent** (Valencia, 1984). La publicación de la Saga Valeria fue su debut y el principio de su trayectoria como novelista. Desde entonces ha escrito más de veintitrés libros y se ha convertido en un fenómeno editorial con más de 5.000.000 de ejemplares vendidos. Algunas de sus novelas han sido traducidas a varios idiomas y publicadas en diversos países. En 2020 Netflix estrenó la serie *Valeria*; en 2021 la película *Fuimos canciones* y en 2023 la miniserie *Un cuento perfecto*, con la que se ha situado en el número 1 global de la plataforma durante varias semanas. Este éxito se une a la conquista del mercado anglosajón con la traducción al inglés de su novela homónima y su publicación en Estados Unidos e Inglaterra. *Esnob* es su último libro.

Para más información, puedes consultar la página web de la autora y seguirla en su cuenta de Instagram:
www.betacoqueta.com
BetaCoqueta

Elísabet Benavent

# Todas esas cosas que te diré mañana

SUMA de letras

Papel certificado por el Forest Stewardship Council®

Primera edición con esta presentación: octubre de 2025


Travessera de Gràcia, 47-49. 08021 Barcelona



*Printed in Spain* – Impreso en España

ISBN: 979-13-87512-87-3
Depósito legal: B-14.416-2025

Compuesto en Punktokomo, S. L.

Impreso en Unigraf
Móstoles (Madrid)

SL 1 2 8 7 3

*Al Amor Hermoso Bar;*
*a todo lo que vivimos entre sus cuatro paredes.*
*A Víctor y a Ángel.*

# 1
# Ahora entiendo todas esas canciones tristes

El cielo está plomizo. Es una de esas tardes de primavera en las que aún hace frío, pero se nota que esta mañana la gente no ha escogido la ropa en función del clima real, sino del que desearía. Las chicas calzan bailarinas sin calcetines (como debería ser siempre, si a alguien le importa mi opinión) y se ven muchas cazadoras vaqueras y pocas gabardinas. «Las gabardinas se hicieron para días como este», pienso. Aunque también estoy pensando que los guapos se enamoran más. No me refiero a intensidad, sino a cantidad. Se enamoran más. Es posible que hasta sufran menos el desamor.

Se me amontonan los pensamientos; mi cabeza es un caos.

No me considero fea, tampoco guapa, la verdad. Tengo muchas cosas a mi favor, pero una belleza obvia y apabullante no es una de ellas. Supongo que podría decir que soy resultona. Una vez, en una reunión de trabajo, me describieron como una chica con un físico personal, con carácter. Es cierto que tengo algo que hace que la gente recuerde mi cara. Me suelen recordar, pero también puede ser por el hecho de que desde hace años soy una de esas personas francas que, sin rozar la mala educación, suelen decir la verdad si se les pregunta.

Decir la verdad con buenas formas y cuando se te pregunta es una revolución en nuestros días.

Él sí que es guapo. Lo pienso con pena y aparece en mi cabeza un hilo rojo que une esta idea a la anterior: los guapos se enamoran más. Es quizá por eso que el hombre con el que comparto mi vida me esté dejando.

Porque ha dejado de quererme.

Porque nuestro tiempo ha caducado.

Porque es muy guapo y, joder, los guapos tienen que repartir su amor entre muchas chicas y yo pretendo acapararlo.

Mi cerebro reptiliano, el más primitivo, el que ahora mismo creo que tendrá que cargar con toda la responsabilidad de poner en marcha el turbo en el instinto de supervivencia, duda. Tristán es resultón. El típico chico que no hace que vuelvas la cabeza si pasa a tu lado por la calle, pero al que te quedas mirando en el metro porque..., ¿qué tiene? De primeras no sabes materializar esa sensación en palabras. Es ese *je ne sais quoi* tan parisino, a pesar de que París lo conoce solo de visita. Después ya te das cuenta de que tiene demasiado. Tristán es un milhojas delicioso en muchos sentidos, con muchas capas. Son las luces y las sombras lo que dan volumen y textura a su atractivo; son sus cosas malas las que dan sentido a las buenas y las hacen mejores. Tristán..., con el pelo espeso y negro peinado hacia un lado, sin raya como un repipi; con la sonrisa nerviosa y la sonrisa de seducción que, paradójicamente, se parecen demasiado. Con las manos de dedos largos. Con la boca de labios gruesos..., joder, qué gruesos. Con el cielo plomizo de esta tarde en Madrid metido en los ojos.

—Lo siento —dice.

Soy vagamente consciente de que no es la primera vez que oigo esta expresión, pero creo que no es hasta este momento que empiezo a entenderlo. Desde que me soltó: «Tenemos que hablar», todo lo que ha salido de su boca me ha sonado a esperanto. Y no lo hablo. El esperanto es una lengua muerta, joder, nadie la utiliza.

—Miranda…, de verdad…, lo siento.

Soy vagamente consciente (o empiezo a serlo) de que mi nombre ya no suena igual en sus labios. Mi nombre, que siempre ha tomado tantas formas en su boca: Mir, Miri, Miranda, cariño. Y ese «señorita» con ese punto tan sinvergüenza. Mi nombre ya no suena como si fuera un poco suyo. Lo que fuera que nos unía está roto para él.

—Necesito que digas algo, Miranda. —Cierra los ojos y aprieta con el nudillo de su dedo índice el hueco que se forma en el perfecto arco entre el nacimiento de su ceja y el lagrimal.

Si no lo conociera tan bien pensaría que está luchando por no llorar, pero es Tristán. No llora en público. Es Tristán, el contenido. Es Tristán, para el que los sentimientos se gestionan la mayoría de las veces a través de la cabeza. Cuántas veces envidié la relación entre su cerebro y su corazón. Esa sí que es la pareja más equilibrada que he conocido jamás.

—Te lo estoy suplicando —insiste.

—No sé qué quieres que te diga. Me estás dejando. Esto me ha caído encima como un jarro de agua fría.

—Eso es injusto. Llevamos mucho tiempo peleando.

—Peleando por arreglarlo —me defiendo.

—Peleando, al fin y al cabo —puntualiza él.

Nuestros ojos se encuentran un segundo, antes de que yo desvíe la mirada hacia la taza de té que no he sido consciente de tener agarrada en las manos.

—¿Es que ya no me quieres? —le pregunto.

Bufa. Bufa mirando al cielo, donde surcan a buena velocidad unas pesadas nubes grises muy espesas.

—Claro que te quiero. Por eso tenemos que dejarlo aquí...

—¿Me dejas porque me quieres? ¿Qué es lo siguiente? ¿Morirse de ganas de vivir?

El gesto de Tristán cambia. Es imperceptible para cualquiera, pero no para mí. Se está hartando, pierde cada vez más la paciencia y la fe.

—Vale, Miri..., esto no es un «no eres tú, soy yo», es un «seamos maduros y dejemos de hacernos daño». No podemos sostener algo que tiene una semana buena, dos regulares y una francamente mala. Te quiero y tú me quieres, pero elegir al otro por encima de otras cosas implica que seamos infelices y tienes que ser capaz de verlo. No nos lo merecemos.

—¿Esto es por lo de los niños?

Se aprieta el puente de la nariz. Sé de sobra que solo es parte del problema, pero en este instante lo único que sé es esgrimir esa arma. No sé por qué, tal vez siento que me hará ganar tiempo.

—Lo de los niños está ya muy hablado. —Suspira.

—Quizá el año que viene, Tristán. Quizá el año que viene yo..., yo pueda planteármelo. Estoy en un momento de mi carrera en el que quisiera disfrutar un poco más de la libertad y no tener cargas.

—Los hijos no son cargas —puntualiza, y coloca los dos codos sobre la mesa—. Creo que este tema se vuelve más y más confuso para ti cuanto más lo hablamos.

—No es verdad. Es que...

—No voy a presionarte con eso. —Desvía la mirada. Ha tirado la toalla.

—¿Me dejas porque no he encontrado el momento para ser madre? —Y quiero hacerle muchísimo daño con esta pregunta, aunque sé que no se sentirá tan mal como yo ahora.

—Ya no sé cómo hacerlo. Tengo la sensación de que todo lo que hago y lo que soy te hace tremendamente infeliz. Estoy harto de tu trabajo. La verdad es que tu trabajo en la revista es peor que tener un bebé con cólicos, Miranda. Siempre necesita atenciones. Por su culpa, hemos pospuesto decisiones, vacaciones... Ya no soporto esta ciudad. Vine por un año... o dos. ¡Y llevo cinco! ¡Por ti! No puedo más. Y no quiero culparte de no estar a gusto, porque no te lo mereces. Estamos cansados, irascibles, enfadados... Ya ni follamos. Como mucho cada dos o tres semanas, y en un acto que se parece de forma sospechosa a cumplir el expediente. Siempre estás demasiado cansada para contarme tus cosas y yo no estoy aún lo suficientemente zombi ni alienado como para que me dé igual.

—Dejaré el trabajo —le suelto sin pensar.

Y cuando lo digo, miento. Nunca lo dejaría. La revista es parte de mi vida. Es mi pasión. Adoro mi trabajo como subdirectora. Tristán, que lo sabe, chasquea la lengua contra el paladar. Tengo la leve sensación de estar haciendo el ridículo.

—Miri..., sabes que nunca permitiría que dejases tu trabajo por mí. Te encanta. ¿Y sabes una cosa? Aunque estoy hasta los cojones de todo lo que implica, me das envidia. Siento celos. Yo también quiero sentirme así cuando suena el despertador y tengo que ir a trabajar. Me gustaría amar más cosas, además de a ti. Yo..., yo ya solo te quiero a ti. —A Tristán le falla la voz al final de la frase, pero se repone con un carraspeo que, muy a su pesar, no camufla el gemido de pena que hay detrás.

Aparta la mirada y golpea la mesa rítmicamente con el pulgar mientras se muerde el labio superior, esperando a que el nudo de la garganta se desate. En los minutos siguientes, ninguno dice nada. Es una cosa que no sale en las películas y es difícil de explicar en los libros. Cuando una pareja se pelea, hay mucho silencio. Muchas pausas en las que no se dice nada mientras se grita por dentro. Hay minutos y minutos, violentos e incómodos todos ellos, en los que se entiende que, en realidad, nada de lo que se exprese servirá de salvavidas.

—No es sano —suelta por fin.

—¿Nuestra relación no te parece sana? ¿Desde cuándo?

Y ahora lo que siento es que soy un paquete de comida ultraprocesada y él un seguidor de Carlos Ríos. Soy unos Donettes.

—Desde hace un tiempo.

—¿Por qué?

—Porque discutimos mucho, hablamos poco y no nos entendemos nada. Ya no queremos lo mismo. No entiendo por qué uno de los dos tiene que salir siempre perjudicado.

Abro la boca para discutírselo, pero me freno porque sé que es absurdo. Ayer nos cabreamos por una tontería: uno de los dos había comprado las pechugas de pollo fileteadas en lugar de enteras; en realidad lo que pasaba es que ninguno de los dos tuvo cojones para abordar el tema de las vacaciones. Lleva un año pidiéndome que coja una excedencia de un mes para hacer un viaje largo. Yo no quiero ni puedo dejar la revista durante mucho tiempo y me frustra que no lo entienda.

—Me siento solo —confiesa—, sin espacio, ninguneado y ansioso. Tengo claro que tú no provocas voluntariamente ninguna de esas emociones, pero aun así… estoy cansado. Además estás cabreada conmigo, como si nada de lo que yo te diera fuera en realidad suficiente.

—No estoy enfadada contigo. ¿Por qué dices eso?

Soy consciente, en una milésima de segundo, de que últimamente he pensado muchas más veces «este tío es tonto» al colgarle el teléfono, pero aparto la idea como si fuese un moscón.

—Esto me cuesta muchísimo —dice compungido—. Pero es como en aquella canción, ¿te acuerdas?, la de Mr. Kilombo: «Quiero que ames libre, aunque sea sinmigo».

—No me vengas con chorradas.

Tristán recoge sus cosas de encima de la mesa. Su móvil, el reloj, que siempre se quita cuando se sienta a la mesa conmigo, la cartera…

—¿Te marchas? ¿Me dejas con la puta palabra en la boca? ¿Vas a ser un cobarde de mierda?

Chasquea la lengua contra el paladar y me mira fijamente.

—No, pero como puedes comprobar, tú ya has decidido enfadarte conmigo por algo que no iba a hacer. Un buen ejemplo de lo que intentaba decirte.

—Eso es una tontería.

—Miranda, quiero dejar esta relación y tienes que respetarme, porque no sabes cuánta fuerza de voluntad me ha hecho falta para tomar esta decisión. Por favor, respeta que yo sienta que es lo mejor para los dos. Sí, me pongo en primer lugar frente a una relación que me da más noches en vela de las que debería. Permíteme que quiera ser sano. Y responsable. Porque yo te quiero, Miranda, y no deseo que nos odiemos. Me merezco las cosas con las que sueño. Y ahora, si me lo permites, me voy.

Se levanta y, sin mirarme, reparte las cosas entre los bolsillos de la chaqueta y los pantalones del traje con el que se siente tan disfrazado. Pienso en sus piernas fuertes envolviendo las mías en la cama. Pienso en el vello corto de su pecho rascándome la mejilla… Pienso, pero todo esto es un caos del que es imposible sacar ninguna idea más allá de que no me puedo creer nada de lo que acaba de ocurrir.

—Si te viene bien, pasaré a recoger mis cosas por tu casa mañana por la mañana, mientras estés en la revista.

—No es mi casa —susurro.

—¿Qué?

—Que no digas «mi casa». Es nuestra casa.

Tristán contiene la respiración antes de responder.

—No, Miri, ya no lo es. Ahora es solo tu casa.

Me quedo esperando el beso de despedida, básicamente porque soy idiota y no he interiorizado la conversación. Me ha dejado. Tristán acaba de romper conmigo. Ha roto casi cinco años de relación y a mí lo que me indigna es que no me haya dado un beso al irse. Y mientras lo veo desaparecer entre la gente, me pregunto qué coño ha pasado, quién soy, quién es este tío, qué voy a hacer y cómo voy a levantarme mañana por la mañana sabiendo que él ya no quiere vivir conmigo. Ni besarme al despedirse.

No me lo puedo creer.

Esto no ha podido pasar.

No sé cuánto tiempo ha transcurrido desde que él se ha marchado hasta que dejo un billete de cinco en la mesa y me levanto, sin preocuparme por si sobra o si falta dinero para pagar nuestras dos consumiciones.

El viento mueve a su paso por la calle los papeles arrinconados en las esquinas, las colillas y el pelaje de los perros que pasean por allí. Odio las cafeterías de la calle Fuencarral, porque son franquicias tristes con halógenos en el techo, pero hemos quedado en una de ellas; era el punto más cercano al trabajo de ambos. Agradezco que esto no haya ocurrido en alguna de mis cafeterías preferidas, porque ya no podría volver. Ni en casa. Imagínate no poder volver a tu propia casa. Aunque no creo que pueda volver a ningún sitio. Creo que me estoy muriendo.

Camino abrazándome a mí misma y paso de largo la boca del metro. Avanzo con un ritmo incierto. Intuyo hacia dónde tengo que ir para volver a casa. A mi casa. Una casa que ya no es de nadie más. ¿Y qué haré esta noche con sus cosas? Con su parte del armario, siempre ordenada. Con las sábanas, que aún huelen a él. Con el libro que está leyendo y que ha dejado en su mesita de noche. No es posible. Esto tiene que ser una pataleta. Como aquella vez, ¿no?

No he avanzado ni un kilómetro cuando siento la primera gota. Cuando llego al portal, estoy empapada. Me castañean los dientes, pero mentiría si dijera que siento frío. Lo que noto es una bola caliente en medio del pecho que irradia un dolor intangible pero real hacia cada una de mis extremidades. Es un dolor fantasma que no sabría decir si aprieta, escuece, quema o apuñala. Es un dolor que asfixia, que me envuelve el pecho, que se agarra a mi cuero cabelludo con unas garras que me van a desollar. Una migraña de magnitudes faraónicas aguarda agazapada en mis sienes, como un animal salvaje. Soy una campista perdida en un monte lleno de osos hambrientos y rabiosos.

Ni siquiera puedo llorar. Llorar me ayudaría..., pero no puedo.

Me quito la ropa en el cuarto de baño y la dejo tirada en el suelo de azulejos blancos. Nunca me gustó porque en él se ven hasta los cabellos que voy perdiendo. Pero a él le encanta. Le encantaba, mejor dicho. La combinación de los azulejos pequeños con la grifería negra y los acabados de hierro de los cerramientos de la ducha fue una de las cosas que más le gustó de mi piso. Y la luz. Es un piso tan luminoso..., inversamente proporcional a cómo me siento yo. Ahora mismo soy más oscura que Sauron. Soy la Edad Media. Soy un ojete.

Me tumbo en la cama tal y como estoy. En bragas. Me tapo con el nórdico y me deslizo hacia su almohada con el corazón en un puño. La huelo. Su perfume... Cuando conocí a Tristán su olor me creó sentimientos encontrados. Me parecía demasiado…, no sé. Apabullaba. Pensé que era el típico perfume que escogen tíos que se gustan demasiado. Tonterías, imágenes preconcebidas por trabajar donde trabajo, supongo. Me parecía que era el perfume que llevaría un tío de esos que solo quieren presumir de conquistas. Uno que no fuera especial. Uno sin estilo, pero con billetes en la cartera. Qué poco decía de él esa primera impresión… Siempre fue todo lo contrario.

Con el tiempo, entre otras cosas, ese olor intenso, denso, con un toque exótico, ese olor a bergamota y vainilla me excitaba, me tranquilizaba, me hacía sentir en casa y a punto de dejar toda mi vida atrás para huir con él… Todo a la vez. Puto Tristán.

No es posible. Volverá. No puede ser. Me voy a morir sin él. Bueno, nadie muere de amor, pero yo voy a terminar dejándome ir con esta pena en el pecho. Un dolor de cabeza punzante y horriblemente cálido, palpitante, se instala sobre mis cejas.

¿Y qué voy a hacer sin él?

¿Dónde van a ir todas las cosas que íbamos a ser? ¿Ya no somos «nosotros», hemos muerto? ¿Cómo puede morir algo que aún no ha nacido?

La factura del teléfono e internet está a su nombre. Tendré que hacer papeleo. Joder.

¿Cómo se lo voy a decir a mi padre? Lo adora.

¿E Iván? Iván me dirá algo tremendamente práctico como que «todo pasa por algo» o «jódete y baila, querida». Y yo me sentiré desgraciada porque mi mejor amigo no entenderá que me voy a morir. Porque esto que siento tiene que ser como cuando te estás muriendo, no me jodas.

¿Se lo habrá dicho ya a su familia? A su hermana seguro que sí…, y la muy cerda se habrá alegrado. Su hermana me cae fatal y no me cabe duda de que le habrá envenenado la cabeza, diciéndole que soy demasiado independiente para él. Que voy de fuerte. Que nunca querré tener hijos y él será desgraciado con una vida que no escogió.

Dios. El dolor. Abro los ojos y un punto de luz que no debería estar ahí me ciega. Genial. Igual tengo un tumor cerebral. O los extraterrestres han escogido este instante para llevarme a su planeta. Los vuelvo a cerrar mientras la voz sensata de mi mente repite que es solo una migraña. Una puta migraña tremenda. La madre de las migrañas. Todo me da vueltas.

Mañana por la mañana tengo que pasarme por la sesión de fotos de portada. Y me verán esta cara de rata recién nacida. ¿No es mañana por la tarde la reunión trimestral con *publicity*? No tengo el chocho para escuchar cómo se repite una media de trescientas sesenta y dos veces la expresión «nuestros anunciantes» para justificar decisiones con las que seguro no estaremos de acuerdo desde contenido. Todo me parece un poco irreal. ¿Es esta mi vida? ¿Son esas las cosas «importantes»? No concibo tener que levantarme mañana con la visión de esta realidad que está atada a la planta de mis pies.

Mañana Tristán vendrá a por sus cosas.

No. Necesito hablar con él. Hay tantas cosas que no le he dicho. Hay tantas cosas que no he sabido formular. Ni hoy ni en los últimos meses.

¿Y si digo en el trabajo que estoy enferma?

Sí. Le esperaré aquí. Y le diré cuánto lo quiero. No me ha dado la oportunidad de decírselo. Le explicaré que no puede dejarme. Que no se abandona a la persona a la que amas. Que es el amor de mi vida, como yo lo soy para él. Le recordaré todos nuestros planes. Como lo de empezar a comer menos carne, comprar más plantas o ahorrar para viajar a Japón.

Prometeré quejarme menos, cocinar más, no ser esclava de la revista, pensar en nosotros. Sí.

Sí.

Mañana le diré todas esas cosas. Y verá que tengo razón. Y se quedará.

Con un poco de suerte este horrible dolor de cabeza habrá desaparecido ya.

Maldita Adele. Ahora entiendo todas esas canciones tristes.

# 2
## ¿Qué…?

Anoche no bajé las persianas ni corrí las cortinas, así que, a modo de despertador, los primeros rayos de luz inundan el dormitorio y me iluminan el rostro. Iván, mi práctico mejor amigo, siempre dice que los muebles de la habitación están mal colocados, que no tienen feng shui. A mí me gusta todo tal y como está. Antes de conocer a Tristán ya estaba así. Vivo en este piso desde mi ruptura anterior, porque he estado con más hombres además de él, claro. Tuve una relación muy larga, bonita y aburrida, de esas que estamos convencidas que necesitamos, pero que no queremos. Después conocí a un hombre que no me convenía…, de esos que queremos, pero que no necesitamos. Descubrí demasiado tarde que estaba casado. Tras él, vinieron algunos ligues divertidos: el del poliamor, con el que aprendí mucho sobre los celos; aquel médico delgadito tan gracioso con el que solo salí una vez; el cantante…, ay…, todo con él fue gamberro. Pero de todo se cansa una…

Me encontré con Tristán justo cuando me estaba prometiendo a mí misma que nunca más me enamoraría. Necesitaba soledad y calma. No me hacía falta una pareja, sino algún ligue esporádico con el que ir al cine y follar sobre la mesa del comedor. El amor es una falacia. El opio del pueblo. Bla, bla,

bla. Caí como una imbécil y sin poner las manos, así que… emocionalmente con Tristán me rompí hasta los dientes.

No sé por qué hablo en pasado.

El sonido del despertador me obliga a levantarme, a pesar de que no tengo ganas, y lo primero que me sorprende es ver que llevo puesto el pijama. Un pijama de dos piezas, camisero, negro, que creía que había tirado hace ya mucho tiempo. La pena es como tomar tripis… Te lanza de lleno a un viaje psicotrópico.

Voy a la cocina y enciendo la cafetera mientras me hago un moño con la goma del pelo dada de sí que siempre llevo en la muñeca, y escribo en el grupo de WhatsApp de mi equipo:

> Chicas, me he pasado la noche vomitando. Responsable en la sesión de fotos (redoble de tambores): ¡¡Rita!! Si tienes dudas, mándame un mensajito. Las demás, por favor: portaos bien. Hoy me quedo en casa. Estaré al teléfono por si ocurre alguna desgracia, pero, os lo suplico, que no ocurra.

Dejo el móvil sobre la barra de la cocina y me agarro a ella como Rose a la tabla en *Titanic*. Me digo a mí misma: «No te preocupes, Miri. Vas a recuperarlo. Esto no puede acabar así. Si no es un final feliz es porque no es el final».

Me sirvo un café, le echo un chorrazo de sirope de agave y mojo tres galletas María. El desayuno más triste desde que en la revista todas nos contagiamos de una gripe intestinal; nos cagábamos como las abubillas y solo pudimos tolerar sorbitos de Gatorade.

Un timbrazo en mi teléfono rompe el placer de sentir cómo las galletas crujen ligeramente bajo mis muelas.

Rita:

Miri, te agradezco la confianza en una sesión de fotos que solo existe en tu maravillosa y chispeante cabeza estresada, pero siento decirte que el hecho de que no vengas es la desgracia en sí. Hoy tenemos la reunión de planillo y el marrón.

Achino los ojos al leerlo. ¿Qué marrón?

Eva, la redactora jefe, vuelve a insistir con otro mensaje por si no me he enterado:

El marrón.

Pero ¿hoy no era la sesión de fotos de portada?

Joder. Apoyo la frente en la barra y suspiro. Ni llorar las penas de este corazón me van a dejar. Por las barbas de Bisbal. ¿De dónde sale el dicho de que «el trabajo dignifica»? Será más bien que mortifica...

Abro el agua de la ducha y me sorprende ver detrás de la puerta del baño una percha con un *outfit* preparado. Es algo que suelo hacer en condiciones normales desde hace años..., pero no creo que «condiciones normales» sea un término aplicable a la jornada de ayer. Si preparo la ropa el día anterior es porque..., bueno, no tengo precisamente el perfil de mujer que trabaja en una revista de moda. Siempre tuve que esforzarme un poco y se me quedó esa costumbre.

Cuando se piensa en el tipo de mujer que curra en una revista de moda (y, además, en una de las cabeceras internacionales más importantes, como es mi caso), lo que a una le viene a la cabeza es la imagen de una chica de piernas largas, talla cero, melena larga y brillante, joven, preciosa... Y yo ya he adelantado que preciosa no soy. Eso sí, resultona y con personalidad. Tampoco tengo unas piernas largas y delgadas ni una melena de escándalo. Si una modelo y actriz tuviera que hacer de mí en una película no sería Gisele Bündchen, para que nos hagamos a la idea. Soy normal. Aunque, bueno, todos somos normales; «normal» es una palabra que no significa nada en realidad.

Es algo que defendemos en la revista a capa y espada desde que empecé en la redacción como becaria. Cuando llegué, la moda me importaba bastante poco. Caí aquí casi de rebote, pero a la directora le llamó la atención mi currículo, tanto la formación recibida como la experiencia laboral. Tantas chicas exquisitamente vestidas postulándose para el puesto y se lo dieron a la que apareció con una americana una talla más grande de las rebajas de Mango y unas zapatillas Adidas desgastadas…

El gusto se refina con el tiempo y con práctica. Aprendes qué te queda bien, qué parte de ti quieres acentuar y qué prendas te permiten hacerlo. Te das cuenta de qué colores te sientan mejor, qué cortes de pelo te hacen sentir poderosa, qué tacones aguantas más de ocho horas (si es que quieres ponértelos, porque no hace ninguna falta) y con cuáles suplicas una amputación de los dedos del pie… Eres consciente de lo que la moda tiene que ofrecerte y de lo que tú puedes darle. Al parecer, tengo cierto gusto innato que, junto con lo que me he ido formando desde el día que entré en la revista, me ha dotado de un buen criterio. Y soy buena jefa… porque con esfuerzo y un poco de suerte fui despuntando hasta conseguir ser la subdirectora de revista de moda más joven del país. Justo cuando cumplí los veintiocho.

Antes de meterme en la ducha me planteo mandar un wasap a Tristán y escribirle que me gustaría estar en casa para poder hablar con él con calma y quizá proponerle comer juntos…, pero después de hacer scroll, búsquedas y más búsquedas, me doy cuenta de que anoche me cogí un pedo de tristeza infinito e hice cosas de las que no me acuerdo, como borrar su número de teléfono, su huella en mi historial de llamadas, su chat en WhatsApp, su perfil en Instagram y... además ya no me aparece como autorizado en la cuenta del banco. Pero, vamos a ver...

No tengo tiempo para averiguar cómo fui capaz de tanta eficiencia en estado de duermevela, así que lo pospongo. Trago bilis al darme cuenta de que llevo haciendo eso durante al menos un año: posponer. Pospongo los marrones. Pospongo los planes. Pospongo plantearme las cosas a fondo. No tengo tiempo. De verdad, no lo tengo. Hasta ayer mismo tenía que conjugar la vida de subdirectora (conectada veinticuatro horas, los siete días a la semana, al móvil) con mi vida personal: una relación, un padre, unos amigos... Y siempre con la sensación de estar haciéndolo todo mal.

La ropa que seleccioné ayer me sorprende. Estamos en primavera, pero por algún motivo que se me escapa, escogí ropa de puro invierno. Dios, Miri. Nada tiene sentido desde que me he levantado de la cama. Aun así, abro la ventana de mi dormitorio y me asomo para saber qué día hace: me sorprende una bocanada de aire frío que me cierra todos los poros de aquí al año que viene. Puede que anoche estuviera más lúcida de lo que creo..., aunque no me acuerdo de nada. ¿Cómo es posible? Me preocupo bastante y la hipótesis del tumor cerebral va cobrando fuerza.

Me pongo manos a la obra sin querer pensar. Pantalones de polipiel negros de corte sastre, un jersey negro de punto grueso, estiletos. Me recojo el pelo castaño en una coleta baja y me maquillo poco: piel limpia, *eyeliner* sobre las pestañas acariciadas por el rímel y pintalabios rojo. Me miro en el espejo, justo antes de coger el perfecto de cuero y el bolso de trabajo del armario de la entrada, y arqueo una ceja. Creo que le estoy copiando el look a alguien sin darme cuenta.

Hace años, cuando entré en la revista, ocupábamos una planta de un edificio terrorífico en un polígono industrial, pero alguien (con buen criterio) decidió que nos trasladásemos a un bonito edificio en la calle Santa Engracia, en el centro de Madrid. Somos muchas menos que entonces. Todavía recuerdo recorrer a toda prisa una redacción donde se sucedían mesas y más mesas, organizadas en secciones: moda, belleza, *lifestyle*... Ahora no es así. Somos un equipo más bien pequeño de mujeres (cien por cien mujeres) en una planta diáfana decorada con los colores corporativos. Las de belleza se siguen sentando con las de belleza y las de moda con las de moda, por una cuestión práctica, pero estamos todas mucho más próximas. Todo es a pequeña escala: los espacios han disminuido en función de los presupuestos, aunque conservamos la independencia de nuestra cocina comedor y un estudio propio de fotografía, reducido pero suficiente para llevar a cabo producciones pequeñas. Esto es posible porque seguimos siendo la publicación de moda más vendida, pero lo hemos pasado mal. Sobrevivimos, nos mantenemos, luchamos por cambiar a través del papel cuché muchos estereotipos, por defender la sororidad, la verosimilitud de los estándares de belleza, la salud física y mental y un estilo de vida que no alimente propósitos inalcanzables que desemboquen en frustración. ¿Se nota que creo en lo que hago?

Cuando cruzo los tornos de acceso a la redacción y saludo al portero, lo hago con el móvil en la mano, como siempre. Este aparato del demonio se ha convertido en los últimos años en una extensión de mi propio cuerpo. Lo consulto al salir de la ducha, en el autobús, en los taxis, debajo de la mesa en las comidas de trabajo, en las pausas para el café, en el ascensor, en el baño, en todas las putas partes. Siempre hay un fuego, una duda, un mail que contestar o que ignorar o al que poner una banderita roja para responder más tarde.

—¡Hola, Miri! —me van saludando las chicas que ya están sentadas en sus mesas.

—Hola, hola... ¡Vamos a cambiar el mundo!

Cruzo a toda prisa hasta alcanzar mi despacho con paredes de cristal, pero antes de que pueda cerrar la puerta entra Eva, la redactora jefe.

—¿Cómo te encuentras?

Me quedo mirándola sorprendida mientras dejo el bolso sobre la mesa, con el móvil en la mano todavía. Estoy extrañada por su repentino interés por mi estado de salud, pero también por cómo va vestida: pantalones vaqueros reciclados, jersey arcoíris, zapatos de tacón kitten. Se ha caído dentro de la sección de tendencias de 2016.

Decido obviarlo. En moda a veces la gente se pone un poco nostálgica.

—¿Por?

—Por tus vómitos.

Arqueo las cejas. Para mentir bien hay que tener buena memoria y no es algo en lo que brille especialmente.

—Ah, bien. Debió de sentarme mal la cena.

—Esos pokes que te comes...

—Ya sabes que desde que me intoxiqué con el atún rojo en aquella comida de la revista no como pokes.

Por la mirada que me devuelve, deduzco que no se acuerda y me extraña, porque no es fácil olvidar a alguien vomitando a chorro en el pasillo del hotel Ritz.

—Bueno —sentencia—, vienen a las once y media. Justo después de la reunión de planillo.

—¿Quiénes vienen?

Entra Rita, la directora de moda, y antes de cruzar el quicio de mi puerta ya está hablando. A Rita siempre le precede su propia voz.

—Me he preparado un par de argumentos, aunque yo creo que tenemos todas las de ganar. En serio, a veces trabajar aquí es como ir de éxtasis hasta las cejas.

—No voy a preguntarte cómo sabes lo que es ir de éxtasis hasta las cejas porque temo lo que pueda venir después —se burla Marta, la directora de digital, que acaba de entrar sin llamar.

—Mi despacho qué es, ¿el coño de la Bernarda?

—Miri, deja el móvil ya, hija, que parece que te lo han cosido a la mano —sigue bromeando Marta.

—Dijo ella... —le responde con sorna Rita.

La puerta de cristal se abre de nuevo y se asoma Cris, directora de la sección de belleza.

—¿Os estáis reuniendo sin mí?

—Estábamos cacareando antes del planillo y del «MARRÓN» —le contesta Eva.

—¿Me podéis explicar lo del MARRÓN? —suplico.

—¿Qué haces con el móvil agarrado así, como si fueras del FBI y tuvieras que enseñar la placa? ¿Estás esperando alguna llamada importante?

Las cuatro, Eva, Rita, Cris y Marta, suben y bajan las cejas sugerentemente. Antes de que pueda responderles, con el móvil en la mano casi a modo de estandarte, bien visible, suena una notificación y aparece en la pantalla el icono de Tinder.

—¿¿¿Qué??? —voceo.

Hay una carcajada plural que reverbera en las paredes acristaladas del despacho. No me hace falta mirarme en ningún reflejo para saber que estoy del color del culo de un mandril.

—A ver…, es que ayer…, bueno, en realidad, nada, pero es que…

—Pero ¡chocho! —se descojona Rita—. Ni que fuera un pecado darse una putivuelta por Tinder, chica.

Yo diría, por mi experiencia previa, que Rita es de esas mujeres que creen en la monogamia casi más que en la eficacia indiscutible del *little black dress* para salir de un aprieto estilístico. No entiendo este apoyo si no les dije que…

Espera.

—Por un casual, ¿mandé ayer a alguna de vosotras un mensaje de contenido perturbador? —les pregunto inquieta.

—Mírala, la tía, se va de fiesta y no avisa… —se burla Rita.

—No…, no…

—No mandaste nada —aclara Cris para tranquilizarme. Me debe de estar sudando la frente a chorros—. Y lo de ligar por Tinder tampoco es que sea novedad, *tranquilísese*…

Hoy se ha levantado todo el mundo desquiciado. Suspiro tratando de correr un tupido velo y miro el móvil. Anoche, además de borrar cualquier rastro de Tristán de mi teléfono, debí descargarme la aplicación y ponerme a buscar un *match* como si me fuera la vida en ello. Miro la notificación que aparece sobreimpresa en el fondo de pantalla.

> **Manuel:**
> Me parece bien. Yo puedo quedar esta noche y mañana por la noche también. El fin de semana estaré fuera de Madrid.

—Virgen santísima… —murmuro.

—¿Qué? —preguntan todas al unísono.

—Que estoy loquísima. No recuerdo haberme abierto Tinder.

—Dicen que la acumulación de metales pesados en nuestro organismo a causa del sushi puede hacer que…

Todas fulminamos a Rita con la mirada y ella levanta las manos en son de paz.

—Vaaale.

—¿Y has pescado algún salmón de Noruega? —se interesa Cris.

—Ha sido una equivocación. Voy a cerrarme el perfil. —Dejo el móvil en la mesa y las vuelvo a mirar, fingiendo una sonrisa—. ¿Y bien? ¿Qué hacéis todas en mi despacho? ¿Es por lo del «MARRÓN»?

—Qué pronto se acostumbra una a lo bueno, ¿eh? —se descojona Marta.

No la entiendo, pero no tengo ganas de preguntar.

—Reunión de planillo —atajo, aunque juraría que hoy teníamos programadas otras cosas. Pero si mi agenda corrobora lo que dicen estas tías…, es lo que hay—. A las diez.

—Y el marrón a las once y media. Pero tú no te preocupes, que el marrón de esta semana no pasa —me asegura Eva.

—Vaya primer mes llevas… —suspira Cris.

Vale. No entiendo a ninguna de las tres. Les lanzo una mirada de soslayo, pero no se dan por aludidas.

—¿Está Marisol en su despacho? —pregunto.

—¿Tú has venido sin abrigo? —responde Rita extrañada.

—A estas alturas del año llevar abrigo es un poco exagerado, ¿no? ¿O es que el *street style* de Milán dicta sentencia sobre los abrigos en primavera-verano?

Cazo la mirada que intercambian las cuatro; es de incredulidad.

—Miri, ¿te encuentras bien?

No. Anoche me dejó mi novio y hoy el mundo es más raro de lo habitual.

—Sí, sí. Claro. Voy a por un café y un bollo. —Enciendo la pantalla de mi iMac y saco el monedero del bolso.

—Después de pasar la noche vomitando, ¿te sentará bien?

—Necesito azúcar.

Es la única explicación que doy antes de salir por patas de mi propio despacho. Por el rabillo del ojo percibo que se han quedado viendo cómo me voy a la carrera con cara de estupefacción. Aquí pasa algo raro. O quizá soy yo. Yo soy la rara.

Dori, la camarera del bar de enfrente, me sirve mi café americano y mi suizo sin mediar palabra, solo sonríe. Me pregunta, como en los últimos años, cómo se presenta el día, pero hoy solo soy capaz de esbozar una mueca y añadir:

—Raro.

A ella le vale. A veces le contamos chismes de los que nos enteramos en la redacción y le regalamos algún cosmético, porque es un encanto y los viernes nos guarda churros si ve que se van a terminar. Los viernes, aunque trabajemos en una revista de moda y se espere de nosotras algo más glamuroso y fetén, las jefas de sección y la subdirectora, o sea yo, desayunamos churros mientras repasamos la agenda de la semana siguiente. Dori es nuestra mesías, los churros nuestra salvación.

Cuando vuelvo, ya hay revuelo en la sala de reuniones. Allí es donde se celebra, una vez al mes, la reunión de planillo, en la que se plantean los temas que saldrán en el siguiente número. Trabajamos con mes y medio de antelación en el contenido del siguiente número por cuestiones de cierre y de impresión, lo que a veces es peligroso: un tema, hoy en día, puede quedar obsoleto en una semana. Pero hemos aprendido a tener capacidad de maniobra gracias a la edición digital, que renueva las publicaciones todos los días en sus diferentes secciones.

En la reunión de planillo, mi papel es importante. A falta de la directora, soy la máxima autoridad para decidir si un tema entra o no entra, y nuestra directora suele faltar bastante. Y no es porque se escaquee. Marisol, que lleva en el puesto muchos años, ha aprendido a delegar, a dar autoridad a su subdirectora y a cargar a sus espaldas una parte del trabajo que a mí, personalmente, me parece muy ingrata: las relaciones institucionales y públicas. Hay que valer, y ella vale. Es amable, inteligente y dulce. Consigue más anunciantes que el departamento encargado de ello y lidera, siendo la cara visible, una redacción llena de mujeres cuya voz siempre es respetada. ¿Se nota que me encanta lo que hago?

Entro en la sala con el café, el bollo, el iPad y la agenda. Soy de esas…, analógica. Prefiero escribir las cosas de mi puño y letra porque, de alguna manera, siento que así no las olvido. Es mi forma de ordenar y categorizar. Y mi agenda es mi biblia.

Me siento en la cabecera, en el puesto que heredé de la anterior subdirectora hará casi cinco años, y sonrío a las chicas que ya están sentadas. A continuación flipo. ¿Qué coño hace aquí toda esta gente?

—Eh…

Al otro lado de la mesa está una de nuestras colaboradoras más queridas, que dejó la redacción el año pasado para trabajar en una agencia de medios especializada en moda. A su derecha, una chica ideal a la que tuvimos que despedir tras el confinamiento. Enfrente, dos a las que no pudimos renovar el contrato exactamente por el mismo tema.

*What??* ¿Qué es esto? ¿Una reunión de antiguos alumnos? La sala está llena y esperan a que capitanee la reunión.

—Buenos días, chicas. Eh…, me alegra ver por aquí a viejas amigas que seguro que nos visitan para ofrecernos contenido interesante. —Miro a las chicas en cuestión, que me devuelven una mirada indiferente, sin darse por aludidas. Lo que sí noto es cierta estupefacción por parte de todo el mundo—. Empecemos pues…

Cojo la agenda y la abro por la marca. Me sorprende ver la fecha: 11 de noviembre. Frunzo el ceño. Me estoy quedando gilipollas. Toda la sala espera a que dé paso a las publicaciones que vamos a «sindicar», que viene siendo todo aquel contenido que replicamos de la cabecera principal, en este caso, de Estados Unidos. Pero yo hubiese jurado que para la reunión de planillo faltaban diez días…, y que además estamos en abril, así que estoy perdidísima.

Si esta es la parte de mi vida que mejor se me da…, mal vamos.

¿Me habrá dejado Tristán por eso?

—Miranda, ¿todo bien? —pregunta Eva, la redactora jefe.

—Sí —digo muy convencida—. Solo déjame…

Me pongo a rebuscar entre las hojas de la agenda hasta que siento un piececito delicado golpeándome la pierna; a mi derecha, Rita me señala el iPad con los ojos y un gesto de sus perfectas cejas. Cojo el iPad, abro la carpeta «Planillo actual» en el servidor compartido y echo un vistazo.

—Perdonad, chicas…, he pasado mala noche. Me dio una migraña tremenda.

—¿No habían sido vómitos? —pregunta Cris.

Levanto la mirada un segundo, muy seria, y asiento:

—La migraña me da vómitos. Está bien. Heredamos de nuestra querida madre norteamericana la entrevista a Blake Lively a cuatro páginas en la que cuenta lo que ha supuesto este embarazo para su carrera. —Levanto la mirada—. No sabía que estaba otra vez esperando un bebé.

—Lo hablamos el otro día, ¿no te acuerdas? Llevó aquel vestido azul con escote bardot a no sé qué evento. Estaba divina —comenta una de las redactoras de moda.

Me quiere sonar lo que dice…, pero allá a lo lejos, en lo más recóndito de la memoria.

—Uhm…, vale. También sacaremos un publirreportaje que nos viene escrito y producido por la matriz. Es de MAC, sobre pintalabios en colores grunge. La imagen es Lorde. Son dos páginas. Y sindicamos también…, uhm…, una producción de Chanel.

Levanto otra vez la vista del iPad y pongo una cara que hace que todas se rían.

—O me estoy haciendo mayor o a mí ya todo me suena a lo de siempre. Dadme algo bueno, mis niñas, que tenemos que hacer cosas bonitas para el mundo. Moda, ¿qué tenemos?

—Repasamos qué tendencias se quedan de cara a este próximo verano y cuáles van a desaparecer. Hacemos hincapié en estos temas: escote *criss-cross*, cómo usarlo y dónde encontrar los mejores clones del *street style* de las modelos. Athleisure, o cómo usar piezas supersport en tu día a día sin que parezca que vas o vuelves del gimnasio. ¡Ah! Y un especial de las mejores camisetas roqueras. Luego tenemos bodegón de accesorios, de producción propia, prendas de la colección crucero de Dior y en la sección de fondo de armario hablamos de la camiseta marinera. —Rita se queda satisfecha después de soltarlo todo de carrerilla.

—A mí me parece okey —confirma Eva.

Frunzo el ceño.

—¿Respetáis extensión?

—Sí. Las mismas páginas de siempre.

Todas me miran esperando un okey. Sé que la moda es cíclica, pero…

—Me suena todo un poco a refrito, chicas. ¿Estáis seguras?

Rita me mira confusa.

—Miri…, es lo último de lo último. Hemos estado repasando las cuentas de Instagram de las principales influencers de todo el mundo y las tendencias de pasarela, relacionando las colecciones de fast fashion con el *prêt-à-porter* de las grandes firmas…

—No, si yo sabes que confío cien por cien en tu criterio, Rita. Es solo que…, no sé. —No siento ahora mismo ninguna mirada de comprensión sobre mí, así que decido hacer una broma—. Será que la moda murió junto a Karl Lagerfeld.

Hay un revuelo entre todas las asistentes a la reunión.

—¿Qué?

—¿Cómo?

—¿Qué ha dicho?

—¿Karl?

—No es posible.

—Métete en internet a ver.

Cada vez estoy más segura de que lo que llevaba el bollo suizo por encima no era azúcar glas.

—Pero ¿qué pasa? —pregunto superconfusa.

Todas han sacado sus móviles y están entrando en Google. ¿Eso que veo en la mano de Rita es un iPhone 7?

—Miri, tía… —comenta con una sonrisa Marta—. Te has cargado al pobre Karl Lagerfeld antes de tiempo.

Siento un nudo en el estómago. Estoy muy segura de que Karl Lagerfeld está muerto. Murió en 2019. Hicimos un especial sobre sus diseños más icónicos y sus frases más célebres.

Miro mi iPad un segundo. Saco mi móvil de debajo de la funda de piel de mi agenda. Me miro los dedos de mis manos. IPad de segunda generación. IPhone 8 plus. Nuevecito. No hay rastro del anillo de piedra azul en mi dedo corazón. No sé a qué culpar, si a la migraña, a la tristeza o al dolor de la ruptura, que llevo flotando en el pecho desde ayer, pero algo no funciona como debería. Estoy viendo cosas extrañas, cosas que no son posibles... y normalizándolas. ¿Cómo no he podido darme cuenta de todo esto si llevo consultando el móvil desde que he abierto el ojo esta mañana?

—¿En qué día estamos? —musito sin mirarlas.

—Miri, ¿te encuentras bien?

—¿En qué día estamos?

—11 de noviembre —dice una de las voces más jóvenes.

—¿De qué año?

Cris se levanta y corre a agacharse a mi lado.

—Miri, estás superdesorientada. ¿Te encuentras bien? —Me toca el cuello y la frente.

Tengo sudores fríos.

—¿Llamo a una ambulancia? —pregunta Marta, preocupada.

—¿Qué quieres, ponerla más nerviosa? —le responde Rita.

Un montón de pajaritos se ponen a revolotear en la sala. Todas están nerviosas y todas quieren hacer algo por mí.

—¿Qué año? —repito con la voz temblorosa.

—2016.

Siento que me desmayo.

—Muy graciosas.

Todas se miran confusas.

—No es divertido —me reafirmo—. No es... —Me da un pinchazo en la sien—. Ah...

Están realmente alarmadas y no paran de hablar unas con otras.

—Llama a una ambulancia.

—¿Será un ictus?

—Demasiado estrés.

—Te lo dije..., tendríamos que haberla ayudado más en la transición.

—Es que no se deja…, tiene esa manía de querer hacerlo todo sola…

Me levanto y trastabillo.

—Dadme un segundo.

—Miri, ¿dónde vas? Deberíamos ir al médico.

—Que alguien la acompañe.

Me vuelvo hacia ellas y finjo la sonrisa más terrorífica que he esbozado jamás.

—Estoy bien. Solo… me he mareado un poco. Dejadme ir al baño. —Se acercan—. Sola —puntualizo.

Aprovecho cuando dan un par de pasos hacia atrás para salir hacia los aseos despavorida. Me tranquiliza notar cómo mis piernas responden. Respiro con calma, pues puedo hablar, oigo, veo. Siento una rotundidad física en cada paso que doy, noto mis zancadas o la mano que empuja la puerta del baño. Pero…

Entro en un cubículo y cierro tras de mí con pestillo antes de sentarme sobre la taza cerrada del retrete, abrazando mis rodillas contra el pecho.

2016 fue un año decisivo.

Me gustaba decir que fue el año más importante de mi vida.

En 2016 me ascendieron a subdirectora.

En 2016 me fui de vacaciones sola por primera vez.

En 2016… conocí a Tristán.

Para ser más concreta, el 11 de noviembre de 2016.

Pero… ¿qué…?

# 3
# «El equilibrio es imposible cuando vienes y me hablas de nosotros dos...»

Conocí a Tristán dos veces.

Sé que el concepto «conocer» implica ya la imposibilidad de hacerlo en más de una ocasión, pero tienes que creerme: lo conocí dos veces. Voy a tratar de explicarme, pero no es fácil.

En 2016 estaba cansada. Mi vida profesional iba viento en popa, me encontraba sana, me gustaba lo que hacía, vivía en un piso que me encantaba, mi padre estaba fuerte y bien de salud, mi mejor amigo siempre tenía un buen plan, yo iba a fiestas, disfrutaba de la gente, viajaba... En 2016 me compré mi primer bolso de lujo en un alarde de superficialidad que premiaba los esfuerzos que había hecho para llegar hasta donde había llegado.

Pero estaba cansada en lo personal, más bien en lo emocional. Empaquetado con un precioso «no necesito el amor» había mucho cansancio. También alguna decepción y mucho cinismo.

Ojo, rebobinemos. Aquí, sentada sobre esta taza del váter de la oficina, sigo pensando lo mismo: el amor no me hace ser quien soy, no es nuestra única manera de ser felices. Pero la vida es una carrera en busca de compartir lo que tenemos, somos y sentimos.

Yo, eso de «el amor no me hace falta», en 2016 no lo decía en ese sentido. No tenía ganas de querer porque había amado mucho y me atropellaron con un camión de mentiras. Porque tuve muchos ligues divertidos, pero tenía una cicatriz en medio del pecho que me lo partía en dos, recordándome que un día me enamoré de un hombre que, después de decirme que bajaría la luna para que yo la pisase, decidió que lo mejor era... seguir casado. Dos bofetones a la vez: «Hola, Miranda, estoy casado; hasta luego, Miranda, no voy a dejarla».

Así que me lo pasé bien. Cuando se curó lo suficiente la brecha, claro. Cuando me sentí con fuerzas, cuando me apeteció, cuando supe que no lo hacía por los motivos equivocados, me abrí Tinder. Y me lo pasé muy bien. Tuve decenas de citas divertidas con chicos que querían impresionarme para llevarme a la cama y yo fingía que me impresionaban y me los llevaba a la mía.

Hasta Tristán.

La primera vez que conocí a Tristán se hacía llamar Manuel. Contacté con él en Tinder. Sus fotos y la mayor parte de la información de su perfil eran verdad.

> **Manuel**
> 32 años.
> Soy de los que no se complican.
> Me gusta lo que le gusta a todo el mundo;
> no te voy a sorprender.
> No escalo y no voy a defender que mi
> tortilla de patata es la mejor del mundo.
> Pero si algo te puedo prometer es que soy
> buena compañía. Y sé un poco sobre vino.

No le culpo por las mentirijillas. Yo en Tinder me llamaba Laura. Era más sencillo. Miranda suscitaba siempre muchas preguntas aburridas y raras a las que ya no me apetecía contestar con el clásico «jaja» que mandas más seria que una madre superiora. El texto me gustó por su honestidad. En el mercado de la carne, donde todos intentan destacar por graciosos, musculosos, sexis o sofisticados, un tío defendía la normalidad. Se mostraba tal como era. Así que me llamó la atención... Pero su nombre no era Manuel y sí se complicaba.

Hablamos durante un par de noches. Al principio lo de siempre: «¿De dónde eres?». «¿A qué te dedicas?». «¿Llevas mucho tiempo viviendo en Madrid?». «¿Qué música escuchas?». «¿Por dónde sales?».

Cortamos pronto el protocolo. Yo le dije que no buscaba nada serio. Él me respondió que tampoco, que estaba de paso. Después de dos o tres días nos mandamos un par de fotos, nada obsceno. Mientras charlábamos tirados en nuestras respectivas camas, ambos nos hicimos un selfi y nos lo enviamos el uno al otro. Nos pusimos un poco tontos. Nos sugerimos un par de cosas que podíamos hacer cuando nos viéramos e intentamos poner fecha para nuestra primera cita en persona..., primera cita que jamás sucedió, porque, claro..., lo conocí por segunda vez.

En la revista.

Como Tristán.

32 años.

Abogado.

De los que vienen a solucionar marrones a la redacción.

Y se acuerdan de dónde han visto tu cara...

Y de que les has comentado de pasada que te gusta que te tiren del pelo en las mamadas.

Así que... si está pasando lo que me temo, en una hora Tristán aparecerá en la redacción con un jersey de cuello vuelto negro, unos pantalones de traje del mismo color y un abrigo gris marengo, uno de esos bonitos, elegantes, con estilo, que han vivido ya mucho, pero a los que han cuidado más.

Sí. Si en realidad es 11 de noviembre de 2016, en lugar del equipo de abogados que estamos acostumbradas a recibir en casos de necesidad, aparecerá el socio del bufete en Madrid, amigo de Marisol desde la juventud, y Tristán, la nueva incorporación.

Tristán. El falso Manuel. El hombre con el que he pasado cinco años de mi vida. El hombre que me dejó anoche.

La puerta del cuarto de baño se abre y unos pasitos tímidos se acercan al cubículo en el que estoy encerrada.

—Miri… —susurra preocupada una voz noble, madura, que despierta confianza.

—¿Marisol? —pregunto.

—Me han dicho que no te encuentras muy bien. ¿Me dejas entrar un segundo?

Miro con pánico a la puerta. Estoy cayendo en la cuenta de que si esto es un quiebro del espacio-tiempo, estoy violando todas las leyes de este tipo de viajes y voy a crear un efecto mariposa de la leche, porque esto no pasó el 11 de noviembre de 2016. ¿Y si mañana me despierto siendo un lagarto? Yo qué sé.

Corro el pestillo y me aparto, abrazándome las piernas contra el pecho, sentada en la misma postura. Ella entra tímidamente y me sonríe con calma. Lleva su perfecto y corto pelo negro peinado como siempre, con estilo, y las gafas le cuelgan del pecho con una cadena negra de eslabones grandes que compró en París en un viaje en los años sesenta, con su abuela… y que se le rompió en el aeropuerto de Milán en 2019.

—Miri, ¿qué tal?

—No es un ataque de pánico —trato de contestarle tranquila.

—Bueno… —Hay un pelín de condescendencia en su sonrisa, pero solo un pelín. Ese tipo de condescendencia que emites sin prejuicios y solo porque te la regaló la experiencia de los años que has vivido intensamente—. Eso habrá que verlo.

Coge aire y se apoya en la pared delante de mí.

—Dicen que has preguntado en qué año estamos…

—Me he desorientado —me defiendo, aunque sigo muy confusa.

—¿En qué año estamos? —me devuelve la pregunta.

—Al parecer en 2016.

Frunce el ceño.

—Miri…, si esto es demasiado para ti, si necesitas ayuda o quizá un periodo de adaptación un poco más largo, relájate, ¿vale? Te escogimos para el puesto porque confiamos en tus capacidades. No nos vale que intentes hacerlo todo ya y acabes reventando. No quiero que el personal de limpieza tenga que quitar sesos del despacho —se burla.

—Soy una buena subdirectora.

—Lo serás, claro que sí, pero si necesitas ayuda para llevar todo esto…, no pasa nada. Solo tienes que decirlo. Recuerda el principio de mi canción preferida de Elvis: «Wise men said, only fools rush in…».

—Solo los tontos tienen prisa… —recuerdo.

Lo dice mucho cuando correteamos histéricas a su alrededor diciendo eso de que lo necesitamos todo «ASAP».

—Exacto. Solo los tontos se precipitan, querida.

Tengo ganas de abrazarla, de oler su perfume de Bulgari, de que me acaricie el pelo como si fuésemos madre e hija, pero no me muevo porque todo es acojonantemente intenso ahora mismo. Y raro. Estoy preocupada por si he perdido el anclaje con la realidad.

—Marisol… —musito.

—Estaré contigo en la reunión con los abogados, ¿vale? Sé que es muy estresante que en tu primer mes como subdirectora tengas que enfrentarte a cómo se gestiona una demanda a la publicación y no te diré que es algo normal a lo que vas a terminar acostumbrándote, pero son cosas que pasan. Hacemos un reportaje a alguien, ese alguien no queda satisfecho con sus declaraciones y las fotos y, en lugar de decírnoslo, aprueba el contenido para después demandarnos. Fenomenal. Es que no va a ir más allá..., tenemos toda la correspondencia digital y los contratos de consentimiento.

En 2016 una de las chicas de portada amenazó con demandarnos. O nos demandó, no lo recuerdo bien. Solo recuerdo que los abogados consiguieron que se retractara. No me preocupa la demanda ni el papeleo ni que la imagen de la revista se vea afectada..., porque ya sé que nada de eso va a suceder. Me preocupa que yo ya lo he vivido.

—¿Me escuchas?

—Sí —asiento.

—Miri, tienes muy mal color... ¿Por qué no te acercas al hospital? Que te acompañe alguna de las chicas de la redacción y que te echen un vistazo.

—No, no. Estoy bien.

—No te voy a preguntar si te drogas porque creo estar segura de que la respuesta es no y prefiero no arriesgarme a descubrir que estoy equivocada.

Me río. Es como aquella vez que una actriz nos robó un par de piezas de ropa en un *shooting*. Hay situaciones tan inverosímiles que lo único que puedes hacer para enfrentarlas es reírte sin parar.

—Eso está mejor. Con esa risa eres más tú. —Suspira—. Vamos a hacer una cosa..., vete a dar un paseo. Yo termino con la reunión de planillo. Vuelve a las once y media y nos ponemos con lo de la puñetera demanda, que de hoy no pasa, ya verás. ¿Te parece?

Yo siento que he perdido por completo la cabeza, así que le digo que sí confiando en que, pase lo que pase, en la carpeta del planillo actual que hay en el servidor, mi yo de ayer o de hoy o de esta realidad paralela haya ido subiendo todos los temas previstos para el próximo número.

La puerta de la tienda de mi padre tiene una campanita arriba. Siempre me ha hecho mucha gracia, porque es como entrar a un comercio mágico. Como si estuviera sacado del callejón Diagon, en *Harry Potter*. Además, si un día me encuentro a la venta una capa de invisibilidad, no va a extrañarme demasiado. Mi padre vende antigüedades y cachivaches raros. Puedes comprar todo tipo de cosas en esta cueva-almacén en la que ha convertido la tiendecita. Es increíble que, en estos tiempos, pueda seguir dedicándose a ello. Es toda una referencia hasta para directores de arte de cine y series. Si pueden soñarlo, pueden localizarlo en el local de mi padre.

Como siempre, no está en el mostrador, sino sentado en un sillón orejero que lleva en venta desde 1995, aunque todo el mundo sabe que en realidad no quiere venderlo. Se está tomando un café en una de las tazas que probablemente también tiene a la venta y lee un pesado libro de páginas amarillentas y encuadernación granate.

—¡Miranda! —Se sorprende—. ¿Te encuentras mal? ¿No deberías estar en el cole?

La risa se me escapa por la nariz.

—Hace muchos años ya que no voy al cole.

—¿No es el trabajo algo así? Como ir al colegio, pero remunerado.

—La verdad es que hay días que parece que me pagan por jugar, eso está claro.

De la redacción de la revista a la tienda de mi padre hay unos diecisiete minutos andando. Yo he tardado doce. No he podido ver la cantidad de calorías quemadas en esta carrera en mi reloj de actividad porque... me lo compré en 2018, y al parecer eso aún no ha sucedido.

No podré quedarme mucho tiempo, pero cuando respiro hondo y el aroma de las antiguallas, el polvo y el *aftershave* de mi padre se me meten en los pulmones, sé que he hecho bien en venir. Necesito un poco de cordura.

—Papá...

Se levanta extrañado por mi tono, me sienta en el sillón donde estaba él hace un segundo y me toca la frente y el cuello. Es un gesto que muchos llamarían equivocadamente maternal, pero también es paternal. Cabe recordar que el nacimiento de un bebé no solo despierta protección y cuidado en las mujeres (o no debería).

—No tengo fiebre.

—Estás sudando —me dice—. ¿Y qué haces sin abrigo? Tú has cogido un virus raro.

—Sí, la vertiente castiza de la covid —bromeo.

—¿El qué?

Por el amor del cosmos divino.

—¿Te puedo hacer preguntas raras? —le propongo.

—Claro.

—¿En qué año estamos?

—Miranda, hija, que no estoy chocho, haz el favor —se enfada.

—No digo que estés chocho. ¿Me puedes decir la fecha de hoy?

—Pues... 10 u 11 de noviembre. Sabes que soy malísimo para acordarme de en qué día vivo.

«Pues si te cuento yo»…

—¿De qué año?

—Miranda, me estás asustando. —Pone los brazos en jarras—. En 2016, por supuesto.

Subo los pies al sillón y me coloco en la postura en la que me encontró Marisol en el cubículo del baño hace media hora. Sé que no me va a reñir por poner los pies sobre la tapicería; no es ese tipo de padre.

—Papá…, me está pasando una cosa muy rara. ¿Hay antecedentes de enfermedades mentales en la familia?

—Tu tía abuela Conchi era rara de la leche, pero eso no es una enfermedad mental. Era original. Como yo. Le dio una temporada por vestirse de morado de pies a cabeza. Parecía un nazareno con cardado.

Suspiro.

—Lo digo de verdad.

—No, Miri, no hay enfermedades mentales. Me estás asustando mucho.

—Papá, ayer, cuando me acosté, era 2021.

Mi padre levanta las cejas, que se asoman curiosas sobre los cristales de sus gafas.

—La leche…

Se sienta en el reposabrazos del sillón y vuelve a palparme la frente.

—Papá…, te lo digo en serio.

—Cariño, tú no estás bien. Llevas muchos meses muy estresantes. Y seguro que no te cuidas nada. ¿Cuándo fue la última vez que te cocinaste algo decente? Tengo la sensación de que solo comes cosas que llegan en una moto hasta tu casa.

—¿Y si es un tumor cerebral? —Me asusto.

Otro padre me arrastraría del brazo hasta urgencias, pero él es más calmado. Quizá sea menos sensato, no lo sé. Hasta yo estoy tentada a autoarrastrarme de un brazo hasta urgencias a que me hagan diecisiete escáneres. Pero él me frota la espalda.

—Mi niña..., lo vas a hacer muy bien en ese trabajo, pero quizá estás invirtiendo demasiada energía. Estás agotada..., mírate.

Espero no estar fea. Es el día que voy a conocer a Tristán. Porque es eso, ¿no?

—¿Tú crees en los viajes en el tiempo? —le pregunto a bocajarro.

—Claro.

Su respuesta me sorprende muchísimo..., solo hasta que sigue hablando y veo por dónde va:

—Revisitamos continuamente nuestra historia. Viajamos hacia atrás casi todos los días. A veces necesitamos una foto para catapultarnos a ese pasado, otras solo un olor o una canción. A mí me pasa a diario. Al levantarme, nunca sé qué día de mi historia con tu madre viviré de nuevo.

Chasqueo la lengua contra el paladar.

—No es eso, papá.

—Sí, sí que lo es. Aprendemos así. En las fases del duelo.

Miro el reloj de pared que tiene en una esquina. Cuando son las doce en punto, un grupo de pajaritos sale del carillón y suena una música infernal que, por supuesto, es la que ha ido espantando a todos sus posibles compradores a lo largo de los años. Dos veces nos lo alquilaron para el rodaje de películas de terror, no digo más.

Sus agujas marcan las once y debería ir moviéndome. No entiendo qué está pasando, pero hasta en una situación como esta llegar tarde me parece un absoluto sinsentido. Uno no llega tarde a los sitios si respeta a los demás, porque está haciendo que pierdan su tiempo. Al mío le están pasando cosas raras, pero eso no es culpa de nadie en esta dimensión.

—Papá, me voy. Tengo una reunión.

—¿Vienes a cenar? Me suscita curiosidad eso de los viajes en el tiempo; así me cuentas.

Lo miro con cara de absoluta estupefacción.

—Papá, ¿no deberías estar preocupado? Yo lo estoy.

—Si lo estuviera, ¿de quién te ibas a fiar?

Pues tiene toda la razón del mundo.

—Llama a Iván y cuéntaselo. Seguro que le hace muchísima gracia todo esto.

Iván y yo trabajamos juntos una temporada. Lo conocí en un *showroom* donde muchas veces pedíamos ropa en préstamo para las sesiones de fotos que producíamos nosotras. Me pareció la leche de divertido. Coincidíamos en algún sarao de la revista o de las marcas…, en cosas así. Y no tengo ni idea de cómo pasó, pero nos convertimos en uña y carne. Ahora es estilista y cobra una pasta por cada trabajo. Y yo me alegro.

Aunque estoy segura de que en este momento y debe de estar en la terraza de su piso fumando y bebiendo café, no le llamo; no es que no quiera molestarle (siempre quiero molestarle), es que no sabría qué decirle. Lo de «anoche me acosté en 2021 y ahora estamos, de pronto, en 2016» parece no surtir el efecto deseado.

Sin embargo, recibo un mensaje de mi amigo justo cuando estoy cruzando otra vez la puerta de la redacción. Mi padre ha debido de llamarle:

> Bueno, yo es que alucino. ¿Te da un viaje astral y no me llamas? Eres una mejor amiga de mierda, que lo sepas.

Me reiría si no fuera porque en cinco minutos voy a averiguar si he vuelto (no sé cómo, ni por qué ni hasta cuándo) a ESE día. Intento recordar con sumo detalle cómo sucedió todo y de pronto comprendo por qué me pareció que estaba copiándole el look a alguien esta mañana: me lo estaba copiando a mí misma. Esto es exactamente lo que llevaba puesto cuando conocí a Tristán. Aunque aquel día también tenía un abrigo entre mis prendas. No sé si estoy usando el tiempo verbal adecuado. Todo es muy raro.

Creo que yo estaba sentada en la sala de reuniones, repasando la agenda y la información que tenía en el iPad, cuando levanté los ojos y lo vi. Y me quise morir, porque acababa de responderle en la aplicación de Tinder que podíamos vernos cuando él quisiera (y no esperaba ni que fuera tan pronto ni en esas circunstancias) y..., claro, también porque le había dado datos al abogado de la revista de cómo me gustaba hacer las mamadas y eso. Sin contar con que me pareció que era aún más guapo en persona. Pensé que aquel encontronazo iba a terminar con mis sensuales expectativas.

Voy a ser franca, ahora que ya estoy sentada en el despacho: no entiendo nada. ¿Qué coño puedo hacer? ¿Irme al hospital? Debería hacerlo. Lo sé. Pero... ¿estoy loca si primero necesito quitarme la duda? Es sencillo..., quizá todo sea una broma. Quizá todo sea un sueño, como en las películas o en el final de *Los Serrano* (uy, *spoiler*). Pero yo me quedo para comprobar si va a aparecer tal y como recuerdo que lo hizo. Necesito verlo. Quiero olerlo. Después ya iré a ver si estoy loca o tengo que preocuparme de quién regará mis plantas mientras yo no esté. Y del testamento digital, porque no quiero mi cuenta de Instagram ahí colgada por los restos de los restos.

Salgo del despacho, reviso que no tengo pintalabios rojo en los dientes con la cámara frontal del teléfono, y cuando llego y me siento, me doy cuenta de que me he dejado el iPad y la agenda sobre mi mesa.

Vuelvo sobre mis pasos corriendo con los zapatos de tacón; soy levemente consciente de que muchos ojitos me siguen.

Las chicas deben de estar un poco preocupadas por mí y lo entiendo. Creo que si yo hubiera sido espectadora de lo de esta mañana en lugar de víctima, hubiera arrastrado a la protagonista de las alucinaciones a urgencias. Si es que... por algo nunca he tenido afán de protagonismo.

Me vibra el móvil y lo miro asustada. A lo mejor es un mensaje para viajeros en el tiempo con los números de teléfono de la embajada espaciotemporal a la que puedo llamar en caso de conflicto, pero no, solo es un mensaje del chat de la revista:

Miri, ¿estás *ready*? Están entrando.

—¡¡Voy!! —grito a pleno pulmón.

—¡Y recuerda que estamos en 2016, querida mía! —se burla Rita, que camina detrás de mí.

—Iba a llamarte hija de la gran puta, pero ni te lo mereces, so guarra.

En ese mismo momento ambas hemos alcanzado el quicio de la puerta de la sala donde se celebra la reunión y donde, para mi desgracia, ya están todos sentados. Y para colmo están mirando bastante sorprendidos la boca por la que acaba de salir esa sarta de poesía urbana, que, por cierto, es la mía. Supongo que Marisol me está lanzando una maldición por código morse a través de las pestañas, pero no puedo saberlo porque me he quedado de piedra y solo lo veo a él. A Tristán. Con su jersey de cuello vuelto negro, de pie junto a la mesa, mirándome con las cejas levemente arqueadas. Creo que me reconoce, pero no sé si porque acaba de caer en la cuenta de que soy la chica con la que estaba hablando en Tinder o porque todo esto no es más que una opereta y los cinco años de relación siguen ahí, donde pueda recordarlos. Pero entonces ¿a qué viene esta locura?

—Hola —digo tímida.

—Hola —responde.

Durante unos segundos no hay nadie más en la sala ni quizá en el mundo. Si es posible que hayamos saltado cinco años hacia atrás, tal vez también toda la población del planeta ha podido desaparecer, excepto nosotros dos.

Puedo olerle desde aquí… y ese aroma, como otras tantas veces, me crea un nudo en el estómago, otro en la garganta y el último entre los muslos. El cuerpo tiene memoria. La piel recuerda. ¿Cómo voy a poder sacármelo de dentro algún día? No puedo.

Es él. Es Tristán. Con él supe exactamente qué querían decir cada una de las cuatro letras de una palabra en la que pensé que ya no creía. Reí. Viajé. Abracé. Discutí. Descubrí. Me enamoré de mí otra vez. Todo a su lado. No es posible que lo haya olvidado. Tiene que haber un rastro en su sangre, un sentimiento vestigial que le encienda al menos una chispa de recuerdo. «Soy yo, Tristán. Soy yo».

—¿Laura? —Arquea una ceja.

En 2016, perdón, cuando viví por primera vez este momento, yo respondí: «¿Manuel?», pero ahora mismo no tengo voz. Me la han robado, como a la Sirenita.

—Miranda —aclara Marisol.

—Un nombre curioso —contesta tendiéndome la mano derecha—. Tristán, encantado. Otro nombre poco común.

Sonrío tirante y me siento. El suelo se está tambaleando, pero parezco ser la única que ha notado el temblor.

Estamos sentados alrededor de la mesa de reuniones la directora y la subdirectora de la revista, es decir, Marisol y yo, además del equipo que formó parte de la jornada de *shooting* y de la entrevista por la que se nos está (¿estaba? Buff, mira, no sé) amenazando con una demanda: una becaria, una asistente, la estilista de la sesión, el maquillador, al que ni siquiera he saludado, y Rita, como responsable de moda de nuestra publicación. Después ellos: los abogados. Recuerdo que en el 2016 real, me recompuse pronto del susto inicial, incluso le llamé «falso Manuel» antes de que se fuera. Se me daba bien el coqueteo. Lo dominé enseguida. A él. A su tono. A su manera de recorrer mis labios con los ojos. Me mordisqueé con los dientes el labio inferior mientras miraba cómo el jersey se le ajustaba al pecho y sé que eso le gustó.

Ahora mismo no soy capaz. He perdido el mojo.

¿Me atropellaría ayer un camión y estoy en coma, reviviendo mis días felices?

—Bueno, presentaciones hechas. —Sonríe el socio del bufete—. Disculpad la ausencia de Ricardo, pero ahora mismo está en un juicio importante, por lo que hemos considerado que esta era la ocasión perfecta para sacar a Tristán de la oficina.

Tristán acababa de llegar a la ciudad cuando lo conocí. Aún vivía en un Airbnb, a la espera de encontrar un piso. Venía de la oficina de Vigo, pero ya estaba despuntando en Madrid. Y… no va a decirlo, pero ahora mismo tiene mucho calor y miedo de sudar como un animal y dar mala impresión.

—Acaba de llegar de nuestra oficina en Vigo.

—Bienvenido a Madrid, Tristán. —Sonríe Marisol.

Parece que va a decir algo más cuando le interrumpo:

—¿Podéis abrir la ventana? —Se lo pido a la persona que está al otro extremo de la mesa—. Esta sala tiene un microclima extraño.

—Te lo agradezco. La calefacción y el cuello vuelto no se llevan muy bien —agradece enseguida Tristán. Está pensando cómo abordar lo de nuestro encuentro en Tinder después de la reunión y quizá por eso me mantiene la mirada un poco más de lo cortés. También sé que no se siente cómodo manejando cuestiones de moda—. Por cierto, ¿se llama cuello vuelto?

—Sí. O cuello cisne —le aclara Rita encantada.

Sé lo que está pensando. Sé que está pensando que le encantaría tomarse un vino con un chico como él y que la viera su ex. En 2016 aún no lo tenía superado y aún no había conocido al que es hoy su marido.

Y es que Tristán es..., bueno..., algo en su cara es intenso. A mí, lo primero que me impresionó de Tristán fue su boca. Tiene una boca jugosa. Los típicos labios que han nacido para besar y ser besados. Una vez se lo dije, en la cama; estábamos en la habitación superrococó de un hotel de montaña y acabábamos de hacerlo. Digo «hacerlo» porque no estoy segura de qué ocurrió, no sé si follamos o ahondamos en una intimidad más allá de eso. Se echó a reír y, aunque yo esperaba alguna contestación superromántica del tipo «pues yo solo quiero besar tus labios», él respondió:

—Hay que ver qué cosas me dices...

Vuelvo de nuevo a la sala de reuniones. Oigo que la gente habla, veo papeles que se reparten y que la pantalla de la sala se conecta con el ordenador de Marisol para proyectar algunas imágenes, pero soy incapaz de seguir el hilo. Él está concentrado en la reunión.

Esto es una pesadilla. La versión Tim Burton de mi vida.

Esta situación me parece ligeramente diferente a como la recordaba. Será que el tiempo lo empaña todo, como el vaho que sale de la boca de un niño sobre el cristal de una ventana. Quizá lo idealicé o tal vez ni siquiera recuerdo con nitidez lo romántico que fue todo desde el principio con él.

Levanta la cabeza y me caza mirándolo. Sonríe discretamente y casi puedo adivinar que piensa abordarme al final de la reunión para invitarme a un café, quizá a un vino. Casi puedo intuir cierta prisa en cómo se mueve en su silla, una pelea interna entre ser muy profesional y dejarse llevar por el cosquilleo.

«Me haces cosquillas». Eso me dijo antes del «te quiero» o del «me gustas mucho». Antes incluso del «por qué cojones estamos pagando dos pisos, Miri». «Me haces cosquillas». Y mientras a algunas les derrite que un hombre les diga que ha visto constelaciones en sus ojos, a mí eso me pareció lo más bonito que jamás podría decirme nadie.

—Bueno, entonces, a ver si lo he entendido bien —dice Tristán mientras deja de mirarme y se vuelve hacia Marisol—, la demandante no comunicó en ningún momento su descontento con las declaraciones que aparecían en la entrevista ya editada.

—No. El 6 de julio le pasamos la maqueta terminada para que ella y su representante pudieran revisarlo...

Pierdo el hilo de nuevo. Revisar. ¿Es eso lo que estoy haciendo? ¿Qué me está pasando? No entiendo nada. No lo entiendo. ¿Es una oportunidad cósmica para que lo intentemos de nuevo? ¿Podemos enmendar los errores? ¿Vamos a revivir esta historia desde el principio sabiendo ya lo que hemos vivido, identificando en qué lugares tropezamos y dónde tuvimos que habernos quedado más tiempo?

Siento un desprendimiento de tierra en el pecho que va haciéndose más y más grande y amenaza con engullirme. Ayer Tristán me dejó. Rompió conmigo, con la vida que teníamos, con los planes. No me pidió un tiempo. No dijo que necesitara pensar ni tomar aire y distancia, solo que ya no quería estar conmigo y que yo debía respetarle. Y hoy, el día después de que me haya dejado, sin tiempo para que las cosas que me gustan de él desaparezcan, aquí está de nuevo. Por primera vez.

Él, que siempre sabe qué pedir para mí en la barra del bar, que no me abre ni una puerta pero pone el pie para que esta no se me cierre en la cara. Me encanta la forma en la que se abrocha los pantalones, como un niño muy concentrado en la tarea o, a veces, como un playboy que sabe que quieres que se los vuelva a quitar. No me resisto al arco de sus cejas espesas. Sus dedos inocentes alrededor del vasito de cortado del bar de debajo de casa. Que no es silencioso ni ruidoso ni suena en onda media: él es como esa canción de Los Piratas que me gusta escuchar a cualquier volumen.

Sus zapatos de diario. El pantalón de su pijama de invierno. Ese anillo levemente hortera que lleva en su dedo corazón ahora, pero que conseguí que se quitase en 2018 y al que solía dar vueltas cuando estaba nervioso. El vello de su pecho, que parece un poco despistado, coherente pero poco denso, como una concentración disuelta a toda prisa por la lluvia de besos que se me escapa de la boca cuando lo tengo a tiro.

Sus piernas. Sus pies. La manera en la que mueve su cadera, como si nunca hubiera aprendido a hacerlo así con otra..., con otras..., como si yo siempre hubiera estado allí: arriba, debajo, de lado, abierta.

Cómo pronuncia algunas palabras: ay, dale, adiós, velocidad, caliente, así, paraguas, cachivache... Que siga usando la palabra «cachivache».

Cuando lo conocí, cuando lo conocí de verdad, me gustó que fuera raro, igual que yo. Cuando coincidimos aquella mañana en medio de esa maraña que es el mundo, sentí que en realidad mis rarezas no importaban. Ni las suyas. Y es que la vida es una bolsa llena de sinrazones y el equilibrio es imposible cuando vienes y me hablas de nosotros dos.

# 4
## La mujer más rara de Tinder

Decir que no estoy sorprendido sería mentir. No me esperaba estar ligando en Tinder y encontrarme a la muchacha en cuestión en una reunión de trabajo, pero es que quizá debería empezar por el detalle de que no me imaginaba acudiendo a Tinder para ligar. No es que nunca me haya hecho falta, como todos he tenido mis temporadas, pero es que no me gusta. No sé. Solo sé que después de porfiar de estas aplicaciones, he terminado creándome un perfil sin contárselo a nadie. Es lo que tiene mudarse, dudar de las habilidades de uno para conocer gente nueva fuera del trabajo o sentir cierta pereza por el ritual de entrar en un bar, lanzar miradas, acercarte, entablar conversación...

Laura no es la primera mujer con la que he hablado ni la primera con la que he tenido intención de quedar. La semana pasada me tomé un vino con una chica encantadora con la que eché un polvo agradable y con la que acordé contactar cuando alguno de los dos quisiera repetir. No estoy buscando una relación y soy claro con el tema; no engaño a nadie. Aunque no entro diciendo: ojo, solo sexo, porque no es lo que quiero. Deseo algo cálido, un buen rato, una conversación que me estimule y que si acaba con sexo, mejor. No quiero sofá, manta y peli. Para eso me manejo bastante bien solo. Laura me parecía divertida y pensaba quedar con ella hoy o mañana. Pero Laura se llama en realidad Miranda y está aquí delante, mirándome como si acabara de decir que pertenezco a la cienciología. O como yo miraría a alguien que me lo dijera.

Manuel es el nombre que me iban a poner mis padres, pero su vena romántica terminó ganando y aquí estoy, Tristán. Tristán suscita demasiadas preguntas y concentra la conversación. Me aburre tener que explicar que sí, que es por la leyenda artúrica de Tristán e Isolda. Que no, que no hay nadie más en la familia con un nombre tan peculiar. Pero en mi defensa diré que el resto de la información que le di a la falsa Laura es real, aunque también me he cuidado mucho de no contarle toda mi vida. No me gusta decir que soy abogado, porque creo que no encaja con mi verdadera personalidad. No me gusta contar que soy tan nuevo en la ciudad, porque me hace sentir en desventaja. No me gusta admitir que en las relaciones con el sexo opuesto soy, desde hace años, bastante práctico porque tiendo a perder el interés muy pronto. Eso es de ser gilipollas y no me gustaría rascar mucho y descubrir que en realidad lo soy. Mi hermana dice que no, que es que no he encontrado a la chica adecuada, pero ella es de ese tipo de hermanas para las que nunca nadie será suficiente.

Miranda no parece estar siguiendo la reunión con demasiada atención. Está como ausente o más bien desorientada. En cuatro dimensiones tiene la cara más redonda que en las fotos que tenía en la aplicación y quizá me la imaginé con los pechos más grandes, pero lo cierto es que es más bonita. Me habría llamado la atención en un bar. Miranda es rara, no lo puede esconder, pero tampoco quiere. Y eso me agrada mucho más que cosas como el óvalo del rostro, el pelo o la silueta. Yo no tengo un tipo predefinido de mujer. A mí me gusta lo que, de pronto, me gusta. Y ella me atrae. Además hay algo extraño aquí flotando, como si al mirarme, Miranda lo supiera todo de mí, como si nos conociéramos de otra realidad ya olvidada, como si su aspecto fuera solamente la primera capa de un pastel que terminaré comiéndome con las manos.

La reunión da muestras de estar terminando. Tenemos toda la información que necesitábamos y ya nos lo están reenviando todo para su archivo y análisis. Va a ser un juego de niños. En un rato tengo redactado el texto que va a disuadir a la «chica de portada» de llevar esta maniobra hasta el final.

—Hay personas que no saben qué hacer para llamar la atención... —Suspiro.

Miranda se hunde un poco en la silla cuando la miro. ¿Será que ella es de esas que no saben qué hacer para llamar la atención? ¿O todo lo contrario? Creo que más bien todo lo contrario. Contenida en público, explosiva en la intimidad, me juego una mano.

Hay algo en ella que me resulta tan familiar...

Todo el equipo, con una mayoría femenina aplastante, se va despidiendo con sonrisas corteses y refiriéndose a lo que tienen que ir haciendo.

—Tengo que ir a hacer devoluciones —dice una.

—Tengo que ir a picar precios —informa otra.

—Tengo que ir a revisar el material que vamos a sindicar.

—Tengo que llamar a los de la agencia.

Y me siento superperdido, porque no tengo ni idea de qué significa nada en realidad.

El socio me avisa de que va a tomarse un café con Marisol, la directora de la publicación, con la que al parecer comparte una amistad de esas a prueba de décadas, y yo le digo que me voy directo a la oficina para tenerlo todo listo cuanto antes, pero él me pide que me relaje.

—Tristán, ve a tomarte un café. Hace buen día. Disfruta un rato de Madrid, que no come.

Estoy un poco tenso desde que llegué. Supongo que siento que tengo mucho que demostrar. Al niño de extrarradio no se le olvida de dónde viene, y... es agotador. Pero tiene razón. Un café no me vendrá mal...

Alcanzo a Miranda casi en la salida. Se ha marchado muy rápido y yo me siento mal porque..., no sé por qué. Quizá porque a mí esto no me ha parecido tan violento, aunque también he tenido muy presente desde que la he visto que le gusta que le cojan del pelo cuando hace mamadas. Y la idea de que sea mi puño el que agarra su pelo me pone malo. Y malo aquí es un eufemismo de cachondo.

—Ey... —La detengo—. Miranda..., ¿o debería llamarte Laura?

—Laura es mi gemela. Ya ves. Como dos gotas de agua. Nos has debido confundir..., no te creas, nos pasa mucho.

Lo dice aún sin darse la vuelta ni mirarme. Una vez que lo hace, una expresión de horror se dibuja en su rostro, pero intenta disimularla con una sonrisa cortés.

—¿Te parezco mucho más feo que en las fotos? —le pregunto con sorna.

Sé de sobra que no son buenas fotos y que juego con cierta ventaja, pero ella no contesta.

—¿Qué? No me mires así. Todos tenemos nuestros trucos.

Miranda chasquea la lengua contra el paladar y deja escapar un suspiro a trompicones. Está mucho más nerviosa de lo que esperaba.

—No es eso. Para nada es eso —contesta.

—¿Entonces?

—Tengo un mal día. Uno horrible.

—Ya...

—Me voy a ir ahora mismo al médico.

—¿Al médico? —Arqueo una ceja—. ¿Te encuentras mal?

—Fatal —admite.

—Oye..., esto no será por mí, ¿no?

Me mira con tanto detenimiento durante unos segundos que me siento extraño. Incómodo..., pero no mucho. Es una mirada de reconocimiento. Es la mirada que te echa una ex cuando te reencuentras con ella después de muchos años y con el paso de ese tiempo reconoce, de pronto, al chico del que se enamoró durante, al menos, un ratito. Sonrío. No sé por qué, pero sonrío. Ella también.

—Me miras raro.

—Te miro como miro siempre —contesta.

Como siempre, dice...

—Eres superrara —me burlo.

—Y aún no sabes nada...

—¿Me cuentas algo más? Te invito a un café. Un café rápido.

Parece dudar.

—Me voy al médico, de verdad.

—Pero ¿es grave?

—Podría serlo —asiente con expresión severa—. Igual me estoy muriendo.

Eso me hace soltar una carcajada, aunque no debería. Ella sonríe un poquito también.

—Un café —insisto.

—Dolor de cabeza —me dice, agarrada a una taza de té verde.

¿Estará loca? ¿Por qué me genera tanta curiosidad?

—Bueno, no parece mortal.

—Esta mañana me he levantado sin saber en qué año estamos. Superdesorientada.

Parpadeo. Hostias.

—¿Te pasa a menudo? —pregunto con cautela.

—¿Qué? ¡Claro que no! Por eso estoy asustada. ¿Y si un tumor está presionando algún punto de mi cerebro que...?

—Para, para. —Me río—. Falsa Laura..., no es un tumor.

—¿Cómo lo sabes? ¿Te daban con el título de abogado el superpoder de hacer resonancias con los ojos?

—Sí —respondo seguro—. Y también el de adivinar qué quieres tomar en un bar. Nunca fallo.

Me mira con cierta ternura antes de chasquear la lengua contra el paladar.

—No te empeñes —susurra.

—¿En qué?

—No sé. —Se agarra la cabeza y en ese gesto, con los dedos repasando su recogido perfecto, hay ansiedad real.

—Oye... —Alargo la mano y le toco el antebrazo—. Sé que no te conozco de nada y que lo que yo te diga..., bueno, pues eso, que te la puede sudar muy fuerte, pero no es tan grave.

Levanta la mirada, curiosa, y espera a que siga.

—No sé realmente qué es lo que te agobia, pero si, por algún casual, es algo similar a que te sientes ridícula por cómo nos conocimos... la primera vez —sonrío— o por la información que compartimos, olvídalo, ¿vale?

Asiente.

—La vida es supercorta como para querer ser igual que los demás, ¿no? —añado.

Me estudia con esas pestañas espesas y largas cargadas de rímel en su justa medida. Con el pintalabios rojo un poco emborronado. Con la piel limpia, nívea y coloreada en sus mejillas. Sí, me mira y, más bien, estudia a través de mí algo que no sé identificar. Tal vez la situación, su ansiedad, las posibilidades que se despliegan delante de nosotros...

—Oye, Tristán..., te voy a plantear una cuestión muy extraña, ¿vale?

—Nada hasta ahora está siendo muy normal, pero vale.

—Imagina que un día te encuentras en una situación que sabes cómo va a terminar.

—¿Lo sé o lo imagino?

—Lo sabes. Una certeza aplastante.

—Vale. Y deduzco que termina mal.

—Sí —afirma muy segura—. Pero tú puedes evitarlo.

—¿Cómo?

—Puedes evitarlo dándole la espalda. Cogiendo otro camino.

—Entiendo.

—O puedes intentar evitar el desenlace metiéndote hasta las cejas y cambiando de método.

—Vale. Pero no tengo ninguna seguridad de que eso salga bien.

—Estás metido en el caso, ¿eh? —se burla.

—Me encanta jugar a estas cosas. —Arrugo un poco la nariz mientras apoyo los brazos en la mesa, lo que me hace acercarme un poco más a ella. Y olerla.

Lleva un perfume algo empolvado. Dulce. Caro.

—¿Qué harías? —insiste.

—No estoy muy seguro de cómo me va a afectar esta respuesta, pero allá va: pues sopesaría los pros y los contras de ese final terrible del que hablas. Si supone un dolor eventual, me arriesgaría de nuevo. Si supone una cicatriz de por vida, de esas con las que aprendes cosas que no te hacen mejor, pasaría.

Asiente despacio, mirándome detenidamente.

—Estás guapo —suelta.

—Gracias. Tú también. Y hueles muy bien.

—Y tú. ¿Cuántos años llevas usando ese perfume?

—No sé. Cinco o seis.

—Es intenso. —Levanta las cejas—. Es de esos a los que a las chicas nos cuesta acostumbrarnos.

—El tuyo también, ahora que sacas el tema.

Le sonrío un poco inseguro. No me siento con el control de la situación. Estoy nervioso. No me gusta. Ella sí, pero no sé si lo suficiente como para mantener este pulso. Los hombres no solemos ser valientes cuando una mujer a la que no conocemos nos reta y sabemos que parte con ventaja.

Ella sonríe con pena y coloca la mano sobre la mía.

—Ha sido un placer, Tristán.

—¿Es una despedida?

—Sé cómo acaba esto.

Me cuesta reaccionar. Lo dice demasiado segura. No habla una herida, no habla un trauma. Cree de verdad lo que está diciendo. El calor de su palma sobre la mía me reconforta de una manera que no puedo explicar. Algo cosquillea. Algo, no sé dónde. Miranda me cosquillea en algún punto dentro del cerebro que no alcanzo a rascarme.

—¿En serio? —le pregunto.

Quita la mano. Se rompe la magia. El momento.

Dudo. Estoy desconcertado. La veo levantarse y colgarse el bolso en el hombro.

—No —me quejo, intentando sonar simpático, aunque adelanto que no soy lo que se conoce como la alegría de la huerta—. No me dejes con la duda. ¿Cómo seguiría si no te fueras hoy de aquí?

—Un vino. Como acabas de llegar a Madrid, preguntarías a alguien de la oficina dónde quedar conmigo y te recomendarían un sitio pijo pero rancio, lleno de oficinistas enganchados a la coca que dan mucha lástima. Nos reiríamos mucho, eso seguro. Tendríamos sexo en mi casa; un sexo sorprendentemente bueno entre dos personas tan distintas como nosotros. Nos despediríamos dando por hecho que no nos íbamos a ver más, pero me escribirías al día siguiente. Y al siguiente.

—Suena poco a mi comportamiento normal.

—Tristán..., vas a ser muy buen abogado, pero vete planteándote ya la posibilidad de que quizá ejerzas una profesión de la que no estás enamorado.

—No soy de los que se enamoran.

—Aún.

Unos cabellos sueltos se curvan sobre sus orejas, escapándose del peinado de manera natural. No sé de dónde sale la necesidad de acariciarlos y enredarlos en mis dedos. Miranda, ¿quién eres?

—Tú invitas al té, ¿vale? Esto tampoco lo sabes, pero me debes uno.

La veo encaminarse hacia la salida sin dudar, sin volverse a mirarme, teniendo clarísimo que lo que cree que va a pasar, pasará. Y yo me quedo mirándola salir, sin decir nada.

Miranda, ¿quién eres?

Sin miedo a equivocarme, diré que la mujer más rara de Tinder.

# 5

## ¿O no es así como funciona esto?

Me costó horrores salir de la cafetería esta mañana sin mirar atrás, pero es que sé cómo acaba lo nuestro y he estado pensando, ¿sabes? Pensando en por qué me está pasando esto.

Bueno… Lo he pensado después de ir a urgencias, decir que tengo alucinaciones, pedir que me hagan un escáner cerebral y que el neurólogo de guardia me informe de que dentro del cráneo tengo lo normal para una chica de mi edad. Me han dado ganas de preguntarle si ha encontrado mierda. Porque con el aluvión de caca que la sociedad y los medios nos mandan es sorprendente que no tengamos el coco lleno de guano.

Desechada ya la posibilidad de un tumor cerebral del tamaño de un melocotón de Calanda, me da por pensar en cosas mágicas, pero tampoco mucho; trato de encontrar una lógica a todo esto. Yo qué sé. Si no es una cuestión física, igual es que tengo alguna enfermedad mental. Se lo pregunté al neurólogo; oye, que tampoco pasa nada, que no es una de esas cosas que pidas por Navidad, pero si te toca, te medicas y punto. Basta de demonizar las cuestiones de salud mental. Mira, hasta ese punto de autoconciencia he llegado a lo largo del día. Sin embargo, me explicó que es poco probable que esté dando muestras súbitas de una superevidente enfermedad mental de las que provocan alucinaciones. No le he dicho que desde que me he despertado estoy surfeando por un viaje en el tiempo hacia mi pasado…, solo que al levantarme pensaba que estaba en otro año…

—Niña, tú tienes mucho estrés.

Iba a soltarle un discurso sobre lo paternalista que suena eso, pero he decidido dejarlo correr. Hoy no es día para explicarle a un médico que puede ser mi padre, que ya tengo uno y que no necesito que el mundo me busque otros. Que soy adulta y muy dueña de mi vida. Claro…, no es día porque dueña dueña, lo que se dice dueña, no soy.

Al llegar a casa, ya es de noche. Es noviembre, anochece muy pronto. Tengo varias llamadas perdidas de Iván, pero lo despacho con un wasap donde le escribo que ya le contaré mañana. Procrastinar nunca había sido tan fácil como hoy; normalmente el miedo a enfrentarte a las consecuencias en un futuro próximo hace menos dulce lo de dejar para mañana lo que puedas hacer hoy, pero lo cierto es que no sé qué va a pasar mañana.

He apuntado en una hoja de mi agenda las posibilidades que se me ocurren.

1. Me despierto al día siguiente de mi ruptura y vuelvo de nuevo a mi espacio-tiempo real.
2. Me despierto un 12 de noviembre, el día en el que originalmente recibí un mensaje de Tristán. Pero, claro, como hoy he hecho algo diferente a lo que hice, lo mismo es un 12 de noviembre alternativo en el que me convierto en una bailaora de flamenco de fama mundial.
3. Me despierto en otro día aleatorio.

La tercera opción me crea mucha ansiedad. ¿Cómo voy a poder vivir con normalidad sin saber en qué puñetas de día me despertaré por la mañana? A lo mejor estoy en coma y todo esto es un sueño provocado por la medicación. O me he muerto. O estoy congelada como Walt Disney. Quizá me he vuelto a tropezar con la alfombra del dormitorio y he cumplido mi propio vaticinio quedándome gagá. La esquina del armario siempre me pareció peligrosa.

Algo ha tenido que ser.

Cuando me meto en la cama, tengo la sensación de que soy una Dorothy sin zapatos mágicos en tierra de nadie, agazapada en el pliegue del espacio-tiempo... Una niña que ha inventado una mentira gigante para huir del dolor. Pero me duermo. Como si alguien golpease mi cabeza con un mazo. De inmediato. Rotundamente. Me duermo.

La luz grisácea que envuelve la cama me despierta. Es como humo. En un primer momento me da miedo que algo en el piso esté en llamas. Y estar teniendo una visión chunga..., eso también, como en las películas de los ochenta o en las pelis de *Insidious*. Pero no. Es solo que ahí fuera hay mucha niebla, no se ve el sol y el cielo está cubierto con una capa blancuzca.

Siento la cabeza pesada, confusa, pero durante unos minutos no hay pena ni preocupación. Solo mi cama y el sueño. Son las siete de la mañana. A las siete y diez minutos mis circunstancias vuelven a tener el peso que tuvieron antes de dormir... y miro la fecha en la pantalla del iPhone.

No puede ser.

Sábado, 10 de diciembre de 2016. Pero... ¿qué coño?

No me hace falta pararme a pensar un segundo qué tiene hoy de especial. Lo sé.

Tristán y yo nos conocimos en Tinder y nos comportamos como se esperaría de ello. Nos tomamos aquella copa de vino de la que le hablé «ayer» en la cafetería de enfrente de la redacción. Me llevó a un sitio en plena Castellana bastante desfasado, de esos que fueron «modernos» a finales de los dos mil y que recogían a lo más florido y granado de entre los cocainómanos trajeados de Madrid. Una pena. Pero nos reímos mucho, entre zapatos castellanos con borlas y pelos repeinados. Y tuvimos un primer beso fantástico y un sexo aún mejor en mi casa. Nos despedimos en la puerta con el convencimiento de que probablemente no nos volveríamos a ver jamás. Pero como dije antes, me escribió el día siguiente. Quedamos para follar dos veces más... hasta nuestra primera cita, que fue algo que ninguno de los dos programó.

Me siento sobre la taza del váter sin rastro de glamur en mi cuerpo, pero para compensar unos doscientos treinta y dos kilos de ansiedad en el pecho, apoyo la frente, en una postura contorsionista, sobre el cesto de la ropa sucia que tengo colocado enfrente. Recuerdo lo que me dijo Iván cuando le conté lo de nuestros encuentros esporádicos:

—Ay, chica..., lo que os vais a arrepentir de haber empezado así.

—¿A qué te refieres?

—Pues a que, digas lo que digas, este no es un rollo y en dos años vais a tener que responder «follando» cuando os pregunten cómo os conocisteis. Es la peor historia... *ever.*

A mí Tristán me gustaba, pero como deseas a un chico con el que bebes vino, hablas de cosas interesantes y follas bien. Uno que lo más intenso que ha compartido contigo es un orgasmo y la preocupación de no encontrar un piso decente en el que vivir.

No. Tristán y yo no tuvimos un inicio de novela, pero... ¿qué pareja lo tiene en realidad? Todos los días surgen historias de amor que comienzan con un «¿Nos tomamos una birra?» o «Tienes que conocer a mi amigo, es perfecto para ti».

¿Y qué? Nunca entendí la insistencia del cosmos por la grandilocuencia. Siempre fui fan de las cosas que sencillamente funcionan.

—No entiendo por qué hay que ser más fan del champán que de la rueda —dije una vez en la redacción—. ¿Es prosaica? Pues sí. Pero hace girar el mundo.

—Sí, pero el champán lo hace divertido.

No recuerdo quién me respondió aquello, pero tenía razón.

Tristán y yo, al comienzo, fuimos una rueda. La rueda de un coche, de un taxi, de un carrito de la compra... fuimos algo sencillamente práctico hasta un mes después de conocernos, porque entendimos la magia del champán.

Y ese día es hoy.

Para que aquel día vuelva a suceder tal y como fue, yo debería meterme en la ducha ahora y ponerme mona porque me apetece. Tomarme un café en el Café de la Luz y leer *Madame Bovary*. Ir a por flores a esa tiendecita pequeña donde, según cuándo vayas, te atienden dos hermanas muy raras o un chico muy mono. Aunque si hago todo eso y lo hago bien, no llegaré a la última cita, la de comprar sushi y una botella de vino blanco para comer en casa con Iván, porque por el camino se me cruzará la serendipia en forma de chico tremendamente guapo, tremendamente abrigado y tremendamente agobiado.

Cojo el teléfono sin pensar y llamo a Iván. Son las siete y media de la mañana de un sábado, pero no me da la vida para pensar que la gente aprovecha estos momentos para dormir. Soy una persona acostumbrada a madrugar, de modo que solo me molesta hacerlo cuando me obligan, como buen ser humano que soy. Iván no es así. Es humano, entiéndeme, pero a él le gusta dormir. Lo disfruta. Dice que es uno de los mayores placeres de la vida. En ese punto nunca nos pondremos de acuerdo; me cuesta entender como placer una cosa que no sientes que haces, que solo haces y ya está.

Lo coge de mal humor cuando ya casi me he cansado de insistir.

—Tía, ¿tú estás loca? Dime que estás muriéndote o algo, porque es lo único que te voy a perdonar. Son las putas siete y media de la mañana.

—Iván…

Me conoce como la palma de su mano y no hace falta añadir más. Solo su nombre y el tono en el que lo digo le hacen entender que es algo serio.

—¿Qué pasa? ¿Estás bien? ¿Voy?

—No, no, escúchame.

—¿Estás embarazada? Ay, no, peor…, ¿te hiciste los análisis de venéreas? ¿Es eso? ¿Tienes sífilis?

Miro los azulejos de la pared del baño con bastante confusión. ¿Qué coño le pasa a mi mejor amigo en la cabeza?

—No. Escúchame. Te voy a preguntar una cosa que te va a parecer muy rara, pero necesito que hagas el ejercicio de responderme sin pensar mucho más allá, ¿vale?

—Es muy pronto. No creo que pudiera hacerlo ni queriendo.

—Si pudieras cambiar tu pasado…, ¿lo harías?

Hay un silencio al otro lado del teléfono, tan solo oigo el sonido de unas sábanas. Después identifico el ruido de sus pies mientras bajan las escaleras metálicas que separan el dormitorio de la cocina en el pequeño dúplex de Iván. Va a servirse un café.

—¿Es una crisis existencial? —me pregunta.

Está haciendo tiempo mientras piensa en si la respuesta adecuada a mi pregunta no será más bien coger un taxi en pijama y plantarse en mi casa. Lo conozco bien.

—Puede.

—¿Tienes un ataque de ansiedad, Miri? ¿De pánico?

—No. A eso me refería con no pensar más allá. Solo responde a lo que te he preguntado. —Y cierro muy fuerte los ojos, hasta ver chiribitas—. Si pudieras cambiar tu pasado, algo que te dolió, ¿lo harías?

—Explícate un poco más.

—No hay más…, ¿borrarías un amor que te hizo daño?

La cafetera semiautomática que se compró por Navidad emite un sonido que no nos deja hablar durante unos segundos, pero que sirve para que Iván piense bien su respuesta.

—Lo jodido es responderte sin saber a quién te refieres, porque no creo que te hayas levantado pensando en Ander.

Ander fue mi primer novio, mi pareja estable, la relación que llevas porque crees que es la que quieres, pero que en realidad es la que crees que debes.

—No. No tengo por qué cuestionarme las cosas por alguien en concreto, ¿no? Puedo estar haciéndome preguntas sobre la vida. Soy una mujer en la treintena.

—Son poco más de las siete y media de la mañana de un sábado… si no es por alguien, necesitas medicación.

—Es una pregunta fácil. —Me desespero.

—A ver. —Suspira—. Quitemos algunos condicionantes de la escena: evidentemente, si me hablaras de una relación insana, de maltrato, desigual, tóxica…, te diría que sí, la eliminaría. No hay momento bueno que compense lo malo. Sin embargo, si tu pregunta no habla «del amor que duele», sino de lo que duele el desamor, te diré que cualquier cosa bonita tiene la capacidad de hacernos daño cuando desaparece de nuestra vida, porque deja un vacío, pero eso no elimina todas las sensaciones positivas con las que nos ayudó a crecer y a creer.

Esto me descoloca. Iván siempre ha pensado que el amor es algo ciertamente vergonzoso. Es decir, lo romántico adherido a la idea del amor. Supongo que todos pensamos que los demás, cuando se enamoran, dan un poco de vergüenza..., y yo la primera. Es un tema que me ha traído problemas, evidentemente.

—Vale —le digo.

—¿Es para un artículo, te ha dado un viaje hormonal...?

—Lo del viaje hormonal te lo voy a perdonar porque eres tú, pero es asqueroso.

—Hay meses que la regla te sienta fatal, chica, es la purita verdad.

Pongo los ojos en blanco.

—Tengo edad para plantearme cosas de la vida —resuelvo sin querer entrar en detalles.

—¿Viste ayer una película romántica que te dejó loca?

Loca estoy un rato, pero ¿cómo explicárselo?

Salgo del baño y me siento en la banqueta alta de la barra de la cocina, sobre la que encuentro mi agenda. Paso una a una sus páginas, distraída.

—Un libro —miento—. A veces las novelas pueden hacerte pensar mucho.

—Por eso no leo.

Lanzo una carcajada.

—No deberías presumir de ello.

—Tienes que respetar que haya gente a la que no nos guste leer, flor. Yo respeto que mi mejor amiga me llame un sábado al alba. Me apetece muchísimo decirte que tienes que ahondar en otras relaciones sociales. El hecho de que me tengas solamente a mí me amarga.

—No te tengo solamente a ti. Tengo muchas amigas.

—¿Y por qué no las llamas a ellas?

—Porque no son tú.

Sonrío con cierta tristeza. Quiero muchísimo a todas mis amigas y creo firmemente en la importancia de invertir tiempo y cariño en cada relación social que te importa, pero Iván siempre será Iván, y mi relación con él, especial.

—Bueno, ¿qué haces hoy? —me pregunta.

He conseguido enternecerlo, aunque no quiera demostrarlo.

—Pues estaba pensando ir a desayunar por ahí...

Paro en seco cuando mis ojos chocan con algo en la agenda que tengo en las manos. Algo que me ha hecho volver a la realidad. A la realidad poco realista que vivo desde ayer. A la realidad en la que no puedo hablar con tanta tranquilidad con mi mejor amigo por teléfono como si no pasase nada porque estoy viajando en el puto tiempo como en una noria de feria.

Aquí están. En una página aleatoria aparecen las anotaciones que hice anoche en las que me planteaba dónde y cuándo podía aparecer esta mañana. Puede parecer un dato sin importancia, pero lo cierto es que la tiene. ¿Por qué? Bueno, yo hice esas anotaciones ayer, ¿no? Ayer, reviviendo un día concreto de 2016. El día que conocí a Tristán de verdad. Y si la tinta del bolígrafo con la que lo hice sigue ahí, y no se ha borrado de la misma mágica manera en la que yo me muevo en el pasado, significa que sí puedo adulterarlo. Que sí puedo hacer cosas que no hice y que su resultado debería mantenerse en el tiempo. Y que quizá mi decisión de salir de la cafetería, despidiéndome de Tristán y diciendo que no a la posibilidad de vernos más, haya cambiado la rueda de los acontecimientos.

¿Es ahora mi pasado algo nuevo?

—¿Miranda? —me reclama Iván.

—Sí..., estoy aquí.

—Pensaba que se había cortado.

—No. Es que... me he acordado de una cosa. Oye, te dejo, ¿vale?

—¿Quedamos en tu casa para comer sushi y beber vino? —me pregunta.

Me lo pienso…

—Creo que no me va a dar tiempo. Te voy diciendo.

El 10 de diciembre de 2016 disfruté de una mañana supertranquila que no tenía nada que ver con esta versión 2.0. La tranquilidad está reñida con lo de viajar en el tiempo. Lo primero que hago al bajar a la calle es comprar el periódico, para cerciorarme de que esto no es una broma pesada orquestada por todos mis amigos. Mi yo sensato no quiere tirar la toalla. Pero no. No lo es.

«Sánchez deja sin aclarar su candidatura a dirigir el PSOE». Messi aún juega en el Barça. Y la moda tampoco miente: en la calle aún se ve mucho pantalón pitillo y mandan las botas mosqueteras. No hay duda, estamos en 2016.

Llevo en el bolso el ejemplar de *Madame Bovary* que he encontrado en la mesita de noche, pero por más que quiera reproducir aquel día, debo ser sincera conmigo misma y asumir que la memoria no es mi fuerte. No recuerdo cuánto tardé en llegar a la cafetería ni cuánto tiempo estuve allí. No sé si fui directa a la floristería o si me entretuve acariciando a un perrito, porque lo cierto es que soy de esas personas que sonríen a los perritos que se cruzan por la calle. Así que estoy nerviosa porque no tengo la certeza de si podré comprobar empíricamente si todo cambió con mi decisión de ayer o si esto es una realidad paralela en la que, de un momento a otro, los hurones y los gatos se van a rebelar contra los humanos hasta dominarnos.

Simplificando: el hecho de que «ayer» me marchara de la cafetería sin aceptar volver a verlo puede que dé como resultado…

a) Que en este presente nosotros no hayamos follado nunca, por lo que la oportunidad de ser un «nosotros» haya pasado de largo y hoy no nos encontremos por azar.

b) Que mi decisión fuera el equivalente en el orden del cosmos a mi fuerza de voluntad cuando digo «este mes no bebo ni una copa de vino»: o sea, que no haya cambiado nada.

Intento repetir los pasos que recuerdo con exactitud. Pido lo mismo: un café americano y media tostada con tomate. Trato de leer, aunque no puedo. Bajo al baño. Contesto con amabilidad cuando una chica me pregunta de dónde es el jersey que llevo y paseo sin prisa hasta la floristería. No recuerdo qué flores pedí ni cuántas para el ramo, pero sé que llevaba rosas de un color rosa pálido y blancas, ramas de eucalipto y siemprevivas de color lila, entre otras cosas. Se lo describo como puedo a las dependientas, sin saber si esos detalles son importantes.

—Lo quiero… como… lila, rosa y blanco. Un poco ñoño.

Una de las mujeres que me atiende sonríe y me siento justo como el ramo: tremendamente cursi. Sobre todo, en comparación con ella, porque esta señora es la dueña de una floristería, pero tiene pinta de que su flor preferida es el brócoli.

Estoy nerviosa. Necesito constatar de alguna manera cómo se comporta el tiempo cuando cambio algo. Hoy me he vuelto a levantar en un día diferente, por lo que nada me hace pensar que mañana no vuelva a suceder. Y necesito entenderlo.

Paseo con el ramo en la mano, tal y como hice entonces, pero no comparto el mismo ánimo. Aquel día estaba contenta. Sentía que había conseguido que mi vida fuera mía y no estar con la mente permanentemente ocupada en relaciones o amoríos. Creía haber aprendido a vivir sin necesitar estar con alguien. Y lo que me gustaba, así, en general, era la vida. Mi independencia. Los sábados. Mi casa. Las rutinas. Mi caos. La familia. Los amigos. Los rollos. Mis sábanas. Es decir, todo lo que yo decidía y cómo lo decidía. Hoy sé que conocer a Tristán me desvió de ese camino. O quizá, sencillamente, lo cambió por una historia de amor.

Ocurre al girar la calle Fernando VI. Y no, no sucede como entonces. No lo veo a lo lejos a la vez que él me reconoce a mí. No nos acercamos con una sonrisa un poco avergonzada porque la última vez que nos vimos estábamos desnudos…, ni porque nos hayamos visto más desnudos que vestidos, la verdad. Es de golpe y porrazo, sin que yo pueda prepararme y decidir qué decir.

Giro la esquina. Doy tres pasos. ¡Pam!

—¿Miranda?

La voz surge a mis espaldas, de la nada, como si la magia que hace que todo esto sea posible lo materialice a su antojo donde menos me lo espero. Me vuelvo y ahí está. Con la barba un poco desarreglada; con el pelo peinado hacia un lado sin orden ni concierto, seguramente con los dedos; con los ojos llenos de una niebla que nunca deja que se sepa a ciencia cierta de qué color son, si verdes, si miel, si grises, si oscuros. Bien vestido, con una camisa a cuadros y unos vaqueros, cobijado del frío seco de Madrid bajo el mismo abrigo de lana buena y puños desgastados de siempre.

—¿Qué tal? —Sonríe.

—Bien. ¿Y tú?

No quiero decir mucho. Necesito situar nuestra relación. ¿Cambié algo ayer al comportarme de otro modo? ¿Nos hemos acostado ya? ¿Sí, no, un besito, una pajilla?

—Bien. Bueno…, un poco agobiado. —Arruga la nariz—. No hay manera de encontrar piso. Supongo que te lo conté…, que acabo de llegar a Madrid.

—Sí, me suena.

—Te hubiera contado más, pero... —Vuelve a esbozar una sonrisa coqueta, algo seductora y a la vez nerviosa. Ahora sé que cree que no se le da bien ser simpático con desconocidos—. Me dijiste que sabías cómo iba a terminar aquella copa de vino a la que te quise invitar y...

—Sí.

—Perdona, te he abordado así de pronto y a lo mejor ibas con prisa..., ¿te pillo mal?

Soy consciente de estar contestándole casi con monosílabos, pero es que con entender en qué punto estamos me doy con un canto en los dientes.

—No. La verdad es que volvía a casa —le digo, señalando el ramo—. Solo salí a hacer unos recados para mí. Ya sabes. Desayunar y leer un poco, comprar flores para casa y algo de comer..., ¿y tú?

—Bueno... —Mira a su alrededor—. Bajé a comprar algo para preparar la comida. Tengo la nevera vacía y no me apetece pasarme el fin de semana echando mano de comida para llevar. Más bien... quería cocinar algo rico, ¿sabes?

Sí. Sí que lo sé. Un steak tartar, con el solomillo cortado a mano, con paciencia. Una botella de vino bueno, un Pago de Carraovejas, un poco de foie, al que le pondrás unas láminas de manzana caramelizada al momento y que acompañarás con tostadas de pan caliente.

Aquel sábado fue la primera vez que comimos algo juntos. Normalmente tomábamos una copa de vino y nos íbamos a la cama. Fue la primera vez que lo vi cocinar, pero no la última. Cuando empezamos, a Tristán le gustaba cocinar para mí, porque decía que le parecía sexi que le contase cosas interesantes mientras él me preparaba la comida. Aquel día descubrimos en el otro mucho más de lo que habíamos querido ver y... nos quedamos con ganas de más. Fue... sexi, pero también mágico, interesante, un poco cursi quizá. Un comienzo.

El ramo de flores que llevo en la mano, o más bien su hermano gemelo de la otra realidad, se quedó en su casa. Él lo secó. En 2021 sigue todavía en el salón, algo pocho, pero resistiendo en un precioso jarrón blanco con cabecitas de conejo de Abe The Ape con el que me lo regaló el día que se mudó a vivir conmigo.

—Oye, ¿me acompañas? Puede ser divertido, ¿no? Podemos ir —señala una dirección con la cabeza— al mercado. Compramos algunas cosas y haces de pinche mientras te pongo una copa de vino.

Lo miro fijamente. Los labios. Esa boca nacida para besar. Esa nariz perfecta. Esos ojos nublados. Está tan guapo como lo recordaba. En realidad, creo que los años sencillamente no han pasado por él. Y no es solo que no sepa qué decirle, es que me quedo un poco idiota pensando en gilipolleces de novela romántica decimonónica y se me va el santo al cielo. Y como mi silencio lo pone nervioso, se lanza a hablar de nuevo, esta vez un poco atropellado.

—Supongo que sigues pensando eso de que sabes cómo va a terminar, ¿no?

—Sí. —Sonrío con pena.

—Me imagino que te has encontrado con muchos capullos como yo y ya estás un poco harta, pero… solo quiero invitarte a comer y charlar. Quizá no sea para tanto.

Sé lo solo que se sentía por aquel entonces. Por este entonces. Que echaba de menos a su cuadrilla de amigos, la pandilla más variopinta que jamás conocí y que nada tenían que ver con él. Que ponía en duda su decisión de aceptar el puesto en Madrid y que, en ocasiones, al meterse en la cama a las tantas cansado y solo, pensaba que la capital, descomunal y hambrienta, terminaría engulléndolo a él y a su aspiración de crecer. Sin embargo, tengo sobre la palma de la mano la oportunidad de evitar toda nuestra historia y quizá mañana, al levantarme, ni siquiera lo recuerde. Así tal vez sea posible que no haya daño y yo siga bien estando sola o, quién sabe, quizá duerma abrazada a otra persona… Alguien que no quiera dejarme, que no me rompa el corazón después de años de cenas, vinos, planes, algún viaje y que no deje esta herida.

No soy capaz de pensar con claridad.

—El plan pinta muy bien, muchas gracias —digo siendo muy muy amable—. Pero he quedado para comer sushi con un amigo en casa.

Arquea las cejas. Ha entendido que salgo con alguien. Supongo que se pregunta qué cojones hacía entonces yo en Tinder, pero no dice nada.

—Ah. —Hace una mueca—. Perdón. Ehm…, no quería incomodarte.

—No me has incomodado. De verdad que es un plan genial, pero quizá yo no sea la chica adecuada.

Asiente y yo doy un paso hacia atrás, dirección huida. Como ayer en la cafetería, dudo de mi fuerza de voluntad, porque de lo que más ganas tengo en el mundo es de repetir ese día, olvidándome de que al final, lo sé bien, me dejará. Vivirlo a él, abriéndose; volviendo a verlo con los ojos de quien se descubre ante otro.

Pero me duele.

Mucho.

Yo lo quería. Y él dejó de quererme.

—Un gusto volver a verte —le digo—. Que Madrid te trate bien.

No espero a ver su reacción. Me doy la vuelta y echo a andar. Siento cierto alivio entremezclado con el dolor, pero mañana todo esto habrá pasado. El hombre al que amaba y en el que confiaba, con el que quería un futuro, no me traicionará diciendo que ya no me quiere a su lado, que su felicidad pasa por dejar de estar conmigo. Porque yo lo quiero y puede que me tiente la idea de aferrarme a los recuerdos, pero si puedo ahorrarme la angustia de saber que se irá de mi lado, prefiero dormirme y olvidarlo. Deseo que mañana todo esto no sea más que esa sensación confusa que se resiste a marcharse tras un sueño muy vívido y real.

¿O no es así como funciona esto?

# 6

# Y me parece un privilegio saberlo de antemano

Iván me mira engullir sushi con cierto horror. Lo cierto es que lo estoy haciendo con un poco de ansiedad. No es bonito de ver. Es hambre emocional y eso lo saben hasta los que me han vendido las doscientas bandejas de sushi para llevar.

—¿Estás bien?

—*Fí*—contesto con la boca llena.

—Pues estás comiendo como una desesperada. ¿Te has enterado de algo de lo que te he contado?

—Sí. Que te tienen que levantar la claraboya de la terraza porque creen que es por ahí por donde se filtra el agua cuando llueve, y eso provoca la gotera de tus vecinos de abajo.

—Ah, pues sí —dice sorprendido—. Pero luego te he dicho más cosas.

—Pues lo último no lo he registrado.

Me limpio la boca con la servilleta, con la mirada un poco perdida.

—En serio, Miri, ¿qué pasa?

Pongo morritos. No puedo evitar la lucha interna, el centenar de sentimientos encontrados que pelean a muerte en mi estómago, en mi pecho y en mi cabeza. Me debato entre el alivio y la tristeza, la rabia y la confusión. ¿Voy a olvidarlo de verdad mañana? ¿Es esa la solución? ¿Estoy en coma? ¿En una simulación digital de mi vida? ¿Estoy en Matrix?

—Si yo te digo el nombre de Tristán…, ¿a ti te dice algo?

—¿Una ópera? —Aprovecha que estoy hablando para meterse un roll en la boca. La verdad es que le he dejado poco margen para que coma—. ¿Quién o qué es Tristán?

—Nadie. —Me encojo de hombros—. No es nada.

Es eso lo que quería, ¿no? Que dejara de ser alguien, de significar cosas, de llevar adherido a las letras que forman su nombre años de mi vida. Entonces ¿por qué esta sensación? ¿Por qué la impresión de estar malgastando una oportunidad?

Iván come distraído y yo me quedo mirando sus pestañas. La madre del cordero. Nunca me había fijado. Las tiene larguísimas. Pero… como una *drag race*.

—Iván, ¿te has puesto extensiones de pestañas?

—¿Y tú te has puesto extensiones en el coño? ¡Claro que no!

Me echo a reír.

—Tío…, pero si las tienes larguísimas.

Se las toca, extrañado.

—Pues como siempre, tonta, que estás muy tonta.

—No. Te lo juro. Pareces una Mariquita Pérez.

—Qué manera más sutil de insultar a tu amigo maricón.

Le pongo los ojos en blanco.

—¡Venga, hombre! Que te lo digo en serio. Se te han puesto unas pestañacas que parecen abanicos. ¡Tú ten cuidado con eso, que es un arma de destrucción masiva! En serio…, ¿a ver? Pero ¡si te chocan por encima de las cejas! ¿Cómo no me he dado cuenta antes?

—¡Uy! ¿Sabes qué deberíamos hacer? Ponernos guapos y salir a tomarnos algo —propone emocionado.

—¿Adónde?

—Pues no sé. Al Corazón. ¿Se llama así el sitio ese donde te gusta ir?

Dios…, el Corazón. Hace siglos que no voy. Bueno, en 2021 hace siglos que no voy. En 2016 me sabía hasta el nombre de los camareros. El rubito con pinta de surfero me encantaba.

—No sé qué narices te pasa, porque estás más rara de lo habitual —insiste—, pero no hay nada que no se cure pagando unas ginebritas a precio de oro de dieciocho quilates.

Flaqueo. Igual es lo que necesito. «Salir, beber, el rollo de siempre…», lo mismo que esa canción de Extremoduro.

—No sé. Y lo de ponernos guapos…, ¿tenemos que pasar por tu casa para que te cambies?

—¿Yo? No, señora. Yo soy guapo hasta en camisón de hospital.

Son apenas las ocho y media de la tarde, pero el Corazón está hasta arriba de parroquianos habituales. Los sábados vienen cargaditos por el diablo, que más sabe por viejo que por diablo, lo que me hace pensar en mí. En mí, que por dentro soy cinco años mayor de lo que me devuelve el espejo, y no es que sea un salto generacional que marque la diferencia, pero me hace ver las cosas desde otro punto. ¿Es posible que haya madurado? A los veintiocho todo me parecía muchísimo más fácil que ahora. Mi padre siempre dice que los años nos quitan la venda de los ojos para darnos cuenta de que la vida es mucho más sencilla de lo que nos imaginamos en un principio. Yo creo que es una montaña rusa. A veces, todo es demasiado difícil y a ratos la vida se convierte en un juego de niños.

Junto a la ventana que queda a la izquierda, nada más entrar, ocupando su mesa de siempre, está el chef bombón del que todas andamos medio enamoradas en algún momento de nuestra relación con el local. Él viene mucho. Antes con una rubia, ahora con una morena. Por la sucesión de los hechos, una presuponía que lo siguiente sería una pelirroja o una castaña, y después de vuelta a una rubia o quizá otra morena, pero no. Un día dejó de venir y luego me lo crucé por la calle con esta misma chica, empujando un carrito de bebé. Los miro reírse y brindar, con los ojos brillantes de esa chispa que tienen las relaciones al comienzo y, de alguna manera, me siento poderosa. Ellos no saben que serán papás pronto y que lo suyo irá bien. Pero yo sí.

—Iván, ¿tú crees que lo que hace emocionantes las historias de amor es no saber si saldrán o no bien?

—Bueno. —Le da un sorbo a su ginebra y se encoge de hombros—. Si lo piensas, tiene sentido. Lo que tenemos asegurado termina sudándonosla un poco. Es como que, si no lo peleamos, lo quc ganamos vale menos.

—Si eso es verdad, el ser humano es una mierda.

—El ser humano es una mierda, querida. —Me sonríe—. Pero qué bonitas son las extrañas excepciones. Venga…, bébete la copa, que tenemos que dejarnos el sueldo aquí y vamos con retraso.

En el Corazón la música que suena es la que pondría un *millennial* un tanto nostálgico y sin prejuicios. Eso significa que de la misma manera que suena uno de los temas más famosos de Nirvana, la siguiente canción puede ser de los Backstreet Boys. Y todo está bien. Dentro de unos años abrirán en la capital algunos garitos muy *remember* de principios de los años dos mil, pero esta gente aún no lo sabe. Se van a hartar de bailar Sonia y Selena o las Spice Girls.

No sé si es por la ginebra o por la libertad que me da saber (o más bien deducir) que mañana no habrá consecuencias, que habré olvidado, que mi historia con Tristán no existirá... Desde que he llegado me siento mejor. Me duele menos. Y me planteo si no será esto una especie de salvación cósmica para que viva de nuevo estos años de una forma diferente. ¿Y si mañana sigue siendo 2016 pero Tristán no está? ¿Y si mañana es 2021 pero a mí aún me late el corazón? Me acuerdo ahora de una canción de Natos y Waor, «Cicatrices», que termina diciendo «te regalé el corazón, ahora en el pecho tengo un agujero». Esa canción todavía no existe. Probablemente ni siquiera esté escrita y yo a lo mejor aún puedo evitar ese vacío en mi pecho.

Iván y yo nos hemos ido animando. Nuestro campamento base está al final de la barra, junto a los baños, donde hay un espacio por el que movernos con libertad. Detrás de nosotros hay una reunión de pijos con pinta de aburridos que, no obstante, están armando bastante jaleo. Nosotros, por nuestra parte, bailamos y cantamos. No serán ni las diez y ya empezaría a ser buena idea meternos en el cuerpo algo sólido que empape las copas, pero es lo último que se nos pasa por la cabeza. Iván se ha arrancado, cual barítono, con el tema principal de la banda sonora de *Dirty Dancing*, que está sonando ahora mismo, pero con un inglés que más bien parece una invocación a Satán.

—¡Para! —le grito—. ¡No te la sabes!

—*Aaaaa jeeeeend de taaiiim of mai laif, is a nana nana llu bifor, ant ent...*

—Algún dios de la noche va a terminar escuchando tus plegarias, y a ver qué hacemos...

—Pues disfrutar, porque le estoy pidiendo al señor de la noche un buen jamelgo para ti, para que se te quite esa cara de fruta escarchada.

—¿¡Fruta escarchada!?

—¡Eres el trozo ese verde pringoso que le ponen encima al roscón de Reyes, so asquerosa!

¿Por qué será que da tanto placer insultar a los amigos? Me pilla con la guardia baja. Eso es. Es el hipnótico movimiento de las tremendas pestañas de Iván recién descubiertas. O la música. O el ambiente oscuro y sin ventanas. O la ginebra. O que sencillamente esto ya no tocaba. No sé qué será, pero la cuestión es que antes de que pueda contestarle a Iván algún insulto absurdo, como «mamuluco», alguien me toca el brazo.

—¿Miranda?

Atisbo a reconocer su imagen por el rabillo del ojo antes de que mi mente consciente lo registre. Quizá, en realidad, todo empieza a cobrar un poco de sentido para mí conforme lo voy viviendo. Sé que es él, aunque todavía no me haya girado.

Y claro. Lo es. Es él.

Pero... ¿qué narices? Se supone que hoy ya le he evitado. Hoy ya hice lo que tenía que hacer para que lo nuestro no siguiera su curso. ¿Por qué es tan puto difícil esquivarlo? ¿Por qué..., por qué está tan jodidamente guapo el muy puto?

—¡Hola!

—Ey... —Digo eso porque no sé qué más decir, y salir corriendo sería raro.

Busco a mi mejor amigo con la mirada para ver si lo reconoce. Yo qué sé. Igual esto es como los encantamientos de los cuentos de princesas y, de repente, la mirada de Iván rompe la farsa y todo se descubre. ¿De qué manera puede ser eso posible? Y yo qué sé. Tampoco pensé jamás que pudiera despertarme un día cinco años atrás.

Pero, claro, no hay reconocimiento en su expresión. Qué va. Iván me mira sonriente, levanta un pulgar con disimulo y da un par de pasos hacia atrás, hacia la barra, creyéndose que he ligado con un tío guapo y que estoy encantada. Con la mirada le suplico que no lo haga, que no nos deje solos, pero la vía de comunicación mejor amigo a mejor amiga parece no funcionar. Normalmente me basta con un batir de pestañas, pero se ha debido de dar la vuelta antes de adivinar el pánico en mis ojos.

Pánico de qué, claro. Porque Tristán, que es el tipo que tengo justo al lado ahora mismo sujetando un botellín de cerveza, es guapo, no tiene pinta de enterrar cadáveres en el jardín de su casa y me ha saludado como si ya nos conociéramos.

—Traidor —balbuceo.

—¿Qué tal? —Su voz, algo rasposa y con ese toque de chico de extrarradio que siempre me pareció tan seductor, me acaricia—. Qué casualidad, ¿no?

—Pues... sí. ¿Qué haces aquí?

Señala con la cabeza a su espalda, donde el grupo de pijos aburridos sigue armando jolgorio.

—Pues acabo de llegar. Es el cumpleaños de uno de mis compañeros de bufete y como no tenía ningún plan mejor...

—Lo de que no tenías ningún plan mejor no se lo digas al homenajeado.

—Al ojo meneado no le diré nada.

Me quedo mirándolo. Esa broma tan viejuna no parece suya..., y eso que Tristán puede ser tremendamente raro. Recuerdo que al inicio de nuestra relación, cuando hablábamos mucho por WhatsApp, me parecía un soso de pelotas. Después, en persona, me sorprendía haciendo bromas o siendo pícaro. Pero esto no me lo esperaba. Es una broma que mi padre podría haber desempolvado de su tienda de las reliquias de la muerte.

—Ojo meneado, ¿eh? —Meto el dedo en la llaga.

—Malo. Muy malo. Lo admito. Igual es que me sorprende verte.

—Y a mí verte a ti. —Arqueo las cejas.

—No es lo normal.

—¿A qué te refieres?

—Pues a que, normalmente, suelo tener suerte y si una tía me rechaza tanto como tú, no me la encuentro en todas partes.

—Es la ley de Murphy. En Madrid funcionamos así —le vacilo.

—Ah, no niegas que me has rechazado fulminantemente dos veces.

—Tengo mis razones. —Sonrío.

—¿Siempre eres tan seria?

—Para nada.

—Entonces ¿soy yo? ¿Te pongo seria?

—Me pones triste. —Pero se lo digo sonriendo.

Asiente, torciendo la boca en una especie de sonrisa contenida.

—Antes de seguir hablando…, ¿es ese tu chico?

Iván charla con el camarero como si se conocieran de toda la vida. A ver si llevaba yo años lanzando miraditas al camarero surfero y en realidad este con quien quería ligar era con Iván…

—Es mi mejor amigo.

—¿Has dejado a tu chico después de la comida y…?

No le dejo terminar.

—Has dado por hecho que tengo novio, pero yo no te he dicho eso. Supongo que es un mecanismo del ego para que el rechazo te haga menos daño. Es mejor para ti pensar que te rechazo porque tengo novio, no porque no quiera nada contigo. Es la explicación más plausible, ¿no?

Arquea una ceja. Mi respuesta le ha sorprendido. Oh, oh, no debería estar haciendo esto. Debería estar siendo una tonta de narices, hacer algo que sé que le molesta o le irrita o le horroriza. Debería estar provocando que se fuese. Pero no.

—Ah..., me acusas de egocéntrico. —Sonríe.

—Nah, no te he prestado tanta atención.

Sé que es el típico comentario que le generará más curiosidad, que hará que yo le parezca más interesante y, aun así, lo hago. No puedo evitarlo. Es su olor. Es la camisa a cuadros de El Ganso. Es lo espeso que tiene el pelo negro.

—Cuéntamelo entonces —me dice, decidido.

—¿Qué quieres que te cuente?

—La explicación real de tu rechazo.

—Vas a hacerme daño —admito con la boca bien llena.

Lo bueno de viajar en el tiempo es que dejas de tener miedo a lo que puedas decir. Total..., ¿qué es lo peor que puede pasar?

—No. —Me mira la boca al responder—. Te voy a hacer la cena. Como mucho.

—¿Ahora tú también eres vidente?

—No sé. Si tú puedes jugar a adivinar el futuro, ¿por qué no puedo hacerlo yo?

—Pues sorpréndeme, ¿qué nos depara?

—Pues a ver. Me voy a ir ahí detrás... —señala al grupo de pijos con camisas sudadas— a terminarme la cerveza. Después, con la excusa de que me dé el aire, saldré y no volveré. Me estarás esperando en la esquina e iremos hacia mi casa. Compré algunas cosas cuando nos cruzamos esta mañana, pero al llegar me puse perezoso, me dio lástima cocinar para mí solo y me calenté unas sobras. Así que tengo todo lo necesario para un steak tartar, un poco de foie y vino bueno. Comeremos, conversaremos, pondré música y cuando estés cansada, te acompañaré paseando a casa.

—¿Me acompañarás paseando a casa?

—Sí. El frío me gusta. Me espabila el cerebro.

Asiento despacio, sin evitar mirarle la boca. Tristán. Mi Tristán. Ni rechazándolo descaradamente parece querer soltar la posibilidad de lo que tenemos por delante. Quizá sea el momento de creer en el destino y lanzarme en un pequeño salto de fe o, tal vez, sopesar la posibilidad de apuñalarlo.

—¿No será que de paso te aseguras, también, saber dónde vivo?

—También. —Se ríe. Sus dientes blancos se asoman tras su sonrisa. Tiene los dientes grandes, pero no desentonan en su sonrisa. La hacen más bella.

—¿Y el sexo? —le pregunto.

—Oiga, señorita…, lo que no puede usted hacer es rechazarme con tanto descaro y después exigirme que rinda en la cama. No, señor. No soy tan directo.

—¿No tienes rollos de una noche?

Sé perfectamente que la respuesta es sí, pero él se resiste a dármela. Creo que le preocupa lo que opine de él y esta versión del primer Tristán, del Tristán de la prehistoria de nuestra historia, me confunde. No lo recordaba así. Y me genera… inquietud. No sé de lo que es capaz.

—Los tengo. Claro que los tengo. Pero… —niega con la cabeza, un poco más serio, como sopesando— igual es el momento de admitir que quizá no soy tan directo como tú.

—Quizá lo que pasa es que prefieres ser tú el directo…

—Puede ser. Puede que me ponga nervioso que lleves tú la iniciativa de esta manera tan flagrante.

—No te he ofrecido sexo —le aclaro—. Te lo he preguntado para saber si lo obvias porque no quieres asustarme o porque realmente no lo estás buscando.

Me mira con una expresión divertida. Se ríe. El Tristán que se ríe es mi preferido. Es el más guapo. Siempre lo he sabido. De las decenas de hombres que guarda en su interior, ese es el niño de mis ojos.

—Hagamos una cosa. —Me enseña el meñique, esperando a que enganche el mío, como cuando de pequeños hacíamos promesas con los amigos, pero no lo hago—. Prometo no intentarlo si vienes a cenar conmigo.

—¿Y dejo a mi amigo solo?

—Llevas todo el día con él. Miéntele. Dile que estás cansada.

—Eso no es ser una buena amiga.

—Pues dile la verdad. —Se encoge de hombros—. Yo vuelvo con mis compañeros. Te espero a las... —Saca el móvil del bolsillo de sus vaqueros y mira la hora—. En media hora. A las diez y media.

—¿Dónde?

—En la esquina. Saliendo, a la izquierda..., junto a la plaza.

—No lo sé. No sé si me convence.

—Te espero hasta las diez cuarenta. Tú decides.

Se despide con un alzamiento de cejas. Cómo me gustan sus cejas.

De camino al punto de la barra donde Iván está apoyado, ahora mirando su móvil, pienso en las posibilidades. Un abanico que se abre y se cierra conforme voy tomando decisiones. Quizá siempre sea así. Tal vez cada pequeña decisión que tome en la vida cerrará un camino, pero nunca había tenido la oportunidad de descubrirlo de un modo tan empírico.

Ahora bien...

Si rechazo otra vez a Tristán..., ¿me lo volverá a poner en el camino? ¿Quién me lo volverá a poner en el camino? No quiero mencionar al destino. Prefiero pensar en una suerte de fuerza gravitatoria que mece mi línea temporal. Sea quien sea el que inventó el DeLorean en el que ahora mismo viajo.

—Enano... —le digo a Iván.

—Era guapo, ¿no? A ver..., no obviamente guapo, pero de los que te gustan. Así, con la nariz como de chicarrón del norte, con buen pelo y la boca de comer...

—Cállate —le pido riéndome.

—¿Quién es? ¿Lo conoces?

—De otra vida. —Me vuelvo a mirarlo fugazmente.

Está completamente integrado en el grupo del cumpleañero, pero no parece parte de la pandilla. No habla demasiado. No interactúa mucho, más allá de alguna sonrisa y asentimiento. Tan distantemente atractivo. Tan atractivamente distante. Eso siempre me ha gustado de Tristán. Cómo maneja los silencios. Creo que fue una de las cosas que hizo que me pillara de él.

—¿De otra vida...? Anda, qué. Flipada.

—¿Qué hacías? —Le doy un golpecito con la uña a la pantalla ahora apagada de su iPhone.

—Nada. —Sonríe.

—¿Tinder?

—Una rondita —confiesa.

—¿Y qué?

—Nada nuevo. O lo que hay nuevo no me mola, no lo sé.

—¿Sigues hablando con el chico aquel...? —Hago como que intento hacer memoria.

—Sigo hablando con ese chico, sí, pero..., no sé.

—¿Qué no sabes?

Yo sí lo sé. No debería interceder..., ¿verdad?

—Pues no sé si tiene demasiado sentido continuar hablando y hablando y hablando. Me ha dicho hace un rato que está tomando algo por Conde Duque con unos amigos. Ellos se quieren ir pronto a casa hoy, pero a él le apetece ir a picar algo y...

—¿Y te ha propuesto salir a cenar?

—Sí —asiente—. Pero no sé si me animo.

Lo pienso un segundo. Un solo segundo. Y un segundo es lo que ha necesitado mi curiosidad para coger el timón.

—Si tú vas a cenar con él..., yo me voy a cenar con este. —Señalo hacia atrás.

—No lo vas a hacer ni de coña.

—¿Qué te juegas?

—Me estás engañando.

—No. No te estoy engañando. ¿De qué crees que hablábamos? ¿Del tiempo?

—A mí me da miedo que te vayas con ese a cenar. —Arquea las cejas—. Que no lo conoces de nada. A ver si te va a echar burundanga en la copa y mañana apareces destripada en Canillejas.

—¿Y por qué en Canillejas?

—¿Y por qué no?

En otra situación no haría lo que voy a hacer, pero creo que en esta los condicionantes me lo permiten. Estoy a punto de mentir a mi amigo.

—Me lo llevo a picar algo por aquí. Por Malasaña. Por lo único que tienes que sufrir es por lo que puedan cobrarme por una hamburguesa, que además seguro que será vegana.

Sonríe y mira el móvil de reojo.

—Venga, dile que lo ves en media hora. Nos pedimos la última y nos vamos.

No se lo voy a decir, porque ni siquiera estoy segura de qué quiero decirle exactamente, pero sé que Iván tuvo citas y cenó con gente con la que luego no cuajó…, pero le sirvió para darse cuenta de lo superada que estaba su ruptura anterior. Y se sintió fuerte. Y libre.

Con el chico de esa noche nunca surgirá una historia de amor, pero serán grandes amigos. Y me parece precioso, increíble y un privilegio saberlo de antemano.

# 7

## «Muchas más rarezas que enseñarnos»

No recordaba que en 2016 Tristán aún fumaba como un carretero. Era un fumador inconstante pero intenso: si no tenía tabaco, podía pasarse tres o cuatro días sin pisar el estanco. Si llevaba un paquete en el bolsillo y estaba al aire libre, casi encendía uno con la colilla del anterior. No recordaba que en 2016 yo también fumaba. Mira tú. A los veintiocho aún no me había planteado lo absurdo que era aspirar humo de una cosa maloliente a la que prendías fuego.

Por eso me sorprende tanto verlo aparecer con un pitillo en los labios y la mano izquierda hundida en el bolsillo de una chaqueta que no es el abriguito con el que me lo encontré esta mañana. Es una chaqueta…, sin paños calientes: es una chaqueta de tintes macarras. ¿Lleva borreguito por dentro? Lleva borreguito por dentro. ¿La defendería como pieza icónica y ejemplo de estilo? No la defendería como pieza icónica y ejemplo de estilo. ¿Me pone? *Like a* perra. Le queda como si se la hubiera lamido encima el dios de las cosas sexis.

Lloré amargamente la «muerte» de aquella chaqueta en 2020 cuando, en el confinamiento, sufrió un accidente en el tendedero. Qué tiempos aquellos que aún no hemos vivido.

Tira la colilla al suelo con una media sonrisa al descubrirme en la esquina y yo le devuelvo el gesto. Me ofrece un cigarrillo mientras guarda el mechero.

—No, gracias.

—Qué raro. —Hace una mueca mientras se concentra en colocar el encendedor dentro del paquete blando de Marlboro y se lo guarda en el bolsillo—. Hubiera jurado que fumas.

—Fumaba —confieso concisa.

—Yo quiero dejarlo.

—Lo conseguirás. Siempre y cuando nadie te lo exija. Eres de esos.

Levanta las cejas, mientras me indica la dirección a seguir.

—Ah, ¿sí? ¿Qué pasa? ¿Además de adivinar el futuro, lees las mentes?

Lanzo una risita. El orgulloso Tristán. Este no me gusta tanto, pero siempre me ha puesto un poco cachonda.

—Podría hacerte ahora mismo un perfil que ni el FBI. Sin margen de error.

—¿Es por eso por lo que me evitabas? ¿Porque has mirado dentro de mí y no te ha gustado lo que has visto?

Le respondo solamente con una sonrisa misteriosa y una mirada fugaz. Está un poco tenso. Yo no..., pero solamente porque he dormido a su lado tantas noches que podría contar con los ojos cerrados los lunares de su espalda.

—¿Te gusta Madrid? —le pregunto, aunque ya sé la respuesta.

—Bueno..., me apaño. A veces me acojona. Es... enorme.

—No te creas. Al final aquí nos movemos siempre por los mismos sitios.

—¿Quiénes? ¿La gente guapa? —se burla.

—No sé qué es para ti «la gente guapa», pero casi podría asegurarte que, de existir, yo no cuento entre sus filas.

—Ouh…, falsa humildad. No te pega.

—No soy una tía guay.

—Ah, no…, vale. Eras subdirectora de la revista de moda más famosa del mundo, ¿no?

—La más famosa es *Vogue* —me defiendo—. Y no tengo el perfil de chica *Vogue*.

—¿Por qué?

—Pues porque… —Arrugo el ceño—. Pues… no lo sé. ¿Por qué coño no lo tengo?

Se echa a reír y me contagia. Hace un frío de pelotas y los dos nos arrebujamos dentro de nuestras chaquetas.

—Al final te has animado —comenta sin mirarme.

—¿A qué? ¿A cenar contigo? Pues sí. Me has venido que ni pintado. Mi amigo ya se iba y tengo la nevera vacía.

Sonríe.

—Pareces majo —aclaro mientras le devuelvo la sonrisa.

—No sé si «majo» es la palabra.

—¿Y cuál es la palabra?

—¿Sabes qué palabra usáis mogollón las tías y la odio con toda mi alma?

—Sí —asiento.

—Es imposible que lo sepas. —Se concentra en estudiarme con ojos graves, pero divertidos, con tanta intensidad que está a punto de hincarse un bolardo de metal a la altura de la espinilla. Lo esquiva en un gesto ágil y se ríe para sí—. ¡Ouh! Qué cerca.

—Mono —le digo.

Se para en la calle y me sujeta del brazo con suavidad para que haga lo mismo. Entonces sí me observa con detenimiento. Una ceja se le arquea.

—¿Qué?

—Odias la palabra «mono». «Eres muy mono» te parece un horror de cumplido.

—Prefiero que me digan que tengo cara de mierda.

Lanzo una carcajada. Él también.

—Al final voy a tener que ceder a la evidencia de que sí sabes lo que va a pasar.

—Al dedillo.

Asiente despacio. Se humedece los labios y a mí el sexo me hormiguea. Deseo que me bese. Deseo con todas mis fuerzas que me bese. Y no entiendo en qué momento dejé de prestar atención a nuestros besos. A los de buenos días. A los de despedida. A los de reencuentro. A los del sexo. A los de...

Tristán da un paso hacia atrás, sin dejar de mirarme, antes de darse la vuelta y llevarme con él.

Tristán se hospeda en un Airbnb en la calle Campoamor. El edificio es uno de esos bonitos, muy castizos, de fachada remodelada hace pocos años y pintura blanquísima, pero los pisos son pequeños y algo destartalados, como las viviendas que se amueblan solamente para ser alquiladas por días. No hay coquetería en los detalles. Solo practicidad, aunque a él no parece molestarle en absoluto. Es un hombre con una sensibilidad estética selectiva.

Al entrar, tira las llaves en un sucinto mueble blanco que se encuentra en la entrada y cuelga la chaqueta en un perchero igual de anodino que el aparador. Me pide mi abrigo y el bolso para hacer lo mismo con mis cosas. Antes de dárselo, mando un wasap a Iván diciéndole que todo va bien, que no se preocupe, que estamos tomando algo en otro garito y que no pienso llevármelo a casa. No espero la respuesta, porque Tristán se mantiene paciente, aguardando para colgar el bolso en el perchero.

Odiará que se lo digan, pero es muy mono.

¿Qué problema tienen los hombres con la palabra «mono»? Ser mono no quita que te quieran follar salvajemente ni que te respeten como persona. Vete tú a saber. Después de tantos años de lidiar con ellos sigo sin entenderlos.

La casa es prácticamente un cuadrado perfecto formado por una cocina, un salón, un dormitorio independiente y un baño. La cocina es pequeña y tiene una barra que la une al salón, que está amueblado con un sofá, una mesa con dos sillas, una estantería casi vacía y un raquítico mueble sin personalidad con una televisión encima. A través de una puerta entornada se adivina el dormitorio; puedo describirlo perfectamente, aunque todavía no haya entrado. Es pequeño, con una cama de matrimonio, dos mesitas de noche y un armario empotrado junto a la puerta de un baño cuco, pero también enano. Sonrío al recordar que un día casi nos matamos intentando follar en su ducha. Probablemente he cambiado tanto el principio de esta historia que, sea como sea el modo en el que funciona esto, esa escena jamás se dará.

—¿Te hace gracia? —me pregunta adelantándome y metiéndose en la cocina.

—No.

—Sonríes.

—¿Quieres que llore?

Eso le hace soltar una pequeña risotada que desaparece en el momento en que la oigo. Nunca me planteé que Tristán fuese uno de esos hombres a los que se seduce con la risa, con el estómago y con la boca..., ya sabes.

Me pide que me siente en una de las banquetas de la barra, en la parte que da al salón. Después pone dos copas sobre la superficie de madera y una botella de vino, que recibo en las manos junto al abridor.

—Ve haciendo los honores. No tardo nada.

Pero va a tardar, porque Tristán es lento. Lento para casi todo. En el trabajo no lo es. Ni para alcanzar el estado de concentración necesario para llevar a cabo tareas difíciles.

Pero en el movimiento, en cualquier cosa que no sea andar, Tristán es lentísimo. Así que cortar a mano el solomillo en pequeños daditos, picar la cebolla roja y las alcaparras y mezclarlo todo con el resto de los ingredientes le llevará una hora. Me da igual. No tengo prisa. Estoy pasando el tiempo con la persona a la que amo y que va a dejarme en unos años… y ahora mismo él no sabe nada de esto. Ni que lo amo ni que va a dejarme ni que él mismo me querrá hasta desquiciarse.

—¿Quieres poner música? —me pregunta.

—Vale.

—Conéctate. —Me señala un altavoz Marshall y yo me descojono.

—Soy más analógica que los ábacos, cielo. No voy a saber.

Chasquea la lengua contra el paladar, saca el móvil del bolsillo de sus vaqueritos (ay, sus vaqueritos) y me lo da desbloqueado. Eso siempre me gustó de él: es desprendido. No es de esos hombres que custodian su teléfono móvil como si fuera el oro del faraón.

—Busca Spotify y pon lo que quieras.

Tardo un poco. Todo lo que se me ocurre es posterior a 2018 y, claro, aún no existe; además no quiero caer en el fallo de poner una lista manida de jazz ambiental que hará que parezca que estamos comprando manteles en Zara Home. Tardo un poco, pero doy con algo bastante apropiado para la situación: *Home*, el disco de Rudimental.

—Qué bueno —musita concentrado cuando empieza a sonar la canción que da nombre al disco.

—Rudimental. ¿Los conoces?

—No. Pero me gusta cómo suenan.

Ya lo sabía. No tiene mérito. Solo tuve que rebuscar un poco en mi memoria.

Descorcho la botella con alguna dificultad y sirvo vino en ambas copas. Él no tarda en coger la suya y acercarla a la mía, buscando un brindis.

—¿Quieres decir unas palabras? —me burlo.

—Me parece que no hará falta.

Aquí está: su gestión del silencio, su arma bajabragas. Bueno..., una de sus armas bajabragas. Tristán está guapo cuando calla, también cuando ríe. Pero cuando calla, le crece alrededor un aura de misterio que lo hace sencillamente irresistible.

Me doy una vuelta por el salón, pero nada de lo que hay por aquí me dirá algo de él. Hasta que no encuentre un piso para alquilar de forma más permanente, no va a molestarse en darle una pátina de calidez a su guarida.

—Eras de Madrid, ¿verdad? —escucho que me pregunta.

—Sí —asiento—. No gata, pero sí.

—¿Qué es eso de gata?

—Aquí se consideran «gatos» a los madrileños de tercera generación.

—Ah, vaya. Hay castas.

—Ya te digo. Mi madre era de Salamanca.

—¿Era?

—Murió siendo yo muy pequeñita.

—Lo siento.

Me asomo a la cocina para mirarlo. Corta los ingredientes concentrado y sus cejas se fruncen en un gesto que podría hacerle parecer enfadado.

—No te preocupes. He tenido un padre increíble que no olvida ni un detalle de mi madre, así que he crecido con cientos de historias sobre ella. La siento... cerca.

—Qué bien.

—¿Y tú?

—¿Yo? —Parece confuso por la pregunta, como si no esperase tener que hablar sobre él.

—¿Tienes familia aquí?

—No. La tengo toda en Vigo. Poca, y en Vigo. —Sonríe.

—Te apuesto lo que quieras a que echas más de menos a tus amigos que a tu familia.

—Eres muy bruja. —Sonríe para sí y luego me mira. Me mira y me quiere comer.

En el abanico de miradas de Tristán hay de todo. Las hay heladas. Las hay calientes, capaces de fundirte por dentro. Las hay divertidas. Algo aleladas. Nerviosas. Y, al contrario de lo que ocurre con ciertas sonrisas suyas, que se parecen demasiado a pesar de que algunas pueden decir que no, otras que sí y unas cuantas que puede, con las miradas no hay duda. Si te mira con deseo, no cabe margen de error en la lectura. Si te mira con desdén, tampoco.

El corazón se me dispara cuando recuerdo cómo me miró hace dos días, sentado en la terraza de una cafetería de la calle Fuencarral. Cómo me miró al decirme que ya no quería seguir viviendo conmigo. Que no deseaba que su vida y la mía continuaran colgadas del mismo hilo conductor. Supongo que de pronto parezco preocupada, porque su expresión cambia.

—Era broma —aclara—. No te veo yo maldiciendo a nadie.

—Lo sé. Perdona. Se me ha ido el santo al cielo.

No añade nada más y me siento en la banqueta a mirar la forma tan meticulosa en la que corta y prepara la mezcla. Me abstraigo en ella y, sin poder evitarlo, me enrosco alrededor de la imagen de nuestra ruptura. Con lo fácil que sería ensimismarme en sus manos o quedarme flotando en el olor de su perfume. Pues no.

Por primera vez en dos días me pregunto si habrá otra persona. A menudo dicen que los hombres no rompen con su pareja hasta que no tienen con quién sustituirla. Eso me angustia. Tanto que me agarro a la copa de vino.

Una pregunta anida en mitad de mi cerebro. Una compleja y que no sabré contestar, porque... aunque yo estoy despertando en el pasado, ¿sigue nuestra línea temporal su transcurso? ¿Está Tristán ahora mismo con otra persona en el sofá de otra casa, besándole el cuello, dando gracias por haber podido librarse de mí? ¿Y qué hago yo entonces? ¿Dónde estoy? ¿Hay un «yo» que sigue durmiendo, tumbado, muerto?

No pido permiso. Solo me levanto de golpe y abro de par en par las puertas del pequeño balcón que da a la calle y allí me apoyo en la barandilla durante largo rato. La imagen de Tristán besando a otra me ha revuelto el estómago.

Los pasos de sus botines sobre el parqué preceden a su olor, que pronto me envuelve. No sé si estoy enfadada, triste, angustiada o todo a la vez..., no lo sé. Pero, de golpe, he vuelto a concctar con la idea de que evitarme todo este dolor es la única respuesta posible a la pregunta de por qué estoy reviviendo esto.

—¿Todo bien? —Me pasa la copa y yo la cojo asintiendo—. Has venido tan directa al balcón que parecía que ibas a tirarte.

—No tengo impulsos suicidas, puedes estar tranquilo.

—Ya me imagino. Ya está la cena.

Asiento con los ojos puestos en la calle y él se apoya en la pared lateral del balcón con la copa en la mano.

—¿Puedo ser yo ahora quien juegue a adivinar cosas? —pregunta.

—Claro.

—¿Seguro? —Arquea las cejas.

—Sí. Si me ofendes, siempre puedo tirarte el vino a la cara y hacer una salida triunfal.

Sonríe quedo cuando lo miro.

—Un tío te ha hecho daño.

—Buff —respondo—. No lo sabes bien.

—¿Qué pasó?

Pongo los ojos en blanco.

—Lo que pasa siempre. Que se acaba.

—Supongo que rompió él.

—Supones bien.

Me parece increíble, una especie de círculo vicioso casi viscoso, estar teniendo esta conversación con él, que no tiene ni idea, ni la tendrá nunca, de que hablo de su yo del futuro.

—¿Terceras personas? —pregunta.

—No lo sé. Un día estábamos bien y... al siguiente me dejó.

—Eso no puede ser así —defiende—. Habría señales.

—¿Y yo estaba ciega o tonta? Ninguna de las dos opciones llega a seducirme demasiado.

—O simplemente estabas mirando a otro lado. No digo que lo hicieras de manera consciente. Quizá había muchas más cosas que reclamaran tu atención.

Por un momento, al mirarlo, parece que brilla en sus ojos, flotando, la verdad sobre nuestra historia y que él la conoce muy bien, pero es solo un espejismo.

—Discutíamos y eso. No sé. Yo siempre he estado muy enamorada de mi trabajo.

—¿Más que de él?

—No. —Me río amargamente—. Pero ¿por qué estamos hablando de esto?

—Porque, de algún modo, me da la sensación de que te recuerdo a él. O te despierto sentimientos encontrados. Quizá la ruptura es demasiado reciente. No lo sé. Dímelo tú.

Y esto solo quiere decir una cosa: que le intereso de verdad. No quiere perder tiempo, ni meterse en movidas raras ni en dramas. Este es mi Tristán.

Me dan ganas de reír, pero me doy la vuelta y apoyo la espalda en la barandilla. Tristán se acerca decidido y tira de mí. Creo que me va a besar, pero solo me aleja del borde.

—Me estás poniendo malo ahí encaramada —confiesa, y su voz raspa hasta en mi garganta.

—No va a pasar nada.

—Bueno, pues por si acaso.

Impone unos centímetros más de distancia entre los dos cuando vuelve a apoyarse en la pared y saca su paquete de cigarrillos. Lo dejará en un año o así porque una mañana, al levantarse, le parecerá que tose de más, que es muy joven para estar incorporándose de la cama con estertores de la muerte, y además me confesará que estaba harto de airear siempre la chaqueta para no arrastrar el olor. Lo dejará de golpe y no necesitará ayuda. Como cuando me dejó a mí hace dos días.

—¿Me das uno? —le pido.

—¿Seguro? ¿No lo habías dejado?

—Al parecer estoy a tiempo de retomar vicios.

Me ofrece uno y me tiende el mechero. Doy la primera calada sin dejar de mirarlo. Él hace lo propio con su cigarrillo. El ambiente se llena de humo y del aroma del tabaco rubio y fuerte que fuma.

—Cenamos y me voy —le digo, desviando la mirada hacia el pitillo.

—Lo sé. Ese era el trato.

Asiento sin mirarlo. De pronto estoy enfadada…, muy dolida. Me gusta tanto su voz, su mentón cubierto de barba desigual, el espesor de su pelo, el color indefinido de sus ojos, sus manías, sus caricias, su puta colonia…, que me da rabia. Me da rabia haberlo perdido, quererlo aún, tenerlo tan cerca, que lo nuestro no haya sido lo suficientemente fuerte como para perseguirlo hasta este pasado que no lo es, que estamos cambiando. Debería acordarse, ¿no? Si tanto me quiso, si fui yo, como él decía, la mujer que le hizo entender lo que significaba de verdad querer a alguien, debería acordarse de mí. Una chispa. Un destello de reconocimiento. Algo.

Tengo ganas de darle un guantazo.

—¿Qué? —me dice, rompiendo el silencio.

Doy otra calada al cigarro y lo apago en una maceta llena de tierra seca y colillas que hay colgando enganchada en la barandilla.

—Cenamos y me voy.

—Eso ya lo has dicho un par de veces. Y yo te he respondido que guay, que era lo acordado —se burla.

—Sí, pero igual esto no entraba en el trato y no significa que este vaya a cambiar.

—¿El qué…?

No se lo espera, pero sus labios me reciben casi con entusiasmo una vez repuestos de la sorpresa. Sí. Lo beso. Sin saber por qué o si hay un porqué. Porque siempre lo besaba. Porque es Tristán y sigue flotando en el aire una especie de derecho que me pertenece y que encadena su boca a la mía. Su lengua a la mía.

Ambos sabemos levemente a tabaco y sujetamos nuestras copas de vino, pero nada de eso nos impide profundizar en el beso y envolver al otro en un abrazo que nos pega mucho más.

Tristán besa como siempre. Como me besó ya la primera vez. Bien. Muy bien. Hay una pizca de desgana superpuesta a la pasión con la que lo hace; creo que son las dos caras con las que vive el placer. Él se abandona al placer. Yo lo ejecuto. Yo necesito la fuerza para sentirme más física y tangible. Él su propio ritmo, que impone siempre. En los besos. En los dedos. En la boca. En las caderas. Y eso me excita y me cabrea.

Su lengua envuelve la mía trazando unos círculos húmedos que persigo. También lanza lametazos cortos, a veces violentos, a veces lánguidos, a los que contesto de buena gana. También muerde un poco mi labio inferior. Cuando lo hago yo, un gruñido bajo y sensual emerge de su pecho.

No dejaría nunca de besarlo. Me moriría aquí de inanición, de sed, de frío. Pero él no. Y después de un beso probablemente más largo de lo que un primer beso requiere, separa un poco la cabeza y me mira, entre avergonzado, excitado y un poco ofendido, porque sigo llevando la voz cantante, y es algo que no le gusta, por más que no quiera confesarlo porque quiere ser mucho más moderno que eso.

—Vaya… —susurra—. Eres muy rara.

No puedo evitar reírme, con toda mi tristeza y mi rabia a cuestas. Él también se ríe.

—Cuanto más, mejor. Así no me pedirás el número cuando me vaya y mañana no me llamarás.

—Voy a acompañarte a casa. —La mano con la que sujeta la copa se coloca sobre mi cadera, como queriendo suavizar el gesto con el que se ha apartado del beso.

—No tienes que hacerlo.

—Pero quiero hacerlo. Y pedirte el número.

—¿Por qué? Si soy muy rara.

—Una tía muy rara —insiste, frunciendo un poco el ceño—. Pero me haces sentir terriblemente cómodo. Y en casa. Y eso también es raro.

—Sí. Lo es. —Una llama de calor sube hasta mis mejillas.

—A lo mejor yo también soy un tío raro. A lo mejor soy tan raro que a mi lado tú te vuelves normal.

Me río y al hacerlo, como tantas veces he hecho en los últimos años, me acerco, apoyo la frente en su hombro y casi nos abrazamos.

—O no —añade—. Venga, la cena ya está lista.

No volvemos a besarnos.

Ni siquiera cuando, cumpliendo su palabra, baja conmigo a la calle con la intención de acompañarme hasta casa. Supongo que, conociéndolo, querría besarme al llegar al portal; en mitad de la calle le parecería una barbaridad… Estos chicos del norte y su pudor. Pero es que no tengo ninguna pretensión de que nos dirijamos hasta allí. Yo ya he tenido suficiente por hoy. De hecho, ya he tenido demasiado. Y estoy abotargada, hinchada de cosas que sí fueron, cosas que quizá ya no sean y cosas que están siendo. Necesito irme a mi casa, hacerme un ovillo bajo mis sábanas y saber dónde despertaré mañana. O más bien… cuándo.

—Voy a coger un taxi —decido.

—Ah…, uhm…

—Ya te dije que no me acompañaras.

—Bueno…, está bien. Hace frío.

—Gracias por la cena.

—Gracias por la conversación. Y por el beso. —Las cejas se le arquean y dibuja una expresión entre burlona y seductora al decirlo.

—En paz entonces.

Le hago una seña a la primera luz verde que asoma por la calle. No quiero mirarlo más por hoy; de todas formas, empiezo a estar segura de que mañana tendré que hacerlo de nuevo.

—Oye… —Me para cuando estoy bajando de la acera.

—¿Qué?

—¿Me das tu número? Por si quiero que me devuelvas la invitación a cenar.

El taxi se detiene y yo doy un par de pasos hacia el coche. Él no se mueve. Cuando estoy abriendo la puerta, le digo que sí. Saca su teléfono y apunta los números que le voy cantando, de tres en tres. Sonríe al guardarlo de nuevo en el bolsillo.

—Buenas noches —dice.

—Buenas noches.

La puerta cerrándose amortigua el sonido de mi despedida, que se pierde, partida por la mitad, entre la calle y el interior del taxi. Tristán no se mueve; se queda con las manos hundidas en los bolsillos de la chaqueta incluso cuando el coche ya ha arrancado. Intento seguir su figura por el retrovisor, pero la pierdo cuando el taxi gira por la esquina.

Tengo un globo de helio flotándome en el pecho y no sé si la sensación es agradable o desagradable. No sé si estoy haciendo lo correcto.

Estamos cruzando ya la glorieta de Alonso Martínez (seguro que esta es la carrera más corta que hará este taxista en toda la semana) cuando me vibra el teléfono. Lo miro por inercia. Por hacer algo. Por si es Iván.

Pero no.

Me quedé con ganas de un abrazo.
Me lo das la próxima vez. Tenemos muchas más rarezas que enseñarnos.

# 8
## «Tengo que evitar lo que va a pasar esta tarde»

Levanto la cabeza de la almohada y contengo el aliento, como si despertara de una pesadilla. Tengo el frío de la noche anterior adherido a las mejillas, aunque debajo de la colcha empieza a hacer calor. Un calor como de mañana de primavera.

Dirijo la mirada hacia la ventana para adivinar por el color de la luz que entra a través de las cortinas algo sobre la época del año en la que estoy, pero mis ojos se chocan con una espalda desnuda. Una espalda de hombre. Esbelta. Firme. Podría estudiar anatomía recorriendo con la yema de mis dedos lo que se atisba bajo la piel.

No lo entiendo. No entiendo este salto. ¿No debería haberme despertado el día de nuestra segunda «cita» propiamente dicha? Aquella vez que me masturbó en un taxi de camino a mi casa después de bebernos botella y media de vino en un restaurante japonés. ¿Es esto parte de un efecto dominó? ¿Es él quien duerme a mi lado?

Me acerco a su piel y le acaricio el hombro. Es suave. Huele a su perfume denso. Conozco la secuencia de lunares que empieza en su hombro izquierdo y que casi dibuja con exactitud la Osa Menor. Es él.

Hundo la nariz en medio de su espalda y me pego a Tristán, que se remueve con un carraspeo. No sé si está dormido. Tristán tiene algunas cosas que no pertenecerían nunca al galán de la película, como que ronca. Ronca a dos putas voces. La primera vez que dormí con él casi no pegué ojo. Ronca como un auténtico oso pardo y es capaz de roncar hasta bocabajo. Depende mucho de las condiciones: si ha bebido alcohol, es como el rugido de un tren; cuando fumaba, parecía un transatlántico..., pero en los últimos años se ha suavizado un poco. Así que no sé situar esto en el tiempo. ¿No ronca porque ya no fuma? ¿Es al principio o al final de nuestra relación? ¿Está despierto ya?

—Mmm —le oigo gemir ronco cuando me aprieto más contra él.

Trepo hasta oler su cuello y el nacimiento de su pelo corto y negro. Mi mano izquierda se las ingenia para introducirse entre los mechones espesos mientras la derecha le aprieta más a mí.

—¿Ya estás pidiendo guerra? —murmura, con la voz mucho más áspera de lo normal.

No respondo. Solo quiero olerlo. Tocarlo. Creo que el beso de ayer me hizo flaquear. Dios. ¿No podría quedarme a vivir en uno de esos recuerdos agradables? Agazaparme, esconderme del tiempo.

—¿Estás despierta o me estás intentando violar en sueños?

Se me escapa una risa y él me mira por encima de su hombro antes de darse la vuelta del todo. Joder. Qué guapo está. Me aparearía con él hasta estando en coma.

Me besa, pero es un beso contenido; solo dos bocas cerradas que se aprietan una contra la otra. Es el típico beso de buenos días previo a lavarte los dientes. Cuando vuelve a abrir los ojos y me mira, lo observo ensimismada, y eso parece incomodarlo por unos segundos, pero yo coloco la palma derecha en su mejilla y acaricio su piel con el pulgar, hasta alcanzar sus labios, jugosos, gruesos, hinchados por el sueño. Desearía besarlo de nuevo, acariciar su nariz con la mía, dejar suspendida mi boca sobre la suya…, pero se aparta.

—¿Qué hora es? —me pregunta.

—No lo sé. No sé ni en qué día de la semana estamos.

—Sábado. —Sonríe.

Benditos saltos en el tiempo, de sábado a sábado. ¿Quiere decir eso que podría pasarme un mes despertándome en lunes? No me jodas.

No quiero preocuparme ahora por cuánto tiempo durarán los saltos, pero no puedo evitarlo. Es evidente que nadie podría vivir así eternamente sin perder la cabeza.

Me acurruco contra el pecho de Tristán, acariciando con la punta de la nariz y el arco superior de mi labio el poco vello que lo cubre. Me da la sensación de que se tensa un poco.

—Oye…, tengo que ir a casa —murmura.

Una duda despejada. Este «recuerdo» no pertenece a los últimos dos años. Es anterior. Quizá no debería mostrarme tan cariñosa. ¿O sí? ¿Por qué no?

Se coloca boca arriba y yo me enrosco en su costado.

—No puedo más. —Se ríe—. Me echaste tres polvos anoche. Tengo ya una edad en la que esas hazañas se complican. Me tendrías que haber conocido a los diecinueve.

—Cállate.

Es verdad que entre las piernas me late el recuerdo del buen sexo. De uno bueno y bastante intenso. Un ejercicio agotador. Intento hacer memoria mientras coloco la pierna por encima de su muslo, hasta que la mía queda entre las suyas. Mis dedos serpentean sobre su piel y mi nariz busca su cuello. Se le escapa un pequeño ronroneo.

¿Qué día será hoy? Estamos en mi habitación, de modo que no puede ser aquella escapada que hicimos a la sierra.

Creo que aquel fue nuestro récord de polvos en una noche. Prácticamente solo hicimos una cosa en todo el fin de semana: chingar. Paramos para comer, ducharnos y dormir. Esos buenos recuerdos me despiertan aún más.

Mi mano baja por su vientre plano, apretado. Si no le cubriera el edredón, vería su ombligo, la sombra del músculo que el deporte ha ido desarrollando con los años y los oblicuos que se le dibujan y desaparecen por debajo de la goma de su ropa interior. Tristán hace deporte como quien fuma, toma café, ve la televisión o lee. Es en parte por entretenimiento, en parte un vicio. Encuentra cierto placer y sosiego en sentirse terriblemente cansado. No lo hace por una cuestión estética, aunque le gusta lo que ve en el espejo cuando sale de la ducha. A mí también, que conste, porque hace ya años que aprendí a agradecer cada centímetro de mi piel y a no desperdiciar la vida en querer ser otra persona.

—Miranda..., en serio, tengo que irme a casa.

—¿Por qué?

Necesito subirme encima de él. Desnudarme. Sentir cómo entra en mí y que mi interior lo acoja húmedo y caliente.

—Porque tengo la llamada que te comenté ayer. Y porque quiero ducharme y cambiarme de ropa. Y porque... —se acerca a mi oreja y susurra— no puedo más. Se me va a caer.

Me aparta con suavidad y sale de la cama. Bajo la ropa interior hay algo cobrando un tímido protagonismo, pero no voy a insistir. Con ver cómo rodea la cama hacia donde dejó sus cosas tengo suficiente placer. Con eso y con la reminiscencia del cansancio que queda en mi cuerpo. Le sigo con la mirada hasta el baño, aprieto los muslos y noto cierto dolor en mi interior. La sesión de ayer tuvo que ser... muscularmente ardua. La mesita de noche exhibe ufana los restos plateados de, así a ojo, tres envoltorios de preservativos.

No tarda mucho en volver al dormitorio. Entra poniéndose una camisa encima de una camiseta blanca de manga corta, con el pantalón vaquero sin abrochar y el cinturón golpeándose a sí mismo en un tintineo que suena bastante sensual. No mejora mi situación. Ahora también lo quiero encima.

—Ven… —Palmeo la cama.

—Ni de coña. —Esboza una sonrisa cortés que desaparece en breve. Se ha lavado la cara y aún tiene algunas gotas prendidas a las sienes—. Te digo en serio que no puedo. Además tengo las putas lentillas adheridas a las córneas.

Espera.

Espera… ¿ha dormido aquí y no ha traído «sus cosas»? El estuche de las lentillas. El cepillo de dientes…

—¿Qué día es del mes? —pregunto.

—Cuando haces eso… —Mueve la cabeza y suspira.

—¿Cuando hago qué?

—Cuando preguntas a qué día estamos y eso…, suenas rarísima.

—Soy despistada.

—Es 20 de febrero —me aclara.

Está un poco serio. O tenso. O… ¿qué?

—Pues me voy —dice después de abrocharse los botines con un par de gestos rápidos—. Te escribo luego.

—Vale. ¿Tenemos plan?

Tristán, que ha apoyado ya la rodilla en el colchón para darme un beso, frunce el ceño.

—No habíamos cerrado nada, no.

—Ah, vale.

—¿Por?

Uy, qué tenso todo, ¿no? No respondo y él me besa en los labios, de nuevo con la boca cerrada.

—Te escribo luego.

—Espera, que te acompaño a la puerta.

—No te preocupes.

Lo alcanzo ya casi en el recibidor, donde se está poniendo el abrigo. Se para un segundo frente a la puerta cuando me ve, y yo misma le abro mientras termino de ajustar el cinto de mi bata de seda. Nos quedamos allí, ni fuera ni dentro de casa, muy cerca el uno del otro, pero sin decidir si hablamos o nos besamos. Si me da un abrazo, romperé a llorar. Conozco a Tristán lo suficiente como para saber que se quiere ir porque no está cómodo. Y ya que nadie me pregunta, diré *motu proprio* que yo tampoco.

—Nos vemos —dice mirando mis labios.

—Sí.

Me gustaría responder un «supongo», pero para entonces ya me ha dejado colgando de la boca un beso escueto y está bajando a pie las escaleras. Al cerrar la puerta corro a la mesa que uso como «despacho» en el salón, donde suelo dejar la agenda de trabajo nada más volver a casa. No la encuentro.

Después de revolverlo todo, la localizo en el bolso que uso para ir a la revista: un *sac du jour* negro, de Saint Laurent, en el que cabe absolutamente todo lo que necesito para sobrevivir a un día de trabajo. Creo que cabría yo misma si me acurruco mucho.

Siempre coloco un pósit en el margen de la hoja de la semana corriente, así que la localizo pronto. Efectivamente. Sábado, 20 de febrero de 2017. Y lo peor es que esa fecha no me dice mucho. Pasé la Nochevieja de 2016 con mis amigos en la casa de los padres de Rocío, en un pueblo de Toledo. Es un día especial para la pandilla, porque el trabajo no suele dejarnos tiempo para vernos tanto como querríamos. Fue una fiesta divertida en la que no me preocupé por nada que no fuera reírme mucho con Iván y los demás.

Tristán se fue a Vigo con sus amigos. Me escribió a la una de la mañana para mandarme la foto de un perro que esperaba bajo la mesa algunas caricias. Como único texto añadía: «Feliz año, Miranda».

En enero todo fue bien. Normal. Tuvimos aquel fin de semana en un hotelito rural donde el sexo empezó a teñirse de cierta intimidad, y no recuerdo nada más de importancia. Espera…, me siento en el sofá y me esfuerzo por hacer memoria. Enero, bien. Enero, normal. Enero, con alguna escapadita. Y en febrero…, ¿en febrero fue cuando me fui a Milán con la revista? No. Eso fue en marzo. Pero en marzo él y yo…, entonces, en febrero…

—¡Mierda!

Iván me abre la puerta vestido con una camiseta de publicidad y unos pantalones de chándal azul marino que debió usar en clase de gimnasia en el instituto y que le quedan un poco cortos.

—Eres el estilista menos coqueto que conozco —le suelto.

Pero, claro, se lo suelto antes de darme cuenta de lo que corona su cabeza: un moño. Un moño del tamaño de una piña.

—Pero ¡¡¡¿qué coño es eso?!!! —señalo.

—Ay, hija, pero ¿qué te pasa? Deja de gritar.

—¿Qué llevas en la cabeza? —pregunto horrorizada.

—Un moño, joder. Ni que fuera la primera vez que me ves así. Estaba revisando unas cosas en el portátil y me molestaba el pelo suelto.

A la vez que entro en su piso, él se quita la goma que sujeta el recogido y se suelta el pelo. Una melena negra, lisa y brillante, cae como una cascada hasta su pecho. No tengo palabras. El tupé de Iván es sobradamente conocido. Lo del pelo largo es nuevo. ¿Será peluca? ¿No se le habrá ocurrido ponerse extensiones?

—¿Qué miras? —se extraña.

Juro que no me sale ni la voz. Le señalo el pelo.

—Me hice la queratina el otro día. Por eso está tan brillante. Parezco Carlos Sadness.

—Iván, parece que llevas el pelucón que le pusieron al lobo en la segunda película de *Crepúsculo*. O en la tercera.

—¿Qué dices, loca?

—¿Eres quileute?

Es tan rápido dándome la colleja que ni siquiera la veo llegar. Ni me quejo. Me la merezco.

Sentada en el sofá, lo miro alucinada. No me lo explico. Lo vi ayer y llevaba el pelo corto. Su peinado habitual, un poco más largo por delante, con un tupé que si me da envidia hasta a mí, no quiero ni pensar lo que provoca en los que están perdiendo pelo y prevén la alopecia como próximo regalo de Navidad. Es imposible que en los dos meses que separan el «recuerdo» de ayer y el de hoy le haya crecido el pelo a este nivel. No puedo ni ligar pensamientos coherentes.

—¿Puedes dejar de mirarme así?

—¿Puedo preguntar cuánto tiempo hace que llevas el pelo largo?

—¿Estás tonta o qué? —Me mira fatal—. Mira, chica, últimamente estás rarísima. Y, por cierto, molaría que llamaras antes de presentarte aquí. Un día me vas a pillar acompañado y te vas a querer morir.

Pongo los ojos en blanco. Me gustaría decirle que sé muy bien cuándo le voy a pillar acompañado. Ahora lo sé.

Oye, ¿y si...?

—Iván, ¿cuánta tolerancia tienes a las historias paranormales?

—Si hay un espíritu en tu casa no quiero saberlo. Oye, qué buena cara traes. Tú has follado.

—Sí, cállate. ¿Me puedes contestar?

—¿Con Tristán?

—¿Conoces a Tristán? —exclamo.

—Bueno, no hablas de otra cosa desde el día que te lo encontraste en el Corazón.

Estoy cambiando la historia. ¿Solo en los detalles o puedo cambiar lo fundamental?

—Si te cuento una cosa rarísima, ¿me prometes no ingresarme en contra de mi voluntad en un sanatorio mental?

—Pues según.

—Estoy viajando en el tiempo.

Iván se apoya en la esquina del salón, junto a la cocina, y parpadea exageradamente mientras se mesa el pelo.

—¿Te has drogado?

—No. Sabes que si le doy una calada a un porro vomito.

—¿Pastillas? ¿Tripis?

—Iván, nada. Odio las drogas.

—Explícame eso, porque ahora mismo me estás creando hasta ansiedad.

—Estoy viajando en el tiempo, Iván.

—¿En plan qué? ¿Te metes en el congelador, das dos palmadas y apareces en el Pleistoceno?

—¿Te hace gracia? —le pregunto muy seria.

—No, justo lo contrario.

—Iván, escúchame…, hace tres días, cuando me acosté, estaba en la primavera de 2021. Al despertarme, era 11 de noviembre de 2016. Y no sé cómo lo he hecho. Ni cómo pasa. Ni cómo funciona. Porque al día siguiente, al despertarme, era 10 de diciembre. Y al siguiente, hoy…, 20 de febrero.

—¿Me estás queriendo decir que llevas tres días reviviendo entre 2016 y 2017?

—Sí.

—Vale. Dime el número premiado del Gordo de Navidad.

—No funciona así.

—Ah, ¿no? ¿Qué pasa, que violas alguna ley de los viajes interestelares?

—¿Tú te crees que te estoy vacilando?

—Pues claro. Creo que ahora mismo tienes el móvil conectado a una llamada a siete y que estáis toda la pandilla de hijas de puta riéndoos como unas desgraciadas de mí.

Saco el móvil del bolso y se lo doy. Me quito el abrigo y me levanto el jersey mientras me defiendo como una perturbada:

—¿Ves? ¡No hay micros!

Me pide que pare.

—¿Siempre llevas ropa interior de putilla? Por el amor del cosmos. Lo que te gusta una malla de naranjas.

—Se llama encaje.

—Se llama «cómprate un puto conjunto de algodón que eso debe ser malo hasta para los pezones».

—Iván… —Le suplico con la mirada que se centre—. No puedo decirte el número premiado de la lotería porque no me lo sé. No me he fijado en eso en la vida. No juego, ya lo sabes. Si mañana me despertase en 2021 y volviera a 2017, no dudes que te traería alguna pista para que fueras asquerosamente rico y no solo asqueroso.

Nos estamos cabreando. Me mira sin esconder ni un ápice que no me cree y yo a él sin poder creerme que no me crea. Joder, esto parece un trabalenguas.

—No puedo darte ese dato, pero sí puedo darte otro. —Se me acaba de ocurrir una idea.

—A ver.

—Pero vas a tener que dar un salto de fe, Iván, porque sabrás que es verdad cuando te pase, pero no hoy.

—Bueno, tú cuéntame la película y ya veremos.

Se aparta el pelo del hombro y yo alucino. Pero ¿en qué momento ha decidido llevar esa melena de Virgen renacentista? En fin.

—Espera, que hago memoria de 2017…

—Claro, tienes que tener un lío… —suelta, sarcástico.

—Eres gilipollas, pero ¿sabes cuál es el problema? Que siempre te estás metiendo en líos y no hay memoria que dé para tanto.

Me levanto y me quedo mirándolo como si lo traspasara, recordando todas las barrabasadas que ha hecho este ser humano en los últimos años. Y, de pronto, me acuerdo. Recuerdo una de esas cosas célebres que seguimos rememorando en las cenas de grupo.

—Creo que es el mes que viene. O el siguiente. No me acuerdo muy bien, pero… vas a estar en una movida de curro, y, de pronto, al volver del baño, te vas a encontrar a Thalía descalza en un pasillo y te va a pedir que la ayudes a abrocharse un sujetador de lentejuelas.

Me mira con el ceño superfruncido.

—Tía, tú estás chalada.

—Por favor…, soy tu mejor amiga. Tienes que confiar en mí.

—¿Tú te escuchas? Suena a que te ha dado una subida de tensión y te has quedado gagá. Me estás preocupando.

Me dejo caer en el sofá, derrotada. Es mi compinche en todas las locuras que he cometido en mi vida, ¿cómo puede no apoyarme en esto?

Bueno…, lo cierto es que si él se presentara en mi casa con un discurso similar, creería que se ha dado un golpe en la cabeza y que es urgente llevarlo al hospital.

—Fui a hacerme un escáner cerebral en noviembre —le informo—. La primera vez que me pasó. Salió todo bien, por si sirve.

Iván me está mirando con los ojos entrecerrados y los brazos cruzados.

—Ahora voy a estar superrayado hasta que me encuentre a la puta Thalía.

—Pero esa noche te lo vas a pasar superbién.

Chasquea la lengua, coge una silla y se sienta delante de mí.

—No te creo. Lo sabes, ¿verdad?

Asiento.

—Y ahora mismo pienso que has bebido ginebra adulterada y que vas a pasar toda tu vida con delirios.

—Vale.

Suspira.

—Pero vamos a hacer como si te creyera.

Doy un par de palmadas de alegría y me lanzo a besarlo.

—Quita. —Me aparta—. Pongamos que te creo, ¿qué?

—Que tengo que evitar lo que va a pasar esta tarde.

# 9
# Se va a cagar

En febrero de 2017, y para ser más concretos el día 20, Tristán y yo tuvimos un desencuentro. Un malentendido. Como resultado, pasamos un par de meses sin vernos ni llamarnos ni escribirnos. No es ese el motivo por el que quiero evitar que pase. Es porque he cargado con muchas heridas derivadas de aquel episodio. La verdad es que no entiendo muy bien por qué. Quizá, solo quizá, evitarlo solucione algunas cosas. O tal vez únicamente necesite callarlo antes de que vuelva a decir: «Tenemos que hablar», porque ahora mismo no sé si puedo soportarlo.

¿Fue grave lo que nos pasó aquel día? No. Fue una cosa tan anodina que me parece una vergüenza que supusiera un tropiezo en nuestra historia. Supongo que todos creemos que somos especiales. Y, en realidad, solo somos protagonistas de nuestro propio relato, lo que no lo hace relevante para el mundo.

Tristán se agobió. Es tan fácil y banal como eso. Tristán debió de creer que yo ya quería, no sé, casarme con él e hizo una salida airosa cuando entendió que yo estaba buscando en él cosas que no quería darme. Se puso a pensar que estaba en Madrid de paso, que no iba buscando una relación, que estaba agobiado con el trabajo y que, independientemente de todo esto, yo no le gustaba tanto. Así que cerró la puerta al estilo Pimpinela.

Ay, me estoy explicando fatal.

Aquel día nos despertamos en mi cama, como esta mañana. Y como esta mañana, yo fui muy cariñosa. Llevábamos acostándonos casi tres meses y por entonces ya dormíamos juntos al menos una noche a la semana. No éramos novios y no le había hablado de él prácticamente a nadie: solo a Iván y a Rita, en la revista. Yo no le daba importancia a lo que pasaba con Tristán porque me provocaba miedo y ansiedad. No quería lo que se supone que debería querer: enamorarme, ser feliz a su lado, construir algo juntos.

Todas esas ideas eran tremendamente incómodas. Yo tenía ganas de enamorarme de mí, de ser feliz sola y de conseguir una vida que fuera mía. No concebía compartir algo que aún no sentía como propio. Así que, aunque pensaba en él mucho más a menudo de lo que me gustaría admitir, lo tenía catalogado como «follamigo».

Pero aquel día, al despertarme, fui cariñosa porque nunca he entendido que el apego y el afecto tengan que ir de la mano del compromiso. Porque creo que podemos ser muy afectuosos con alguien que está de paso. El cariño, el respeto y las caricias no son vinculantes y no significan que uno quiera un amor de por vida con la persona a quien se los brinda. Esa es mi visión. Al parecer no la de Tristán, que venía ya de una semana tensa porque creía que nuestros lazos se estaban estrechando lo suficiente como para que uno de los dos planteara la cuestión «¿qué somos?» sin que estuviera fuera de lugar. Llevábamos viéndonos desde noviembre (en el pasado real), había cierta rutina en nuestro contacto y la confianza iba ampliándose. Y eso no le molaba, porque no se sentía preparado, porque acababa de llegar a la ciudad, porque no nos conocíamos tanto, porque se sentía en otro momento vital y porque… siempre creyó que su estilo de vida no encajaba conmigo. O más bien mi ritmo de vida no tenía nada que ver con él. Motivos, al parecer, había de sobra.

Así que se fue de mi casa un poco tenso, pero al llegar a la suya, después de una ducha, de ponerse ropa limpia y cómoda y de una llamada de trabajo aburrida, pensó que quizá estaba siendo un idiota y dio «otra oportunidad» a nuestro sábado.

Si mis cálculos no me fallan, en breve recibiré un mensaje: una foto de él tirado en el sofá acompañada de un texto breve: «¿Hacemos algo esta tarde?». En 2017 yo le respondí que sí, que podíamos ir a dar una vuelta. Él había encontrado un piso un mes antes y aún estaba buscando algunas cosas para ponerlo a su gusto, así que le propuse ir a «una pequeña tiendecita de muebles antiguos» que era muy curiosa. Era la tienda de mi padre, claro, pero no se lo dije. Se lo solté cuando llegamos allí. Y él sintió, sin darme la oportunidad de aclararle que a mi padre se la sudaban las presentaciones formales y hasta si los «novios» me duraban dos semanas, que le estaba presionando. Pero nada más lejos de la realidad.

¿Recuerdas lo de la rueda y el champán? Yo ahí aún era muy rueda. Tristán no dejaba de decir que quería un mueble para los vinilos y yo recordaba que mi padre tenía uno bastante bien de precio. Ya está.

Los dos fuimos imbéciles.

Cuando le dije: «Esta es la tienda de mi padre», me agarró del codo, impidiéndome abrir la puerta, y con la misma cara con la que irías a darle el pésame a alguien en un entierro, me soltó que teníamos que hablar.

Y me acabo de dar cuenta de que no estoy preparada para volver a tener esa conversación. Estoy demasiado sensible como para escucharle decir de nuevo: «Tenemos que hablar». Está demasiado reciente. Mucho. No sé si podré soportarlo sin agarrarle de los pelos. O arrancármelos yo misma.

Hay que pararlo. Quizá así algo cambie y mañana vuelva a ser 2021. Quizá así no construiré, en los meses sucesivos, una imagen sobre las relaciones basada en el tiento, la discreción y el miedo. Porque como escribió Belén Gopegui en *La escala de los mapas*, «la discreción es una forma de cobardía». Y yo añado que la discreción tampoco tiene nada que ver con querer. Con enamorarse. Con vivir. Con el sexo. Con los besos. Con las historias de amor, aunque sean de una noche, hechas de deseo, respeto y cariño. Solo entiendo la discreción en aquellas cosas en las que no pongo el alma.

Puede parecer muy fácil, pero no lo es.

—Pues no lo lleves a la tienda de tu padre, hija —me dice Iván.

Hasta ahí había llegado, melón. ¿Has escuchado lo que te he contado? He intentado evitarlo ya dos veces y la vida me lo vuelve a poner delante. No sé qué pasa, pero intuyo que no puedo cambiar las cosas demasiado. O puedo cambiar la forma, pero no el resultado. ¿Me explico?

Asiente, intrigado.

Mi móvil vibra. Lo tiene Iván en el regazo y la pantalla iluminada muestra la previsualización de un mensaje de Tristán: una foto de él tirado en el sofá con un breve texto: «¿Hacemos algo esta tarde?».

Iván me mira alucinado.

—Solo me falta que todo esto sea verdad para fliparlo bien fuerte.

—Espero que mañana al despertarte no se te haya olvidado todo.

—Claro, porque de aquí a que tú vuelvas a ser consciente de los saltos en el tiempo…, quiero decir…, igual la Miranda que veo mañana no está saltando en el tiempo y no es para nada consciente de todo esto, ¿no?

—Hostia…, qué movida —le digo agobiada.

—¿Hay dos Mirandas por ahí?

—Supongo, pero no coinciden nunca en el espacio-tiempo.

—Tía, es una movida loquísima. Como vea a Thalía y me pida que le abroche no sé qué, yo me cago encima.

Le hago un gesto grave que significa un «te dije que era chungo» y después señalo el móvil.

—Dile que te lo llevas al Ikea de Alcorcón —sentencia Iván.

No puedo evitar sonreír.

—Iván…, por favor.

—A ver, si el problema surge porque cree que quieres «presentarle en sociedad», yo le plantearía la opción contraria.

—¿Y cuál es?

—Pues algo superíntimo.

—Me da que ya se ha agobiado con las muestras de cariño de esta mañana.

—Los tíos son unos mierdas.

—Hasta donde yo sé, tú te identificabas como hombre…

—Y a ratos soy un mierda. A ver, pues…

—Mejor le digo que no puedo —propongo—. Que no puedo quedar, y… me mantengo lejos de su barrio, del mío y de cualquier calle comercial. Le digo que he quedado con mis amigos y que, si acaso, otro día nos vemos.

—La verdad es que han escrito en el grupo preguntando si hacemos algo.

—Ya, lo he visto.

—Pues dile eso. Parece coherente. Si no os veis, no habrá peligro. Y así nos vamos a tomar una cerveza con estas y les cuentas la locura esa de que…

—No, no —le paro—. Por favor.

—¿Qué?

—Que no puedes decírselo a nadie, Iván. Eres mi mejor amigo y ni siquiera me has creído del todo; imagina la reacción de los demás.

—Sigo preocupado por tu salud mental, la verdad.

—Y yo por tu pelo Pantene.

Agarro el móvil y me lanzo a contestar:

> Hola, Tristán. Tengo planes con mis amigos.
> Nos vemos otro rato, si quieres.
> ¿Mañana? Besos.

Le doy a enviar y bloqueo el teléfono.

—Pues venga, date una ducha. Voy llamando a estas para quedar.

Iván se pone en pie y se dirige hacia el cuarto de baño.

—La verdad es que era bastante sencillo para el drama que has montado, ¿no? —Se va farfullando—. Ya ves, tampoco es que me necesitaras para trazar un plan maquiavélico.

—Estoy viajando en el tiempo —le recuerdo—. No me toques el *conio.*

Carabanchel es un barrio en alza que en los próximos años se va a convertir en una zona *cool.* En el imaginario general sigue siendo donde vivía el célebre Manolito Gafotas, pero pronto estará lleno de garitos que van a convertirse en punto de encuentro para gente de todo Madrid, como Patanel, un local donde sirven su propia cerveza artesana y se cena de lujo, o La Cortá Ultramarinos, donde igual puedes tomarte un café con pastas que unas cervezas con un buen pincho y comprar algo de queso para llevarte a casa.

El caso es que esos locales aún no están abiertos y nosotros todavía no hemos llegado a esa edad en la que todos nos volvemos un poco sibaritas. A mis veintiocho, aunque sea en esta farsa de viaje al pasado, tomarme una cerveza en una terraza cualquiera de la plaza que hay al lado de la parada de metro Oporto me parece lujo asiático.

Tampoco es que me relaje mucho, la verdad, pero es mejor que estar en casa dándole vueltas a esta feria de fechas y Tristanes. Me gustaría decir otra cosa, como que estoy disfrutando de la conversación en un estado de relajación profundo, o incluso que la cerveza me está haciendo pillar el puntillo de buen rollo para pensar que esto no tiene importancia, pero no. Hay mucho ruido en mi cabeza y, además, tengo miedo de decir algo que no proceda y que mañana Iván, en lugar de llevar el pelo como una de las Azúcar Moreno al principio de los noventa, sea una persona diferente. O se convierta en lagarto. No sé qué me ha dado con los lagartos, pero me da miedo.

Nuestras amigas charlan sobre sus cosas, como que una ha conocido a alguien en la puerta de una discoteca o que otra está harta de tener dos trabajos, poco dinero y nada de tiempo. La nuestra es una de esas amistades que el tiempo estrecha sin que importe cómo o dónde nos conocimos, quién presentó a quién o los detalles de nuestro día a día o nuestro ritmo de vida. Y eso es maravilloso. Y me gustaría participar, decirles quizá que en unos años todo será un poco mejor, pero no quiero liarla parda con los efectos mariposa, así que me mantengo bastante callada. A menos que me pregunten…, como me están preguntando ahora mismo:

—¿Y tú? Tú estás muy callada.

Iván se ríe mientras estudia el estado de las puntas de su pelo. Yo es que no me acostumbro, pero ninguna ha hecho acuse de recibo del melenón, así que doy por hecho que, en esta micro nueva realidad, Iván lleva el pelo largo desde siempre.

—¿Y este por qué se ríe? —pregunta una de nuestras amigas.

—Porque es idiota —contesto—. Es que no tengo mucho que contar.

—¿Ningún ligue ni ningún cotilleo de la revista?

Me muerdo el labio.

—Nop —niego con cierta sonrisilla culpable.

Me sabe mal mentirles, pero es que contarles esto no tiene sentido. El móvil vibra en la mesa, junto a mi cerveza, y adivino su nombre en la pantalla iluminada. Salvada por la campana.

—*Sorry*, «sorras»; no hay novedades ni cotilleos sustanciosos por aquí. Paso el turno a la siguiente.

Agarro el móvil y les guiño un ojo.

Tristán:

Hola.

¿Qué haces?

Miranda:

Tomando algo en una terraza con mis amigos.

Tristán:

¿No hace demasiado frío para estar en una terraza?

Miranda:

En Madrid nos sentamos en las terrazas hasta con nieve.

Tristán:

Ya.

Oye…, ¿puedes hablar?

Miranda:

Claro, ¿pasa algo?

Tristán:

No.

Bueno. Un poco.

Es que... no sé muy bien cómo decirte esto.

Aparto la mirada del teléfono. MANDA COJONAZOS. «Que no lo diga. Que no lo diga. Que no lo diga».

Tristán:

He estado pensando y...

creo que tenemos que hablar.

Miro a Iván de reojo y, al ver mi expresión, se asoma instintivamente a la conversación que estoy manteniendo en mi teléfono.

Miranda:

Tú dirás.

—Dile que estas cosas, por lo menos, se hablan en una llamada —me susurra.

—No voy a decirle eso.

—¿Por qué?

—Pues porque si no le ha nacido hacerlo así, ¿para qué voy a pedírselo yo?

Tristán:

No estoy muy seguro de querer meterme

donde nos estamos metiendo con esto.

Miranda:

Sé más concreto.

Tristán:

Creo que deberíamos dejar de vernos.

Miro a Iván, que pone cara de estar alucinando.

Miranda:

Si es lo que quieres, ¿qué le vamos a hacer?

Tristán:

Es que creo que hemos ido un poco demasiado lejos. Quiero decir…, es divertido. Cada rato que he pasado contigo lo ha sido, de verdad. Pero no estoy buscando nada parecido ahora mismo. Y no quiero hacerte daño.

Miranda:

Bueno, quizá podrías habértelo pensado antes de dormir en mi casa anoche. Ahora me siento ridícula.

—Borra eso —me pide Iván.

Hago caso a mi amigo. Lo borro y redacto un mensaje nuevo.

Miranda:

Yo también he estado muy a gusto contigo. Si se ha acabado, se ha acabado. Para mí está todo bien.

Tristán:

Entiendo.

Me quedo en silencio mirando la pantalla, sin saber qué añadir. Iván parece aguantar la respiración cuando la aplicación muestra que Tristán empieza a escribir de nuevo.

> **Tristán:**
> Me siento tremendamente mal, pero de verdad que no quiero alargarlo y que pueda entenderse que he estado jugando contigo.
> No quiero jugar contigo.
> Es demasiado intenso y demasiado pronto para mí. Acabo de llegar y tengo muchas cosas de las que ocuparme. Tener una relación no entra en mis planes ni en mis prioridades.

—¿No le puedo decir que nadie le ha pedido tener una relación? —le pregunto a Iván con un hilo de voz.

—No.

—¿Por qué?

—Pues porque, según tú —susurra—, la vais a tener.

—Pero es que creo que ya no la quiero.

Iván se sorprende al ver mis ojos llenos de lágrimas.

—Venga, ¡niña! —gritan las demás al darse cuenta.

—¿Qué pasa?

—¿Qué te ha pasado?

—¡Miri! ¿Estás bien?

Abro el bolso mientras asiento y doy excusas varias. Saco un billete y se lo doy a Iván, que lo rechaza. Lo dejo encima de la mesa, me levanto y me despido a trompicones.

—Prefiero irme a casa, chicas.

—Pero ¡no te vayas así! ¿Cómo te vas a ir con ese disgusto?

Todas hablan a la vez. Iván calla.

—Que no, que no, que lo prefiero. —Sonrío falsa—. Estaré bien, de verdad. Es solo que…, una movida que no me esperaba.

—Dejadla, que ella está más tranquila sola. —Menos mal que Iván me echa una mano.

Ni miro atrás. Total…, igual mañana somos todos una patata gigante animada. ¿Quién sabe qué pasará con los efectos colaterales de todos los cambios que estoy metiendo? Iván lleva el pelo por debajo de los sobacos. Puede pasar de todo.

Paro un taxi y cuando estoy dentro, la rabia se me desborda por los ojos. Joder. Soy imbécil. ¿Cómo puedo estar viviendo dos rupturas con el mismo tío en tres días? Pero con más de cuatro años entre una y otra.

No tendría que haber vuelto con él. Quizá esta fue la muestra de cómo podían ser las cosas en el futuro. No sé por qué no aprendí. No sé por qué me empeñé.

Me pongo a repasar la conversación mientras me clavo las uñas en el muslo. Me siento imbécil, tanto como la primera vez.

Le escribiría algo como que borre mi número, que me he muerto para él, que no se le ocurra volver a contactar conmigo jamás, que estoy harta, que no deseo nada de lo que pueda querer darme nunca, ni ahora ni mañana ni pasado ni dentro de dos años, pero lo que hago en realidad es abrir la ventana.

—¿Tiene calor? —me pregunta el taxista, que lanza miraditas de vez en cuando por el retrovisor, algo alarmado por mis lágrimas.

—No, no se preocupe.

En cuanto salimos del túnel agarro el teléfono y lo lanzo con rabia hacia el arcén, donde estalla haciéndose añicos. El taxista carraspea.

—¿Algo que objetar? —le pregunto.

—Mujer…, con apagarlo hubiera valido.

Y tiene toda la razón. No entiendo qué sentido puede tener estar viviendo de nuevo todo esto. Para qué, con qué intención, por qué no soy capaz de cambiar el resultado haga lo que haga…, pero lo voy a averiguar. Y si aún no me lo he quitado de encima, si todavía va a volver, si mañana me despierto y lo tengo al lado, aunque estemos en aquel viaje precioso a Lille que hicimos un otoño, aunque me despierte en las Navidades en las que me regala el anillo, aunque sea lo que sea…, este tío se va a cagar.

# 10
# «Decidir siempre sin lastres»

Si pudiera controlar la brújula temporal que me lleva a un punto u otro de mi historia con Tristán, ahora mismo pediría ir al final, a la cafetería de la calle Fuencarral, para volcar la mesa en cuanto llegara y tirarle por encima el puto café cortado. No añadiría mucho más. Quizá un corte de manga y un: «Si es que lo tuve que haber sabido desde el principio, pedazo de mierda».

En esto, como en la moda, menos es más.

¿Por qué estoy tan enfadada? Bueno. Porque que te dejen dos veces en la misma semana (los últimos siete días vividos deberían llamarse siempre una semana, aunque sean de años distintos) y que lo haga la misma persona, eso ya no es agradable. Pero dormirte repasando todas las aristas afiladas de la relación que nos unió no lo facilita, te lo aseguro.

Siempre demandando atención.

Siempre dándole la razón a su hermana.

Siempre presionándome para tomar decisiones importantes.

Siempre agazapado detrás de su «odio Madrid».

Siempre echándome a mí la culpa de nuestros problemas.

«No es buen momento». «Le dedicas demasiado cariño a tu trabajo». «Gastaste demasiado el mes pasado». «Necesito un poco de calma». «Eres demasiado inquieta». «No puedo con tantos planes». «Parece que te molesta que quiera pasar tiempo contigo».

Antes de dormir hice algo que no aconsejo. Acción realizada por especialistas, por favor, no intentar en sus hogares. Hice una lista mental de todas las cosas de mi vida que no iban bien y de las que podía considerar que Tristán tenía la culpa. Y salieron muchas más de las que pensaba…, pero la primera hubiera valido por todas las que le siguieron: por su culpa me acuesto hoy y me levanto vete tú a saber cuándo, en qué puto mes, en qué puto año. ¿Que cómo sé que es por su culpa? Bueno, nunca me había pasado. La primera vez fue después de que me dejase. Esto es culpa suya. No tengo pruebas, pero tampoco dudas.

Odio su jersey de cuello vuelto.

Odio el anillo que llevaba en la mano derecha cuando lo conocí.

Odio la forma en la que ha mirado siempre a otras mujeres.

Odio lo insegura que me ha hecho sentir en el último año.

Odio que muchas veces dé por hecho mi placer.

Odio que me hiciera plantearme escoger entre el tiempo que le dedicaba a mi trabajo y el que le dedicaba a él.

Ahora mismo odio muchas muchas cosas, pero, sobre todo, que me dejara él.

A esto debo sumarle un agravante: hoy, al despertarme, he descubierto algo sobre mi nueva condición de viajera temporal. Y es que no solo puedo cambiar el «cuándo». También el «dónde». ¿Qué quiere decir esto? Pues que puedo despertarme cuatro años antes y también en otra cama. Y si no saber en qué día estás es una sensación inquietante, abrir los ojos y no reconocer la habitación en la que estás acostada es una pesadilla.

Lo único que veo es oscuridad y no es una oscuridad familiar. Las ventanas están cubiertas por cortinas opacas, como las de un hotel. Mis pies se frotan con las sábanas, que devuelven una sensación de suavidad muy característica. La temperatura es bastante alta, probablemente como consecuencia del calor corporal de dos cuerpos almacenado debajo del edredón. Dos. Porque a mi lado hay alguien, y maldigo al echar un vistazo y entrever el perfil de su pelo negro y cierto ronquido, esta vez con sordina.

Quiero ahogarlo con la almohada, a ver si mañana vuelve a presentarse sin avisar en mi mismo puto colchón. Quiero saltar encima de él como un gorila de los que lanzan caca y abofetearlo hasta que se me canse el brazo. Quiero depilarle las cejas enteras antes de que se despierte y que su vida sea un infierno sin expresión facial durante un par de meses.

Saco la mano de debajo de las sábanas y la lanzo hacia la mesita de noche, donde tengo el móvil, uno nuevo, claro. Uno que no está en una cuneta, con la pantalla estallada, en medio de la M-30. Uno cuya pantalla se enciende al tocarla.

07.02 h del lunes 25 de septiembre.

Genial. ¿De qué año?

Nunca me planteé que hacerme esta pregunta se convertiría en algo normal.

Intento hacer memoria, pero es imposible porque estoy rabiosa y adormilada, así que cojo el móvil y consulto la aplicación de agenda, donde se despliega delante de mí una jornada infernal. Hay más de quince puntitos (*meetings* o asuntos a tratar) en cada día de aquí a pasado mañana. ¿En un hotel y con tanto por hacer?

Espera. Ya sé dónde estoy.

25 de septiembre de 2017. París. Un día antes de que arranque la Semana de la Moda.

Cuando en la revista toca contratar o becar a gente nueva para unas prácticas, suelo formar parte del equipo que hace las entrevistas, lo que no es que me apasione, porque nunca sé si me pasaré de estricta o si me partiré de risa delante de quien no debo, pero lo cierto es que hay momentos divertidos recurrentes. Uno de ellos es cuando damos a la recién llegada (y hablo en femenino porque la mayor parte de las aspirantes son mujeres) la oportunidad de hacer preguntas sobre el puesto que se le ofrece y para el que se la está entrevistando. Suelo estar con la persona responsable del área donde se incorporará la nueva integrante, así que ambas, seamos quienes seamos (Marta y yo, Rita y yo, Cris y yo), contenemos la respiración esperando la pregunta. LA PREGUNTA.

—¿Podré ir a la Semana de la Moda de París?

—Sí, cariño, y a la de Nueva York. ¿Te van bien las dos?

No soy una imbécil, es que… ¿a quién se le ocurre, alma cándida? En una revista como la nuestra, donde todas nos llevamos muy bien, mucho mejor de lo que se espera en cualquier trabajo, hay tiranteces y bofetadas (metafóricas) cada vez que se plantea la posibilidad de acudir a la Semana de la Moda, sea donde sea. Porque todas querríamos ir, claro. Y como subdirectora me gustaría que toda la plantilla tuviera la oportunidad de vivirlo una vez en la vida, pero hacemos lo que podemos. En el mundo de la moda, y en los que operamos bajo su paraguas, ya no atamos a los perros con longanizas, con lo que no siempre se tiene la oportunidad de cubrir el acto en persona. A veces sindicamos el contenido; es decir, alguien de nuestra «mamá» norteamericana vuela a París, cubre los desfiles y después reparte el material, que se traduce o se adecua para cada país. Incluso ha habido ocasiones en las que nuestras compañeras francesas se ocupan de todo.

Pero hay años buenos. Claro que los hay. Yo he podido estar en el *front row* de un desfile de la Semana de la Moda de Tokio. Y en París, en segunda fila, en varias ocasiones. Una vez estuve en la de Nueva York. Desde hace años las mejores ocasiones nos las brindan algunas marcas, 2017 fue un ejemplo.

Una conocidísima marca de cosméticos se alió con varias firmas para invitar, lo que era todo un lujo, a directoras de publicaciones especializadas en moda a este evento tan esperado del año. Marisol fue una de ellas, pero…

—No me apetece.

Cuando me lo dijo, sentí que tendrían que pincharme con una tuneladora para sacarme sangre.

—¿Cómo?

—Que no me apetece. —Se encogió de hombros y se quitó las gafas negras de pasta, dejándolas colgadas en su pecho. Una sonrisita flotaba en sus labios—. Vas tú.

—Pero Marisol…

—¿No quieres? ¿Se lo digo a la becaria?

—Pero a ver… —Estaba de pie frente a su mesa, mirándola sin poder creerme lo que me estaba diciendo—. Suite en uno de los hoteles más bonitos de París, el Shangri-La; pase en segunda o tercera fila para el desfile de Christian Dior, Saint Laurent, Lanvin, Chloé e Isabel Marant. Cóctel en el Louvre a puerta cerrada. De gala. A puerta cerrada. El Louvre. No sé, Marisol…, me siento en la obligación de insistir.

—Vas a disfrutarlo mucho. —Sonrió.

De ahí no la saqué. Aquella Semana de la Moda fue para mí, de alguna manera, mi bautismo como subdirectora de la revista, y ella lo sabía. Algo especial. Mágico. Duro, porque me llevó al límite, pero mágico.

Tuvimos que pedir muchísimos favores para que mi look fuera siempre correcto. Yo quería pasar desapercibida, pero hay cierta idiosincrasia en esto de acudir a un desfile. Ante la duda, una debe vestir de negro. Eso ya lo hacía y lo hago en mi vida diaria, así que por ahí no habría problema. Pero soy subdirectora de una publicación, no una *it girl*, influencer o actriz del momento, por lo que mi armario no tiene muchas piezas especiales. Algunas, porque cuando empecé a trabajar en la revista entendí que tenía que invertir en unas pocas que me duraran muchos años y no pasaran de moda, pero no las suficientes como para construir el estilo que necesitaba para esa ocasión.

Así que pedimos favores. Y me probé muchas cosas que no eran de mi talla. Algunas abrocharon (ojo a las faldas, que engañan), a otras las obligamos a que abrocharan con algunos trucos y para las demás... tuvimos que echarle imaginación. De todas maneras, yo no iba a posar frente a los fotógrafos. Solo necesitaba que no me pillaran en un renuncio, con un calcetín blanco del Decathlon debajo del traje, y que me identificaran y la revista quedara fatal.

Para hacer la maleta acudieron a mi casa dos becarias emocionadísimas y Rita, que ya tenía la suya más que hecha y que incluía una plancha portátil de vapor, con la que dejar los modelitos fetén. Yo lo viví todo con cierto terror. Y digo «cierto» porque adivinaba que sería una experiencia extraordinaria y porque no estoy contando una de las cosas más importantes de aquel viaje en lo que respecta a mi vida personal: fui a París con Tristán.

Vale, vale. Rebobinemos. ¿¿Cómo??

Bueno. Vale. En febrero de aquel año me había dicho, en la puerta de la tienda de mi padre, que no quería lo que teníamos, pero recuerda que por aquel entonces yo pensaba que sencillamente había sido un malentendido. Así que..., bueno.

Supongo que después de dos meses de no vernos y de no hablar, cuando empezó a ser evidente que no se me iba de la cabeza, inicié la operación «hacerme la encontradiza». Y debió de ser mutuo, porque no tardamos en chocarnos un día en una cafetería.

Y nos saludamos con timidez.

Y charlamos.

Y me preguntó si me importaba que me acompañara con un café.

Y paseamos de vuelta a casa.

Y me escribió aquella misma noche.

Y al día siguiente.

Y al siguiente me lo zumbé a lo salvaje en el sofá de su casa, como si se acabase el mundo.

¿Qué? No me mires con esa cara. Es lo que exige una historia de amor con reencuentro, ¿no?

Ahora pienso que menuda mierda de historia de amor. Aquello fue un *ghosting* a la inversa. Primero me das la patada y luego, cuando lo piensas en frío, me buscas. Debería depilarle una ceja ahora mismo.

Retomamos con naturalidad la relación que antes le parecía demasiado y cuando nos quisimos dar cuenta, se vino a París conmigo. Marisol me dijo que, mientras la compañía no me impidiese hacer lo que había ido a hacer, podía ir con quien yo quisiera, siempre que se pagara su billete. Y el muy puto se lo pagó.

Aquí, tumbada, sé que si dejo que todo transcurra como lo hizo en su momento, el viaje va a ser la leche. En contra de todo pronóstico, Tristán no se aburrirá. Nada de eso. Va a darle tiempo a echarme de menos y aclarará un poco lo que siente por mí. Fomentará la admiración que me profesa como persona y como profesional, que si alguien me pregunta es la base de la pirámide sobre la que se edifica el amor verdadero.

Viviremos experiencias increíblemente espectaculares, como un cóctel a puerta cerrada en el Louvre. Y volveremos teniendo muy claro que esto es lo que queremos.

Muy bonito, ¿no? Pues no me da la puta gana.

Me levanto de un salto y descorro las cortinas sin tacto. La luz es demasiado tímida a esas horas como para crear el efecto dramático que esperaba (que le quemara las retinas, por ejemplo), pero le despierto de todas formas y no como creo que le hubiera gustado a él. En el recuerdo original lo desperté con una puta mamada. Soy gilipollas.

—Buenos días… —me dice con un hilo de voz rasposa, mirándome entre las blancas sábanas de la cama enorme de la suite Chaillot del hotel Shangri-La, una auténtica maravilla. Mira la hora en su teléfono y a continuación se vuelve hacia mí—. ¿Qué haces levantada tan pronto? Anda, ven. —Palmea la cama, a su lado.

Tentador.

—Arriba. Tengo mil cosas que hacer —respondo seca.

—¿Te puedo ayudar? Como anoche. —Sonríe como un bendito.

«Anoche», según recuerdo, me ayudó a deshacer las maletas y darle un golpe de plancha de vapor a las cosas que se veían más arrugadas. También organizó, bajo mi tutela, los complementos según looks, para que, en el momento de vestirme, lo tuviese todo junto y ganase tiempo. Y después me hizo sexo oral.

Qué mono.

No, no es mono, es una trampa mortal. Es como una anaconda vestida de bebé. Sigue siendo una anaconda. Como la que tiene ahora mismo en pie de guerra debajo de la ropa interior, joder.

Desvío la mirada cuando se levanta y me voy hacia el cuarto de baño. Me sigue.

—Tristán, por Dios, que quiero mear —suelto sin protocolo.

—Uhm.

Le aparto y cierro la puerta casi en sus narices. ¿Cuál es mi plan? No sé. Que la jornada salga fatal. Lo suficiente como para que se harte, se quiera ir y adelante el vuelo. O para que los dos días que quedan de viaje (y que no voy a vivir, porque con mi suerte mañana me despierto en nuestro viaje a la playa, seguro, por desgraciada) no compensen jamás el por culo que voy a dar hoy. Se topará con una mujer que no le va a gustar. Una mujer fría que mira solamente por su comodidad y sus intereses. Una mujer para la que él no es, ni de lejos, una prioridad, porque está muy mal acostumbrado.

¿Que por qué no le digo que se vaya y ya está? Porque está visto que si soy yo quien lo rechaza, al día siguiente sigo con esta cantinela. Probemos a ver si se harta de mí.

Me doy una ducha larga. Me acicalo con calma. Y con la puerta cerrada y el pestillo echado. Debe de estar con la vejiga a punto de reventar, hecho que no me empuja precisamente a darme prisa.

Cuando salgo, sin embargo, no hace acuse de estar pasándolo mal. Solo pasa al baño y, antes de cerrar con una sonrisa, me dice que estoy muy guapa. Llevo el pelo aún un poco húmedo y un albornoz. Parezco el yeti de vacaciones, pero él me ve guapa.

Veremos al final del día, querido, si no estás hasta los menudillos de mí.

Un par de minutos después de que entre y cierre la puerta, escucho el agua de la ducha y no es que flaquee, pero algo me hace sentir desgraciada. Es fácil acordarse de cuando éramos felices, pero ahora todo me parece mentira, una puta farsa que terminará conmigo lamiendo el suelo. ¿Podría estar dentro del cuarto de baño ahora mismo? Sí. Y seguro que estaría metida en la ducha con la cara contra los azulejos, gimiendo como una gata, pero prefiero estar aquí. Aquí, sentada en la cama de una habitación de seis mil euros la noche, muy amargada, deseando que él también lo esté.

Ya está. Los viajes en el tiempo te convierten en mala persona.

Cuando sale del cuarto de baño también lleva el albornoz y está descalzo. Se ha secado el pelo con el secador (maldito presumido de mierda) y se lo ha peinado, como siempre, hacia un lado con los dedos. Está asquerosamente guapo. Con la barbita de cinco o seis días. Con la mirada un poco nublada, porque aún no se ha puesto las lentillas.

—¿Has visto dónde dejé las gafas anoche? —me pregunta.

En la mesa de centro del salón, a la entrada de la suite.

—Ni idea.

Se pasa un buen rato buscándolas, irritado. No para de decir «pero ¿cómo puede ser?» mientras recorre la habitación, que tiene unos cien metros cuadrados, pero justamente cuando creo que no las va a encontrar jamás y que me voy a poder sentar encima de ellas, unos nudillos golpean la puerta y al volverse, las ve.

—¡Aquí! Menos mal.

Odio sus gafas. Las he odiado siempre, aunque está mono con ellas. Son de moderno. Nunca se lo he dicho porque siempre he temido ofenderle con el comentario (no me gusta hacer comentarios sobre el físico o los gustos de los demás por una cuestión de empatía. Él podría decirme que no le gusta mi papada y, oye, a mí bien no me sentaría), pero no me gustan. Con lo guapo que estaría con unas de pasta…

Con las gafas ya puestas, abre la puerta y, tras apartarse a un lado, dos camareros ataviados de uniforme entran en la habitación con un carrito, directos hacia la terraza. Es uno de los detalles que la marca que nos ha esponsorizado el viaje tiene con nosotros. Han despertado a todos los invitados con un desayuno en la habitación. El nuestro lo sirven en la terraza.

La mesa que dejan a nuestra disposición antes de desaparecer es una auténtica maravilla. Hay café, zumo, tostadas, huevos, cruasanes y *pain au chocolat*, mantequilla, mermeladas, fruta y flores. De fondo, en una vista espectacular, la torre Eiffel con el sol de la mañana tropezando contra su estructura. La luz de esta ciudad es tan especial que resulta imposible hallarla en cualquier otro punto del planeta.

Joder. Qué difícil es amargarle la vida a alguien en París y con los gastos pagados.

Cuando se sienta a mi lado, se ha vestido. Lleva unos vaqueros y una camiseta de algodón azul que le queda especialmente bien a pesar de no ser singular en nada. Es solo una camiseta de algodón azul, pero la lleva él.

Yo me he quitado el albornoz para ponerme una bata de seda que me hace sentir poderosa y que me traje para los momentos en los que me tenga que maquillar y peinar y tema estropear la ropa del día. Pero hoy es una jornada relativamente tranquila, pues la marca nos agasaja con un día en París previo a la locura que se vivirá en la ciudad a partir de mañana. Eso… y la cena de cóctel en el Louvre a la que conseguí poder ir con un acompañante.

Desde que me he sentado, he intentado prestarle la menor atención posible, pero parece contento y tranquilo. La maldita buena gestión del silencio. Creo que hoy lo odio porque, a pesar de todo, no dejo de ver cosas buenas en él. Él desayuna con calma, mirando las vistas, haciendo alguna foto con su móvil, pasándome la mano por la nuca de vez en cuando, con cariño, como si no le molestase que estemos callados. Claro. Es que no le molesta.

Yo miro mi móvil, repasando una y otra vez los mails y cosas sobre estos días que ya me sé de memoria. Me pongo a redactar un correo para Marisol que no voy a enviar porque no tiene ninguna información de valor, y cuando él va a hablarme, levanto el móvil, lo planto entre los dos y sentencio:

—Estoy mandando un mail importante. Porfi, cállate.

Parece extrañarle mi comportamiento, pero en contra de lo que creo que hará, se inclina hacia mí, me da un beso en el cuello, entre seductor y cómplice, y susurra:

—Tranquila, vas a hacerlo bien. Todo va a salir bien. No tienes por qué estar nerviosa.

Y quiero empujar su cabeza contra la mesa, pero no lo hago. No-lo-ha-go. Gestión de la ira lo llaman.

—¿Quieres que vayamos a dar una vuelta?

—Sigo en bata —respondo.

—Cuando te vistas.

—Aún no voy a vestirme.

—Pues nos volvemos a meter en la cama un rato. —Sonríe y su fila de dientes blancos me hace un corte de manga.

No es posible. Este tío no tiene tanta paciencia.

—¿Por qué no te vas a ver la ciudad un rato por tu cuenta? Tengo cosas que hacer.

Por un momento parece decepcionado, pero cambia la expresión enseguida.

—Ah, claro. Joder…, lo siento. No quiero…, no quiero molestar. —Casi me siento mal. Casi. Hasta que me acuerdo de la cafetería en la calle Fuencarral—. Hacemos una cosa, me voy a dar una vuelta y nos encontramos a la hora de comer, ¿vale?

Te mando ubicación un ratito antes y… mientras llegas hago tiempo tomando un vino. ¿Te parece?

Asco de pavo.

Paso la mañana en la cafetería del hotel, fingiendo estar muy ocupada. En realidad, después de un rato de aburrimiento total, me he enfrascado en una cosa para el próximo número que puedo ir adelantando.

Rita, cuando me ve, alucina.

—¿Qué haces aquí trabajando? No te he llamado porque pensaba que estarías aprovechando el día libre con Tristán.

—Tristán está haciendo turismo —le respondo sin apartar los ojos del portátil.

—Me pareció monísimo —lo dice porque los presenté en el aeropuerto y charlaron un ratito—. Bastante tímido, eso sí…

—No es tímido. Es frío.

—¡Qué va!

—Lo sabré yo…

Rita me quita el ordenador de delante y ocupa con su cara todo mi rango de visión.

—¿Qué coño haces aquí trabajando? Estás en París.

—Pero hay mucho curro.

—Pues te jodes. Llama ahora mismo a Tristán y vete con él. Mañana empieza la vorágine y no vais a poder disfrutar de la ciudad. Lo máximo que vas a disfrutar con él es si te da un masaje en los pies cuando vuelvas de los desfiles.

Arrugo el labio, pero no añado nada. Intento coger de nuevo el ordenador, pero me da un golpe en la frente con dos dedos.

—Me estás pareciendo una gilipollas. Y tú no eres una gilipollas, así que explícamelo. O te ha echado un polvo malísimo esta mañana, o la tiene tan pequeña que no compensa todo lo demás. O te ha vuelto a dar otro brote de esos tuyos psicóticos en los que no sabes en qué año estás.

Levanto las cejas. ¡Eso no se ha borrado! Si ella se acuerda del primer día que me pasó esto, Iván también se acordará de ayer. Tengo pendiente una llamada...

—¿Qué pasa?

—No pasa nada —me excuso.

—¿Es por la revista? Hace ya mucho que has demostrado que mereces el puesto, Miri. Tienes que relajarte y disfrutar o vas a morir muy joven. Y ese tío vale la pena.

—Ese tío me va a hacer daño —respondo sin poder contenerme—. Y mucho.

Me mira con cierta lástima y eso aún me mata más. No quiero que nadie sienta lástima por mí. ¿Sentiría Tristán lástima al dejarme?

—Pero Miranda... —me dice angustiada—. ¿Y te lo vas a perder por eso? Yo te tenía por una valiente.

No respondo, porque no sé qué contestar, pero ella aprovecha el silencio para seguir hablando.

—Tengo una amiga muy sabia, mi amiga Tone, que dice que la vida es que a uno le pasen cosas. Quizá morimos un poco cuando no nos pasan cosas, ¿no lo has pensado? Mientras sufres o te ríes o te corres o lloras o aplaudes..., estás viviendo. Todo lo demás..., lo que no tiene peligro, termina por ser lo mismo que estar dormido. Y tú siempre has estado muy viva, tía. No te hagas la muerta ahora.

Es un argumento aplastante. No puedo luchar contra él. Pero puedo ignorarlo un poco, un poquito, solo lo suficiente como para que no logre justificar con un «estar viviendo» lo que me ha hecho sufrir Tristán.

A las 13.30 Tristán me manda una ubicación a través de WhatsApp. Me dice que no quiere meterme prisa, pero que ha conseguido mesa en un sitio bonito que me va a gustar.

Le digo que termino una cosa y voy. La cosa que tengo que hacer es tocarme el higo un poco más. Para cuando voy a salir del hotel, Tristán me escribe de nuevo:

> No quiero ser un coñazo, pero te mando otra ubicación, ¿vale? Me echaron del otro restaurante. Tenían a gente esperando.

Bien.

Con mis tacones y con el tráfico de París, está claro que voy a llegar bastante tarde, tanto que temo que me mande otra ubicación, pero el tío es listo y ha debido de coger mesa en algún sitio con «lista de espera», de modo que cuando vislumbro el local, acaba de sentarse.

El restaurante se llama Coco y está junto a la Ópera Garnier. Y es precioso. Maravilloso. Asquerosamente especial. La luz entra por todas partes, rebotando en los acabados Art Déco de la decoración. Es bastante nuevo, pero con una clara intención de parecer un portal temporal que nos lleve a principios de siglo xx. Ojalá me despertase mañana en aquellos años y muy lejos de Tristán.

Le han dado sitio en un rincón donde las mesitas para dos se suceden sin demasiada separación. Está sentado en un sofá corrido que queda en la parte de la pared y, frente a él, me espera un cómodo sillón de terciopelo verde. Sonríe. Está guapo. Guapísimo. Ha debido de cambiarse en algún momento mientras le ignoraba, y... ha puesto toda la carne en el asador. Porque si acompañas a la subdirectora de una revista de moda en un viaje de trabajo a París, te lo curras. Al menos si ella te gusta. Y yo no recordaba haberle gustado tanto, cosa que me pone muy muy muy muy triste.

Joder. De verdad. Pónmelo un poco más fácil, joder. Estaba segura de que mis cambios nos llevarían a malcomer en una tasca para turistas donde la sopa de cebolla nos provocaría una diarrea. No esto.

Lleva un jersey gris fino de cachemir de tan buena calidad que te grita a los ojos. Lo ha combinado con un pantalón de corte sastre, pero con un toque moderno, un pelín corto, y unos botines Chelsea. A su lado, en el sofá corrido, descansa una biker negra de ante forrada con borreguito. Joder. De esto no me acordaba.

Dejo la gabardina y el bolso sobre su chaqueta y me siento. Nos mantenemos la mirada en silencio unos segundos, hasta que me animo a hablar.

—Eso que llevas puesto…

—¿Sí?

—¿Es un *total look* de All Saints?

—¿El concepto «total look» viene a ser…?

—Que todo lo que llevas lo has comprado en All Saints.

—Sí —asiente—. Me cambié antes de salir; creía que me habías visto.

—No. Estaba ocupada. Oye…, en Madrid solo venden ropa de All Saints en El Corte Inglés y traen muy pocas cosas de chico.

—Lo compré online. —Sonríe—. ¿Bien?

Asiento. Claro que bien, joder. Es una de mis marcas preferidas. Tiene ese toque entre grunge y estiloso…

—¿Y cómo has llegado hasta la marca?

Llama al camarero. Lo noto un poco incómodo; lo sé y por eso lo estoy haciendo. Estoy harta de sentir que domina cualquier situación.

—¿Evitas responder? —insisto.

—Bueno, no todos los días lo invitan a uno a pasar unos días en París durante la Semana de la Moda. Me preocupé un poco por fundirme con la masa y no llamar la atención... para mal. Ya sabes.

—Sí. Ya sé. Pues... muy guapo.

—A ti siempre te parece que estoy guapo.

Sonríe al camarero que se acerca hacia nosotros y va a pedir cuando contesto...

—No. Siempre, no.

Me mira de soslayo, sorprendido. No lo veo siempre guapo, pero puede que en el pasado haya abusado un poco de decírselo cuando me ha parecido que lo estaba. No voy a cometer el mismo error. Coge aire y, en un francés bastante fluido, pide una botella de Perrier-Jouet. ¿Es que el universo golpea más fuerte con cada cambio que hago? Esto no pasó así. Después de pasear por París, nos sentamos en un restaurante pequeñito en Le Marais donde comimos bien sin estridencias y bebimos un par de copas del vino de la casa. ¿Y este despliegue?

—¿Has podido mirar la carta? —me pregunta.

—No. ¿Vas a pagar tú?

Se le escapa una risa avergonzada.

—Pues sí. Para compensar el detalle del viaje.

—Ya. Pues... —La abro y de un vistazo decido—. Los linguine con langosta.

Si le parece mal, no lo dice. Ni lo demuestra. Solo pide para él un entrecot poco hecho y añade una botella de agua sin gas.

Cuando el camarero se va, me sonríe.

—Espero haber acertado también con la ropa para esta noche. Nunca me han invitado a algo tan... formal.

Me muerdo el labio de arriba con cuidado. No quiero llenarme los dientes de pintalabios rojo, pero me viene a la memoria el traje que llevó esta noche (qué raro conjugar el pasado con «esta noche», no me acostumbro), carísimo, y que compró para este viaje con la esperanza de «ir sacándole provecho» en los años venideros. Un traje como Dios manda. Un puto traje que le costó la prima de aquel año. De este año. Puedo confirmar que ha sabido sacarle partido después y que sigue tan espectacular como el primer día.

—No sé si vas a poder venir esta noche —le suelto.

Levanta las cejas.

—¿Y eso?

—Bueno. Es una cosa muy exclusiva. Yo estoy aquí por trabajo, no por placer.

—Lo sé —asiente—. Bueno..., uhm..., lo que sea estará bien. Tú no te preocupes.

Me da un poco de pena, lo admito. Se ha gastado una cifra de cuatro dígitos en un traje perfecto para la ocasión y disfrutó muchísimo en aquel cóctel. Sé que le hace especial ilusión. Pero es que aquella noche me di cuenta de lo mucho que me gustaba y no creo que sea lo que más necesito ahora mismo.

—Te voy diciendo.

Desvío la mirada hacia el ventanal e intento concentrarme en la gente que pasa, pero la cabeza vuelve al hecho de que se haya preocupado tanto por gustarme en este viaje. ¿Cuándo dejó de importarle lo que yo pensara o sintiera por él?

—Miranda... —susurra.

Cuando lo miro, su ceño está ligeramente fruncido.

—Dime.

—¿He hecho algo que te haya molestado?

—No —respondo mientras desvío la mirada.

—¿Por qué no me lo dices mirándome a la cara?

Lo miro. Dios. Esa boca. So asqueroso.

—No. —Sonrío falsa—. No me pasa nada contigo.

—¿Y por qué me da la sensación de que sí?

—Pues no sé. ¿Has hecho algo que debería molestarme? A lo mejor lo has hecho y no me he dado cuenta.

—Vale. —Suspira, como cogiendo carrerilla para hablar, pero le interrumpe el camarero trayendo el *champagne*. Sí, *champagne*, ya sabes, estamos en París.

Los minutos que tarda el protocolo del *champagne*, desde que abre la botella y sirve las copas, se hacen eternos. Cuando el camarero vuelve a alejarse, Tristán repite suspiro y gesto, apoyando los antebrazos en la mesa.

—Miranda, soy consciente de que nunca hemos hablado de ello.

—¿De qué?

—De que dejamos de vernos durante unos meses porque yo quise que nos distanciáramos.

—Quisiste que dejáramos de vernos.

—Un matiz.

—Un matiz significativo —asiento—. ¿Y eso qué tiene que ver ahora con…?

—Pues que a lo mejor estás… herida.

—No —niego.

—Pero no te fías de mí.

—No debería, no. —Me voy cabreando por momentos.

—¿Por qué?

—Pues porque lo veo venir.

—¿Lo ves venir o estás jugando otra vez a adivinarlo?

—Yo no estoy jugando. Creo que si hay alguien jugando aquí, eres tú.

—¿Por qué?

—Porque sí. Porque eres inconstante. Porque no te gusta nadie el tiempo suficiente como para que sea importante. Porque no sabes comprometerte. Porque…

—Frena, frena —me pide muy serio—. ¿Y cuándo hemos hablado nosotros de comprometernos con esto?

—Ah, la frenadita. —Me río con desdén.

—No, no, Miranda. Solamente estoy diciendo que no puedes culparme por no cumplir con algo que no hemos hablado.

—¿Follas con otras? —suelto.

—No —niega—. Pero si lo que quieres es mandarme a la mierda con una buena excusa, te digo que sí.

Voy a responder, pero coloca una mano sobre la mía, parándome.

—Miranda..., me gusta muchísimo estar contigo. Más de lo que esperaba. Eres una mujer sorprendente. Como un polvorín. Y no dejo de pensar en ti, aunque no quiera hacerlo.

Cojo la copa de *champagne*, evitando su mano, y le doy un trago largo.

—No sé hablar del mañana, aunque no te voy a decir que no piense en ello. Soy cuadriculado y no del todo valiente; por eso necesito que todo esté en orden y yo muy seguro de lo que estoy haciendo. Pero estoy en París. Contigo. Y lo cierto es que ahora mismo no se me ocurre ningún otro sitio en el que me apetezca estar más.

Voy a terminarme la copa de otro trago, pero se inclina en la mesa y me para.

—¿Podemos brindar?

—¿Por qué?

—Por cualquier cosa. Por todas las posibilidades. Por ninguna. Por ser libres para decidir siempre sin lastres.

# 11
# Y corremos hacia allí

Sé que todo sería infinitamente más fácil si no hubiera dado marcha atrás, si no hubiera salido de casa aquel sábado con la intención de hacerme el encontradizo con Miranda. Mi vida sería tranquila, afable, cómoda. Porque Miranda es incómoda, seamos sinceros. Incómoda como el sofá más barato de Ikea, como un vuelo transoceánico en una compañía *low cost*, como que tu madre te pille ocho condones en el bolsillo de la chaqueta y te pregunte si te crees Billy el Niño. También como el viaje en una montaña rusa extrema. Y ese es el problema, supongo.

Miranda ama su trabajo por encima de todas las cosas. Lo ama más que a su vida personal. Si le dieran a escoger, sé que diría: a la mierda todo el mundo.

A veces suena como una flipada, aunque sé que no lo es. Ronca. Bastante. No seré yo quien tire la primera piedra con esto, pero ronca. Cuando se pone nerviosa, habla demasiado. Es horriblemente directa. Está obsesionada con follarme cada cinco minutos libres que tiene. No duerme mucho, y eso quiere decir que, si estoy allí, yo tampoco. Es una de esas locas a las que no les importa serlo y parecerlo. Me hizo prometerle en un restaurante que si se le quedaba algo entre los dientes, se lo diría. Era una de nuestras primeras citas y antes del primer plato casi me había tumbado a vinos. Lo que no sé es cómo conseguí que no me tumbase de verdad en el suelo, en el capó de un coche o en el banco de la parada del autobús para hacer de mí lo que quisiera.

Nunca he conocido a nadie con tanto apetito. A nadie. Y he tenido alguna amante bastante exigente. Miranda es un fuego demente que no se apaga, que siempre quiere más. Su cuerpo es un templo que no es que cuide mucho, pero que respeta con devoción. Le gusta rezarle de rodillas frente a mí, ya sabes.

Es una loca. Una loca espabilada. Una loca curiosa. Una loca con memoria de elefante. Y elegante. Con esas caderas redondas, los pechos algo caídos, los brazos torneados y los hoyuelos en el culo. Con todo.

La clásica loca que viste de negro y pasea siempre con un libro por la ciudad, que bebe el café sin leche y que besa con lengua y siempre muy húmedo. Una vez, después de unos vinos, cuando volvimos a vernos tras los meses de parón, me dijo que no quería que nadie le rompiese las alas, pero no puede evitar que le brille en los ojos la angustia de pensar que tal vez nadie le pida nunca hacer nido a su lado.

Le gusta la música altísima, mi perfume (me aspira y me esnifa como si fuera lo más normal del mundo, pero, colega..., no lo es), el sexo a oscuras y despedirse con un beso en la boca, sucio, y otro al aire. Sospecho que esto último es por si el primer beso da a entender cierta esperanza, con el segundo barrer los pedazos de lo que quiere que le den pero no se atreve a pedir.

¿Qué coño hago en París?

Pues pillarme. Pillarme a saco. Por una loca. Por una tía a la que no entiendo. Una tía que a veces me da un poco de miedo, porque no sé si saca lo mejor de mí, me aburre, me motiva o me hace sentir pequeño. Quizá me estoy pillando justo por eso, que conste. Porque me reta. Constantemente. A lo mejor, en otro momento de mi vida no hubiera recogido el guante, pero me genera curiosidad. Es intensa..., tanto que ha dejado de importarme que me trasladé a Madrid con la intención de volver a casa lo antes posible.

Así que el hecho de que esté tan rara desde que nos hemos levantado no me extraña del todo. Es rara. Después de no haberme hecho caso en toda la mañana y de una comida que no estaba siendo precisamente idílica, he tenido que atajarlo, porque empezaba a ser horriblemente incómodo.

El resto de la comida ha ido bien. Se le quedó algo entre los dientes y cuando se lo dije, aunque quiso hacerse la digna, no pudo evitar reírse. Sonreír. Está bonita cuando sonríe, aunque a veces sus carcajadas suenen a calderilla suelta en el bolsillo del pantalón. Es ruidosa cuando quiere, la tía.

Después de la comida hemos paseado hasta la Madeleine, los jardines alrededor de la plaza de la Concordia y los de las Tullerías, frente a los que hemos encontrado una cafetería con terraza donde tomarnos un café.

Mientras ella estudia a la gente que pasa frente a nosotros, yo la estudio a ella. El viento le ha revuelto un poco el pelo. Se lo cortó antes de venir y apenas le llega dos dedos por debajo de las orejas, que lucen dos pesados pendientes dorados que le dan un brillo especial. Sus pestañas largas (tan largas que he estado a punto de sucumbir muchas veces y preguntarle si son realmente suyas), cubiertas por esa línea negra que convierte su mirada en algo felino. Y los labios. Los labios...

—¿Puedo besarte?

Me mira con tanta extrañeza como si le hubiera preguntado si puedo lamerle la frente, y eso me gusta. Me aturulla un poco cuando es ella la que se lanza a mi boca porque me hace sentir que no tengo las riendas. Y las necesito.

Lleva un traje negro de americana cruzada y pantalón, y debajo un jersey de cuello alto prácticamente transparente. Me pregunto qué ropa interior lleva hoy. Siempre lleva cosas muy locas, como bragas sin nada de tela en la parte de atrás.

La gabardina, que se echa sobre los hombros, sin ponérsela de verdad, está ahora mismo bien doblada en la silla que tiene frente a ella. El forro no miente, cuesta un pastón, como el bolso, pero no quiero preguntarle si lo ha comprado para la ocasión, si ya lo tenía o si se lo han prestado, porque voy a sentirme tonto si soy el único que se ha gastado más de lo que debería en llenar la maleta para este viaje. Prefiero besarla, aun con ese pintalabios rojo vivo que promete dejarme la boca hecha un espectáculo.

—Oye..., ¿puedo besarte? —insisto.

—¿Aquí? —me pregunta, de pronto victoriana.

—Claro. Aquí.

—Ay, no.

—¿No? —me sorprendo.

—No. Y tú deberías ser el primero que no quisiera. Eres del norte. Los del norte no sois de mostrar cariño en público.

—Lo de generalizar se te da de muerte. —Me río, aunque en mi caso en concreto acierta—. Pero te recuerdo que la segunda vez que quedamos te tuve que parar, porque como saludo me dijiste: «Vamos al baño a follar».

—¿Ves? Vamos a calmarnos.

Me entra la risa. Sus rarezas me gustan. Maldita sea.

Quiero ese beso.

—Estamos en París, en un café frente a los jardines de las Tullerías, mirando cómo llovizna desde un soportal precioso..., ¿no me vas a dar un beso?

Saco mi paquete de tabaco del bolsillo y me coloco un pitillo entre los labios.

—Vas a fumar.

—¿Por qué esta obstinación? Anoche me besaste hasta las cejas —digo riéndome.

Frunce el ceño. No se acuerda. Yo sí, y eso me frustra, porque fue muy guay.

—Pide la cuenta. —Mira su reloj de pulsera—. El cóctel empieza a las siete y tengo que pintarme como una puerta. Seguramente necesite ayuda con el pelo.

—Mira qué bien. Se me da estupendamente peinar a señoras.

Me fulmina con la mirada.

—Pardilla —la provoco, riéndome.

Esboza una sonrisita, pequeña, contenida, que parece que le jode.

—¿Seguro que no estás enfadada?

—¿No hemos hablado de esto ya? Yo soy así. Soy..., pues...

—Rara. Pero no rancia. Si te pasas es siempre por exceso.

—Excesivo te parece a ti, que eres un témpano de hielo. Pero habértelo pensado antes de buscar al fuego como pareja de baile, cariño.

Abro la boca para contestar, pero se precipita a darme una explicación que no necesito:

—El «cariño» era irónico, eh. No te vayas a pensar que en mi exceso tengo apelativos tiernos para ti y todo.

—Y todo. —Levanto las cejas y llamo al camarero, al que le hago el gesto universal de pedIr la cuenta.

Dieciocho euros por dos cafés me parece poco después de lo que he pagado por la comida. A mí el ritmo de vida de esta tía, además de volverme loco, me va a dejar sin un duro. Pero en esta ocasión es ella la que deja un billete de veinte euros y, al levantarse, coge la cuenta y la guarda bien doblada en su cartera.

—Voy a pasarlo como gasto —me aclara.

—¿Y no puedes pasar la comida también?

—No seas rata.

Una llovizna nos azota la cara cuando salimos del amparo del soportal. Sigo mirándola, pero tampoco sé por qué lo hago. Es el modo en el que ella mira todo lo que la rodea lo que me produce cierta fascinación. Porque sus ojos se pasean por las superficies con velocidad, registrándolo todo a su paso. Es esa hambre lo que la hace tan... indefinible. Porque se come el mundo a manos llenas y su interior se expande como una galaxia. Esta loca..., que pasa de hablar de zapatos a explicarte su visión de todo lo que hemos dado por verdad absoluta y que, en realidad, es solo un constructo social. A veces la veo tan perdida..., tan absolutamente perdida, que creo que nos parecemos. Solo en lo esencial.

No es mi tipo.

No lo es.

Esto no va a durar.

No puede durar.

Dos mundos. Dos naturalezas.

No me gusta tanto.

Las gotas de lluvia fina se le quedan prendidas en los mechones revueltos de su pelo y en sus pestañas. Tiene los ojos de color gato. ¿Cuál es ese color? No lo sé. Ella lo inventó para el mundo al abrirlos.

¿Qué es esto? ¿Qué pasa? ¿Por qué los cláxones, el rumor de las conversaciones y el ruido de la ciudad parece que cantan al unísono? Es esta ciudad confusa que todo lo envuelve en celofán.

—Ey... —la llamo.

Tristán, ¿qué haces?

Cuando se vuelve hacia mí, su melena, ahora ondulada por la humedad, se mece. Y quiero meter la mano dentro y olerle el pelo. Quiero cosas que nunca he deseado.

La detengo aquí mismo, en una esquina entre dos edificios magníficos, la envuelvo en mis brazos y antes de que pueda darse cuenta, en un giro que no se espera, la beso. Aunque por un momento creo que va a rechazarme, somos los dos los que abrimos la boca. Su lengua no tarda en acariciar la mía, como si no pudiera hacerlo de otro modo. ¿Están nuestras lenguas tremendamente enamoradas? Besa tan bien. Tan bien.

La gente nos evita malhumorada, cruzando en todas direcciones la acera en la que estamos plantados, pero, en lugar de deshacer este nudo, lo aprieto más. París ha pasado de hacer ruido a sonar a «Often» de The Weeknd, que desde hace un par de años me parece la puta canción más sucia y romántica del mundo. Ojalá sonara ahora mismo. Que le follen a «La vie en rose». París ahora suena, en su boca, a The Weeknd.

Deja escapar un gemido de su garganta, pero lo trago con prisa porque no quiero que se acabe. Ella, la sensación, el vacío, la espiral que nos envuelve y nos aísla del mundo. He besado a Miranda muchas veces, muchas, pero hay algo en este beso que me engancha a su boca. El chico de extrarradio que vive en mi interior susurra que es demasiada hembra para mí, pero el adulto lo calla y la sujeto más fuerte. Más y más fuerte. Mano izquierda en su nuca, la derecha recorriendo su espalda, por debajo de la gabardina echada sobre sus hombros.

No es tu tipo, me repito.

Es demasiado extrema.

Es rara.

Es una complicación.

Quiere más de lo que tú quieres darle.

Me da igual.

Su lengua y la mía bailan de la misma forma en que lo haría una vieja pareja. Una de esas que ya no sabe si se ama desesperadamente o se necesita por costumbre. Es un beso sabio que despierta dentro de mí el reconocimiento de algunas cosas que ni siquiera entiendo. Solo quiero pegarla más y más a mí.

Y se está rompiendo la magia. Lo noto. Los bordes del mundo vuelven a definirse. Algo elástico se contrae y se expande entre nosotros buscando estallar en pedazos. Su mano presiona mi pecho, buscando espacio. Me niego. Le digo que no con la cabeza mientras sigo aferrándome a este beso, pero finalmente nos separamos unos milímetros.

—Vámonos al hotel —le pido.

—A vestirnos.

—A follar. A cuatro patas. De pie. Tú encima. Me da igual. Fóllame.

—No. —Me aparta un poco la cara—. Esto no va así. Aquí mando yo.

No lo dudo. Hace tiempo que sospecho que perdí el timón.

Mierda.

No es mi tipo.

No me gusta tanto.

¿Por qué tengo tanta sangre en la parte equivocada del cuerpo?

Es eso. Es que mi erección impide el bombeo de la cantidad necesaria de sangre hacia mi cerebro.

Me empuja el pecho y me aparto.

Juraría que encuentro en sus ojos una chispa de rabia y no la entiendo, pero aún me gusta más. Una chispa de rabia que se pierde como unos fuegos artificiales que, tras explotar, se difuminan en la noche. Y esa rabia desaparece del todo cuando Miranda estalla en carcajadas.

—¿Qué? —le pregunto un poco ofendido.

Me señala la cara. A juzgar por cómo lleva el pintalabios, no debo de tener una pinta muy seria.

—Vas hecho un zarrio.

—Anda que tú… —Le sonrío—. ¿Tienes un clínex o algo?

Antes de que pueda pasar el dorso de la mano para quitarme los restos de labial, Miranda se acerca y frota con su pulgar mi boca, de lado a lado, dejando la yema de su dedo roja. Voy a preguntarle si ha mejorado la cosa cuando, poniéndose de puntillas, pasa su lengua por mis labios. Un segundo. Un puto segundo. Pero su lengua recorre mis labios en un movimiento rápido, de abajo arriba. Esta loca me ha lamido la boca en mitad de la calle. Esta loca que me va a hacer perder la cabeza. Y me azota un cosquilleo que no logro localizar ni rascarme. Porque Miranda me hace cosquillas y eso es algo a lo que no me había enfrentado nunca, jamás.

—Loca —susurro, sin poder despegar los ojos de su boca.

Se aleja, tira de mí.

—Vamos...

Quiero coger su mano, pero no lo hago. Yo no hago esas cosas. Me limito a limpiarme la boca, mientras ella saca el móvil y, con la función selfi, hace lo mismo. Está lista antes que yo.

No me deja tocarla al llegar al hotel. Lo intento en el ascensor, en el pasillo, contra la puerta. Me dice que no de manera muy tajante, así que lo dejo estar. Debe de estar nerviosa. Me mantengo en silencio mientras ella se mueve por la habitación como una peonza, aparentemente sin rumbo, hasta que con el móvil agarrado en la mano se encierra en el cuarto de baño. No tardo en escucharla hablar con alguien con voz muy queda, pero no me entero de nada porque me quedo dormido.

A las cinco y media se está vistiendo. Es un tsunami revolviendo la habitación, con lo que me despierto y no como me gustaría. Hubiera jurado que Miranda es de las que te despiertan con cuidado, cariño y calor..., pero si esa parte es cierta, se la ha dejado en Madrid.

No contaba con que me lo pidiera a mí, pero me decepciona un poco ver cómo llama a su compañera de la revista para vestirse. Yo podría haberle subido la cremallera del vestido o lo que hubiera necesitado. Vale que no la hubiese podido ayudar con el maquillaje o el peinado, pero me apetecía estar un rato solos.

Cuando Rita entra en la habitación, estoy un poco angustiado, pero como no pongo nombre a la raíz de esa sensación, intento entretenerla con mails de trabajo. Y Rita llega como Pedro por su casa, como si yo no estuviera. No es que me moleste, pero... aprecio mi intimidad cuando estoy en la habitación de un hotel. Ha entrado con «su propia» tarjeta. Supongo que es por una cuestión de logística de cara a los próximos días, pero «tranquilízate, Rita».

—¡Hola, Tristán! —me saluda.

Sigo entretenido con mis mails, pero levanto un segundo la mirada para saludarla y... ojalá no lo hubiera hecho.

—Hola, Rita, ¿qué tal? —respondo con una sonrisa.

La sonrisa no es de simpatía. Estoy conteniendo la risa. No tengo palabras para explicar el atuendo de esta chica. A veces la moda se cruza con la vanguardia y yo dejo de apreciarla. Solo veo capas y capas de volantes, negros y dorados... A mí que me perdone el diseñador de lo que lleva puesto, pero parece un repollo barroco.

—¿Tú no te vistes aún? —me pregunta.

—Estoy esperando a que Miranda me diga si puedo ir o no.

Se vuelve hacia ella como un resorte y la fulmina con la mirada. Todos los volantes, que están bien atusados, vibran a su alrededor.

—Puedes. Ya arreglamos eso en Madrid —me contesta, aunque no deja de mirarla.

—No lo tengo claro —apunta Miranda, retándola con un gesto.

—Pues ahora te lo aclaro yo.

—Señoras —sonrío—, estoy listo en cinco minutos, así que sea lo que sea, no sufran.

No alcanzo a entender los pormenores, pero discuten en el baño. Y, a pesar de ello, me hacen gracia. Ojalá tuviese tanta confianza con mis compañeros de trabajo como para poder llamarles «soplapollas» a la cara y no solo a sus espaldas, cuando charlo con mi hermana por teléfono.

Miranda tarda lo que me parece una eternidad, y eso que yo soy lento, pero debo admitir que cada minuto empleado ha valido la pena. Cuando sale, está espectacular. Ha recogido su pelo corto en una coleta baja, bastante repeinada, que me recuerda a cómo iba cuando la conocí. Algunos mechones rebeldes se han soltado, no obstante, a la altura de las orejas, dándole un aspecto menos formal. Se ha maquillado los ojos en negro, con el *eyeliner* más felino de la historia, y los labios rojos más rojos y jugosos del mundo. Es una manzana de caramelo. Lleva un vestido por debajo de la rodilla negro, pegado como la piel del demonio, con transparencias a la altura de las caderas y la cintura. Sin sujetador, porque sus dos pechos se adivinan bajo la tela elástica y, a juzgar por la altura de los pedazos de tela transparente, no puedo asegurar que lleve bragas. Se ha puesto en el cuello un collar rígido, dorado, que le da un aspecto de efigie griega, de busto que venerar. Una Atenea de caderas poderosas y generosas, que se contonea, sin querer contonearse, sobre los tacones altísimos de unos zapatos abiertos y llenos de tiras. No entiendo de moda, pero creo que es una buena elección.

—¿Qué? —me pregunta después de que la estudie en silencio.

—Nada. ¿Qué de qué?

—¿Te burlas?

Me señalo el pecho, sorprendido.

—¿¡Yo!?

—No sé. Pones cara rara al mirarme. ¿Voy demasiado prieta?

—Estás guapa —resumo. No soy de regalar cumplidos.

—Claro que está guapa. Lleva un Balmain —contesta Rita como si fuese una obviedad.

—No sé qué significa eso. —Me encojo de hombros mientras sonrío—. Pero está muy guapa.

—¿Y tú? —me pregunta su compañera.

—¿Yo? Bueno... —Como no me han dicho nada hasta ahora, deduzco que no voy—. Yo saldré a dar una vuelta, picaré algo y volveré al hotel. Traje un libro.

Cruzan una mirada de soslayo. Miranda parece malhumorada.

—Vístete —me pide, pasando de largo por mi lado.

Me apetece decirle que se vaya a tomar por el culo, pero me levanto del sillón y me voy hacia el armario.

—Vale, chicos. Pues os veo abajo.

El repollo oscuro desaparece tras la puerta con una salida menos dramática de lo que exige su vestuario, y aprovecho la ocasión para volverme y buscar a Miranda con la mirada.

—Oye... —la llamo.

Está sentada, concentrada en meter dentro de un bolso minúsculo el pintalabios, unas tarjetas, el móvil y una polvera.

¿Llevará bragas? Tristán, olvídalo, no se lo puedes preguntar. Con un poco de suerte le da un brote de los suyos y te propone follar en el baño.

—Dime...

No me mira al responder.

—Si no quieres, no voy.

Levanta la mirada, pero sin mover la cabeza. Las pestañas le chocan con las cejas y el efecto es rarísimo.

—¿Por qué dices eso?

—Pues porque parece que no quieres que vaya. Y... casi lo entiendo. Es un cóctel de trabajo..., trabajo que tiene que ver con la alta costura. Soy abogado y he crecido en un barrio en el que el chándal se considera una pieza de culto. No pinto nada allí.

Paladea sus palabras antes de dejar que salgan de entre sus labios.

—Es que no sé si voy a poder estar contigo.

—Lo entiendo. —Y la entiendo, pero me siento decepcionado.

—Me voy a sentir incómoda por si tú estás molesto y es la pescadilla que se muerde la cola...

—Lo comprendo, de verdad.

Asiento, meto las manos en los bolsillos y ambos nos miramos sin hablar. Esto sí es incómodo y no pasear solo bebiendo *champagne* por una sala del Louvre, pero no se lo digo. Debería, pero no lo hago, porque quiero que se sienta libre para decidir cómo termina esta noche. Doy gracias a haber tenido la idea de no vestirme aún, porque esta conversación hubiera sido lamentable con un traje de tres mil euros encima.

—Es trabajo —me dice con un hilo de voz.

—Lo sé. Y por eso te ofrezco la posibilidad de... no acompañarte. No hubieras tenido que preocuparte de mí de todas formas, pero así eliminamos de la ecuación esa posibilidad.

—Pues te lo agradezco —asiente.

—Bien. Pues... nos vemos cuando vuelvas.

—Sí.

Me acercaría a besarla. A pesar de todo, le daría un beso antes de que se fuera, pero no me da la puta gana. El amor propio me lo impide.

—No te aburras —me suelta.

Diré en su defensa que parece triste.

Va hacia la puerta dubitativa. Antes de que salga, saco la mano derecha del bolsillo y la levanto a modo de despedida. Parece que se va a doblar en dos y a vomitar sobre la moqueta. Abre y...

El sonido de la puerta al cerrarse retumba por todo el pasillo. No sé qué pasa con las puertas de los hoteles. Es imposible irse dando un portazo, pero no se pueden cerrar sin hacerlo. Y aquí estoy, frente a la puerta, con la mano izquierda metida en el bolsillo de los vaqueros y la otra inerte, en paralelo a mi cuerpo, como un gilipollas. Me ruge algo en el estómago que no tiene nada que ver con el hambre; es una especie de dignidad extraña. Es una suerte de nervio al ver que ha decidido no irse.

Miranda mira al techo, chasquea la lengua contra el paladar sonoramente y tras un suspiro, me pide:

—Porfi, no tardes mucho en vestirte. Tenemos que irnos ya.

Y estoy perdido. Perdido. Lo sospecho, pero aún no lo sé.

Cinco horas después cruzamos juntos la explanada del Louvre en dirección a la rue de Rivoli, donde Miranda dice que nos espera un coche para llevarnos al hotel. Hemos dejado a Rita con su vestido de repollo diciendo «sí» a la propuesta de tomar una copa más y hemos escapado. Miranda jamás lo confesaría, pero creo que está cansada y los zapatos que lleva no parecen muy cómodos.

La explanada donde se encuentra el Museo del Louvre está preciosa de noche, con las pirámides de cristal iluminadas y esta neblina tan parisina. Intento imaginar qué aspecto tenemos juntos, como si protagonizáramos una película francesa de los años setenta. Me encanta.

La noche ha sido... increíble. Verla en ese ambiente, verla ejercer, verla con la necesidad de crear un espacio de vacío entre los dos. Verla. Joder. ¿Hay algo más sexi y aterrador que una mujer que no te necesita?

Ahora, a mi lado, Miranda camina segura sobre sus tacones. Lleva sobre el vestido una chaqueta larga, fluida, como de antelina de color negro. Como la gabardina durante la comida, solo la deja caer por encima de los hombros. Es poco abrigo para el viento húmedo que azota la ciudad, pero no se queja.

Ahora, a su lado, camino con mis zancadas largas, preocupado por no dejarla atrás mientras busco el paquete de tabaco en el bolsillo interior del traje. Menudo traje. Porque no quiero echarme flores, pero estoy para comerme con él puesto. Solo con mirar los ojos de Miranda sé que tengo razón.

Lo de esta noche ha sido incluso erótico y me ha hecho pensar. Hace ya meses que me pregunto por qué soy tan gilipollas; quizá es una herencia de género o una excusa que me pongo para no sentirme más imbécil. Pero lo cierto es que cuanto más distante encuentro a Miranda, más me gusta, y más me gusta cuanto más me molesta esa distancia. Es incoherente, porque lo que me seduce de ella es la fortaleza, la independencia, la valentía y la sinvergonzonería. Me está volviendo loco. Este es un juego peligroso.

Caminamos juntos pero separados y yo insisto en imaginarnos desde fuera.

—Somos *cool* —le digo en un guiño, bromeando solo a medias.

—Me siento como la protagonista de una canción de Clara Luciani —contesta de pronto.

—¿Quién?

—«La grenade». ¿No la has escuchado?

—No. Ni siquiera me suena.

—Ah. Quizá aún no es conocida. Pero te prometo que si sonara... —me guiña el ojo— seríamos totales.

Esta jodida loca.

Al llegar al cruce, el viento le levanta un poco la chaqueta y puedo ver su piel de gallina. Quiero calentarla, pero solo le doy una calada honda a mi cigarrillo recién encendido, antes de mirar el color ardiente del ascua.

—Voy a dejarlo —le digo.

La miro de reojo y ella sonríe con comedimiento. No me mira. Creo que no puede mirarme por lo mismo que yo no puedo dejar de hacerlo. Nos gustamos. No somos el tipo del otro. No vamos a durar. No deberíamos gustarnos tanto...

El niño de extrarradio me dice que me quite la chaqueta y se la eche por encima; el hombre que debería ser sabe que eso no le gustaría, así que me pego a ella y la envuelvo con un brazo.

—Estás helada. Esa chaqueta es bonita, pero quizá no ha sido la opción más inteligente.

—Esto es moda; no pretendo que lo entiendas.

Lanzamos una carcajada a la vez. Nuestras sombras se proyectan sobre el suelo, preciosas. Más bonitas de lo que somos nosotros, estoy seguro. Tan alargadas como si pudieran alcanzarlo todo, colarse en cualquier parte; tan entrelazadas que no se adivina dónde empieza ella y dónde termino yo. Esa sombra conjunta se me antoja una promesa más peligrosa que el juego en el que estamos metidos desde hace casi un año. Casi un año, Tristán...

—He pasado de ti toda la noche —me dice con una nota de remordimiento en la voz.

—Sí.

—No tendrías que haber venido.

—¿Me he quejado?

—No. Supongo que no eres de los que se quejan.

—No, no lo soy.

La aprieto un poco más.

—Joder... —murmura mirando hacia el suelo.

—¿Qué?

—Que hueles muy bien.

—Lo dices como si fuera un problema.

—Lo es. Hueles demasiado bien.

—¿Hay un demasiado para las cosas buenas?

—Sí. —Me mira de soslayo—. En el demasiado es donde crecen las cosas que no controlamos.

—Pues habrá que quemar rueda.

No sé si soy capaz de localizar el pedal del freno. Pero me dejo llevar.

Y corremos hacia allí.

# 12
## ¿Qué será lo próximo?

Anoche tendría que haberme follado a Tristán. Tendría que haberlo tumbado sobre la cama del hotel de malas maneras y, tratándolo como medio a través del cual conseguir mi placer, hacérselo a lo salvaje. ¿Con qué finalidad? Podría contarte milongas, pero lo cierto es que tengo mono de Tristán; muchísimo. A menudo lo miro y me pregunto cosas..., cosas trascendentales como por qué estoy viviendo esto; por qué yo; si esto es una segunda oportunidad, tal vez debería concentrarme en intentar arreglar las cosas en lugar de alejarlo; si debo aprender de este viaje espaciotemporal..., pero de golpe me mira de reojo, esboza una sonrisa y me dice algo con esa voz tan suya, tan macarra, tan rota..., y entonces lo que pienso se convierte en una imagen de mí sentándome en su cara.

Soy lo peor.

Pero no lo hice. No nos acostamos.

Me quité los zapatos de tacón y el vestido, respiré hondo (porque con el vestido no podía) y me puse ropa interior «de seducción». Y cuando iba a lanzarme dramáticamente a por él en la cama, se metió en el baño.

La cama era tan cómoda..., el día fue tan intenso..., estoy tan cansada desde que empezó todo esto..., que sentí que me quedaba atrapadita en el colchón. ¿Por qué las sábanas de hotel serán tan y tan suaves?

—Ven aquí. Te voy a reventar —balbuceé con esfuerzo cuando salió del baño con un pantalón de pijama azul marino, el torso al aire y las gafas de moderno de mierda puestas. Estaba medio dormida, pero me destapé y le enseñé el conjunto de ropa interior rojo.

—Maravilloso —me dijo con cierta condescendencia.

—Es de putón.

—Ah… —Se tumbó a mi lado, nos tapó a los dos y, para mi sorpresa, se acercó mucho a mí—. Qué gustito.

Traté de tocarle el rábano, pero me apartó la mano amablemente, se la llevó a la boca y me dio un beso en la palma y otro en el dorso.

—Es cómoda esta cama, ¿eh?

Con las pocas fuerzas que me quedaban, porque la cama estaba chupándome toda la energía vital, intenté otro acercamiento reptando hasta que mi boca estuvo a la altura de su cuello, pero en un giro maestro, en forma de carantoña, me colocó sobre su hombro y luego sobre su pecho, rodeándome con el brazo.

—Estás agotada —le escuché decir.

Lejos. Le escuché un poco lejos. Estaba acariciándome la espalda como si fuese un arpa. Deduje que me estaba durmiendo cuando temí que sonaran melodías al paso de sus dedos sobre mi piel. Estaba mezclando los sueños con la realidad.

—No —contesté testaruda.

—¿Sabes una cosa que me ha gustado mucho de hoy? Haber podido ver la Victoria de Samotracia con el Louvre casi vacío y con esa iluminación tan bonita. Ha sido una experiencia extraordinaria. Y la Dama de Auxerre. No sabía que se llamaba así. Bueno, en realidad no la conocía, pero he aprovechado, cuando has ido a hablar con los de la marca esa de cremas, para buscarla en internet. Es del siglo VII antes de Cristo. ¿Sabes qué? Posiblemente estaba policromada.

Qué hijo de puta..., sabía que iba a caer.

Me dormí sin saber en qué colores se creía que estaba pintada.

A mí esto me va a costar la salud.

Me despierto en mi cama. En mi casa, de golpe. En un salto. Desde las entrañas de París hasta el centro de Madrid en un pestañeo. Y sola. Sin saber qué día es, qué año, arrancada del sueño por la habitual alarma del despertador, pero desubicada. Son las siete de la mañana del 26 de octubre de 2017 y no tengo ni puta idea de por qué he saltado hasta hoy. Y por qué siento que aún huelo su perfume.

Mientras se calienta la cafetera, reviso la agenda. Hoy es un jueves de trabajo normal. Al menos eso parece por lo que tengo programado. El número de octubre ya ha salido, claro está, se están ultimando cosillas del de noviembre y estamos ya con diciembre y el cierre del año. Hoy no hay *shootings*, no hay eventos y no hay nada urgente esta semana. Repasando los próximos días, lo prioritario es cerrar pronto y bien el último número del año.

Pero hay que ponerse en marcha, porque si algo me angustia de esta paranoia es que entorpezca el futuro, es decir, que me quede atrapada en un bucle en el que no pueda avanzar. Así que mientras me tomo el café, abro el agua de la ducha y escribo a Iván para preguntarle si tiene planes para comer. De reojo localizo en el armario-vestidor lo que me voy a poner, pero mi yo del pasado continúa siendo muy eficiente y lo tengo todo colgado en el cuarto de baño, bien preparado: un vaquero mom oscuro con vuelta en el tobillo, una camiseta de Motörhead, unos zapatos de ante de color granate y tacón bajo y una biker de cuero negra.

Iván responde justo cuando estoy cruzando los tornos de la revista con un escueto: «Te recojo a las dos», que no me aclara si recuerda nuestra conversación por teléfono de «ayer», porque sí, efectivamente, lo llamé desde París. Ayer para mí. Hace un mes para él. Lo más apasionante no es que Thalía le pidiera que le abrochara el sujetador en el pasillo de un evento, lo sorprendente es que él solo se acordó de que lo vaticiné cuando le pasó.

—Fue como si el resto de los días a ti esto no te estuviera pasando y a mí me lo extirparan de la cabeza.

No lo entendí del todo, pero le dije que ya lo hablaríamos largo y tendido cuando pudiéramos. Madre mía..., hay otra Miranda por ahí haciendo cosas. Vale. Es la del pasado, que no dejo de ser yo, pero me inquieta. En mi imaginación se parece a la muñeca Annabelle y va por ahí con las cejas esas como pintadas con bolígrafo Pilot de 0.5. Escalofriante.

—¡Buenos días! —me saludan las pocas chicas que ya están en su escritorio.

—Buenos días, niñas. Vamos a hacer cosas bonitas para el mundo.

Con el tiempo he acuñado frases y arengas con las que motivar al equipo (y a mí misma) para levantar el ánimo hasta en el día más sombrío. A veces todas nos preguntamos si no estaremos dedicando nuestra vida a algo demasiado frívolo. Es bueno que alguien recuerde en voz alta que también podemos hacer girar el mundo, aunque sea un poquito.

Si al menos pudiera estar más concentrada..., pero ¿quién se concentra en su trabajo si le está pasando algo que parece de locos?

Dejo el bolso en mi despacho, enciendo el ordenador y salgo hacia «el muro». El muro es una pared en la que vamos colgando las hojas que ya están maquetadas para tener claro el orden. Con la llegada de lo digital parece una práctica anacrónica, aunque lo cierto es que resulta muy visual. De un golpe de vista puedes aclarar muchas dudas y ese mapa muestra en qué punto del proceso te encuentras de cara al cierre. Y allí me coloco, con las manos en los bolsillos, a estudiar cómo vamos.

—Miri...

Marta, la directora de digital, acaba de llegar cargada con su bolso gigante y un café casi del mismo tamaño.

—Buenos días.

—¿Tienes un hueco hoy para que veamos un par de cosas?

—Claro. —Despego con dificultad los ojos de un reportaje sobre «las peores citas de Tinder» y vuelvo hacia el despacho—. Creo que no tengo nada agendado, pero deja que me asegure.

—Es un segundo. Como si quieres que lo veamos ahora, mientras nos tomamos un café.

—¿Posicionamiento SEO? —adivino.

—Para echar un vistazo al posicionamiento de contenidos de digital. Y tengo dudas sobre cómo nos estamos comunicando en redes.

Miro la agenda. Tengo convocada una reunión a las doce.

—Vale, pasa y siéntate. ¿Llamo a Diana? —Diana es nuestra *community manager.*

—No. Prefiero que primero lo hablemos entre nosotras —me dice—. Creo que hay que darle un toque cariñoso.

Marta se sienta y despliega un montón de cosas sobre mi mesa. Soy muy maniática del orden, pero no me agobio porque sé que en cuanto se marche, todo volverá a su estado natural. Voy a cerrar la puerta, pero Rita me grita desde el pasillo:

—¡Miri! Hay que decidir de una puta vez qué regalamos en enero.

—Pregúntaselo a Marisol. —Quiero quitarme ese asunto de encima.

—¡Dice que se la suda! Voy y lo hablamos.

—Ahora estoy con posicionamiento SEO y a las doce tengo reunión para ver las piezas del reportaje de relojes. Pregúntaselo a Eva.

—Eva me ha dicho que lo hablemos las tres. Resérvame media hora y lo hablamos.

Por si viajar en el tiempo no fuera suficiente…, un típico día en la revista. Y mi mala memoria se empeña en no darme pistas de cómo atajar todo esto. Ya lo he vivido, joder, ¿no podría condensarlo en un par de horas?

Pues no.

Lo cierto es que no había tenido tiempo de pensar demasiado en el hecho de que cada vez que veo a Iván desde que esto empezó, hay algún cambio bastante radical en su aspecto. La primera vez, unas pestañas dignas de una *drag race.* La segunda un melenón que ríete de Sandro Rey. Y no es que lo piense mientras voy a su encuentro para ir a comer, es que me topo con él de golpe y porrazo y la visión es tremenda.

—¿Qué? —me pregunta.

¿El suelo vibra o soy yo?

Iván ha dejado de tener la melena negra de la última vez. Tampoco tiene las pestañas larguísimas ni su tupé bien atusado habitual. Ojalá. Me pregunto si esto es como en las reencarnaciones. Sea como sea, prefiero las anteriores.

Iván lleva el pelo a lo cenicero. ¿No sabes lo que es? Eso quiere decir que o creciste en un lugar muy lejano al barrio o eres muy joven. Yo soy de barrio y, como una vez me dijo

Tristán, ya no es tanto que sea de barrio, es que lo llevo dentro. Debajo de la ropa de marca, dentro del bolso de firma, caliente bajo la lengua que habla inglés en las reuniones. Ahí llevo el barrio agazapado, que no escondido, porque a mí Carabanchel, que es mi barrio, me hace sentir orgullosa, no avergonzada.

Pero el pelo cenicero es otra cosa. Eso es terrorismo estético. ¿Y qué es? Ponlo en Google Imágenes, por favor. Yo te espero aquí hasta que lo hayas visto.

¿Ya?

Bueno…, ¿qué te parece esa barrera de pelo peinado hacia arriba con gomina, coronando una cabeza afeitada en todas partes excepto esa? ¿Es el equivalente a las almenaras de un castillo? ¿Está ese pelo defendiendo algo que no sea el mal gusto? Ah, espera…, también lleva mullet por detrás. Me quiero morir.

Para terminar de mejorarlo, se ha puesto un pantalón vaquero en el que se adivina una especie de campana en la pernera y, además, por debajo de lo establecido para encontrarnos en un año posterior al 2000. Cinturón con tachuelas. Polo con el cuello subido, blanco y con ribete azul celeste. Con el cuello subido, ¿lo he dicho ya? Perdón. Estoy muy impresionada. Sobre este, una chaqueta de chándal ajustada. En una oreja dos aros gordos. Al cuello un cordón de oro del grosor de mi pulgar.

—¡¿Qué cojones?! —exclamo cuando me llega la voz a la garganta.

—¿Qué?

—¿Qué llevas puesto?

Se mira extrañado por mi sorpresa.

—¿Lo dices por el polo? Es nuevo. ¿Te gusta?

Voy a desmayarme.

—Vale, Iván…, una ronda de preguntas rápidas.

—Mira que eres rara…

—¿A qué te dedicas?

—Soy estilista.

—¿Y te dejan ejercer de esa guisa?

—¿Qué dices? ¡Si es mi firma, mi seña de identidad!

Espero que valga la pena revivir el día de hoy, porque esto es muy heavy.

—Otra pregunta. ¿Te acuerdas de la conversación superrara que tuvimos en tu casa una tarde en febrero? Sobre Thalía.

Me mira y frunce el ceño. Temo, hasta que responde, tener que explicárselo todo de nuevo, sobre todo con ese atuendo, pero no. Por fin una chispa de reconocimiento brilla en sus ojos y asiente.

—Sí. Y el mes pasado.

—Vale. —Me tranquilizo.

—¿Podemos ir a comer y lo hablamos sentados? He tenido unas pruebas esta mañana y estoy agotado y muerto de hambre.

Digo que sí y enfilo hacia el bar de enfrente, pero me lo pienso mejor y doy la vuelta.

—¿Dónde vamos? ¿No entramos donde Dori?

—No. Yo no entro contigo allí con esas pintas.

—La verdad es que lo de la camisetita de grupo de rock ya huele, hija.

Quiero hacerle tragar el bolso, pero es un Coach precioso y lo aprecio.

Nos metemos en un bar de los de menú del día a diez euros y terraza discreta en el que, además, no he entrado jamás, así que ocupamos una de sus mesas y pedimos dos cervezas. No puedo dejar de mirarlo. Él, que siempre viste de negro. Si en el grupo nos apodan «los cucarachos»…, ¿por qué el cosmos tiene un sentido del humor tan agrio?

—Deja de mirarme así —me pide—. Y empieza a hablar.

—Iván, no quiero que te asustes, ¿vale? Pero es que... cada vez que salto en el tiempo..., tú tienes una pinta diferente.

Deja la cerveza en la mesa.

—Define «pinta diferente».

—Tu vida es la misma. Quiero decir... en lo esencial. Vives en tu piso, trabajas de estilista, nuestros amigos están como siempre..., pero tú... cada día eres diferente. Mismos rasgos y eso..., pero hay días que las pestañas te llegan hasta la mitad de la frente y otros tienes el pelo como Brad Pitt en *Leyendas de pasión.*

Arquea una ceja. Me acabo de dar cuenta de que se ha afeitado un par de rayitas al final de esta. Virgen del amor bendito, qué horror.

—¿Y yo no soy consciente de...?

—No.

—¿Y tú?

—Si yo cambio, no soy consciente. Pero juraría que el resto del mundo, incluyéndome a mí, mantiene su aspecto.

—¿Y siempre estoy bien? —pregunta coqueto.

—¿Tú te has mirado al puto espejo, Iván?

—Mira, niña, esto es moderno, ¿vale?

Resoplo.

—Entonces... ¿cómo es eso de que te olvidas de que estoy saltando en el tiempo?

—Sí. —Se encoge de hombros—. Solo me acuerdo los días en los que tú estás... reviviendo. No sé si me explico.

—Quieres decir que...

—Quiero decir que cuando me pasó lo de Thalía me acordé de pronto de lo que me habías dicho aquel día en mi casa, pero después ya no pensé en ello, como si lo hubiera borrado de mi cabeza, hasta que me llamaste desde París el mes pasado.

—Para mí fue ayer.

—Ya, tía, este año está pasando volando.

Me dan ganas de darle un golpe en la cabeza con su riñonera, pero prefiero que nadie me vea jamás tocando una.

—Me refiero a que yo lo reviví ayer, mierda seca.

—¿En todas tus realidades o hilos temporales eres tan sumamente maleducada?

—Sí.

Mueve la cabeza, como dándome por perdida, y se queda mirando al camarero que se acerca a nosotros.

—Yo quiero espaguetis y pollo empanado.

—Bien de hidratos —le respondo.

—A ella ponle lo mismo, a ver si los hidratos empapan la mala follá líquida que lleva.

No tengo tiempo de decirle al camarero que no quiero eso para comer porque este se da la vuelta hacia el interior de inmediato. Bueno, todo el mundo sabe que los hidratos pueden salvar un mal día. Aunque sea por hambre emocional. Mi psicóloga dice que hay que evitar el hambre emocional. Quizá ponerse hasta el culo de hidratos en un bar de la calle Luchana no sea tan malo.

—¿Y hoy qué estás reviviendo?

—¿Ya no te extraña? —le pregunto confusa.

—Mira, hay dos cosas en la vida en las que creo, aunque no tenga fundamentos lógicos con los que sostener la creencia: la primera es que nunca habrá una discoteca mejor que Pont Aeri y la otra es que tú viajas en el tiempo. Adivinaste que iba a abrocharle el sujetador a Thalía. No es como si..., no sé. No es lo típico que puedes lanzar y que con suerte se cumple.

—Si yo te contara cosas que se van a cumplir, no las creerías ni en mil años...

—¿Como qué?

—En febrero de 2020 compra papel higiénico y comida no perecedera. Hazme caso.

Me mira rarísimo, pero yo sigo a lo mío porque no quiero angustiarle con la visión postapocalíptica de un mundo confinado en sus casas. Ni siquiera yo, que ya lo he vivido y que lo tengo en el pasado, quiero recordarlo.

—No sé por qué estoy reviviendo el día de hoy.

—¿Qué quieres decir?

—Pues que los otros días..., no sé. Siempre han sido cosas bastante simbólicas, importantes. El primero fue el día que lo conocí. El segundo, nuestra primera cita. El tercero, el que me dejó por primera vez. El cuarto, el viaje a París..., nuestro primer viaje.

—¿Y hoy no pasa nada importante?

—No. Ni siquiera tengo un recuerdo que tomar de referencia. Finales de octubre..., no sé.

—A ver..., ¿qué paso más adelante? Quizá así podemos adivinar algo. Más que nada para que no te pille de improviso.

Doy gracias a Dios de que este hombre me siga la corriente. Aunque no sé si creo en Dios. Y no sé si me fío de alguien que lleva un peinado que me tiene aterrada.

—Volvimos de París..., eso fue a finales de septiembre de 2017. Llevábamos casi un año dándole vueltas a lo nuestro. Estuvimos unos meses sin vernos y sin hablarnos y luego, cuando lo retomamos, no nos hicimos muchas preguntas. Hasta que no se cumplió un año desde el día que nos conocimos, no nos planteamos ponerle nombre o asumir un poco más de compromiso. Octubre no me dice nada.

—Qué raro es esto. —Se rasca la nuca, desordenando los mechones de pelo largo que le cuelgan como en una cortinilla por detrás—. ¿Tú crees que te vas a quedar así para siempre?

—Espero que no. Y que tú tampoco porque… con lo guapo que eres, Iván, hostias…, lo feo que estás de esa guisa.

Después de un plato de espaguetis hondo como un barreño y un pollo empanado con patatas fritas que estaba tan bueno que daban ganas de gritarle, aún no hemos encontrado la razón por la que estoy reviviendo este día. A no ser que el cosmos haya considerado que he ido solapando demasiados fines de semanas o fiestas y quiera hacerme currar uno porque sí. Es que… ni siquiera sé nada de Tristán.

—Escríbele tú —me dice el del estilazo pokero.

Pero no me atrevo. Después de todo lo revivido ¿qué será lo próximo?

# 13
## Incluso en un día cualquiera

Me he pasado la tarde peleándome (pero de buenas, aquí hay muy pocas broncas malas) con el equipo de moda y de *lifestyle* para que cambien el enfoque de dos de los artículos que vamos a publicar. Uno de ellos fue muy criticado y con razón. Si eres una publicación que apoya a la mujer en todas sus versiones, no puedes ocupar media sección de moda con un «Qué prendas son las mejores aliadas según tu edad».

—Nos iba a quedar muy corto, Rita: viste como te salga del coño a los veinte, a los treinta o a los ochenta.

—Hay que ver qué bruta eres —se ha estado quejando—. Os pareció bien en la reunión de planillo.

—Pues en la reunión de planillo tendría una sobredosis de cafeína o algo. Reenfócalo con tus chicas. Esto es ofensivo y horrible. Eva está de acuerdo. Si la subdirectora y la redactora jefe sugieren un cambio…, no sé, Rita, piénsalo…

Me ha insultado fuerte. También me ha dicho que cuando tenga sesenta no podré ponerme lo que llevo hoy. Me han dado ganas de decirle que dentro de cuatro años ella va a seguir con el mismo peinado de colegiala y que nadie va a echárselo en cara. Pero he respirado hondo y me he callado. Me he callado y me he preguntado por qué todavía no sé nada de Tristán y por qué no le escribo yo.

Creo que no lo hago porque me da miedo que las cosas que he hecho en el pasado, en los días que he ido reviviendo, hayan reescrito nuestra historia y él ahora mismo esté con otra chica o... haya decidido vivir la vida de soltero de lleno.

Quizá por eso no me esperaba encontrarlo al salir, justo en la acera frente a la revista, apoyado en una señal de prohibido aparcar. Está guapo, pero parece cansado y un poco aburrido. Me pregunto si lleva mucho rato esperando.

—Hola —murmuro una vez que estoy junto a él.

Todavía no me ha visto, está trasteando con el móvil, pero aun así no se sobresalta, solo contesta a media voz.

—Hola.

Guarda el móvil en el bolsillo y me da una especie de abrazo. Así nos saludábamos al principio..., con un abrazo. Es así siempre, ¿no? El abrazo es el gesto más socorrido, porque no es un apretón de manos formal, no son dos besos educados ni un beso en la boca, íntimo. El abrazo implica cariño, pero la distancia suficiente como para que ningún transeúnte pueda pensar que somos pareja. El abrazo en público es un saludo afable; es zona segura.

—¿He tardado? —pregunto con cautela.

—Un poco. —Arruga la nariz y encoge los hombros, como diciendo que le da igual—. Aún llegamos a tiempo.

—¿A tiempo?

—La obra —apunta.

—¿Qué obra?

—*Oleanna* —me recuerda—. Tenías muchas ganas de verla. Conseguí dos entradas y...

—Ah, sí. Perdona. Salgo un poco... —Muevo la mano en círculos frente a mi cara—. Con la revista encima. No me aclimato.

Asiente, como si en realidad no me hubiera escuchado.

—Oye..., ¿estás bien? —le pregunto.

—Sí, ¿por?

—No sé. Pones cara de estar hasta las pelotas de algo y existe la posibilidad de que ese algo sea yo, así que pregunto.

De verdad..., qué libertad da la falta de miedo.

—No, coño. —Se frota la frente con el pulgar y el índice, a la altura de las cejas—. Es el curro. Venga..., ¿quieres ir en metro o en taxi?

Un haz de luz se ha posado, de refilón, en el recuerdo de esta tarde. Es verdad que me hacía mucha ilusión ir a ver aquella obra de teatro. Me puse incluso pesada con el tema; tenía la esperanza de que él me demostrara vete tú a saber qué consiguiendo dos entradas..., y lo hizo. Recuerdo que me sentí un poco poderosa. Disfruté la obra. No recuerdo nada más. Ni que él estuviera cansado ni que la noche fuera especial.

—¿Y si no vamos?

Arruga la frente.

—¿Qué?

—¿Y si no vamos? No sé. No me apetece.

—¿En serio? —Se queda como pasmado.

—No parece que tengas ganas.

No sé si estoy dando por culo por gusto, para que se marche sin mirar atrás y me quite esta pena de dentro, o porque no tengo muchas ganas de ver la misma obra otra vez.

—Miranda... —y lo dice muy serio—, no has parado de repetirme que tenía que ser hoy porque el calendario se te complica con el cierre del número de diciembre a partir de ahora. Y conseguí las entradas.

—Lo sé. Y te lo agradezco. Pero...

—Pero ¿qué?

Quiero adivinar una leve sonrisa tras la pregunta, pero no estoy segura. A lo mejor es esa mueca que se dibuja cuando uno tiene ganas de arrancarte la cabeza.

—Que tienes cara de que te da por culo ir al teatro ahora.

—Me da por culo ir al teatro ahora, pero también me da por culo no ir y perder las putas entradas. Me han costado cincuenta pavos.

Esa voz rasgada, macarra, tan de ser cualquier cosa menos abogado…, y lo mal hablado que es. Joder. Yo me resisto, que conste. Pero… ¿Y si me lo llevo a casa y lo uso como un muñeco hinchable? Qué guapo está con ese traje azul marino.

—Miranda, estás como alelada. ¿Qué te pasa hoy?

—No me pasa nada. Soy rara, ya lo sabes.

—Ya lo sé, hija, ya lo sé. —Se vuelve a frotar los ojos con un suspiro con el que parece hacer acopio de paciencia.

—Es que no puedes decir que te da por culo cualquiera de las opciones. Entonces ¿qué hacemos? ¿Nos matamos en plan suicidio colectivo sectario de los años setenta?

—Tranquilita, Templo del Pueblo.

Sonrío. Siempre me ha gustado que entienda mis guiños raros y frikis. ¿Me enamoré de él por eso? «No. No pienses en eso. Haz cosas para que todo salga mal entre vosotros. Céntrate. Quieres alejarle», me dice la voz de mi conciencia.

—No quiero ir al teatro. Siento mucho que te costara encontrar las entradas.

—¿Ahora eres una caprichosa? —pregunta serio.

—Pues sí. Fíjate. Soy una caprichosa de mierda, pero estoy cansada y no quiero ir a ver ninguna obra de teatro. Lo siento.

—¿Y ahora qué quieres hacer, si puede saberse?

—Pues quiero… ir a mi casa y que pidamos comida china grasienta o un kebab. —Me va saliendo todo lo menos glamuroso que se me ocurre. No me tiro un pedo porque no tengo ganas. No quiero darle buena impresión, precisamente—. Vemos una película de guerra o de patadas o una de amor de esas que dan hasta asco de lo empalagosas que son. Y luego nos acostamos y follamos como ratas en celo.

—¿Tienen que ser ratas? ¿No podemos ser otro animal?

Y lo pregunta muy serio, no te vayas a creer.

—He dicho ratas. Ah..., y me comes el coño. Por lo menos durante media hora.

Tristán abre la boca, coge aire y lo deja salir despacio. Ahí viene. Va a mandarme a cagar.

—¿Qué? —le pincho—. ¿Hay algo del plan que no te encaja?

—A ver. —Hunde las manos en los bolsillos del pantalón, igual lo hace por no estrangularme—. Hoy estoy hasta los cojones de todo. Y de todo es decir poco. Una clienta me ha tocado las pelotas con gusto porque quiere que herede su perro, y no he sido capaz de convencerla de que eso NO ES LEGAL. Uno de los socios es un puto psicópata de manual y me ha dicho que ECHO POCAS HORAS. Las catorce que pasé ayer en el despacho no le parecen suficientes. Uno de mis compañeros me ha estado hablando durante toda la pausa de la comida de la diferencia entre los zapatos castellanos con borla o sin borla. ¿Y ahora me dices que no quieres ir al teatro? Y que quieres comida china y una peli y...

Me preparo para el estallido. Se frota la cara.

—Joder, ¿y no podías habérmelo dicho antes?

—Bueno, te lo digo ahora. He estado muy ocupada todo el día.

—La madre que te parió.

Tristán hincha el pecho. Ese pecho delgado pero fibroso del que va a nadar a cada rato libre que tiene. Ese pecho que queda tan bien en las camisetas de algodón. Ese pecho sobre el que crece un vello dispar, como despistado. Ese pecho...

—Hostia, Miranda, me vas a volver loco... —Se frota los ojos.

Ahí viene. Ahí viene.

Ya lo estoy oyendo: «Lo que menos necesito ahora mismo es una tía que me lleve como puta por rastrojo, Miranda. Los demás también tenemos vida, más allá de tus caprichos. Estoy harto de ti. Ahí te quedas».

—Pasamos antes por mi casa. Necesito quitarme el traje. Y coger una muda. Y lo de las lentillas. Esta vida de nómada es un coñazo, que lo sepas.

Cuando echa a andar, no doy crédito. O tiene más aguante del que pensaba o no conozco de nada a este tío o el cosmos es un cabrón hijo de puta.

—¿Vienes o qué? —pregunta como a diez metros.

Tengo que apretar el paso y casi correr para mantener su ritmo.

Dos rollitos de primavera; una ración de arroz tres delicias; otra de tallarines con gambas, porque los fideos de arroz no le gustan, la textura le da grima; una de pollo al limón y pan de gambas. Además, dos refrescos; el mío light, como si no añadirle azúcar a la bebida pudiera frenar el torrente de grasas de las malas, sal e hidratos. Menudo día llevo. Espero que los saltos temporales quemen mucha energía o con el excedente…

Bueno, ¿desde cuándo me quita a mí el sueño el excedente? Ni que tuviera que desfilar el mes que viene. Cuánto debemos luchar contra las ideas que la sociedad dio por ciertas en nuestras cabezas.

—¿A ti te preocupa tu peso? —le pregunto de golpe.

Se está poniendo gochísimo a tallarines, así que supongo que la respuesta es no. Aun así espero que conteste mientras en la televisión va pasando la película bélica que hemos escogido hace un rato.

—Pues… no sé.

—¿No sabes?

—He sido delgado toda mi vida. No me he preocupado en exceso por el tema. Bueno…, miento. Me preocupa un poco quedarme como un saco de huesos. El estrés me deja hecho un asco. Comer mal, también. Y no hacer deporte.

—¿Adelgazas si no haces deporte?

Asiente mientras se mete otra cantidad ingente de tallarines en la boca.

—¿A ti te preocupa? —farfulla.

—¿Tu peso? Para nada.

—El tuyo, idiota.

Muevo la cabeza.

—Sí y no. A mí, personalmente, nunca me ha traído de cabeza. Si a alguien no le gusto por mi talla, eso que me ahorro, pero luego… existe cierta presión social, ¿sabes? La sociedad como masa. Hay mucha gordofobia cnmascarada. Como el tonto de las películas, que siempre es gordo. O asociar la palabra «gordo» con conceptos como insano o feo. Hay un clima hostil hacia el sobrepeso en general. Y si vas a Zara a comprarte los pantalones que son tendencia y para ti no hay talla…, pues vuelves a casa jodida y pensando que el problema eres tú, porque todas pueden llevarlos, pero tú no. Supongo que a las chicas muy delgadas también les pasa. El problema es que nos quieren imponer un modelo, sea como sea ese modelo. La imposición. ¿Me entiendes?

Tristán me mira interesado.

—Entiendo. Pero… tú te miras en el espejo y te gustas, ¿no?

—Yo me miro en el espejo y me veo, que es lo importante. Habrá días que me guste y días que no quiera ni verme, pero también hay días que no quiero ni verte a ti y tienes el torso de un efebo griego.

—Yo hago deporte para desahogarme, Miranda, no para tener el torso de un efebo griego.

—Pues puedes desahogarte también dándome fuerte contra el cabecero.

—Si por ti fuera, estaría dándote fuerte contra el cabecero veinticuatro horas al día, siete días a la semana.

—¿Vamos a follar?

—No.

Se sirve un poco más de comida en el plato y, como si no acabase de rechazarme, presta atención a la película. Yo hace mucho que perdí el hilo, más o menos desde que salió el primer tanque. Me levanto del suelo del salón, donde estamos sentados cenando, y me llevo mi plato conmigo a la cocina.

Al volver, me doy cuenta de que Tristán me está mirando muy fijamente.

—¿Qué?

—¿Te has enfadado?

—¿Por?

—No sé. Estudié derecho, pero no soy nada bueno con las palabras. A lo mejor he metido la pata.

Pongo morros y le digo que no con la cabeza.

—Algo pasa —insiste—. ¿Es lo del peso?

—Ah, no. Lo del peso me la suda.

—¿Entonces?

—No sé.

Deja el tenedor, se limpia la boca con el trozo de papel de cocina que le he dado y quita el sonido a la televisión.

—Te escucho.

—Te he dicho que no pasa nada.

—Y yo que te escucho. Tú cuéntame lo que quieras. No tiene por qué ser que te pasa algo.

Frunzo el ceño. Esto es nuevo. Me mantengo en silencio. Él también. Ah, esta táctica sí que se la conozco. Se calla para que me ponga nerviosa; sabe que no soporto este tipo de silencios y que termino diciendo algo, aunque solo sea por romper el hielo. Pero no voy a caer.

—No voy a caer.

—¿Caer en qué?

—En el viejo truco de a ver cuál de los dos habla antes.

—Vale. —Levanta las cejas y sonríe.

Esa sonrisa. Joder. En mi vida he estado con chicos guapos. No es algo que sea importante para mí, porque suelo quedarme pillada del modo en que sonríen, de su rapidez e inteligencia, de si despiertan en mí algo especial, una chispa de algo inexplicable... Sin embargo, casi siempre han sido guapos. No solo para mí. Mis amigas me decían: «Fulanito está bueno. Menganito está muy bien. Siempre sales con tíos guapos». Yo no soy especialmente guapa, no estoy buena, no busco serlo ni estarlo ni que la persona que esté a mi lado cumpla esos requisitos.

Tristán es, no obstante, el más guapo de entre los guapos. O quizá no lo sea y me lo parezca porque estoy enamorada de él, no lo sé. Pero siempre me ha parecido uno de esos chicos que yo (yo, insisto) no podría dejar de mirar en años. Y esa sensación, la de que no dejaría de mirarlo jamás, me produce una tristeza extrema ahora que sé que esto que tenemos, o teníamos, se va a acabar.

—Quizá no tenga sentido mantener esto —se me escapan las palabras por la boca.

—Ya lo sabía yo... —suspira—. Mantener esto..., ¿a qué te refieres?

—A nosotros. A seguir viéndonos.

—Esto es bueno —me dice muy seguro.

—Puede. Pero se va a terminar. ¿Qué sentido tiene mantenerlo si va a terminar?

—¿Qué sentido tiene vivir si nos vamos a morir?

Chasqueo la lengua y me concentro en ir cerrando táperes del chino. Todos están superaceitosos.

—¿Quieres dejar de verme? —me pregunta.

—No.

—¿Entonces?

¿Cómo le explico que será él quien me deje a mí dentro de cuatro años?

—No lo sé. Ya te he dicho que no lo sé. Eres tú quien me está obligando a hablar.

—Miri..., mírame un segundo.

Dejo los táperes donde están. He hecho una torre con ellos sin darme cuenta.

—Piensas demasiado. —Sonríe—. Hay días que fluyes como si tú hubieras inventado la corriente, pero otros... —Hace una mueca—. Es como si supieras demasiado y no te gustara lo que has averiguado.

—Quizá.

—O quizá estás volviendo a hacer ESO.

—¿Qué es «ESO»?

—Jugar a adivinar. Y no me gusta que imaginen cuáles son las decisiones que tomaré porque parece que soy alguien previsible o simple o... incapaz.

—No seas tonto. No digo eso.

—Lo que está claro... —abre mucho los ojos— es que no voy a hacerte ni puto caso con estas comeduras de cabeza. Eso y que, por lo que sea, no quieres que siga cenando.

Señala la montaña de táperes medio vacíos.

—No me puedo creer que sigas teniendo hambre —le digo.

—Voy a terminármelo todo. Y luego nos vamos a la cama.

—¿A follar?

Se echa a reír a la vez que recupera los envases de comida y los va abriendo de nuevo.

—Hay que ver… lo infravalorada que está la charla pre y poscoital. Me gustaría a mí tener unas palabritas con las personas que lanzaron el rumor de que los hombres tenemos más apetito sexual que vosotras. Eso o traerlos para que te conozcan. Y te estudien.

—¿Y qué me pasa a mí? ¿Soy un bicho raro?

—Puro fuego. —Me guiña un ojo—. Puro fuego.

Después de la cena desistimos de seguir el hilo de la película. Tenía buena pinta, pero nosotros hoy no estamos muy lúcidos. Nos lavamos los dientes juntos y, bueno, eso está bien, es normal. Peeero… luego se ha puesto a mear conmigo en el baño, aunque ya no me sorprende. Son muchos años juntos, pero no sé si en esta línea temporal debería haberme mostrado falsamente incómoda o, al menos, sorprendida por el gesto de confianza. Así que lo único que he dicho mientras él seguía hablando conmigo, sujetándosela tan tranquilo, ha sido:

—La confianza, definitivamente, da asco.

A mí no me importa que mee delante de mí. Ni que se duche. Ni que se ponga las lentillas mientras yo soy la que está en la ducha. Siempre me ha parecido que esas charlas que tenemos en el baño son parte de la cadena de ADN de quiénes somos como pareja. O quiénes éramos. O seremos. Y él parece estar de acuerdo.

Nos metemos en la cama y apagamos las luces, pero las farolas de la calle alumbran lo suficiente, con las persianas subidas, como para que nos veamos las caras. Y aquí estamos, uno frente al otro, hablando de cosas superaleatorias. Todo el día está siendo así. Nada parece tener un sentido o un propósito concreto.

—¿Cómo te va a gustar el rap? Me estás vacilando —se burla.

—Te lo juro. Me encanta el rap.

—No es verdad.

—¡Claro que lo es!

—No tienes pinta de fan del rap.

—¿Y qué pinta deben tener los fans del rap? ¿Tengo que llevar una gorra de lado o algo así?

Tristán estalla a carcajadas.

—Vale…, pues dime tu rapero preferido.

—Natos y Waor.

—¿Quiénes son esos? —Se parte el culo.

—En unos años te van a gustar.

—Ah, ¿sí?

—Te lo juro.

—A ver…, cántame alguna canción suya.

Lo pienso un poco. Tiene que ser anterior a 2017…

—El rap no se canta —le digo para ganar tiempo—. Se rapea.

—Pues rapéame.

—«Por el día malas caras,
y por la noche porno.
Me gusta estar a oscuras,
borracho y solo.
O contigo *tirao* en la cama
haciendo el mongolo».

—Eso te lo acabas de inventar sobre la marcha.

—¡Sí, hombre! Es uno de sus temazos y se llama «Problemas».

A Tristán le da por partirse de risa. A mí también. Le hinco el dedo en las costillas.

—¡Para de reírte de mí!

—Que no es de ti —sigue riéndose—, es contigo, pava.

Nos enzarzamos en manitas y tonterías, para terminar mucho más abrazados de lo que estábamos. Una pierna entre las suyas y la otra sobre su cadera. Mis manos repartidas entre su cuello y su pelo. Veo brillar tenue la cadena fina que lleva al cuello.

—Esa cadenita de la comunión —me burlo.

—¿Qué pasa? ¿No te has acostumbrado nunca a llevar algo que si un día te olvidas de ponértelo, te sientes como desnuda?

Asiento. Sí. A él. A él encima, en el pensamiento, dentro, con su polla intentando alcanzar el punto de no retorno, abajo, cuando me mira y sé que se siente orgulloso, a mi lado, siempre…

—Te ha cambiado la cara. ¿En qué piensas?

—En que no quiero eso.

—¿No quieres qué?

—Acostumbrarme a llevarte conmigo y luego sentirme desnuda si te vas.

—¿Y por qué me voy a ir?

—Porque te irás.

—¿Y si te vas tú?

Suspiro un poco.

—Oye, Miranda…

Temo haberme puesto demasiado intensa…, aunque… ¿por qué es demasiado si es lo que sientes? ¿Por qué ese temor a que no sean capaces de asimilar las cosas que necesitamos decir?

—¿Qué? Que me calle, ¿no? —interrumpo.

—No. Escucha…, ¿y si mañana llamamos al trabajo y decimos que estamos enfermos?

—¿Para qué?

—Para quedarnos en la cama.

¿Uhm…?

—O mejor… —sigue diciendo— podemos reservar un fin de semana en algún sitio y pirarnos mañana mismo. Decirle a todo el mundo que estamos enfermos y largarnos fuera de Madrid unos días.

—Pero... ¿para qué? Si podemos quedarnos en casa y...

—Para hacer cosas. —Sonríe—. Para vivir más allá del trabajo.

Una punzada de culpabilidad me atraviesa los intestinos.

—No sé.

—Vámonos a... ¡El Escorial!

—¿A El Escorial?

—No conozco esa zona. Tiene que ser bonita. Y está cerca. Alquilamos un coche y nos vamos a pasear, comer y follar.

Sonrío. No puedo evitarlo.

—¡Ah! —Se ríe—. ¡Te va gustando más el plan, ¿eh?!

—Quedémonos en casa. Llamamos al trabajo temprano, decimos que estamos enfermos y nos volvemos a dormir. Y después... pasamos el fin de semana viendo películas de mierda, follando y comiendo cosas que vengan en moto.

—O cocinando —me propone—. Y yendo al cine. O pateamos el centro y nos tomamos un vermú el domingo. También quiero salir de la cama, que te conozco.

—¿Y si nos ve por la calle alguien del trabajo?

—Le diremos que ya estamos mejor. Para faltar al trabajo no hay que estar muriéndose.

Yo sí.

Tristán me coge la cara con ambas manos y me acerca hasta su boca. Me besa. Me besa bonito. Es uno de esos besos que darías en cualquier parte, pero que saben mejor en la intimidad, en la cama, entre los brazos del otro. Es un beso que no significa nada, que no es un perdóname ni un hola ni un te he echado de menos ni un adiós. Es un beso de los que se dan porque se quiere, porque apetecen. Es un beso mullido, suave, hermoso..., y que dura menos de lo que me gustaría. Después me mira y sonríe.

—No vamos a faltar al trabajo mañana, ¿verdad? —dice con pena.

—Creo que somos demasiado responsables para hacerlo.

—Bueno. Es viernes.

Quiero decirle que nos veremos al salir del trabajo, haremos planes y los cumpliremos, pero es inútil, porque mañana me despertaré en otro día y no podré llevarlos a cabo. Ni siquiera sirvo para alejarlo. ¿Cuánto me ha durado el cabreo? ¿Un día? A pesar de que siga pensando lo mismo, no tengo cojones de decir las cosas claras: «Tristán, vas a hacerme un daño horroroso y para evitarlo quiero que te vayas de mi vida ya». YA. Y como no soy capaz de decirlo, como soy débil, aquí estoy, haciendo esto.

—¿Me follas? —le pido.

La risa se le escapa primero como un pedorreo entre los labios y me contagio. Siempre he sido así. Nunca he sabido salir airosa de las situaciones de tensión.

—¿Qué? —me quejo.

—Eres la hostia.

Me da un beso en la frente y otro en la nariz. Después me abraza.

—¿Por qué no quieres? —le pregunto preocupada. «Ayer», en París, tampoco quiso.

—Sí quiero. Pero ayer me dejaste hecho polvo.

—¿Es coña?

—No. Prefiero que lo hagamos mañana, como dos locos, al volver del trabajo. Así tendré una motivación durante todo el día para aguantar a los repelentes de mis compañeros sin matar a nadie con la grapadora. ¿Qué te parece si reservo mesa en Ostras Pedrín?

—Genial… —suspiro triste.

—Bien. Va a ser un buen fin de semana.

Se acomoda como una boa constrictor a mi alrededor y se prepara para dormir. Conociéndolo, en dos o tres segundos estará profiriendo sus clásicos ronquidos a dos voces, pero pasa un minuto. Dos... Y aunque no me atrevo a moverme, él tampoco parece dormido. Me doy la vuelta como puedo y él me abraza la cintura desde atrás con el brazo izquierdo; el derecho busca mi mano por debajo de la almohada.

—Buenas noches —le digo.

—Miranda...

—¿Qué?

—No me voy a ir —insiste.

—Vale.

—Nunca.

Me besa el hombro y a continuación el cuello. Unos segundos después está dormido. Y yo no sé por qué cojones he vivido este día que me duele horrores. Porque este rato con él ha sido increíble. Porque la normalidad siempre nos ha sentado de vicio. Porque ya no sé si quiero alejarlo. Ya no sé si puedo alejarlo. Y porque..., qué cojones, lo sigo queriendo... Incluso en un día cualquiera.

# 14
# A la mierda

Me despierto, pero me da igual cuándo. Qué hora, qué día, qué año. Me da igual. Me he despertado en ese «modo». He abierto los ojos sin que la alarma del despertador me sobresaltara y lo único que he encontrado es una claridad blanquecina en mi dormitorio. Sola.

Si es sábado, lo pasaré en la cama sin hacer otra cosa que dormir. Si es miércoles, haré lo mismo. ¿Y la revista? ¿Qué más da? Mañana será otro salto. Mañana estaré en otro año. Parece que los cambios que perpetro en el pasado tampoco me traen consecuencias, así que...

Me doy la vuelta y me tapo hasta las orejas.

Es invierno. Eso es fácil adivinarlo, porque la casa está fría y porque la luz que entra es la de una típica mañana invernal. Y si no es invierno, estamos a punto de entrar en él. Y debe de ser temprano a pesar de que ya sea de día, porque la calefacción central del edificio aún no se ha encendido. Serán las nueve como muy tarde.

Pero me da igual. No me interesa nada de lo que haya fuera de esta cama, más allá del edredón de plumas que me regaló mi padre cuando me independicé, y que nunca le he confesado que no me gusta, porque de vez en cuando se escapan algunas plumas del relleno y pinchan.

No contenta con mi guarida acolchada, paso el edredón por encima de mi cabeza para un aislamiento total. Y me habría dormido de nuevo si no fuera por esas llaves que se han introducido en la cerradura y me han alertado. Alguien entra en silencio. Afinando el oído, oigo que deja el manojo de llaves sobre la balda de la entrada y cierra despacio. Lleva una bolsa de papel en una de las manos que cruje mientras se descalza. Baja una cremallera corta, y si en algún momento hubiera tenido alguna duda esto la habría despejado: son los botines de Tristán. Tengo buen oído, la casa es pequeña y la puerta del dormitorio está abierta…, y son sonidos que forman parte de la que era, hasta hace nada, mi rutina.

Me vuelvo hacia la ventana de nuevo y me acurruco.

Quizá debería coger el móvil de la mesita de noche e intentar averiguar qué día estoy viviendo de nuevo, pero… ¿importa eso en realidad? Estoy metida en un bucle. Estoy en una especie de infierno personal. Es mi limbo. Un estado suspendido de consciencia en el que todo gira a alta velocidad para terminar tendida en la misma cuneta.

Unos pasos descalzos hacia el dormitorio me sacan de la duermevela en la que me sumerjo, pero no vuelvo la cabeza hacia la puerta. Ni siquiera lo hago cuando el colchón cede con el peso de su rodilla.

—Miri… —susurra en mi cuello, que besa con intensidad, con cariño, tomándose el tiempo de olerme—. Son las diez. Despierta.

—Estoy despierta —digo con la voz pastosa.

—¿Te encuentras bien?

Deja algo en el suelo, junto a la cama y, con las manos libres, vuelve a inclinarse hacia mí.

—¿Estás malita?

—No. Tengo sueño. —Pero mi tono de voz parece expresar otra cosa.

—¿Necesitas un abrazo?

Me callo. Tengo un nudo en la garganta que me hace tragar con dificultad. Su olor me envuelve. Huele bien por las mañanas, antes de la ducha. La piel de Tristán guarda una memoria deliciosa de su perfume en una nota baja, grave, como las teclas de la parte izquierda del piano. Es una nota que reverbera en el pecho. Y así huele. A mis sábanas y al perfume que se puso ayer.

—He bajado a por el desayuno —me dice al oído, mientras me estrecha todo lo que puede en esa postura—. Y he hecho café. Tenías razón…, esa cafetera no es tan difícil.

—Lo has hecho en la italiana que guardo en el fondo del armario de la cocina, ¿no?

—Sí.

Eso me dibuja una pequeña sonrisa en los labios. En todos los años que llevo con Tristán y esa cafetera, jamás he conseguido quc sc llcven bien. Es un trío imposible.

—Hay que darle a dos botones, Tristán.

—Bueno, en la italiana sale más bueno. Venga…

Me doy la vuelta y me incorporo un poco; él deja una bandeja en mi regazo. Un café, un zumo de naranja y un bollo suizo. Me encantan los bollos suizos. Lo toco con la punta del dedo índice…, está calentito. Puto. Él me sonríe con sus dientes blancos.

—Vamos…

—¿Y tú?

—Yo tengo mi bandeja en la cocina. Antes debo prepararme.

Arrugo el ceño cuando veo que se desabrocha, con cierto aire de suficiencia, el cinturón. Luego continúa con el botón de los vaqueros y la cremallera. Se saca con cierta dificultad el pantalón; son esos jeans que no tienen elástico y que le quedan tan bien. Después, antes de quitarse el jersey y la camiseta, tira de las perneras de los bóxer azul marino para acomodárselos. Se quita los calcetines y, dejándolo todo tirado en el suelo, sale del dormitorio para volver unos segundos más tarde con la bandeja con lo mismo para él y toda la piel de gallina.

—Me cago en mi vida, Miranda, qué frío hace en esta casa por las mañanas.

Hace malabarismos para meterse en la cama y no volcarse por encima el café y el zumo de naranja.

—Brrr... —Me mira y sonríe—. ¿No tienes frío?

—No.

—Pues ya es raro, porque tus pijamas son «impijamas».

—¿Qué se supone que quiere decir eso?

—Que vas más desnuda que vestida con eso. Son pijamas que desnudan.

Me besa el hombro y se lanza a por su café.

—Está cayendo *zarzallo.*

Me quedo mirándolo. Él y sus términos para identificar la intensidad y la cantidad de lluvia.

—¿Calabobos? —pregunto.

Sonríe y asiente. Lluvia fina, poco intensa, de esa que hace que te dé pereza abrir el paraguas, pero que te deja calado hasta los huesos. Le encanta. Le recuerda a Galicia.

—Iba a decirte que fuéramos a tomar el vermú a La Latina, pero con este tiempo... —Da un bocado al bollo y me mira—. ¡Tenía un hambre! Cenamos mal ayer, ¿verdad?

—No sé.

Y es que no lo sé de verdad.

—Estás muy callada. Normalmente te levantas más..., a ver, según el día, claro, pero te despiertas más activa.

—Ya, sí. No sé.

Se bebe el zumo de naranja de un trago y me estudia con sus cejas bien pobladas un tanto arqueadas.

—¿Hice algo mal?

—No.

No parece quedarse muy tranquilo, pero se concentra en su bollo, que termina de dos mordiscos más y que pasa garganta abajo con su café cortado. Después deja la bandeja bajo la cama y se vuelve hacia mí, que despiezo el bollo en trozos pequeñitos que dejo sobre la lengua, para que la saliva los adhiera a ella.

—¿No será por lo del jueves? —me pregunta.

—¿Qué del jueves?

—Lo que me dijiste el jueves. Eso de que…, de que si esto se va a terminar algún día es mejor dejarlo ya.

Ah…, dudas resueltas. El salto ha sido solo de un par de días.

—No. Me he levantado triste. Es todo.

—Entiendo…

Doy un buen trago al café americano, que no está muy bueno, y después, sujetando firmemente la bandeja, me levanto. Llevo, efectivamente, uno de esos camisones míos que destapan más de lo que tapan.

—Dame tu bandeja, que la llevo a la cocina.

—¿Qué prisa tienes? Ya la llevaremos luego. Ven.

—Venga, dámela.

Gruñe y la alcanza de debajo de la cama; después reparte el peso de sus vasos en la que yo sostengo y la pone debajo, para que me sea más fácil llevarlas. Mis pies descalzos se adhieren levemente al parqué en el viaje de ida y el de vuelta. Al entrar otra vez en el dormitorio lo encuentro en la puerta del baño y tira de mí en cuanto cruzo el quicio.

—Vamos a darnos una ducha caliente.

—¿Juntos?

—En la tuya cabemos. —Sonríe.

No parece una invitación sexual. Conociendo a Tristán probablemente no lo sea; no es su estilo. Él se acerca con sigilo, se frota, te besa, y... cuando quieres darte cuenta, lo tienes encima, dentro de ti. Y estás arqueada de placer y le clavas las uñas en la espalda y le agarras del pelo y le muerdes el labio inferior...

Para. Miranda. Para.

Enciendo el agua de la ducha, pero antes de desnudarse del todo, se asoma y la pone un poco más caliente. A Tristán el agua de la ducha le gusta hirviendo..., hasta que no deja ronchas en la piel, no está suficientemente caliente para él. Se coge la cinturilla de la ropa interior, pero antes de que se la quite, voy hacia la puerta de nuevo.

—Ve dándote tú la ducha. Tengo que sacar otra toalla. Además está muy caliente para mí.

Si se extraña, no lo dice. Cuando vuelvo para dejar la toalla, está de espaldas a mí, frente al chorro, recibiendo un torrente de agua en la cabeza, que le extiende el pelo lacio sobre la frente. No quiero mirar mucho porque está desnudo, y Tristán desnudo siempre me ha gustado demasiado. Con ese culillo. Las piernas delgadas pero fuertes. Esa uve que dibujan los abductores en el camino hacia su polla... Para ser una tía poco superficial, la carcasa con la que se envolvió el alma de Tristán me gusta demasiado.

—Te dejo la toalla aquí.

—Deja de mirarme el culo —se burla con los ojos cerrados.

—No te estoy mirando el culo.

—Algo estás mirando...

Se aparta un paso del punto donde cae el agua de la ducha y me mira, echándose el pelo hacia atrás. Los ojos quieren ir hacia abajo, pero me resisto...

—Mira sin miedo.

—No quiero mirarte, creído.

—¿Te acuerdas de lo que me dijiste la primera vez que me desnudé delante de ti? —Su voz, siempre un poco quebrada, tiene ahora un tono divertido, mientras hace el esfuerzo de hacerse oír por encima del murmullo del agua.

—Sí.

Nos miramos de reojo y ambos sonreímos.

—Marrana —se burla.

—Solo dije lo que pensaba. No castigues mi honestidad.

—Me soltaste que tenía una polla preciosa. ¿Quién dice eso?

—Yo, pero porque la tienes. No es mi culpa. —Me encojo de hombros.

Vuelve al agua moviendo la cabeza, incrédulo. Tal vez nunca se ha creído que para mí su polla es la más bonita sobre la faz de la tierra. La espuma del jabón que ha ido distribuyendo por su cuerpo va cayendo hacia el suelo de la ducha y se desliza por el desagüe. Él sonríe con cierto enigma, entre la nostalgia, la tristeza, lo divertido y el deseo.

—Me gusta cuando eres así —confiesa—. Incluso cuando desearía encontrar el mando a distancia para poder controlar tu velocidad. —Apaga el grifo.

Se quita un poco el agua que ha quedado prendida a su piel con las manos. Con cierto orgullo se vuelve. No bajo los ojos, pero ahí está.

—No voy a mirártela —repito.

—Estás sonriendo.

—Claro que estoy sonriendo. —Trato de disimular la carcajada—. Estás siendo un gilipollas y un engreído.

—Un flipado. —Levanta la barbilla, chulo—. Míramela.

—¡No! —Me parto de risa—. Sal ya.

Abre la puerta de la ducha en el mismo momento en el que le tiro la toalla encima. Se parte de risa. Esa risa que tanto me gusta. Esa risa con la que parece un chico de quince años seduciendo, con su chaqueta bomber y su aro en la oreja, a la chica que le gusta. Me quito las braguitas y luego el camisón. Lo echo todo al cubo de la ropa sucia, pero él no tarda en rescatar el camisón.

—Esto no.

—Te has levantado tú muy fiero, ¿eh?

—Ya veremos, ya veremos.

Se seca el pelo con el secador (es que no se puede ser más presumido, por Dios) mientras yo me doy una ducha. Para cuando termino, me está esperando con la toalla abierta, haciendo como que aparta la mirada, como si no quisiera verme.

—Esto ya lo conoces.

No responde. Solo me envuelve bien frotando levemente la toalla suave y esponjosa por mi piel, con cariño. Lleva la suya enrollada alrededor de la cintura y… buff. Creo que podrían pasar décadas, trillones de años, antes de que me cansara de su piel, de su tacto. ¿Por qué en la última parte de nuestra relación nos tocamos y nos miramos tan poco?

—Sécate el pelo, rata mojada. Y ahora nos volvemos a la cama —me dice—. Es domingo, llueve y no hay nada mejor que hacer.

—¿Y qué vamos a hacer en la cama?

—Uhm… —Finge pensarlo—. Pues vamos a… fluir.

—Ah, sí. La charla está infravalorada.

—La infravaloras tú, que eres una pervertida.

Llueve. Una lluvia fina, una cortina casi aterciopelada de agua que acaricia los cristales de las ventanas. Si hiciera más frío, es el típico día en el que Madrid se cubriría de una capa de nieve quebradiza que no tardaría en convertirse en agua sucia, pero que sacaría de sus casas a mucha gente. A los madrileños, ahora que aún no conocemos los estragos de Filomena, la nieve nos hace mucha ilusión.

Pero hoy solo llueve y Tristán y yo hemos vuelto a la cama a protegernos del domingo bajo la cobija del edredón y mis sábanas estampadas. De espaldas a él, estoy enumerando mentalmente los motivos por los que debería dejar de quererlo, pero él los echa abajo uno a uno con la yema de sus dedos, que están recorriendo la piel de mi espalda. Una brisa procedente de su respiración mueve los cabellos cortos de mi nuca. No puedo concentrarme en nada que no sea él.

—¿Sabes que tienes unas pecas en la espalda exactamente iguales que la Osa Menor? —Mi costumbre de romper el silencio.

—¿Sí?

—Sí.

—¿Y eso es bueno?

—Hay cosas que no son buenas ni malas. Que son —sentencio.

—¿Tú crees?

—Claro. Hay cosas que sencillamente están. Son.

—¿Como qué?

—Como…, no sé, joder. Pues… los árboles.

—Los árboles están bien. Son buenos. Respiramos porque producen oxígeno, ¿recuerdas?

Quiero matarlo y luego comérmelo a besos.

—Ay… —Cuando se pone así me hace mucha gracia—. Pues los pájaros, no sé.

—Seguro que los pájaros forman una parte importante de la cadena alimentaria de la naturaleza.

—¿Tú crees que en Madrid capital hay un depredador natural?

—Seguro —lo dice concentradísimo mientras dibuja formas en mi espalda. Solo llevamos puesta la ropa interior y yo también el camisón.

—Hay cosas que son y que no están ni bien ni mal, Tristán, ya está.

—¿Como nosotros?

Me vuelvo para mirarlo por encima de mi hombro. Sonríe un poco.

—¿Qué? ¿No puedo decirte cosas bonitas? —me reta.

—Me genera cierta estupefacción que consideres que eso es bonito.

—Ah, ¿no? He dicho «nosotros».

—Oh. —Me giro del todo y abro mucho los ojos—. ¿Te aplaudo?

—Eres una borde, asquerosa —dice acercándose para besarme—. Pero me tienes loco.

Vale. Eso se lo concedemos. No recordaba que Tristán dijera estas cosas. No recordaba que pudiera ser tan dulce.

—¿Te tengo loco? —Quiero escuchar más.

—De cabeza me traes.

—Porque soy complicada, ¿no?

—Rara de cojones. Suerte que yo también soy raro.

—A veces soy aburrida.

—Sí.

—Y a veces tú también lo eres. Sobre todo, por mensaje, cuando no le pones ganas.

—Lo sé.

—¿Entonces?

—¿Qué quieres, que te diga lo que me gusta de ti? —se burla.

—No estaría mal. Para saberlo. Para entenderlo.

—¿Qué es lo que no entiendes?

—Qué viste en mí.

Parpadea sorprendido.

—¿Y eso?

—No sé. Nunca lo he entendido. Eres de los guapos. Los guapos deberían juntarse con los de su misma especie.

—Y tú no eres guapa, ¿no?

—No me malinterpretes. Yo soy otras cosas.

—Ah. —Lanza una carcajada—. Yo soy solo guapo.

Eso me hace sonreír.

—Sí —miento—. Guapo y vacío.

—Qué mierda. Yo prefería ser interesante.

—Pues lo siento. No te tocó en la lotería genética.

Al principio, por su silencio, creo que está buscando algo que responder, algo rápido y ocurrente, pero pronto me doy cuenta de que no es eso. No. Tristán se ha deslizado por una pendiente que le lleva a otro pensamiento, a otra sensación.

—Miranda… —dice un poco más serio—, me haces cosquillas.

Ay, no. No, por favor.

—Calla. —Le tapo la boca con mi mano. Su boca jugosa y mullida.

Retira la mano y lo repite:

—Me haces cosquillas. Me cosquilleas. Y eso es nuevo. Y no sé qué es.

¿Y qué hacer ahora? ¿Qué hacer ahora, cuando me coge la cara entre las manos y me besa el pico que dibuja mi labio superior? ¿Qué hacer cuando me mira a los ojos?

—¿No sabes lo que es?

—No. Es como intentar decirle a alguien que no te conoce de qué color son tus ojos sin mentir. Porque un día son marrones, otros los veo de color miel y de vez en cuando tremendamente verdes.

—¿Haces mucho eso de decirle a la gente que no me conoce de qué color tengo los ojos?

—A veces hablo de ti —dice con voz queda.

—Ah, ¿sí?

—Sí. Cosas tontas, no te creas. Cosas como que mi amiga Miranda…

—¿… te hace cosquillas?

—No. Eso no. —Sonríe con ternura—. Eso me lo quedo para mí. Al menos me lo quedo hasta que sepa qué significa exactamente.

—¿Qué va a significar, Tristán?

—¿Qué pasa? ¿Tú lo sabes?

—Sí.

La expresión le cambia a un gesto mucho más grave. Coge aire y deja de acariciarme el rostro y el pelo.

—Siempre has tenido miedo a ponerle nombre a las cosas —le digo—. Creo que piensas que al ponerle nombre duran menos. Se hacen tangibles y lo tangible…

—… está a merced del tiempo.

Dios mío, cuánto lo quiero.

—Una mesa no aguanta menos peso por el hecho de llamarla «mesa».

Tristán chasquea la lengua contra el paladar y se coloca boca arriba; con una mano se toca el pelo y con la otra toquetea la cadena, fina, que lleva al cuello, oculta normalmente bajo la ropa.

—Está claro que siempre has sido tú la que ha tomado la iniciativa —se burla.

—Y eso te preocupa.

—Me preocupa que tengas las cosas tan claras, Miranda. —Se vuelve a mirarme—. Que seas dura, más lista que yo, que tengas ese trabajo que te encanta, que nunca tengas suficiente sexo, que a veces no encuentre cariño sin sexo en tu piel, que aceleres, que quieras saber cuándo vas a verme, que…

—Si estabas agobiado solo tenías que decírmelo, ¿sabes?

—Es que no lo estoy.

—Estás enamorado.

Aprieta un labio contra el otro y no contesta. Mira al techo. No tengo miedo de haber hecho el ridículo, si te lo estás preguntando; recuerda que parto con la ventaja de saber que lo que digo es cierto, por más que él no se lo haya planteado aún.

—No sé lo que es estar enamorado —termina diciendo—. Así que supongo que no puedo decir que estés equivocada, pero tampoco que estás en lo cierto. ¿Te vale?

Sonrío.

—Ay, Tristán…

Se vuelve hacia mí.

—Pienso en ti cuando me levanto y cuando me acuesto. Te llevo como en brazos de los juzgados al bufete y del bufete a casa. Abro contigo la nevera. Me ducho contigo. Veo la tele contigo. Todo…, y, coño, no es la primera vez que me pasa, pero sí la primera vez que me dura más de dos meses.

—Eres un soberano gilipollas. —Sonrío.

—Buah, ya te digo.

Ambos nos reímos.

—¿Y si estoy enamorado?

—No sé, doctor, parece grave.

—Eh… —Me da un golpe suave en el brazo—. Hablo en serio.

—Pues si lo estás no pasa nada porque, aunque ahora te va a costar pasar la saliva por la garganta, yo también lo estoy de ti.

Tristán traga.

—Vamos a estropearlo —me dice, precavido.

—No. Qué va.

—¿Cómo estás tan segura?

—Porque, a pesar de que tendría que estar diciéndote lo contrario para evitar lo que va a pasar, sé lo que nos espera.

—Ah, la adivinadora. —Sonríe, acercándose a mí y envolviéndome.

—Nos esperan años preciosos.

—¿Años?

—Sí. Preciosos. Y duros.

Parece tomarse muy en serio lo que le estoy diciendo.

—¿Duros?

—Sí. Tú y yo somos muy diferentes, Tristán. No va a ser fácil.

—Pero ¿valdrá la pena?

Me sobreviene una cascada de imágenes increíblemente vívidas. La primera vez que me cogerá la mano por la calle..., la primera probablemente en sus últimos veinte años de vida. La noche de juerga en ese festival, en verano, en la que descubriremos que, además de desearnos y querernos, somos los mejores compañeros del mundo. El viaje sorpresa que le regalaré por su siguiente cumpleaños. El sexo, todo magnífico, salvaje, cariñoso y sucio. Los planes que se cumplirán y los que no, pero que servirán de motor para lo nuestro. Su mudanza a mi casa. Los primeros meses de luna de miel de nuestra convivencia. Aquel viaje para conocer a su familia y el amanecer en Finisterre. El concierto de Vetusta Morla. El baile en la boda de Rita, en la oscuridad de los jardines de la Finca, donde el sonido rebotará y nos llegará tan débil.

Le sonrío.

—Supongo que sí. Sí. Valdrá la pena.

No sé cuándo lo decido. No sé si es al decirlo o cuando recibo en mi boca su lengua caliente. O si es cuando siento que hablar de amor le excita. Quizá es cuando se coloca poco a poco encima de mí mientras me besa. O cuando me quita las braguitas. No sé cuándo, pero decido, aquí y ahora, que quizá estoy en un bucle, pero que me he engañado pensando que no siento que esto es un regalo. A lo mejor me ha costado entenderlo o asumirlo o masticarlo, pero por fin me doy cuenta. Cada mañana, cada nuevo viejo día, lo intentaré. Porque si esto tiene algún sentido, y debe de tenerlo, ha de servir para algo. Y ese algo tiene que ser arreglar lo que se nos rompió un día.

Tristán entra en mí sin preservativo. Para mí no es la primera vez con él; para él sí es la primera vez conmigo. Parece arrepentido y excitado por lo que está haciendo..., y sorprendido de que no le pare.

Sale de mí sujetando su peso con las palmas de las manos, que apoya en el colchón, a ambos lados de mi cabeza, y me mira conteniendo la respiración y humedeciendo sus labios. No digo nada, solo me retuerzo y me embiste con más fuerza; un gemido se le escapa de la garganta. Joder, no recordaba lo mucho que me excitan sus gemidos.

—No llevo condón —me recuerda.

—Sal antes de correrte.

No me juzgues. No lo haría en otra situación; permíteme que me deje llevar ahora que parto con la ventaja de saber que ambos estamos sanos. En enero nos haremos un examen médico exhaustivo para asegurarnos de que todo está bien y poder decidir qué método anticonceptivo usaremos. Me habría esperado a hacerlo si no supiera que todo estará bien.

Tristán me mira con una intensidad que vuelve sus ojos más profundos. Más oscuros. Él dice que es imposible contarle a alguien de qué color tengo los ojos sin mentir y a mí me hace gracia, porque es exactamente lo que siento yo al describir los suyos, que no son marrones ni grises ni verdes. Solo nublados. Y el sexo los vuelve, además, hambrientos y perezosos.

—Dios... —gime ronco cuando empuja hasta lo más hondo, hundiendo la nariz en mi cuello.

Agarra mi muslo derecho y se lo carga en la cadera. Entra de pronto mucho más hondo y fuerte y la sensación que recibe lo secuestra. Se recrea durante unos minutos, entrando y saliendo casi del todo, alternando los golpes secos y los movimientos lentos. Dejo escapar de mi garganta un grito cuando vuelve a penetrarme rítmicamente y con fuerza; le dejo hacer, sintiéndolo así, tan desnudo, acelerándose hasta que el golpeteo de las pieles ensordece la habitación.

—No te corras, no te corras ya —le pido—. Frena.

—¿Por qué? —se queja.

—Porque yo no me he corrido —le recuerdo.

Nos da la risa. A veces le pasa. No es que sea egoísta, es que el placer le nubla la mente. Es que se olvida del mundo. Es que despega para irse muy lejos, a un lugar en el que cree que su placer y el mío están tan entrelazados que es imposible que yo no sienta lo mismo que él.

Se da la vuelta violentamente hasta tenerme encima y me muevo muy despacio. Necesita relajarse.

—No me jodas —se queja mientras clava los dedos en la carne de mis caderas—. Acelera..., ah..., acelera...

Le obedezco un poco, solo un poco. Se ríe. A veces con el placer Tristán se ríe, pero no creo que sea consciente de ello, lo que aún hace del gesto algo más especial. Muevo las caderas con una cadencia cada vez más rápida y él aprovecha cada pequeño salto para agarrarme más fuerte de las nalgas.

—Así, así, así... —gime.

—¿Así? —le provoco.

—Justo así...

Cierra los ojos, se humedece los labios y vuelve a mirarme. No hacen falta las palabras. Lo que sospechábamos... ahora parece más bien una certeza. El chocar entre nuestras pieles suena lascivo y húmedo. Estamos sudando, pero ninguno quiere que esto acabe. Me temo que no siempre mandamos sobre el cuerpo.

Giramos sobre nosotros un par de veces antes de que se acomode entre mis piernas, se sitúe encima y sus caderas, sin pedirle permiso, aceleren los empujones en mi interior. Es la señal para que yo me acaricie a mí misma. Las acometidas son cada vez más rápidas y violentas y su respiración más superficial. Estoy a punto de pedirle calma cuando sale de dentro de mí precipitadamente y se derrama encima de mi... camisón. De mi camisón desde el pecho hasta el muslo. Del camisón a la sábana. Del camisón a mi muslo, de mi muslo a la sábana.

—Mierda... —masculla mientras se corre, mirando cómo cae cada gota encima de mí—. Mierda, joder.

Mis dedos, que no han dejado de jugar conmigo misma, dan con la tecla en ese mismo instante y así, cubierta de semen, con él jadeando con la polla en la mano, me corro hasta que no queda de mí más que una nota sostenida en un pentagrama. Una nota desafinada, pero que nadie oye. Una nota que rompe, a lo lejos, un jarrón de cristal con su vibración extrema.

Quizá sea cierto eso que dice mi amiga Marina, que somos tontas y que se nos enamora el sexo cada vez que nos acostamos con alguien. O quizá sea una cuestión de vibrar con alguien en la misma modulación, de encajar, de sentir que se rompe la membrana que separa la piel de otra piel. No sé qué será, pero si quedaba alguna resistencia en mi interior para pelear por esto, se acaba de ahogar entre saliva, sudor y semen.

Voy a recuperarlo. A la mierda.

# 15
## Quedará precioso

El amor es mucho más complejo de lo que nos contaron. El amor es esa cuneta en la que terminamos todos varados sin saber cuándo perdimos el control del coche, sin ser capaces de contar cuántas vueltas de campana dimos hasta terminar allí metidos.

El imaginario común construyó la imagen del amor como esa flecha certera que se clava en medio del pecho y que te convierte irremediablemente en un zombi que se alimenta del almíbar de las carantoñas. Y no podemos negar que esa es la visión general de este estado al que al parecer todos aspiramos, pero no es la mía.

Lo primero, soy de ese tipo de personas que se ha avergonzado toda la vida de enamorarse; no sé en qué punto de mi educación y de mi crecimiento entendí que el amor era una debilidad. Así que cuando mis amigas decían con la boca llena que estaban enamoradas o contaban con los ojos brillantes de ilusión lo que vivían en sus recién estrenadas relaciones (porque esas cosas solo las hacemos cuando empezamos con alguien), yo me hundía en la silla y miraba a otra parte rezando por que terminaran pronto.

Soy un asco de amiga, ya lo sé. Bueno…, diré en mi defensa que intento ser siempre un buen oído para ellas y, además, ya lo hago menos. Si algo aprendí con Tristán fue a empatizar con todas las pobres personas de este mundo aquejadas de esa dolencia llamada amor. Pero no puedo negar que lo pasé mal cuando me enamoré de Tristán. O más bien, cuando me di cuenta de que estaba enamorada de él.

Si bien creo que el amor es el compendio de muchas cosas entre las que incluyo unos procesos químicos que no entiendo, pero que tienen que estar ahí por mis cojones morenos para explicar el hecho de que nos volvamos tan gilipollas, pienso que todos recordamos muy bien el momento en el que nos dimos cuenta de que estábamos enamorados hasta los calcetines de ESE amor. Ese que marcó un antes y un después. Ese que creímos que sería para siempre, que nos salvaría del cinismo, que nos abrazaría hasta en la última noche del mundo.

Yo fui consciente de que me había enamorado de Tristán como si recibiera un dardo en medio de la frente, con una aplastante seguridad que me dejó con media palabra en la boca y sin poder terminar la frase.

Fue el día que conocí a sus amigos. Por la mañana me preguntó, como si la cosa no fuera con él, como si no tuviera importancia, si quería acompañarle a tomar algo con algunos de sus amigos de Vigo que habían venido a pasar el fin de semana a Madrid. Sin previo aviso: primera noticia de que venían a verlo. Él siempre hace así las cosas importantes: las desnuda hasta dejarlas en un esqueleto de practicidad pura, en datos sin condicionantes emocionales. Eso es solo síntoma de que le dan respeto, miedo, que le despiertan una emoción sincera y visceral. Tristán, el hombre de los silencios, necesita masticar las cosas antes de sentirlas. Tristán, el hombre que consume las sensaciones en una papilla emocional.

Yo, que por aquel entonces ya sospechaba que hacía bastante tiempo que me había salido del carril de lo seguro, de la norma del «no implicarse» que me permitía que me diera todo un poco igual, sentí de alguna manera que aquello era importante, aunque no quisiera mostrarlo, porque mostrarlo sería como señalar directamente con el dedo índice el centro de la diana de mi debilidad por él. Y allí, intentando ser simpática, comportándome de modo que sus amigos después no tuvieran más opción que decirle lo muchísimo que les gustaba para él, me di cuenta de que lo amaba.

Lo amaba..., ¿puede haber expresión más empalagosa? No. Ni más real tampoco.

Hoy, al despertarme y darme cuenta de que estoy en ese día, me pregunto si el hecho de haber hablado de amor con él ayer por la noche (o en la línea temporal de nuestra historia, hace ya cuatro meses) habrá cambiado algo. Pero... por más vergüenza que me dé el amor, no puedo esconder que estoy contenta de haber despertado «hoy». «Hoy» es uno de esos días.

De esos. Ya sabes.

A pesar de todo, nunca me gustó despertarme en su casa, así que cuando abro los ojos, además de la confusión de no saber dónde estoy, como recibimiento tengo las paredes blancas desangeladas, las cortinas de Ikea que no ha cortado y que se arrastran por el suelo y las sábanas a las que jamás pone suavizante. Tristán es un tío aseado, pero este no dejó nunca de ser el típico piso de soltero, limpio, atendido, pero sin mimos. Nosotras somos mucho más coquetas a la hora de hacer nido. Cuidamos los detalles, nos mimamos. Dice una de mis amigas que sabemos que nos hemos hecho mayores cuando invertimos en buenas toallas y sartenes. Yo añadiría velas y flores. No es que esperara esto último en aquel pisito de Chueca, pero...

Las toallas de Tristán rascaban. Las sábanas estaban limpias, pero pocas veces hacía la cama. El nivel de subsistencia de la nevera era tremendo. Y no es que yo sea de esas personas que pueden preparar cualquier cosa rica con unos pocos ingredientes, pero es que Tristán solo tenía leche, cerveza, café y jamón. Un menú cojonudo.

—Yo solo tengo comida cuando sé que voy a preparar algo, que luego se me pone todo malo y tengo que tirarlo. Odio tirar comida.

Bueno, está bien. Yo no la tenía jamás. Además de que era muy voluntarioso bajando a por lo que hiciera falta o pidiendo que trajeran lo que se me antojara. Pero en su casa… yo no tenía mis cosas. Y me gusta tener mis cosas.

Tristán entra en la habitación con su pantalón de pijama azul marino, sin camiseta, descalzo y con el teléfono en la oreja. Al comprobar que estoy despierta y con el móvil en la mano (mirando en qué día me encuentro, alma cándida, no me mires así), sigue hablando:

—Ya, ya…, sí. Es que son como dinosaurios resistentes al meteorito de la modernidad. —Se ríe de su propia broma—. Pero dame un segundo, que juraría que dejé su tarjeta en el bolsillo de la americana.

Aleja un momento el teléfono de su boca, mientras se acerca al armario.

—Estoy haciendo café. ¿Quieres algo más para desayunar?

—Uy, sí. Sírvemelo con una loncha de jamón.

—Gilipollas. —Sonríe.

Rebusca en los bolsillos de una chaqueta, sujetando el teléfono entre la oreja y el cuello, hasta que da con algo.

—Aquí la tengo. Le hago una foto y te la mando. —Pausa en la que pone los ojos en blanco. Joder…, qué bueno está. Esta semana ha debido de estar estresado y por eso ha dedicado todo su tiempo libre a follarme y a hacer deporte, porque…—. No, no te preocupes. Es sábado, sí, pero ya estaba despierto.

Me niega enérgicamente con la cabeza y yo me echo a reír.

—Bien. Sí. De nada. Hasta el lunes.

Corta la llamada y tira el teléfono sobre la mesita de noche dramáticamente.

—Recuérdame por qué me pareció tan buena idea el «ascenso» en la capital.

—Porque tenías que conocerme.

—Oh, qué romántica —se burla—. Oye…, ¿qué plan tienes hoy?

—Le dije a mi padre que iría a comer —me invento sobre la marcha.

—Ah, ¿te da tiempo a desayunar?

—Sí, sí. Me tomo el café con jamón y me voy a casa a darme una ducha.

—Te la puedes dar aquí.

—Aún no me toca exfoliación completa.

—Eres idiota. —Levanta las cejas—. Te lo he dicho mil veces: en mi opinión, las toallas tienen que rascar un poco para secar más.

—Estás mal de la cabeza. ¿Por qué preguntabas lo de los planes?

—Ah, por nada. Es que… —Se gira y finge estar muy ocupado doblando cosas que tenía sobre una cómoda—. Han venido unos amigos míos…, bueno, parte de la pandilla de Vigo. Y me han dicho de tomar algo esta tarde.

Me levanto de la cama y aireo las sábanas. Me he puesto una de sus camisetas. No llevo bragas. Vaya, vaya…, no recordaba la actividad sísmica de la noche anterior.

—¿Y mis bragas…? ¿Te suena dónde las tiré?

Se agacha y me las lanza. Me las pongo sin demasiada poesía.

—Te lo decía por si te apetecía venir —insiste, pero ahora mirando el móvil.

Cualquiera que no lo conociera pensaría que se la suda, que me lo está diciendo por compromiso. Pero no.

—¿A qué hora? Porque tenía pensado decirle a Iván que se pasara a tomar café a casa de mi padre, y conociendo lo «puntual» que es…

Hace una mueca casi imperceptible. Le estoy jodiendo el plan.

—Hemos quedado a las seis y media…, pero aún no sé dónde llevarlos.

—Llévalos al Mercado de…

—¡Al Mercado de San Miguel no, que está lleno de guiris y es supercaro! —se queja.

—Al de San Fernando, melón, que no dejas ni terminar las frases.

—¿Es el que está en la calle Embajadores?

—Sí. —Sonrío.

—Ah…, pues…

Hago la cama en dos movimientos ágiles y salgo hacia el baño. Me alcanza su voz en la puerta:

—Entonces ¿vienes?

—Claro, me paso a tomar una.

Qué cómodas se viven las cosas cuando una ya sabe en qué van a acabar.

Mi padre no me esperaba, pero me recibe con la alegría de siempre. Se sorprende cuando me echo a sus brazos y le aprieto muy fuerte. Somos cariñosos, pero igual no con tanta efusividad. Parece que nos hemos reencontrado después de una guerra, pero pronto se recupera de la sorpresa y sigue con su cometido de padre: sacar comida como si tuviera que alimentar a todo un regimiento.

—¡Ay, mi niña! —Se pone supercontento—. Pero qué bien que hayas venido. ¿Sabes qué he hecho para comer?

—¡Cocido!

Es sábado. Y papá, este día de la semana, no le falla jamás al cocido. Hace años que ya no abre la tienda los sábados, básicamente porque está cansado y porque lo que pueda ganar hoy no le compensa. Lleva tiempo ya, y un poco más durante este 2018, pensando en jubilarse, pero ambos sabemos que no lo hará mientras pueda tenerse en pie.

—¿Quieres una cervecita?

—Sí, pero solo una, que esta tarde he quedado para ir de cañas y no quiero llegar ya con resaca.

—¿Tú no presumías de ser capaz de tumbar a un vikingo a cervezas?

—Los años no pasan en balde, querido padre.

—Qué vergüenza de hija… —se burla—. ¿Has quedado con la pandilla del barrio e Iván esta tarde? ¿O con las chicas de la revista?

—No. Con Tristán y sus amigos.

Estudio su cara mientras me pasa una cerveza y un plato con jamón recién cortado (nada que ver con el envasado que duerme en la nevera de Tristán). Hay cierto reconocimiento en su expresión.

—Vas a tener que presentarme a ese Tristán…, ya llevas mucho tiempo nombrándolo. ¿Es tu novio?

—Sí —le confieso.

No sé cómo lo hice la primera vez, pero si voy a irme a vivir con él es mejor que vaya diciéndole las cosas claras. Asiente en silencio y me pasa una cesta con pan cortado y después un plato de queso.

—¿Qué? —le pincho.

—Nada.

—Deja de sacar comida.

—Unos mejillones y ya está. ¿Prefieres un vermú?

—No, papá. Con la cerveza estoy bien.

Vuelve a asentir. No sé si parece triste o preocupado. No tiene por qué sentirse así; Tristán le va a encantar. Tengo que hacer que esto termine bien o habrá tanto duelo a nuestro alrededor..., no puedo dejar que suceda esa ruptura.

—¿Te trata bien? —pregunta, como quien no quiere la cosa.

—Se lee el prospecto de las medicinas que me ve tomar.

Eso le hace sonreír.

—¿Y te hace reír?

—Me lee los efectos adversos con preocupación. Claro que me hace reír.

Parece satisfecho cuando se mete en la boca un trozo de pan con jamón.

—Papá, ¿tú supiste que querías a mamá en un momento concreto?

—Sí —asiente con nostalgia—. Ella llevaba un vestido verde. Le dije: «La que con verde se atreve, por guapa se tiene», y me contestó que dejase de babear a su lado. Entonces pensé: «Es verdad, deja de babear y pídele que se case contigo».

—Qué bonito, papá.

—Así éramos en mi época. Ahora sois de mandaros mensajitos con caritas sonrientes.

—Y berenjenas —añado.

—¿Qué?

—Nada.

—¿La sopa la quieres con fideos?

—Vaya pregunta.

—Pero no querrás garbanzos, ¿no? No vaya a ser que te entre tos y te peas delante de todos los amigos de tu novio.

El trozo de queso que estaba masticando amenaza con salírseme por la nariz.

Tristán está riéndose muy animado (calculo un mínimo de tres cervezas, conociéndolo) cuando los encuentro en la «plaza central» que dibuja la organización de los puestos del Mercado de San Fernando. Se congregan alrededor de una mesa que acumula muchos cascos vacíos de botellines de cerveza. En Madrid llamamos «botellín» a lo que en otras provincias conocen como «quintos», así es que por muy espectacular que sea la visión de tantos juntos, el consumo de alcohol no ha sido desorbitado… aún.

—Hola. —Saludo con la mano y me aparto después dos mechones de pelo detrás de las orejas con un ademán de falsa timidez.

En su momento me mostré comedidamente tímida al conocerlos, así que, aunque el tiempo ha ido dibujando a nuestro alrededor ciertos vínculos de confianza, repito con aquello que me funcionó la primera vez.

—¡Ey! —me saluda Tristán, viniendo hacia mí.

Me besa en la mejilla, como lo hizo la otra vez, pero en esta ocasión no me molesta; sé que está aprendiendo a gestionar lo que siente, a pesar del tiempo que llevamos ya rondando con esta historia. Me coge por la cintura en un gesto cariñoso, pero poco vinculante, y llama la atención del grupo. Y vaya grupo: las chicas tienen un aspecto amigable, pero los tíos son personajes de ciencia ficción. Los va nombrando a todos, a los ocho, incluyendo al niño que ahora mismo sujeta una de las chicas en brazos, y se vuelve hacia mí al terminar.

—Y ella es Miranda.

—La famosa Miranda —dice con un poco de malicia uno de los chicos.

—Miranda a secas —bromeo sonriéndole—. Cualquier parecido con lo que os haya contado de mí creo que será pura coincidencia.

Todos se ríen y él presiona con cariño los dedos en mi cintura. Qué bonito poder revivir este día. Me siento afortunada. Aunque me da pereza esforzarme de nuevo por mostrar un yo que guste a todo el mundo, qué regalo volver, ya sin nervios, a vivir las miradas y esa inquietud inicial de Tristán transformándose en calma.

Y es que siempre me gustó lo mal que encajaba su vida con la mía. Su marea baja con mi tempestad. Su rutina con mi caos. Su calma con mi tornado. Poco a poco fui cayendo rendida frente a la imagen de esa mala pareja que hacíamos. Él, tan niño guapo al que todo el mundo se pasaba media vida buscando novia, pero que nunca encontraba la horma de su zapato. Yo, esta mujer tan desmesurada sin ganas de que el amor le hiciera sentirse pequeña. Él, tan labios gruesos envueltos en un silencio bien manejado. Yo, tan Jessica Rabbit, sin melena pelirroja, siempre rodeada de estruendo.

Probablemente, pienso mientras converso sobre trivialidades con dos de sus amigos, me pillé de la mala idea que éramos. Me quedé colgada de cada irresponsabilidad que cometimos.

Me enamoré sin darme cuenta de que estaba apostando más de lo que pensaba. Yo, que iba siempre con un órdago y no me importaba ser descubierta, poniendo sobre la mesa todas mis reservas, ilusionada con lo que parecía una buena mano.

No podemos mentirnos a nosotros mismos y pintar la fantasía de que siempre fuimos una pareja perfecta, porque somos una mala idea que terminó materializándose por una cuestión de pura magia. Somos un plan descabellado que salió bien. Somos una postal arrugada, mojada, que llega a destino aún legible. Somos un mensaje en un buzón de voz y ruido de estática. Somos esta relación que terminó hace una semana, pero que me resisto a soltar porque es demasiado buena como para darla por perdida. Perfecta en su maldita imperfección. Conseguiré que lo vea.

Se interesan por mi trabajo, al que, aunque me encanta y me parece lo más, le quito glamur con una falsa modestia sutil en la que se agazapan comentarios como: «No deja de ser un trabajo», «Hay mucho mito», «A veces me siento frívola»..., comentarios que no siento del todo. Porque para que la vida sea manejable hay que prestar atención a lo bello, lo frívolo. Porque dan igual los mitos cuando te apasiona lo que haces. Porque es un trabajo pero me hace feliz.

Y allí estoy, rodeada de sus amigos, siendo simpática, cayéndoles bien, interesándome por sus vidas, cuando vuelve a suceder. Vuelve..., pero como la primera vez. Vuelve, como si algo quisiera dejarme claro lo pequeña que soy en comparación con todo esto, con todo lo que sentí, con todo lo que se arremolina en mi estómago aún. Vuelve el dardo, y es más certero de lo que lo recordaba, clavándose en la frente, entre mis ojos, e irradiando un dolor palpitante hasta mi pecho.

Y pasa como si nada, porque en realidad el mundo sigue girando sin que nosotros signifiquemos nada para él o su futuro. Pasa, a ojos de los demás, como lo que es: un acto completamente insignificante. Es un hombre cogiendo en brazos a un niño que se queja en el carrito. Es un hombre que habla con los padres del niño mientras lo hace. Es un hombre que me busca con la mirada sin pretenderlo, como si con ella pudiera decirme sin decir todas aquellas cosas que aún no sabe, pero que terminarán separándonos: «Yo querré ser padre, yo querré vivir esto contigo, yo querré que este sea exactamente nuestro tipo de vida. Pero tú no».

Tristán coge con destreza al niño, que ha empezado a emitir unos sonidos de queja sutiles. Y es esa imagen que veo casi a cámara lenta, mientras se endereza con el bebé en brazos, con una mano sujetando su pequeño cuerpo y con la otra su cabecita, la que provoca que vuelva a explotarme en el pecho la bomba de la certeza. Porque dicen muchas cosas del amor, y probablemente todas son ciertas, pero para mí querer ha significado despejar dudas, creer a ciegas.

Durante estos años me ha llevado al límite con su cabezonería, sus rarezas, su pasividad-agresividad en las discusiones, su falta de iniciativa o de interés. Le hubiera abofeteado un millón de veces... porque con el tiempo llegó a exasperarme ese silencio con el que al principio me enamoró. Me hubiera arrancado uno a uno todos los pelos de la cabeza de frustración y desidia cuando lo veía sostener aire dentro de su pecho en lugar de decir lo que sentía. Porque puede ser insoportable, impasible, frío, marciano, pero... no puedo vivir sin él. Joder, sí que puedo, pero no quiero.

Y allí, con su camisa de cuadros marrones y verdes, con sus vaqueros, sus botines marrones maltrechos, su pelo peinado con las manos, su barba de diez días, su boca de locos y sus ojos llenos de bruma... Allí..., sujetando un bebé, acunándolo..., yo, yo, que creo que no quiero ser madre, siento que hasta mi útero florece ante la visión, como ya percibí con intensidad en su día. Y me estalla un amor tan profundo, tan puro, tan inocente... que, con una palabra colgada en mis labios, pido disculpas a las personas con las que estoy hablando para ir hacia él. Cuando llego a su lado, me mira con una sonrisa.

—¿Te lo pasas bien? —murmura para que solo llegue a mis oídos.

Cojo su cara entre mis manos y la acerco hasta mi boca. Y es un beso suave, discreto, sin estridencias ni pasiones. Un beso de amor verdadero, como dicen en los cuentos, que lejos de romper el hechizo, le da comienzo. Lo noto en la expresión de su cara cuando me separo. Él, tan contenido, que juraba que no volvería a coger la mano de nadie por la calle, que se burlaba de las parejas que se morreaban en público, él, también acaba de darse cuenta de que me quiere. De que está profundamente enamorado. Que no cree en el futuro si este no habla en plural de la historia de Tristán y Miranda. Y aquí, mirándonos, con un bebé en brazos que no es nuestro, firmamos en silencio nuestro amor. Y no hay gente a nuestro alrededor. Y no hay mercado. Y no hay bullicio. Y no hay cerveza que valga. Solo existimos nosotros y la certeza de que ese nosotros existe.

Sonríe. Yo lo hago también.

—Mierda —murmura.

—¿Qué?

—Que tenías razón, que me estoy enamorando.

Murmura las palabras con miedo de que se alejen demasiado de sus labios, pero yo las recojo con los míos y las engullo. No me importa nada más. Nada más.

Vamos a reconstruirlo y… quedará precioso.

# 16

## «No lo sé. Pero me hace latir»

De la droga se sale; de este subidón de endorfinas, no.

No entiendo cómo pude aceptar estos viajes con tanta amargura al principio. Bueno, vale, esto es lo más cerca que he estado de un mal viaje de psicotrópicos y necesitaba un periodo de adaptación antes de ser consciente de lo que estoy viviendo. No entiendo por qué se me ha brindado esta oportunidad ni quién tuvo a bien mandármela, pero estoy dispuesta a disfrutarla. Y a aprovechar. Esto es un regalo.

Me despierta el canturreo suave del despertador de Tristán, que va subiendo de intensidad si no se apaga. Nunca alcanza un volumen muy alto porque él le da un manotazo y lo para casi de inmediato. Miro alrededor. Es mi habitación, con las cortinas verde bosque y la cama con sábanas suaves. Sonrío. Ayer volví a darme cuenta por primera vez de que estaba enamorada de él. Unir los conceptos «volver a» y «primera vez» empieza a hacerme cosquillitas.

Hoy ¿qué me esperará?

—¿Qué hora es? —le pregunto cuando se acurruca contra mi cuerpo.

—Las seis y cuarto —gruñe.

Le pego el culo a la entrepierna, que se ha despertado también. Oigo su risa grave en mi cuello.

—No puede ser que me estés pidiendo juerga… —Y su voz se ha calentado ya un poco con mi gesto.

—A quien madruga…

—Cállate, blasfema. Te van a excomulgar.

Tristán se quita la ropa interior sin demasiado protocolo. Yo hago lo mismo y nos escondemos bajo el edredón.

—Sin filigranas —le pido.

—No tengo tiempo, aunque quisiera.

—Por eso.

Entra de golpe; aún no estoy muy húmeda, pero mi cuerpo lo acoge con placer. Gruñe. Tristán es una de esas personas que no es consciente de lo que dice cuando está en la cama. Dice o gruñe. Sí, Tristán gruñe mucho y a mí me encanta.

Se tumba encima de mí, agarra mi carne donde puede y gruñe en mi cuerpo, como si este acto animal fuera el modo en el que él reclama su espacio. El espacio que yo le concedo durante el tiempo que dura esto.

Empuja fuerte entre mis piernas, ido. Lo hace rápido, resoplando con una cadencia rítmica que se ve solamente interrumpida por un gemido suave cada equis tiempo. Sé que cuando ese gemido se repita en intervalos más cortos, estaremos a punto de corrernos. Estaremos, porque yo ya me estoy acariciando para llegar junto a él. De pronto, frena en seco y se separa de mí, sujetando su peso en las palmas de las manos. Resuella. Una gota de sudor brilla en su sien.

—¿Paro y me lo pongo? —susurra.

Ah, el condón.

—No —le pido—. Sigue.

—¿Sigo hasta el final? —se sorprende.

—No. No. —Me asusto. No sé qué día es ni si tomo anticonceptivos. Aunque… ¿tendría en realidad consecuencias en el «futuro» un cambio de este tipo?—. Sal antes.

Durante unos minutos el colchón se queja. Nosotros nos besamos con bastante vehemencia a pesar de que es un acto de urgencia, más que de amor a fuego lento. A veces me gusta así. Creo que a él también. Además es sano que una pareja folle como en un documental de animales de vez en cuando.

—Córrete... —le pido cuando me siento cerca—. Ya, por favor..., ya.

Tristán se separa un poco de mí para embestir con más ganas; nota que me tenso a su alrededor, que le aprieto más y acelera. Más fuerte. Más rápido. Más hondo. No entiendo cómo puede controlarse y no llenarme...

Mi cabeza vuelve a descansar en la almohada sin que yo haya sido ni siquiera consciente de levantarla. A veces vuelo un poco en el orgasmo. Me separo del colchón, de mi cuerpo, de todo, y él lo sabe, de modo que sirve de señal para que libere el suyo. Tristán se precipita fuera de mí, hincando una rodilla entre mis muslos y empapándome el estómago y, tras los últimos gemidos, permanece así, erguido, con la mano sujetándose la erección, la cabeza echada ligeramente hacia atrás y los ojos cerrados, respirando profundamente..., y es tan bello.

Bello. Así, desnudo y algo sudado, brillando como debían hacerlo en el circo romano tras vencer. Qué guapo es. Qué boca. Me gusta su nariz. La forma en la que nace su pelo en la frente. El espesor de su pelo negro... La alarma del despertador de su móvil rompe el momento, pero él sonríe al abrir los ojos y mirarme.

—Buenos días —me dice.

—Buenos días.

—Menos mal que puse dos alarmas.

—Creo que la segunda ya te ha pillado un poco despierto.

—Sí, pero ahora mismo lo único que me apetece es acurrucarme a tu lado y volver a dormirme.

Sale de la cama de un salto. Aún estoy pensando en su cuerpo desnudo cuando escucho correr el agua de la ducha. Nos damos el relevo en el cuarto de baño sin mucha poesía. Ya vamos un poco acelerados. Bueno, él más que yo, porque lo único que sé es que hoy es un día laborable. Me divierte esta despreocupación, esta ruleta rusa de los días en los que ni siquiera estoy esforzándome en buscar referencias que me lleven a la realidad.

—Miri, no te puedo esperar —lo dice frente al espejo, reclinado sobre el estuche de sus lentillas.

—¿No te tomas un café? Aún es pronto.

—Ya, ya lo sé, pero hoy tengo que llegar antes.

—¿Y eso? ¿Tienes juzgados?

—Tengo... cosas. —Parpadea. Ojalá estuviese ahora mismo más cerca de él. A veces se le quedan unas gotitas prendidas a las pestañas y me encanta cómo brillan, cómo pesan.

Ya está vestido cuando salgo del baño envuelta en una toalla suave. Se está colocando el abrigo por encima de la americana del traje, cosa que sé que odia, así que lo ayudo a acomodar las prendas.

—¿Nos vemos hoy? ¿Tenemos planes?

Me responde un brillo malévolo en sus ojos.

—Quizá. Dejemos las cosas en manos de la magia.

Me da un beso en el pico que dibuja mi labio superior y me regala un guiño. No tiene que decir nada más. Ya sé qué día es hoy.

La redacción me recibe en absoluto silencio. Las luces aún están apagadas y no ha llegado nadie todavía. Agradezco estos minutos de tranquilidad y me paseo hasta mi despacho sin prisas. El muro luce ya algunas páginas maquetadas llenas de color. La primavera pisa fuerte y nosotras le hacemos los coros desde nuestra revista.

Un par de chicas llegan a sus mesas dando los buenos días y, tras dejar el bolso, se encaminan hacia la cocina, donde tenemos lo típico: nevera, máquinas de café y de *vending*, dos microondas, fregadero, unas mesas para sentarnos a comer... y donde siempre hay galletitas, cereales, muesli..., esas cosas. Casi todas mis compañeras desayunan allí cada día, pero yo odio el café de esa máquina. Iría a por uno donde Dori, pero no me apetece. Estoy un poco nerviosa. Revivir el día de hoy es un regalo, pero... ojalá pudiera también vivir lo que me espera mañana. Esto me está haciendo un poco avariciosa. Me pregunto, algo preocupada, si tendré suficiente alguna vez. Quizá la respuesta sea que de lo bueno nunca tenemos suficiente.

Hoy es viernes y aún estamos a un par de semanas del cierre, con lo que andamos holgadas. Va a ser una jornada bonita, de las que no te hacen preguntarte si el trabajo que amas sería capaz también de matarte. Sé que hay personas a las que les parecerá frívolo, pero lo ejercemos bajo la presión de las fechas: entrega del material, maquetación, impresión... Pero hoy no. Hoy no habrá fuegos ni prisas. Solo un grupo de mujeres que escriben sobre cosas que les preocupan y les gustan para otras mujeres a las que les interesan esas mismas cosas.

A las tres de la tarde, la secretaria de la revista me llamará al despacho; yo estaré recogiendo para irme a casa, pero ella me pedirá que espere un segundo para recibir una visita de última hora. La visita será Iván, que me traerá una maleta pequeña con ropa para pasar el fin de semana fuera... con Tristán. Tristán, que ha organizado una sorpresa, «porque sí».

—Porque estamos cansados. Porque nos lo merecemos. Porque sí, coño —me dirá rodeando mi cintura con los dos brazos al llegar al hotel.

El día se me va a hacer sumamente pesado.

—¡Buenos días, Miri!

Los tacones de Rita me despiertan de la ensoñación.

—Buenos días, ratón.

—¡Uy! Pero ¡qué guapa estás hoy!

—¡No sé si darte un bolsazo por la sorpresa con la que lo dices! —le respondo.

—No, no. —Se ríe—. Idiota. Es que..., no sé. Tienes cara como de...

—¿Recién follada?

Un silencio nos sobrevuela antes de echarnos a reír a carcajadas.

—Serás guarra..., qué suerte.

—No te quejes, no te quejes, que tu nuevo ligue tiene muy buena pinta.

—Calla, calla. Yo no me hago ya ilusiones de nada, Miri.

Debería hacérselas. Dentro de un año, él le pedirá que se casen en una de las pedidas de mano más románticas de la historia. Y su boda será preciosa.

—Voy a por los churros del viernes, que hoy me toca a mí. ¿Cómo quieres el café? —me dice reanudando la marcha hasta su mesa, donde deja el bolso.

—No quiero, gracias. Hoy paso de los churros.

—¿Estás a dieta o qué? —Arquea una ceja.

—El término «dieta» me pone de gallina hasta los pedazos de piel que tengo escondidos y con más melanina..., no sé si me entiendes.

—Ya, ya..., pero que tú digas que no al café con churros de los viernes...

—Es que Tristán me ha preparado una sorpresa y estoy nerviosa.

—¿Una sorpresa? ¿Y sospechas qué es?

—Sí. —Me vuelvo otra vez hacia el muro con los brazos cruzados sobre el pecho.

—Si es muy romántico no me digas nada, que me genera expectativas sobre el amor y luego todo es un asco.

—Pues me callo. Aunque tiene pinta de que lo vamos a aderezar con bien de cochingueo.

—Esa es mi zorra.

Arrugo el ceño, no por el insulto, sino porque mirando el muro se me ha cruzado una idea por la cabeza. No me despido cuando me dirijo con paso firme hacia mi despacho; necesito revisar el planillo con los temas que estamos preparando para la publicación. Cuando Rita vuelve con los churros para todas y su café, yo he llamado a Eva al despacho y entre las dos hemos desmontado y vuelto a montar todo el número.

—Chicas. —Me asomo a la puerta—. ¿Os podéis comer los churros en la sala de reuniones? Tenemos un par de cambios.

—La madre que te parió.

No sé quién lo dice porque juraría que en realidad lo han dicho todas a la vez. Y si no ha sido así, sé que lo piensan.

**Operación Biquini, instrucciones: ponte un biquini**

Todos los motivos por los que no debes hacer dieta ni más ejercicio ni détox.
(Básicamente... ya eres una diosa, nena)

Estamos en 2018 y el movimiento *body positive* secundará este especial. Lo sé. En 2021 esto será mucho más común, pero una ya no sabe si se hace con voluntad de cambio o subiéndose a un carro que, probablemente, también es rentable.

Los cambios me mantienen ocupada toda la mañana. Muy pocas veces me encargo de redactar, más allá de algunas reseñas sobre productos o columnas de opinión y especiales de verano o fin de año, pero todo el mundo está de acuerdo cuando propongo que me lo dejen a mí. Al final, soy periodista y una periodista lo que ama es escribir. Escribir y darle al mundo una semillita de la que quizá, con suerte, pueda salir algo bueno.

Así que, entre llamadas a psicólogos y nutricionistas especializados en trastornos de la conducta alimentaria, repaso de las marcas que han ampliado su catálogo de tallas y la búsqueda de ejemplos de mujeres conocidas con «cuerpos biquini», desde la talla 30 hasta la 60, pasa la mañana. Las dos becarias que me echan una mano con esto están entusiasmadas y yo también. Supongo que revivir te permite poner el foco en cosas que en su día te pasaron inadvertidas. Las tres de la tarde se me echan encima sin darme cuenta.

—Miranda…, ¿puedes esperar un momento en tu despacho? Tienes una visita. Es personal. Va de camino hacia allá.

Sonrío mientras amontono papeles en la mesa y azuzo a las becarias para que se vayan a casa.

—Venga, niñas, que es fin de semana y el mal no se hace solo.

Estoy tan contenta que dejaría el almacén de belleza abierto para que todas pudieran rapiñar, pero sería como darle azúcar a un niño por la noche. Como meter un Menthos en una botella de Coca-Cola. Como encerrarme una noche en Chanel. Como…

Se me olvidan todos los símiles cuando veo entrar a Iván. No estaba preparada. Ni yo ni nadie, pero por aquí todos parecen estar habituados. Eso o se han quedado todas momentáneamente ciegas y no ven que va con mallas. Mallas de lycra con estampado de cebra. Un cinturón de tachuelas. Una camiseta que (gracias a todos los dioses venerados en este y en otros mundos) le tapa el bulto de la chirimoya... levemente. Un pañuelo doblado en la frente hace el papel de turbante. Lleva el pelo como si hubiera metido los dedos en un enchufe, pero más exagerado todavía. Como de punta por todas partes..., pero con flequillo. Lleva flequillo... Es la versión AliExpress de uno de los componentes de Europe en plena década de los ochenta.

—¿Qué? —me espeta al entrar en mi despacho.

—El universo tiene un sentido del humor acojonante.

—¿Ya estás con lo del cambio de look como reajuste cósmico?

Me tapo la boca y me descojono mientras asiento.

—Miranda, ya no sé cómo decírtelo. Yo siempre he sido así.

«Así» viene acompañado de un ademán que recorre su cuerpo de cabeza a pecho.

—Vale, vale. Pero es que lo de hoy es de juzgado de guardia. Ni en los ochenta vestía nadie tan de los ochenta.

Se recompone como puede de mi crítica y echa la maleta hacia mí.

—Toma. No grito «sorpresa» ni nada, porque..., claro, ya lo sabes todo, ¿no?

—A veces me da la sensación de que, a pesar de haber vaticinado lo de Thalía, sigues sin creerme.

—Yo te creo, Miranda, pero es que es más fácil pensar que se te ha desconectado un cable ahí dentro. —Me señala la cabeza—. Pero yo..., acto de fe total. Porque soy tu fiel escudero, mi reina. Y si tú me dices que estás viajando en el tiempo...

—¿No te parece raro que no te acuerdes de este tema más que cuando me ves?

—No sé si me acuerdo o no me acuerdo. Tengo vida, ¿sabes? No me paso el día pensando en tus cosas.

—Vale —lo dejo estar. Estoy demasiado contenta como para entretenerme con esto—. Tristán ha reservado un hotel burbuja para este fin de semana en un pueblo cerca de Toledo.

Iván me mira con recelo.

—¿Y el número de la lotería de Navidad no lo sabes?

—De eso ya hemos hablado.

—Pues hablemos del Euromillones.

—Te voy a hacer otro favor, ahora que me acuerdo: renuévate el pasaporte. Este invierno te vas a Colombia por trabajo y te vas a quedar tirado en el aeropuerto a la vuelta hasta que te lo solucionen en la embajada. De lo de comprar papel higiénico en 2020 ya te avisé.

—Cualquier cosa que me pase es por tu culpa, que me das mal fario.

—Eso eres tú, que eres más tonto que una piedra. Las piedras son más listas. —Me aparto para esquivar por los pelos el puñetazo que lanza hacia mi brazo—. Me recoge en breve, ¿no?

—Sí, pero nos da tiempo a una cervecita. Me acaba de escribir diciendo que está saliendo del curro y que aún tiene que pasar por casa a coger la maleta e ir a por el coche de alquiler.

—¿Ya sois amigos?

—Nos presentaste una tarde. —Arquea una ceja—. ¿De eso no te acuerdas? Quiero decir…, deberías saberlo, ¿no?

—Sí. Sí…, pero como a veces cambio cosas…

—¿Cambias cosas?

—Es imposible vivirlo todo exactamente como lo hice en su momento, pero es que además…, digamos que me he empecinado en hacerlo a mi manera unas cuantas veces.

—Ah, entonces me lo preguntas por si has creado un efecto mariposa terrorífico y ahora nos odiamos.

—Si todo va bien y las cosas no cambian, te aviso que tampoco vais a ser nunca grandes confidentes.

—¿No nos llevamos mejor con el tiempo? —me pregunta preocupado.

—Pues… no especialmente. Os lleváis bien, pero no sois amigos. Tú sueles decirme que te parece rancio, muy seco. Te escudas elegantemente en que «él es muy del norte y yo muy mediterráneo», pero lo cierto es que no llegas a cogerle el punto a su sentido del humor, por más que yo te diga que es el hombre de mi vida.

Hace una mueca… El tipo de gesto que solo percibe tu mejor amiga, que te conoce mucho mejor de lo que se conoce a sí misma.

—¿Qué ha sido ese mohín? —le pregunto.

—Nada.

—No, nada no, ¿qué ha sido ese mohín?

—Un tic involuntario, probablemente.

Me muerdo el labio mientras le sostengo la mirada. Luchamos sin parpadear, sin desviar los ojos.

—Que me lo digas… —gruño.

Chasquea la lengua y se pone en jarras, apoyando los puños en sus caderas envueltas en esas mallas tan ajustadas.

—No es el hombre de tu vida, pero ni de lejos.

Abro la boca para contestar, pero levanta una mano y coloca la palma entre los dos para que le permita seguir hablando.

—No estoy ninguneando la importancia de Tristán en tu vida, pero, Miranda…, no es el hombre de tu vida.

—¿Por qué? ¿Es que sabes algo que yo no sepa?

—Sí —asiente seguro, volviendo a la postura de Power Ranger—. Que no hay un solo hombre destinado a la vida de nadie y que, si lo hubiera, que no es así, el tuyo no es Tristán. Dicho esto…, vamos a tomarnos una cerveza donde Dori, que la he visto cuando he pasado por delante y me ha dicho que están poniendo torreznos de tapa.

—¿Y yo me suelo dejar ver contigo con esa pinta?

—Sí. Lo que no entiendo es cómo me dejo ver yo con una imbécil como tú.

*Touché.*

Pienso poco en lo que me ha dicho Iván. Poco o nada, más bien. Porque apenas nos da tiempo de tomar una caña y zamparnos unos torreznos cuando aparece Tristán con el coche. Y, claro, como toda persona encoñada hasta un nivel de vergüenza ajena, no hay nada que pueda ensombrecer este estallido de emoción adolescente.

Me hago la sorprendida, pero supongo que no será tan creíble como en la versión original, porque Tristán me pregunta bastantes veces si Iván me ha contado algo o si ha sido él quien ha metido la pata sin darse cuenta estos días. Yo digo que no a todo y exagero aún más la alegría, lo que no me viene mal tampoco, porque soy de esas personas que cuando reciben una sorpresa, lo hacen con suspicacia. No sé por qué es. Si no me gusta mucho que me den sorpresas es porque no sé cómo reaccionar. Me siento torpe. Me siento desagradecida. No sé.

Pero he debido de hacerlo bien en esta ocasión, porque Tristán también sonríe de esa manera… que me pone tan loca, enseñando esos putos dientes preciosos. Me daría en ofrenda para que me comiera.

El hotel burbuja está a unos escasos kilómetros de un pequeño pueblo de Toledo al que hemos tardado poco más de una hora en llegar desde el centro de Madrid y se compone de una casa principal, con un spa pequeñito, una sala de estar y la recepción, y unas parcelas delimitadas con unas vallas hechas de cañas y arbustos que preservan la intimidad entre unas y otras. En cada parcela se sitúa una «construcción» en forma de burbuja, translúcida (excepto en algunos puntos, como la ducha o el baño), que esta noche nos permitirá dormir debajo de un cielo acojonantemente claro y lleno de estrellas.

¿Ves como el amor y lo romántico a veces dan un poquito de vergüenza? ¿Por qué nos gustará tanto mirar hacia las estrellas cuando estamos enamorados? Con lo complicado que es en las grandes ciudades, con eso de la contaminación lumínica. ¿No nos podría haber dado por hacer algo más sencillo? Por ejemplo, mirar cómo gratina el horno una bandejita de canelones.

No me hagas caso, esta que habla es la Miranda cínica, la que se había olvidado de la vibración que emite un cuerpo enamorado. Es la que no da vergüenza ajena, intentando que este «yo» deje de darla, pero estoy perdida: ha dejado de importarme... otra vez.

Después de registrarnos y de que uno de los encargados nos explique las dinámicas del hotel, nos instalamos en nuestra burbuja, y esto, esta pequeña expresión, me parece una metáfora preciosa de este periodo de nuestra relación.

En 2018 Tristán y yo estábamos (estamos) en plena subida al Everest y creo que la falta de oxígeno nos hizo más felices de lo que ambos fuimos jamás. No recuerdo haber sido más feliz nunca, ni en mi niñez más ingenua, cuando creía en los cuentos de papá sobre antiquísimas alfombras voladoras o en canciones que te daban poderes si conseguías aprenderlas. Así que esta burbuja, esta pequeña «luna», como denominan en el hotel a cada una de sus «habitaciones» circulares y panorámicas, es para mí como ese recuerdo que atesoras con avaricia y al que acudes cuando dudas o cuando el suelo es demasiado duro para ir descalza. Cuando se hace evidente que la vida, a veces, es una caca embadurnada en purpurina.

Tristán me sorprende rodeando mi cintura desde atrás; y me sorprende porque él nunca fue de arrumacos. Este es el mismo hombre que te abraza en la cama, sobre todo por las mañanas, antes de levantarse, o que rodea tu cintura con el brazo al caminar por la calle o te coge la mano al despiste durante un ratito, pero también para el que un beso en público es poco menos que un acto de vandalismo callejero.

Exagero, pero creo que puedes hacerte una idea de lo que quiero decir.

—¿En qué piensas? Uff..., qué frase tan de chica —murmura casi para sí.

—No sabía que las preguntas tienen género.

Se ríe.

—Entendido. ¿En qué piensas?

En que esta noche haremos el amor aquí y no me imagino lugar mejor. En que vamos a llenar la bañera y, al meternos los dos, haremos que se desborde el agua, pero nos parecerá superdivertido. En que te vas a pasar un rato yendo y viniendo hacia la puerta para asegurarte de que está cerrada porque nos han dicho que, si no, la burbuja puede deshincharse y yo te voy a querer un poquito más cada vez que lo hagas, por esa manía a veces obsesivo compulsiva con la que emprendes algunas tareas.

—En nada. En cuál será el plan...

—Pues a ver... —Su nariz juega durante unos instantes con mi pelo, casi disimuladamente. Tristán sigue siendo Tristán..., y lleva regulín los mimos evidentes—. Esta noche nos traerán algo de cenar y una botella de vino, y... podemos intentar ver algo con el catalejo...

—Telescopio...

—Telescopio. Y darnos un baño.

—Y follar.

—Hombre…, no se me ha pasado por la cabeza ni un segundo la idea de que esta escapada fuera a curarte la adicción al sexo.

Me parto de risa. Ya habrá quedado patente que soy una mujer…, uhm…, muy sexual. O al menos lo era. A mí me parece normal. Quiero decir…, me parece que cualquier cosa es normal: tener mucho, poco o ningún apetito sexual. Pero a él, de algún modo, le sorprende. Una noche, cuando lo único que nos unía era que quedábamos para follar y beber vino, allá en los albores de lo nuestro, me dijo que solo había conocido a una mujer con el mismo apetito que yo. A mí no me pareció ni bien ni mal; solo raro. Ahora sé que esa hambre puede apagarse un poco con el tiempo, pero aún no alcanzo a entender si eso es bueno o malo. Si es calma o desidia.

—¿Y mañana? —pregunto.

Y lo hago en un ejercicio de pequeño masoquismo, porque mañana será un día increíble, pero yo no estaré aquí porque, desde que ha empezado esto, siempre me despierto a un par de saltos de distancia de la noche anterior. Y quiero recrearme en esos planes.

—Pues seguramente nos despertará el sol. —No lo veo, pero lo imagino haciendo una mueca. Le gusta dormir—. Nos traerán el desayuno… a las diez. Cuando terminemos y nos acicalemos y todas esas cosas, podemos ir a dar una vuelta. Caminar un poco…, quizá hasta el pueblo. Comer allí. Tomarnos unas cervezas en alguna terraza al sol.

—Me gusta el plan.

—Por la tarde vamos a…, ¿cómo lo ha llamado?

—¿El qué?

—El…, la piscina esa en la que flotas.

¿Cómo no iba a enamorarme de él? Siempre me gustaron los hombres un poco torpes con el romanticismo.

—Flotarium.

—Pues iremos a flotar. Y no se puede follar en el flotarium, ve haciéndote a la idea.

Acaricio sus manos, fuertes y de dedos largos mientras me río.

—Creo que podré controlarme —le respondo.

—Pero por la noche, aquí, podemos volver a hacerlo. Si me das de comer lo suficiente.

Me doy la vuelta. No tengo que ponerme de puntillas para besarlo; es más alto que yo, pero la diferencia de altura no es demasiada y eso me gusta. Aunque antes de él me encantaran los hombres altísimos. Aunque mi tipo ideal midiera casi dos metros. Aunque me fijara en tíos que no tenían absolutamente nada que ver con él. Es como si nada de lo que me gustaba antes tuviera ya importancia. Al menos no ahora.

—¿Sabes? —le digo—. Si me llegan a decir cuando te conocí que serías un tío cariñoso…, no me lo hubiera creído.

—Soy cariñoso cuando toca, ¿no?

—Un tío del norte.

—No generalices. —Coloca las manos sobre mi culo, atrayéndome hacia él—. La tierra marca, pero… ¿tanto?

—A veces me siguen sorprendiendo esos gestos.

—¿Qué gestos?

—No sé, que me abraces. Que me beses. Que cojas mi mano. Aún me extrañan.

Frunce el ceño.

—Pero ¿eso es bueno o malo?

—No lo sé. Pero me hace latir.

# 17

# Es maravilloso, increíble y lo puto mejor

Esto va de pensar demasiado, aviso.

Odio la luz por las mañanas. Si tengo que despertarme pronto, pues bueno, es lo que hay. A veces incluso ayuda. Pero si puedo seguir durmiendo y un haz de luz penetra en la habitación..., se acabó el sueño. Un haz. Uno. Así que es fácil imaginar que con esta bomba nuclear de claridad que ha explotado en la habitación en cuanto el sol ha hecho amago de amanecer, es físicamente imposible volver a conciliar el sueño. Supongo que podría haberme puesto el antifaz que el hotel había dejado amablemente sobre la almohada, pero... como que no me veo. Siempre he tenido un sentido del ridículo hiperdesarrollado hasta para esto. Además no me creo que eso sea cómodo.

Se me pasa por la cabeza un par de veces despertar a Miranda, que respira con la boca abierta a mi lado, con una expresión que me da risa. Supongo que esto son las relaciones, ¿no? Que la misma chica sea capaz de impresionarte, excitarte, causarte admiración, risa o terror al abandono. Esto último no debería estar ahí, pero estoy trabajando en ello. Es mi primera relación duradera y aún tengo que luchar, a menudo, con el Tristán que no le debía cuentas a nadie y con el que esperaba que un día le llegase el momento..., el momento como lo pintan, no como es.

El amor no es decepcionante, pero es como una ola que te revuelca y te hace tragar agua. Es bueno, no es doloroso, no es asfixiante, no genera ansiedad ni malos pensamientos, pero exige. Exige de ti. Del otro. Exige.

De eso va estar enamorado, ¿no? Pregunto. Esta es mi primera historia de amor ostensible de ser la única, la última, la que dure. Me enamoré hace años, muchos, de una chica de pelo dorado y liso que me volvía loco y olía a vainilla. Yo llevaba dos aros en la oreja izquierda y ella los pantalones superapretados. Tenía un culo respingón que mis amigos decían que me cabía en una mano. Nunca entendí por qué eso era bueno. Pero me enamoré, aunque luego ya no la quise. Quiero decir..., que ese enamoramiento no se tradujo después en algo duradero. Nos comíamos la boca en los parques y nos escondíamos de sus padres y de los míos y rapiñábamos cualquier rato que la casa se quedase vacía para acostarnos. Las hormonas de la adolescencia...

Lo de Miranda no ha sido nunca comparable con nada, y ni mucho menos con ese primer amor. Ella llegó como un ciclón, lo puso todo patas arriba y se hizo un nido en el interior, donde no pudiera echarla. Es así como sucede, ¿no? Primero se asienta en tu cabeza y en tu estómago en forma de pensamiento parásito. Está en todas las conversaciones, hables de ella o no. La recuerdas a todas horas. Quieres pasar con ella cualquier minuto que rasques al día. Y luego, cuando lo asumes, cuando lo masticas, cuando dejas que ponga los pies dentro del círculo de intimidad que defiendes de los demás, viene esto. El amor. La confianza. La risa. La importancia de la imperfección. La admiración. Los planes.

Y no puedo negármelo a mí mismo: me acojone o no, estoy haciendo planes. Al menos lo hago mentalmente, aunque no lo comparta con nadie. Es el momento. Es la persona indicada. Es ella.

Hace poco, en un viaje exprés que hice a Vigo, en la típica borrachera que das por finalizada con un kebab en la mano y viendo amanecer, un amigo me dijo que el amor es que no te asfixie la idea de que todo lo que vas a hacer lo vas a hacer con ella. Yo no estoy de acuerdo. Me parece..., no sé. Es demasiado reduccionista. No todo lo que voy a hacer en la vida lo voy a hacer con ella, pero eso no significa que no la quiera. El amor no te encadena; no significa que la piel crezca hasta envolver y unirte al otro y nos convierta en siameses. Y eso es lo que más me gusta de Miranda: hay una parcela de vida que no quiere que compartamos, que es propia, de cada uno. Pero, como todas las cosas que más nos gustan del otro, sé que este es uno de los motivos por los que podríamos llegar a romper algún día.

Es como los deportes de riesgo, ¿no? Lo que puede matarte, como no te mata, se convierte en especial. Nosotros somos especiales. Puede salir bien o puede que en el último momento el paracaídas decida no abrirse.

Debería parar. Levantarme, salir a la pequeña terraza, estirarme. Salir de esta cama caliente que huele a ella y donde, en mi desvelo, no dejo de pensar. Pensar está sobrevalorado. Pensar enrarece las cosas, las precipita. Echo de menos fumar; así tendría una excusa para salir y parar la rueda.

El señor que pensaba que «las relaciones es mejor ir manejándolas a corto plazo» está pensando en el futuro. A eso deben referirse cuando dicen que a partir de los treinta «maduras». A los treinta compré un piso en Vigo y me sentí adulto. Si no te sientes adulto con la hipoteca ya solo te queda que te salgan los triglicéridos altos en el reconocimiento médico de la empresa.

Bueno, me compré un piso... ¿y de qué me ha servido? Mi piso de tres habitaciones en Vigo está ahora habitado por una pareja de arquitectos que me paga religiosamente todos los meses el alquiler, con el que voy cubriendo la hipoteca. Y yo, mientras tanto, vivo en Madrid, donde los conductores jamás han escuchado hablar del intermitente para señalizar un giro y todo cuesta más caro porque sí, porque es Madrid.

El objetivo era engordar mi experiencia en este bufete y volver como socio al de Vigo después de unos años. Hasta que conocí a Miranda, claro. Hasta que me enamoré de una madrileña y tuve que ceder a la evidencia de que mis planes no valían ni para tomar por culo. Yo quiero volver, pero sé que es imposible arrancar a Miranda de Madrid.

Echo de menos el mar, el ritmo de vida que tenía, a mis amigos, el Tristán que soy allí; pero Miranda compensa la balanza. Lo compensa todo.

La miro a mi lado, agarrada a la almohada; ha cerrado la boca y ahora arruga la nariz en sueños. Si hay que escoger, la escojo a ella. A ella sobre mí..., a riesgo de que esto también nos destruya.

Me pregunto si hay que cumplir años para poder sentir las cosas con la intensidad con la que hablan las canciones. Quizá solamente hay que estar enamorado para entenderlas.

Así que..., bueno, siempre he sido un tío con capacidad de adaptación. Si hay que cambiar los planes, se cambian. Hay cosas que me preocupan, claro, como esos días en los que está más excéntrica de lo normal. No es que sea una persona estrafalaria, pero a veces da la impresión de que dentro de su cabeza hay un universo tan lleno y completo que le cuesta salir al real. Pero tampoco me preocupa en exceso..., quizá solo para cuando la presente a la familia. Bueno, antes viviremos juntos y después ya se la presentaré a mis padres. ¿Querrá casarse? A mí me da un poco igual. Y ya iremos hablando de lo demás..., de si queremos seguir viviendo en el centro, de cuánto esperar hasta plantearnos la paternidad... ¿He mencionado la palabra «paternidad»?

Aparto la colcha y salgo de un salto de la cama para ir a lavarme la cara. A la vuelta intento ir haciendo ruido con todo lo que me cruzo para despertarla, pero sigue acurrucada.

—Miranda... —Me siento a su lado y acaricio su pelo en las sienes.

—Mmm...

Anoche se resistió a dormirse como nunca había visto resistirse a nadie. A mí los párpados me pesaban quintales, pero ella no dejaba de moverse por la habitación, como espantando al sueño.

Me decía cosas de las estrellas, buscaba aplicaciones en el móvil para distinguirlas, canturreaba, intentó meterme mano. Cuando por fin se tumbó, parecía realmente triste. Y yo recordé aquella canción de Los Piratas, en concreto aquella estrofa que dice: «Qué felices, qué caras más tristes», porque quizá se referían a esto, a la tristeza que te azota cuando te das cuenta de que estás viviendo un momento que es tan feliz como efímero.

¿Ves? Hay que quitarse la armadura para entender las letras de las canciones.

—Miranda —insisto—, está amaneciendo.

—Qué bien —farfulla más en sueños que despierta.

—En serio, es precioso.

—Pues hazle una foto.

Me río. Esta tía está loca. ¿Por qué no hui en dirección contraria cuando pude? Ah, que sí que lo hice. Pero volví.

—Miranda..., ¿vas a perderte el amanecer desde una burbuja gigante?

Algo en esas palabras parece removerle la consciencia (que no la conciencia) y abre un ojo, como el dragón ese que dormía sobre el oro de los enanos en *El hobbit*.

—¿Qué has dicho?

—Mira... —Señalo hacia delante.

Las burbujas están orientadas de modo que el sol salga a nuestra espalda y moleste lo menos posible, pero el amanecer va tiñendo el cielo de unos colores fabulosos frente a nosotros. Del azul oscuro de la noche cerrada pasó hace un rato al añil, color con el que me desperté. Después al malva. Y al lavanda más tarde. Ahora ese color está diluyéndose en un naranja delicado que seguro trae consigo un suave amarillo. Es verdad que la desperté para no seguir pensando, pero es una pena que se pierda este espectáculo. Es uno de los motivos por los que la traje; pensé que le gustaría.

Miranda se incorpora apoyándose en un codo. Uno de sus pechos se ha escapado del camisón. Lo complicado es que se mantuviera dentro con tan poca tela. La ropa interior y de cama de esta chica es el equivalente en encaje del Moulin Rouge de Toulouse Lautrec.

Se vuelve a mirarme. Tiene un poco de baba seca en la comisura de los labios y está horrorosamente despeinada. No me imagino una visión menos romántica, pero se vuelve a reavivar dentro de mí la certeza de que el amor está compuesto de muchas más capas de las que se reviste en las películas. La adoro. ¿Lo sabrá?

Ayer me dijo que aún se sorprendía si era cariñoso con ella. Y no quisiera que me quedasen cosas por decir. Sé cómo soy, que puedo resultar algo áspero, sobre todo para alguien tan completamente desmedido como Miranda, que nació con un puto altavoz en el pecho en el que se reproducen a todo trapo canciones que invitan a bailar. Es, como dice esa canción de Rayden, «la reina del exceso». Y yo el rey de disfrutar en silencio. Quizá debería esforzarme un poco..., un poquito más, en verbalizar lo que doy por hecho. No quiero que parezca que me da igual, aunque... bueno, se enamoró de mí así, ¿no?

—Miri... —Le sonrío—. La teta...

Se acomoda el camisón sin mirarme, se aparta el pelo y pasa el dorso de la mano por su boca mientras estudia alucinada todo lo que nos rodea, como si fuera la primera vez que lo viera.

—Es bonito, ¿eh? —insisto.

—No es bonito..., ¡es maravilloso!

Cuando me mira, los ojos le brillan húmedos. Bueno, bueno..., cuánta intensidad.

—Es bonito, pero... —intento aplacarla.

—No, no es bonito, Tristán. Es... ¡maravilloso! ¡Es increíble! ¡Es lo puto mejor!

No puedo evitar la embestida de su cuerpo sobre el mío que termina conmigo aplastado contra el colchón y con ella besándome apasionadamente en la boca.

Hubiera preferido que nos laváramos los dientes antes..., pero... ¿qué hostias?

Tiene razón. Basta de pensar. Es maravilloso, increíble y lo puto mejor.

# 18
## «Por más que tú la vivas dos veces»

—Fue el amanecer más increíble que he visto en mi vida, ¿sabes? Todo sumó. Estar tumbada en aquella cama con el cielo sobre mí, solo el cielo…

—Y una capa de PVC.

En la silla que hay frente a mi mesa, Iván pone los ojos en blanco. Estoy tan nerviosa, tan emocionada, tan contenta, que le tiro el bote de los clips, no sé por qué.

—¡Au! —se queja.

—Cállate…, te digo que teníamos el cielo solo para nosotros. ¿Te lo imaginas? Todos aquellos colores…, el cielo convertido en un degradado espectacular. Los pajaritos sobrevolaban nuestra habitación piando. Y yo estaba allí, Iván. Estaba allí, no en otro salto temporal. Es como si…, como si de tanto desearlo hubiera controlado dónde despertarme. ¿Te imaginas que controlo dónde me despierto?

—¿Lo controlas?

—No. Creo que no, hoy me he despertado en un día random de trabajo…, pero ¡imagínalo! Y luego es que todo el día fue…, fue incluso más increíble de lo que recordaba. Tienes que ir, es un sitio superespecial.

—Pues no sé con quién quieres que me vaya…

—Tú tranquilo, 2018 no es tu año, pero…

—¡Cállate! ¡Me lo vas a gafar!

—El flotarium es superromántico. —Vuelvo a mi tema—. En serio. Es una piscina pequeñita, cubierta, en la que flotas una barbaridad. Y el techo es…, está pintado de oscuro y tiene luces led y…, no sé. Allí los dos en silencio. Cogidos de la mano. Haciéndonos arrumacos. Te juro que no recordaba a Tristán tan cariñoso.

—Algo te dará para que estés con él —dice con cara de que todo esto le está resultando demasiado empalagoso.

—¿No te parece suficiente lo guapísimo que es?

—¿La verdad? No. Y me sorprendería mucho que a ti te lo pareciera.

—No, en realidad no. Pero a nadie le amarga un dulce, ¿no? Es monísimo.

—Si te gusta ese tipo de chicos… —Juguetea con el bote de clips.

—¿Qué tipo? ¿Los guapísimos, con los labios como un pan bao?

—En serio, Miranda, echo muchísimo de menos a mi mejor amiga, la que decía que el amor romántico es un constructo social. ¿La has visto por alguna parte? Si la ves, dile que aguante, que la recuperaré.

—Eres imbécil. Decía eso porque…, porque…, porque no estaba enamorada.

—El amor es una pandemia —espeta.

—Pandemia la que no te esperas, cariño.

—¡Deja de decirme eso que me asusto!

—Iván…, fue increíble. Y por la noche nos envolvimos en una manta y nos tomamos una botella de vino en la terracita de la habitación, viendo las estrellas y… —Me encojo de hombros, cojo aire y me llevo las manos al pecho. Casi siento que me faltan pulmones para todo lo que tengo que respirar—. Y nos reímos tanto…

—¿Os reísteis viendo las estrellas? Mira, chica, es que sois más raros que un perro verde.

—Sí. Porque estábamos ahí, con nuestro vino, a oscuras, envueltos en una manta, intentando encontrar la Osa Mayor...

—Sois muy tontos... —farfulla.

—De repente..., ¡pasó una estrella fugaz!

—Si me enamoro alguna vez, ábreme la garganta con una botella rota.

—¡¡Escúchame!!

—Pasó una estrella fugaz. Y pedisteis un deseo. Vale. ¿Y qué?

—Pues que..., de pronto, me soltó que creía que era un ovni, que él vio uno el verano que cumplió los dieciocho. Pero ¡que me lo decía superconvencido, Iván! Y yo no podía parar de reírme. ¡Es tan mono!

—Miranda, en serio..., mátame. Sois tan moñas que de este despacho salgo diabético.

Me cruzo de brazos con cierta sensación de abandono. ¿Es que la única persona a la que le confío todo esto que me está pasando no es capaz de empatizar con lo que estoy sintiendo? Si lo llego a saber, no hubiera disimulado la risa al verlo entrar con mechas rubias, lentillas azul eléctrico y las cejas depiladas. Muy depiladas. Por no hablar de lo que debe de gastarse, en esta realidad, en bonos de rayos UVA.

—Oye, Iván, si te aburro...

Chasquea la lengua contra el paladar, pone los ojos en blanco y, palmeando los reposabrazos de la silla, se levanta.

—Miranda, por Dios..., eres mi mejor amiga. Si me aburres, me jodo.

—No sé qué te pasa.

—Me pasa que mi mejor amiga de vez en cuando me dice que no reconoce mi aspecto, que viaja en el tiempo y que está volviendo a enamorarse de un tío que, al parecer, en 2021 destrozará su corazón. Igual puedes entender mis reservas.

—¡¡¿No habíamos quedado en que me dabas el beneficio de la duda?!!

—¡Y te lo doy! Pero... —Mueve las manos, sin encontrar las palabras—. Es que... no creo que...

—¿No crees qué?

—Pues que si estás viajando en el tiempo, loca de mierda, no creo que el objetivo sea que te vuelvas a enamorar.

—¿Entonces?

—Pues no sé. Tendrás que aprender algo, ¿no? ¿O vas a limitarte a repetir la historia?

—No la estoy repitiendo. La estoy viviendo con..., con más emoción. Con más... atención. Eso es. Atención. Y así, cuando vengan los problemas, podré solucionarlos.

Arquea una ceja.

—¿En serio? pregunta con sarcasmo.

—Sí. Claro que sí. Tú mismo lo has dicho, ¿no? Si me está pasando esto, será por algún motivo.

—Para aprender algo —puntualiza, señalándome con el dedo índice.

—Para solucionarlo. Para no terminar en aquella cafetería en la calle Fuencarral en 2021.

—Oye, ¿y te has parado a pensar en por qué rompisteis?

—Claro. —No, no lo he hecho. Claro que no lo he hecho. ¿Por qué coño iba a querer hacer eso?

—Esas dos personas... sois vosotros. No va a pasar nada que os cambie, Miranda. Es solo... el tiempo. ¡El tiempo os hace ser esas dos personas!

—Todas las parejas tienen crisis, pero yo puedo evitarlo.

—Si saltas en los días clave, ¿no?

—Pues sí. Pero confío que...

—Miri…, en 2021, ¿a ti te gusta la relación que tenéis?

—Sí. —No pienso mucho la respuesta.

—¿Sin peros?

—Es una relación, Iván. Peros hay, pero es que tampoco podemos aspirar a la perfección, ¿sabes?

—No. No lo sé. —Suspira agobiado.

Sobrevuela el silencio. No me gusta discutir con Iván, pero no entiendo la dureza con la que está arremetiendo contra esto. Quizá no es dureza, pero esperaba que tuviera menos dudas. Es mi mejor amigo. Es mi confidente. Es, junto a mi padre, la persona en la que más confío en el mundo.

Al fin, el gesto de Iván se dulcifica y se acerca.

—Miri, yo no quiero ser aguafiestas.

—¡Pues no lo seas! —Le sonrío.

—Pero déjame decirte solo una cosita…, una cosita más… Miri, escúchame —se queja al ver que pongo los ojos en blanco.

—¡Di!

—¿Sabes eso de que no podemos gustarle a todo el mundo?

—Sí. Trabajo en una revista femenina que trata de luchar contra la idea de que tenemos que intentarlo.

—Y es muy loable, pero…, Miranda, cuando algo se rompe…, quizá es porque es lo mejor. Y hay que prestar atención a si en realidad se rompe porque, de seguir funcionando, puede hacernos mucho más daño. Que la vida es una, Miranda. La vida es una, por más que tú la vivas dos veces.

# 19

## Y que lo cumplamos

Tristán nunca ha sido una persona excesivamente comunicativa en lo concerniente a sentimientos, pero lo de mandar fotos se le da muy bien. En todos los sentidos. Aún guardo en la carpeta oculta de mi iPhone algunas bastante… explícitas. Si tiene el pene más bonito que he visto jamás, lo tiene y ya está.

Cuando Iván se va, me marcho a la cocina a fregar las dos tacitas del café que nos hemos tomado. Al volver, me dejo caer en mi silla y justo cuando voy pasando las páginas de mi agenda, en busca de lo que hace especial el día de hoy o la ventaja que puede suponer para mí haberme despertado aquí, la pantalla de mi móvil se ilumina con una notificación de mensaje de Tristán.

Es un selfi. Está sentado en la sala de trabajo del bufete, donde se encuentran su mesa y la de otros tres compañeros. Tiene el nudo de la corbata flojo, está un poco despeinado y con las ojeras algo marcadas.

> No veo la hora de salir de aquí. El reloj no se mueve.
> ¿Cómo vas tú?

Son las tres y media de la tarde; esa hora difícil…

Pongo la cámara en modo selfi y me estudio antes de hacerme la foto. Estoy bien. El *eyeliner* sigue en su sitio. El pelo, hoy con ondas deshechas, también. El carmín rojo está un poco reseco, pero nada que no solucione humedeciendo mis labios. Las pestañas están a tope de furor. Sonrío y hago la foto.

No te servirá de consuelo, pero a mí se me
está pasando el día rapidísimo.
Ha venido a verme Iván después de comer
y hay mucho trabajo.

Está en línea en cuanto le doy a enviar, pero aún tarda unos segundos, bastantes, en responderme:

Qué guapa.
Voy a tener que mandar el currículo a tu revista,
a ver si es que allí las jornadas son mágicas.
¿Te recojo a la salida?
Necesito un abrazo.

Miro otra vez la agenda. Tengo una videollamada con la responsable de una marca que quiere contratar un publirreportaje con nosotras y necesita que cerremos algunos detalles antes de pasar la propuesta final. Creo recordar que este asunto fue como un grano en el culo.

**Miranda:**
Tengo una reunión por videoconferencia a las siete
menos cuarto y sospecho que puede alargarse.

**Tristán:**
¿Cuánto?
Tardo 15 minutos de mi oficina a la tuya.

**Miranda:**
Me da miedo decirte que sí y que se alargue.

**Tristán:**
Si se alarga, te espero donde Dori tomando un corto. Aunque me temo que hoy voy a necesitar más que un corto…

**Miranda:**
Vale. ¿Dormimos en mi casa luego?

**Tristán:**
Vamos viendo.

Mi necesidad de ser rigurosa con el tiempo y de tenerlo todo organizado. Su necesidad de fluir. Pienso de pasada que siempre hemos sido muy diferentes y esta idea levanta una brisa al atravesar mi despacho a toda velocidad.

La sesión de fotos para la portada ha sido un pelín desastrosa. No sabemos qué ha podido pasar. Era un fotógrafo de confianza, pero cuando vemos las fotos finales la luz es nefasta… Hay una reunión de urgencia para decidir si repetimos la sesión, con todas las complicaciones que supone volver a convocar a las tres actrices que salen en portada, o si se puede solucionar con edición digital.

Las de digital, por cierto, están de uñas porque les hemos vetado un par de contenidos que se dan de tortas con ciertos anunciantes recurrentes. Y me siento una bruja al ponerme terriblemente firme al decir que NO. Marisol delegó en mí ciertas responsabilidades y eso está fenomenal porque supone un crecimiento profesional y confianza en mi forma de hacer las cosas, pero... es duro. Lo cierto es que yo ya no soy redactora..., así que de un tiempo a esta parte, desde mi nombramiento como subdirectora, ha habido un distanciamiento con mis compañeras. Es normal. No significa que de pronto me eviten o cuchicheen a mis espaldas; es solo que..., bueno, con la subdirectora no te desahogas en la cocina, café en mano, diciendo que estás harta de las horas que inviertes en tu vida profesional.

Estas decisiones categóricas no me ayudan a que la relación fluya, pero al menos tengo el apoyo de Eva, como redactora jefe, y de Cris y Rita, que, como directoras de belleza y moda, opinan a mi favor.

Nos han llegado los datos de ventas del mes pasado y... no son buenos. Yo sé que esta curva solo va a ir a peor y que dentro de dos años la pandemia nos hará polvo. Me angustia no poder llevarme a un par de chicas a un aparte y recomendarles que vayan moviendo el currículo. Cundiría el pánico, pero...

Me encierro en el almacén de belleza en busca de calma hasta que me encuentran y me piden que vaya al «armario», porque Marisol tiene un evento y quiere que le dé mi opinión sobre lo que le han prestado. El look es un desastre, pero lo arreglamos quitando capas y añadiendo algún complemento. No es que tengamos mucho fondo de armario, pero podemos hacer algún apaño de emergencia.

Me va a dar una angina de pecho si no me dejan descansar un segundo a solas.

La videollamada se retrasa. El cliente me pide que empecemos a las siete y cuarto y..., claro, el cliente manda. Espero revisando los tuits que hay programados para la semana. Ayer, al parecer, fue la noche en la que fuimos *trending topic*..., y no para bien.

El teléfono me salva del impulso de gritar desde el despacho el nombre de la *community manager* para que me explique con qué intención se le ocurre hacer una broma sobre la lactancia en nuestra cuenta para colar una colaboración con una marca de yogures. A veces creo que le paga la competencia.

Tristán:
¿Cómo vas?

Miranda:
Voy con media hora de retraso… mínimo.

Tristán:
Da igual, te espero. Ya he llegado.

Miranda:
Voy a salir tardísimo. ¿Y si vas a casa y me esperas allí?

Tristán:
¿Y con qué llaves abro?

Miranda:
Con las mías. Pasa un segundo y te las doy.

Tristán:
Nah, hago tiempo.
Me acabo de pedir una cerveza.
Nada de un corto. Un doble.

Miranda:
Día duro.

Tristán:

¿Preguntas o afirmas?

Miranda:

Afirmo.

Tristán:

Pues sí. Y sigo necesitando ese abrazo.

Me agobia un poco no recordar este día. Es mayo de 2018. Sin más. ¿Por qué estoy reviviendo esto? ¿Es porque para él es importante que nos veamos hoy? ¿Es que en su día fallé y ahora se me brinda la oportunidad de reparar esto?

—Miranda... —Marisol se asoma a mi despacho.

Está guapísima. Hacía mucho que no la veía; me ha hecho ilusión haber podido compartir con ella un ratito en el armario, aunque fuera un ratito de crisis. Bueno..., en esto los saltos temporales son como la vida. Marisol anda siempre muy ocupada y hay semanas en las que coincidimos poco o nada.

—Dime, jefa. —Le sonrío.

—Estás divina, que lo sepas, pero vete a casa pronto, que este estrés pasa factura con los años y un día te levantarás arrugada como una pasa.

—Arrugada no lo sé, pero canas...

Me escudriña la cabeza desde donde está, pero le niego con el dedo.

—Ahí no.

—¡Ah! —Se ríe—. Marrana.

—Pásalo bien.

—No lo voy a pasar bien, pero voy a dejar a la revista... fetén.

—Esa es mi Marisol.

Cuando se marcha, el taconeo marca el ritmo con el que suena la llamada entrante en mi ordenador. Por fin...

—Buenas tardes, Myriam. ¿Cómo estás?

—Buenas tardes, Miranda, perdona el retraso.

Nada..., si estoy habituada...

Salgo de la redacción a las nueve y cuarto. Tristán hace una hora y algo que se marchó a su casa. Y no lo culpo. Le pregunté si quería que me pasase por su casa al salir, pero me dijo que le había caído el cansancio como una losa encima. No está enfadado. Lo conozco. Solo está cansado.

No está enfadado..., ¿verdad?

Hoy me he puesto un vestido camisero a cuadros combinado con unos botines planos perfectos para pasear, así que voy a casa andando. La brisa de la primavera tardía va revolviéndome el pelo en las bocacalles mientras pienso en frivolidades, como que me encanta que ya empiecen a alargarse los días en detrimento de las noches. Eso o que no entiendo cómo en una ciudad como Madrid, todo tubo de escape, obras y gentío, la primavera puede oler así. También lo útil que me está siendo en esta época de «viajes astrales» mi costumbre de dejar preparada la ropa para el día siguiente. Mi yo presente, o pasado, no sé cómo llamarlo, me hace las mañanas mucho más fáciles.

¿Cuándo parará?

¿«Ella» (yo) notará que he pasado por aquí o da por hecho que vivió el día con la normalidad con la que yo ya lo hice en el hilo original? ¿Pensará que está volviéndose loca? ¿Y si...?

Me paro en medio de un paso de peatones. No sé qué idea ha desencadenado el torrente de reflexiones que de pronto, como en una marabunta, se ciernen sobre mí. Es un caos de vocales, consonantes y signos de exclamación, sin un principio ni un fin, sin orden ni concierto, que me atenaza el pecho. Son dudas, a pesar de estar exclamadas y no consultadas, a pesar de no arrastrar el signo de interrogación consigo. Son miedos gritones, como el wasap de una amiga escrito en mayúsculas.

Para. Miranda. Para.

Esto no tiene sentido. No lo tiene.

Pero si no lo tiene y está sucediendo, algo tendré que hacer. Más allá de apagar fuegos en la revista. Más allá de contarle a Iván lo enamorada que vuelvo a estar. Más allá…, hoy, por ejemplo.

Hoy.

Doy la vuelta y arrastro con el vuelo de la falda de mi vestido el sonido del claxon de un par de coches que me avisan de que el semáforo se ha puesto en rojo.

Si se sorprende al encontrarme en la puerta de su casa, no lo dice. Solo sonríe con comedimiento.

—Hola. —Lleva un vaquero y una camiseta azul jaspeada. Está guapísimo a pesar de estar tan cansado—. Pasa.

—No, no. —Niego con la cabeza. He subido los cuatro pisos a la carrera y me falta el aliento.

—¿Cómo que no? —Frunce el ceño.

—Yo solo venía a darte tu abrazo… —Respiro hondo—. Estás cansado. Y has tenido un mal día. Y yo te debía un abrazo y…, bueno…, es solo un paseo desde la redacción.

Arquea la ceja.

—¿Has venido solamente a darme un abrazo?

—Sí. Y me voy.

Me lanzo a sus brazos y hundo la nariz en su cuello. El alivio es inmediato. La balsa de dudas, de miedos y de angustias va perdiendo agua.

Una vez, una prestigiosa casa perfumista nos invitó a una cata. Fue divertido e interesante saber más sobre todas las notas que componen un perfume, como lo hacen con una sinfonía. Allí nos hablaron sobre cómo, a veces, se intenta hacer una interpretación olfativa de un momento, de un recuerdo o de una historia. Al volver a casa, por curiosidad, busqué de qué estaba compuesto el que usa Tristán. Decían que trataba de evocar la imagen de una noche de un intenso color azul. Intensidad, misterio…, esas cosas que dicen los perfumistas de sus «caldos».

Desde entonces, cuando abrazo a Tristán, me zambullo de un modo que no puedo controlar en un profundo color azul, en una piscina de pintura densa y fresca, que me deja siempre hambrienta.

El abrazo es intenso, como si fuera de despedida, lo que me provoca sentimientos encontrados: el alivio de poder estrecharlo y la pena de saber que él querrá que deje de hacerlo. En realidad, ya casi habíamos dejado de hacerlo cuando me abandonó. No nos abrazábamos. No nos besábamos. Ya no nos acariciábamos en la cama después de hacer el amor. Ya no hacíamos el amor.

—¿Qué pasa? —susurra en mi cuello, donde deja un beso distraído.

—Tristán…, nunca dejemos de abrazarnos, ¿vale? Ni de besarnos.

—Miri, no estoy enfadado porque hayas salido tarde de trabajar. Tu trabajo es importante para ti y lo tengo asumido.

—Pero tú también lo eres.

—Miri… —Me aparta lo suficiente como para que deje el escondite del arco de su cuello y pueda mirarlo a los ojos—. No estoy enfadado, de verdad. No es una competición.

Levanta las cejas, enfatizando sus palabras. Yo asiento, aunque no sé a qué estoy diciendo que sí exactamente.

—Prométemelo —repito, como si no hubiera escuchado nada de lo que me ha dicho.

—¿El qué? —pregunta con paciencia.

—Que no dejaremos de abrazarnos. Que cuando se nos empiece a olvidar, nos obligaremos a acordarnos de lo bien que se siente uno con un abrazo.

Se ríe y le toca el turno a él de asentir. No es muy de promesas este hombre. Es firme. Es silencioso. Es verdad. Pero la palabra no es el medio en el que más cómodo se mueve. Y yo asumo lo incómodo que se siente ahora mismo no siendo capaz de decir dos sencillas palabras: «Lo prometo». Así que decido hacer lo de siempre y distender el ambiente.

—Tristán, tienes las cejas superrectas, ¿lo sabías?

Se le escapa una risa silenciosa, que es más aire que materia, y me sujeta del brazo como si temiera que me escapase corriendo escaleras abajo, mientras tira de la chaqueta que tiene colgando del perchero. Es una chaqueta liviana, de color azul marino.

—¿Dónde vas? —le pregunto.

—¿No te extraña que vaya vestido de calle por casa?

Le miro los vaqueros. Anda…, pues sí.

—Iba a tu casa —me dice sonriendo—. Quería pasarme antes por Lady Madonna para pillar algo de cena e ir a verte. Necesitaba este abrazo.

Mi expresión tiene que ser de risa, porque Tristán esboza una sonrisa aún más grande.

—Grac…

—Calla —me pide, acercándose un poco más y agarrándome también el otro brazo—. Así que…, ya ves. Ni estaba enfadado ni dejaremos de abrazarnos. Lo prometo.

A la hoguera con el te quiero. Yo solo quiero que prometa. Que me lo prometa todo. Y que lo cumplamos.

# 20
# Ojalá yo pudiera decir lo mismo

Tristán no sabe estar nervioso. La gente se come las uñas, mordisquea las pielecitas alrededor de estas, se toca el pelo, habla sin parar o mueve las piernas. Él hunde las manos en los bolsillos y espera. Espera que nadie se dé cuenta y, de paso, a que se le pase. Por eso no le pregunto si está nervioso o, más bien, por qué lo está, pues lo conozco lo suficiente como para saber que está intentando que no se le note.

Hay algo ciertamente tranquilizador en revivir las cosas que te hicieron ser quien eres. Hoy me he levantado pensando que, si pudiera escoger adónde dirigirme en este tren temporal, me iría mucho más atrás. Quizá a los quince años. A los portazos que le daba a mi padre porque la adolescencia es terrible, pero no para dar portazos ni llorar porque se ha equivocado comprando mi acondicionador, sino para preguntarle a esa púber qué es lo que quiere de la vida y no decepcionarla. Así me siento con esta historia. No quiero decepcionar a la Miranda que se acostó con el pecho partido por la mitad después de que Tristán le dijera que ya no quería estar con ella. Esa Miranda lo suficientemente rota como para no verter ni una gota, ni de sangre ni de lágrimas.

Quizá por eso hoy me ha dado igual qué tocaba vivir. Hoy he provocado mi propio recuerdo; quizá esa sea justamente la clave de todo esto. ¿Y si debo inventar otro final? Si no se quiere terminar en el mismo lugar…, no se puede seguir el mismo camino.

Aceleremos las cosas. Vayamos a provocar un recuerdo. Vivamos fuera de su fecha natural algo que ya vivimos.

Es domingo, hace un día precioso de junio en el que no se prevé mucho calor y Tristán está aquí. He reservado mesa para tres en uno de esos restaurantes que bordean el lago de la Casa de Campo. Así que… Tristán va a conocer a mi padre.

—Es muy majo.

Se lo digo mirándolo de reojo, mientras esperamos que nos indiquen cuál es nuestra mesa, porque creo que de tanto hundir las manos en los bolsillos va a terminar haciéndoles un agujero.

—Ya me imagino.

—No es puntual, pero es muy majo.

—Creo que somos nosotros quienes hemos llegado un poco antes.

—Lo que no sé es cómo no llegamos ayer, al ritmo que hemos caminado.

Tristán anda demasiado rápido.

—Que te follen. —Se ríe.

—Apúnteselo en el orden del día, señor letrado, que me viene bien que lo comentemos después.

Me da una palmada disimulada en el trasero y luego pasa el brazo por encima de mi hombro. Y ese es el momento (palmada incluida) que escoge mi padre para hacer acto de presencia… a nuestra espalda.

—Ey, ey, ey…, esas manos, que luego van al pan.

Tristán me mira con los ojos a punto de salírsele de las cuencas. Él, que tiene suspendida desde párvulos la asignatura de muestras de cariño en público, pillado dándome un azote. Pillado por mi padre.

—Señor García, un placer conocerlo. —Le tiende la mano, soltándome en el acto—. Y disculpe el... gesto. No es..., bueno, que..., ja, ja. —Se ríe con la carcajada más nerviosa que le he escuchado en muchísimo tiempo—. Vaya suerte tengo. Que no soy yo muy de expresiones afectuosas fuera de la intimidad.

Mi padre le estrecha la mano y se ríe. También está nervioso.

—Pues muy mal, Tristán, que la vida es muy corta.

—Eso dice su hija.

—Tutéame.

—Está bien, Isidro.

Desatan el nudo de su apretón de manos y me miran ambos. Yo frunzo el ceño.

—¿Qué? —pregunta mi padre—. ¿Por qué pones esa cara?

—Nada. Me daba el sol.

Ambos miran hacia el lago, sobre el que brilla un sol redondo y extrañamente tibio para esta época del año..., y cuyos rayos no me dan ni de lejos. Y es que si frunzo el ceño es porque esto está sucediendo exactamente igual que la primera vez, a pesar de que en realidad lo vivimos el mes que viene.

—¿Estás bien?

Tristán me apoya la mano en la espalda.

Efectivamente, puedo cambiar cosas sobre el cómo, pero no lo fundamental del qué. Y eso me hace pensar...

—Disculpen... —El camarero nos sonríe—. Si me acompañan, les indico cuál es su mesa.

Cuando llega la comida a la mesa, mi padre y Tristán están hablando animadamente sobre el trabajo de mi chico. Es la primera vez, creo, que le escucho verbalizar algo que siempre sospeché. Quizá tendría que haber prestado más atención a estas conversaciones en el pasado.

—En realidad, la abogacía no me gusta, pero no estoy seguro de tener ninguna vocación clara, así que tampoco iba a esperar en casa a que vinieran a buscarme del trabajo de mi vida. Lo que sabía era que quería prosperar. Mis amigos no estudiaban; trabajaban todos desde el instituto y todo el mundo tenía mucha fe en mí... Esperaban que fuera alguien y yo..., pues no sé.

No me gusta admitirlo, pero ese comentario me hace sentir cierta pena. Pena condescendiente. No quiero sentirme superior por tener tan clara mi vocación. No tiene sentido. ¿Será esto lo que nos separó?

—A tu hija esto parece preocuparle muchísimo.

Los dos se burlan de mi expresión, que relajo falsamente al momento.

—Me preocupa la cantidad de carne que han traído. ¿Estáis locos?

Como si no lo supiera..., no va a sobrar. Ni la carne, que espera pornográficamente cruda en el centro de una bandeja, ni las patatas. Chuletón y patatas fritas. Así somos en mi casa..., quizá por eso Tristán se siente tan a gusto. Dale bien de comer y tienes la mitad del camino recorrido.

Hablan de la tienda, de los recuerdos que guarda. Mi padre divaga un poco mientras comemos, sujetando su copa de vino tinto y contándole a Tristán algunas historias familiares... Todas protagonizadas por mi madre y con la tienda como escenario. Mi padre, siempre atrapado en el recuerdo de mi madre.

—A Miranda nunca le ha gustado demasiado su nombre, ¿sabes? —Me señala con el tenedor y un trozo de carne pinchado.

—Cuéntale por qué me lo pusisteis, a ver qué opina él…

—A mi mujer le encantaba la Mirinda…, ¿te acuerdas de la Mirinda? Era una naranjada con gas…, como la Fanta.

Tristán me mira de reojo esperando que le diga que no es verdad. Yo me río.

—No es broma —le aclaro.

—Pero se llama Miranda, no Mirinda.

—Claro, porque tampoco era cuestión de joderle la infancia a la chiquilla.

No da crédito.

—Era eso o Gwendolyne.

—Por la canción de Julio Iglesias —puntualizo.

—Si te hubieras llamado Gwendolyne…, no sé cómo me dirigiría a ti…

—Como Amparito, porque me hubiera cambiado el nombre. En España, en los noventa, llamarse Gwendolyne habría sido duro.

Los tres estallamos en carcajadas.

—Qué curioso… —dice mi padre, concentrado en cortar su carne—. Tristán y Miranda.

Dos nombres raros.

—Dos personas raras. —Tristán me mira y sonríe.

—Me alegro de que haya encontrado a alguien como ella. —Mi padre asiente para sí.

—¿Alguien raro? —le pregunto.

—No. Especial.

Algo pellizca mi estómago con más fuerza de la que me gustaría.

—Bueno…, habrá que empezar a hacer un listado de nombres raros para nuestros hijos, para seguir con la tradición —suelta Tristán antes de meterse un puñado de patatas en la boca.

Mi padre me mira de reojo y salta en mi ayuda.

—Igual antes hay que hacer un listado para la mudanza, ¿no? ¿O es que ya vivís juntos y yo no me he enterado?

—Toda la razón —apunta tras tragar—. Tema pendiente de comentar.

—Oh, oh. Dejad esa charla para cuando yo no esté aquí —digo, queriendo hacerme la graciosa.

Surte efecto y ambos ríen.

Después de comer el móvil de Tristán emite un soniquete repetitivo desde su bolsillo y, tras echar un vistazo a la pantalla, hace una mueca y se disculpa para ir a cogerlo.

—¿Trabajo?

—Peor. Mi madre.

Le río la gracia con una sonrisa quizá un poco tensa, pero él ya no percibe la tensión porque se aleja a zancadas de allí, con el teléfono en la oreja.

—¿No te cae bien su madre?

—No la conozco. —Me encojo de hombros.

—Ah, como sonreíste así…

Mi padre intenta imitarme, enseñando todos los dientes como si fuera un caballo al que están revisando el dentado.

—Ja, ja —respondo sarcástica.

—¿Qué pasa?

—¿Tú quieres ser abuelo?

Sonríe, esta vez sin enseñar los dientes. Sonríe como un padre que, en realidad, ya sabe perfectamente qué te pasa pero va a provocar la conversación necesaria para que seas tú quien lo averigüe.

—Hombre, por querer, quiero.

—A veces me da por pensar que es una pena no querer tener hijos… solo por el hecho de que no vas a ser abuelo. Si eres un padre de la leche…, imagínate qué abuelo…

—Ay, hija, esa decisión es muy personal. Jamás te diría que tuvieras hijos. O que no los tuvieras.

—Pero solo me tienes a mí —musito jugueteando con la servilleta.

—A ti, la tienda, las partidas de los sábados, y he decidido que me voy a apuntar a clases de cerámica.

—Eso no me lo esperaba.

—En cualquier caso, Miranda, «no tener» nunca debería ser el motivo para escoger. ¿Tú quieres tener hijos?

Le sostengo la mirada. No puedo decir que decidí no ser madre, pero quiero tantas cosas que no son hijos que he tenido que ceder a la evidencia de que la maternidad no está en la lista. Quiero viajar, dedicarme a mi trabajo, leer los domingos por la mañana mientras suena un vinilo en una casa en calma y..., y es que no sirvo. Me preocuparía tanto, tantísimo, por esa criatura que probablemente la haría infeliz. Que me llamen egoísta, ahora, que aún se pone en duda a una mujer que decide no ser madre. Que me llamen inmadura, egoísta, frívola..., lo que quieran, pero aquí todos cargamos una mochila. No es un trauma por no haber tenido a mi madre en mi vida. Es una decisión firme que también abrazaré si algún día cambia de sentido.

—Deberías decírselo —dice mi padre—. Si tienes más o menos claro que la maternidad no entra en tus planes..., deberías decírselo.

—Yo diría que ya lo sabe.

—Pues lo de hacer una lista de nombres para los bebés no suena a tenerlo muy claro.

—Creo que piensa que es una fase.

—Pues tendrás que sacarlo de su error.

Asiento. Mierda. Otra mina.

—Un paso detrás de otro —musito.

—Harás lo que sea mejor, no tengo duda. Pero déjame ejercer de padre pesado y decirte que... si los dos tenéis claras vuestras posturas, no sería inteligente intentar convencer al otro. O convencerse a uno mismo.

—A lo mejor tiene razón y es una fase.

—A lo mejor, pero los tiempos también son importantes y ninguno tiene por qué vivir con la sensación de estar esperando algo del otro. —Hay una pausa en la que sonríe a alguien detrás de mí—. Tristán, ¿quieres un café?

—Sí.

Aparece justo detrás de mi espalda y se sienta en su silla. Lanzo una mirada a mi padre, calibrando si ha controlado que no haya escuchado nuestra conversación, y me hace un gesto tranquilizador.

—Pues tomémonos un café y os dejo para que disfrutéis vosotros del sitio. Es bonito, ¿eh?

El atardecer nos sorprende a Tristán y a mí paseando por los aledaños del lago. Hay algún mosquito puñetero que zumba demasiado cerca, pero por lo demás todo es perfecto. Los colores del cielo de Madrid cuando el sol se esconde. La temperatura. El cariño con el que estrecha mi cintura. El olor de su cuello.

—En Galicia atardece diferente —me dice de pronto.

—¿Por el mar?

—No sé. Los colores son distintos.

—¿Y cuáles son más bonitos? —le pregunto.

—No me hagas escoger entre mi tierra y mi chica.

—Yo no soy Madrid.

—De alguna manera, para mí sí.

—¿Eres tú entonces un poco Vigo? Porque tendrás que llevarme.

—Pronto —asiente—. Antes quizá debamos dejar de gastarnos el dinero en dos alquileres. Estoy harto de tener las cosas desparramadas en una y otra casa y pasarme las mañanas como un nómada, recogiendo el campamento.

—Con el título de abogado seguro que te dieron otro de exagerado que deberías enmarcar.

—Lo tengo en casa de mis padres, justo al lado de la orla.

Me río y asiento.

—Vale. Cuando se te termine el contrato de alquiler, ¿te parece bien? ¿Cuánto queda para eso?

—Siete meses… —apunta, y me da la sensación de que tenía este tema ya muy pensado.

—Ah. Es mucho, ¿no? ¿No se puede acelerar?

—¿Quieres?

—No sé. Tú eres el que entiende de leyes. Revísalo a ver si hay una cláusula secreta que te permita escapar…

—La hay. —Sus dedos me aprietan la cintura.

Me gustaría que fuera capaz de inclinarse, besar mi sien, hacerme un arrumaco. Quizá la palabra no sea «capaz». Este es su código. Esta es la manera en la que él se comunica. No puedo pedirle que haga por mí algo que no está en él.

—Tristán…

Mi tono hace que se pare.

—¿Qué? —pregunta preocupado.

—Creo que no quiero tener hijos. En realidad, pienso que nunca he querido. Soy incapaz incluso de proyectar la imagen en mi cabeza.

—Ajá —asiente despacio.

—Es posible que no sea una fase. ¿Y si no quiero tenerlos nunca?

—Nunca es una palabra que…, ¿crees que podemos manejarla? Quiero decir…, yo te creo. Te creo cuando me dices que no vas a quererlos nunca. Pero tu nunca es un ahora, en realidad. No sabes qué nuncas manejarás en unos años.

Ay…

Las minas.

Maldito Iván. ¿Y si tenía razón al decir que el Tristán y la Miranda que rompieron son exactamente los mismos que pasean hoy junto al lago? ¿Y si no hay nada que pueda hacer para evitarlo? ¿Y si lo que lo estropeó fue solamente el peso del tiempo sobre las decisiones que fuimos postergando?

—¿Sabes qué? —me dice agarrándome de nuevo y dibujando una sonrisa—. Que ni siquiera vivimos juntos aún. Ni siquiera conoces a mi familia. Quizá es un poco pronto para angustiarnos por eso, ¿no?

—Claro…

—Además, a lo mejor nos mudamos y después de seis meses no queremos ni vernos. Imagínate la de energía que habríamos perdido discutiendo esto ahora.

Ay…

—¿Quieres un helado? —propone.

—Sí.

Sí. Quiero un helado. Y a ti. Tanto tanto… que me estoy preguntando si no hay que decirse que no de vez en cuando, en contra de lo que cree mi padre, para poder ser realmente feliz.

—¿De limón? —adivina, encaminándose hacia el quiosco conmigo bien agarrada.

—Pues claro.

—Pues de limón…, ah, y Miranda… —Se para de nuevo y me mira. Me mira como un puto galán de película. Me mira como si tuviera que enamorarme. Como si no estuviera ya loca por él—. Arreglo lo del piso, planeamos la mudanza y pensamos dónde escaparnos en vacaciones.

—Creía que ibas a decir: «Y pensamos cuándo te presento a mis padres».

—No hay prisa.

—¿Tus padres son el kraken? Me preocupa que te vayas a vivir con alguien que no has presentado en casa.

Se ríe.

—Confían en mi criterio. Pero sí…, los conocerás. Son… terriblemente amables.

—¿Más que el hijo?

—Más incluso.

—¿Me das un beso?

Le brilla una duda en los ojos, pero se inclina y me da el beso más casto y rápido de nuestra vida.

—Te quiero —le digo.

—Y yo, Miri. Yo también. Y no hay nada que me preocupe.

Ojalá yo pudiera decir lo mismo.

# 21

# «Hasta resbaladiza intentaré atraparte en sueños»

Las mudanzas son horrorosas. No sé por qué esta rueda cósmica y temporal me castiga haciéndome vivir la nuestra de nuevo. No la recuerdo con cariño, la verdad. Y lo cierto es que Tristán no tiene muchas cosas que mover de una casa a la otra, pero sí muchas costumbres propias. Pero no voy a adelantarme. Quizá hoy se produzca el gran efecto mariposa que tanto llevo esperando y los pequeños cambios que he ido haciendo colapsen en un cambio sustancial en nuestra historia..., como, por ejemplo, que el periodo de adaptación sea una luna de miel y no una luna de «miel...da».

Seguramente, el único que sufrirá un daño colateral seguirá siendo Iván, que quizá mañana se levante con ganas de ponerse un disfraz de Tortuga Ninja. O decida hacerse una permanente.

Bueno. No fue tan malo. No exageremos. A esto le saco yo la parte buena en un santiamén. Es cuestión de no ser tan tiquismiquis como ese día.

Cuando me despierto, Tristán no está en la cama. Durante unos segundos, no sé muy bien si estamos en invierno o en verano. Imagínate en qué año..., eso ni me lo planteo. La cuestión es que antes de irse ha debido de encender el aire acondicionado y ahora mismo hay un pingüino entrando en el baño. Salgo de dudas sobre los detalles del día cuando cojo mi móvil y lo consulto. Es viernes y tengo un mensaje de él:

> Iba a llevarte el café a la cama, pero ya que has pedido el día por mudanza en el curro, he pensado que es mejor dejarte dormir. Sí, dormir, algo que no parece estar entre tus necesidades fisiológicas.
> Vuelvo enseguida. Son solo un par de cajas y un par de maletas. Cuando quieras darte cuenta, ya estaré instalado.

Qué bien.

Las mudanzas son horrorosas, pero el universo, el karma, Visnú o vete tú a saber qué fuerza cósmica quiere que vuelva a vivirlo.

Enciendo el ordenador casi de inmediato. Me he pedido el día libre, pero recuerdo que estamos cerca del cierre y que a las chicas les van a surgir dudas. Prefiero estar prevenida y, en algún caso, adelantarme a marrones con un par de mails mandados así como «por si acaso, chicas».

Cuando Tristán abre (le regalé sus llaves con mucho protocolo en una noche muy bonita que, mira tú, no voy a revivir) y arrastra sus bártulos con brazos y piernas hacia el interior del piso, yo me he liado un poco y estoy revisando unos textos.

—No curres. Te lo van a descontar de las vacaciones de todas formas.

Acudo a ayudarle enseguida... Ni confirmo ni desmiento que «enseguida» signifique que he tardado un poquito más de lo necesario en levantarme y despegar los ojos de la pantalla.

—Venga. Cuanto antes empecemos con la profanación de este templo, antes terminaremos —bromeo.

—Qué simpática. Yo que te había traído un regalo.

Me tiende el jarrón blanco de Abe The Ape con el ramo de flores que olvidé en su primer piso en Madrid y que él secó con mimo. Le sonrío con ternura y lo beso mientras abrazo su regalo.

—Bienvenido a tu casa.

Tristán no es desordenado, esa es la verdad. Ya lo he dicho, es un tipo apañado, lo que no significa que haya cariño en cómo emprende las tareas de la casa. En la primera mudanza (esta misma, pero en su momento en el tiempo) le hice un «house tour» por las pocas estancias de la casa, explicando ciertas normas, como si estuviera recibiendo a un inquilino con el que fuera a compartir la cama. No le sentó muy bien. Tampoco mal. Creo que, sencillamente, se puso cenizo porque debió de pensar: «Pero ¡dónde cojones me he metido, por Cristo Rey!».

Y no le culpo. Hoy no voy a caer en ese error.

Echo a un lado las perchas de mi armario. Mi yo del pasado ha sido minucioso a la hora de hacer limpieza con la ropa y hay muchísima menos (recuerdo que me costó todo el fin de semana y diez bolsas de tamaño «comunidad»), pero aun así hay bastante. Mi piso es muy mono, pero pequeño. Una cocina, el salón, un único dormitorio y su baño adosado. Lo que lo hace especial es que lo alquilé recién reformado, que no es extraordinariamente caro y que tiene mucha luz gracias a los ventanales de suelo a techo que tengo en el salón y en el dormitorio. Hasta en la cocina hay una ventana que, aunque da al patio de vecinos interior, ilumina la estancia. Así que luz a raudales, pero armarios…, ese es otro asunto.

Doblo con esmero las camisetas y los jerséis en los cajones que dejé libres para él, mientras le explico con cariño que la ropa de invierno habrá que guardarla en unas bolsas especiales al vacío, debajo del somier. Él, que está colgando camisas y pantalones sin orden ni concierto (por colores, por el amor del cosmos, ¿es que no ves la armonía cromática del armario?), arruga el ceño.

—Pero saldrá superarrugada cuando la necesitemos.

—No sale, hay que sacarla. —Me muerdo el labio para no ser tan borde, pero es que he visto de reojo la caja con los libros de consulta que usa para trabajar en casa y que van a ocupar buena parte de la estantería del salón y me estoy poniendo de mala leche.

—Ya me imagino que la domótica no llega a tanto.

—Sí que sale arrugada —confieso—. Pero es la mejor solución de espacio. De todas formas, no tendremos que plancharlo todo nosotros, no te preocupes.

—Si no lo planchamos nosotros, ¿quién lo va a hacer?

De esto no me acordaba. Le oculté que alguien limpiaba y planchaba en mi casa. ¿Por qué lo hice? Vete tú a saber. Creo que quería darle una imagen de supermujer capaz de hacerlo absolutamente todo. Un ser mitológico. Ya ves qué problema que alguien trabaje en casa haciendo eso que no alcanzas a hacer tú. ¿Por qué nosotras tenemos que hacer todo para no decepcionarnos a nosotras mismas?

—Bueno, no sé por qué no ha surgido en la conversación hasta ahora, pero tengo a alguien contratado que se ocupa de las tareas de la casa. Viene una vez a la semana, los jueves por la mañana, cuatro horas.

—¿Con una casa tan pequeña? —Arquea la ceja.

—Paso mucho tiempo fuera, en el trabajo. —Me encojo de hombros—. Es lo mejor. Es majísima. A veces, si no hay mucho que planchar y he mantenido la casa más o menos potable, y si le sobra tiempo, me hace un bizcocho. Porque no sé si has reparado en ello..., pero tengo horno.

Estoy muy orgullosa del horno. Cuando ves muchos pisos de alquiler en el centro de Madrid, te das cuenta de que es un bien de lujo.

—O sea, que le estás pagando para que te haga bizcochos —apunta.

—Eso es demagogia barata.

—Miri, ahora somos dos. Pasas muchas horas en el curro, pero podemos encargarnos nosotros. Somos cuatro manos. El fin de semana...

Me pongo en pie, delante de él, con las manos sobre las caderas.

—No, Tristán, el fin de semana lo quiero para descansar y para disfrutar, no para limpiar y planchar. Es un gasto meditado y que tengo previsto en mi sueldo. Si tú no quieres participar en el pago, me parece bien, pero no voy a prescindir de Yolanda.

—Yolanda.

—Sí. Yolanda.

Asiente despacio.

—Si es norma de la casa..., la acato. ¿Cuánto cobra?

—Hablamos de gastos luego.

No voy a discutirlo. Ya lo hice y lo que pasó fue que me agarré un cabreo de pelotas para acabar en el mismo punto de partida: Yolanda se queda.

—Tienes mucha ropa —musita.

—No, qué va. —Sí, sí que tengo mucha ropa.

—Sí. Mira.

Miro el armario-vestidor del dormitorio, donde tengo ordenados por tipo de prenda y colores faldas, pantalones, vestidos, blusas y zapatos.

—Trabajo en moda.

Hace el gesto de cerrarse la boca con una cremallera y yo suspiro. Es increíble cómo marcha la memoria: tiende a funcionar como una aspiradora industrial con los roces y las partes grises, acariciando después los momentos buenos como quien sostiene a un cachorrito.

Como estoy metida en esta movida de viajar en el tiempo, no he tenido ocasión de ir de compras; cuando lo haga, a veces tendré que esconder las bolsas y cortar las etiquetas muy rápido para que Tristán no me dé una charlita sobre lo de acumular prendas. Perderé la cuenta de las veces que le mentiré diciendo «no» a su pregunta: «¿Eso es nuevo?».

—Es verdad que tengo mucha ropa, pero piensa que...

—Ya, ya. Solo me sorprendo porque aún me acuerdo de lo emocionada que estabas cuando publicasteis ese artículo sobre el armario cápsula y la necesidad de comprar prendas versátiles.

El abogado. Claro. Defenderá la causa a muerte.

—Sí, tienes razón, pero, como te decía —intento hablar con mucha calma mientras le enseño el cajón vacío que dejé para su ropa interior—, tengo muchos eventos en los que no puedo repetir...

—De ahí lo de la versatilidad de la prenda. —Sonríe.

—Vale. Estás haciéndolo solamente por fastidiar, así que voy a pasar de ti. ¿Te parece que coloque tus libros en la parte de abajo de la estantería del salón?

—¿Abajo del todo? Son libros de consulta. Me voy a deslomar.

—Pues mira, si los coges haciendo sentadillas, te puedes ahorrar la mensualidad del gimnasio.

No he entendido el insulto, pero eso que le he escuchado balbucear mientras yo salía hacia el salón pinta a que no estoy consiguiendo hacer de esta mudanza algo más divertido que la primera vez.

—Cosmos, ¿qué he hecho yo para merecer esto? —le digo desde el salón, para picarlo.

—Haberte enamorado de un príncipe saudí, querida. Dos personas, todas sus cosas y un piso de cincuenta metros cuadrados: este es el resultado.

—Te quejarás. Hay parejas en Madrid viviendo en treinta metros cuadrados.

Uy, uy, uy. Por ahí que no vaya, que soy muy sensible con el tema. Mi piso es lo más. ¿Fue tan tocapelotas aquella vez?

—No me quejo, pero hay que ser rigurosos y priorizar aquello a lo que demos más uso para darle el espacio más accesible. Los libros de consulta...

Me asomo al dormitorio.

—Tristán...

—Dime.

—Tristán, mi amor...

—Dime, Miranda, mi vida... —Sonríe.

Ay. Puto. Qué sonrisa.

—Este piso me encanta. Es cómodo. Está recién reformado. Es práctico y, para más inri, lo tengo precioso. Y tú eres maravilloso y estoy enamorada de ti hasta el hígado, que por si no lo sabes es la víscera que dicen que gestiona la ira, mira tú. Eres inteligente, divertido, tienes planta, eres guapo y a los dos nos gusta la carne muy poco hecha, la playa y tomar el vermú los domingos, cosa que ya es rizar el rizo...

—No te olvides de lo de mi polla.

—La polla más bonita del hemisferio norte.

—Y de la península del Yucatán.

Arqueo una ceja.

—¿La península del Yucatán? Pero ¿qué...? Mira, da igual.

—No sé adónde quieres llegar. —Se apoya en el armario y cruza los brazos sobre el pecho.

La Virgen, qué hombre..., le lamería hasta los libros de consulta. Pero no puedo ceder.

—Quiero llegar aquí: los libros de consulta del abogado del que me he enamorado van en la última balda de la estantería del salón hasta 2020.

—¿Por qué hasta 2020?

—Algo me dice que entonces necesitarás tenerlos más a mano.

—Ay, Miranda...

Por la noche todo está en su sitio y yo he aguantado bien el tipo, incluso cuando ha querido saber el uso de todos los botecitos que guardo en el cuarto de baño. En su «día» sentí que estaba intentando hacerme ver que no los necesitaba para que me deshiciera de muchos de ellos y dejase más espacio libre, pero he aprendido que Tristán tiene un alma curiosa, sobre todo con aquello que aprecia, con la gente a la que quiere. Y a mí, hoy, me quiere y mucho. Solo hay que ver cómo me mira.

Disfruto mucho con cómo me mira hoy. Quizá, con las prisas por entender qué me estaba pasando, con la sed de venganza, con los sucesivos días de amor ciego y flechazo, no había prestado atención a esa mirada. Porque esos dos ojos de un color indefinido entre el marrón, el verde y el gris me siguen por el que ya es su salón con cierta admiración, con cariño, con sorna, con sorpresa. Estas dos personas que ahora mismo abren envases de comida a domicilio en la mesa baja del salón, sentadas en el suelo, aún son capaces de sorprenderse la una de la otra, no se han resignado, quieren esforzarse y todavía no han encontrado la zona de confort dentro de su pareja. Ojalá no lo hagan nunca. Quizá puedan conseguirlo.

—En esta casa se va a cocinar más a partir de ahora —anuncia levantándose ágilmente hacia la cocina.

—Das por hecho que yo no cocino.

—Le he quitado el protector de plástico a uno de los botones del horno hace un rato.

Me pasa un plato y vuelve a sentarse frente a mí. Me gusta que le guste la televisión lo justo, que no pida que la encienda para cenar, que le apetezca que nos contemos cosas. Creo que fue 2020 el que se llevó esto de nuestra vida.

—Bueno…, es que, haciendo examen de conciencia, no tengo paciencia para cocinar.

—En la cocina es importante la paciencia —dice en serio—. Y en la convivencia.

Nuestros ojos se encuentran y sonreímos.

—Se nos va a dar bien —le aseguro.

—¿Otro ejercicio de adivinación? Hacía mucho que no los practicabas.

—Porque va por temporadas. Los poderes son caprichosos…, me vienen y se van.

—Vaya por Dios. Y yo que iba a preguntarte por el número de la lotería.

En este mundo estamos obsesionados con lo material… Me tienta decirle que podemos perder mucho más de lo que ganaríamos en la lotería si no lo hacemos bien en esta ocasión, pero tendría que dar demasiadas explicaciones. Explicaciones que no entendería.

—¿Hay normas? —pregunta, pasándome un cuenquito para la salsa de soja.

—¿Con el sushi? —me extraño.

—En tu casa.

—Sí. La primera es dejar de decir «tu casa», porque ahora es «nuestra casa».

Me armo con los palillos y hago pinza delante de él, antes de agarrar un poco de wasabi y diluirlo en mi soja. Es hora de sacar de paseo la artillería.

—Segunda norma: ser empático con los placeres y las manías del otro.

—Parece fácil.

—No va a serlo tanto. A mí me gusta encender velas aromáticas, comprar novelas cuando aún tengo algunas pendientes y escuchar música a toda pastilla los sábados por la mañana, mientras arreglo la casa. Nunca me deshago de los libros, con lo que calculo que en tres años estarán por todos los rincones de la casa, incluyendo el suelo, bajo el aparador.

Hace una mueca.

—Me preparo la ropa para el día siguiente y la dejo con su percha en un colgador que hay tras la puerta del baño y en el que vas a tener la tentación de colgar tu toalla constantemente. Ahí o encima de la mía…, estando húmeda. Me unto crema hidratante todas las noches hasta que estoy resbaladiza como una pastilla de jabón en el baño de una cárcel de película. Y eso, a veces, te va a poner negro.

—Vale.

—Pero tendrás que recordar que tú comes como si se fuera a terminar el mundo y que, además, cuando te pones a cocinar, porque tú tienes que comer casero sí o sí, la cocina parece Chernóbil. Que siempre que tú pongas la lavadora con toallas se te «olvidará» —dibujo unas comillas en el aire con los dedos— poner suavizante. Tienes pelo como para rellenar cojines de Ikea y se renuevan con asiduidad, con lo que siempre habrá un recordatorio de tu pelazo en el baño. Del baño no hablamos más, ¿vale? Que quiero que la velada siga siendo agradable.

Lanza una carcajada que hace que se atragante con el maki que se estaba comiendo. Cuando se repone, asiente.

—Entendido. A ambos nos molestarán cosas del otro y tendremos que ser empáticos para que la convivencia funcione.

—Exacto. Tercera norma…

—¿Hay más? —se sorprende.

—Claro que hay más. Muchas más. Anota mentalmente.

—A ver… —Coge un nigiri de salmón flambeado y lo mira con desconfianza. Es de sabores clásicos. No sé cómo le he convencido para pedir sushi.

—Nunca nos acostaremos enfadados ni sin darnos un beso. Los domingos serán nuestro día especial, no una jornada para vegetar en pijama o chándal en el sofá. Haremos planes bonitos. Los domingos, sí o sí, tendremos una cita.

—¡Una cita! —se burla.

—No dejaremos de sorprendernos de vez en cuando. El modo en el que lo hagamos da igual. Una canción, una nota en la nevera, un café, una visita, deslizarse dentro de la ducha cuando el otro se enjabona…

—Menos mal, ya pensaba que no ibas a mencionar el sexo. —Se ríe.

—Es importante que no dejemos de tocarnos.

—No se me ocurriría jamás. Y nos abrazaremos todos los días —añade.

—Sí. —Cojo un maki y me lo meto en la boca para farfullar después—: ¿Quieres seguir tú?

—No, no, la que tiene poderes de adivinación aquí eres tú, así que…

—Ay, qué gracioso. —Le enseño los dientes—. Pues te diré que estas normas son importantes.

—¿Sí? ¿Se paga multa si no se cumplen? —Arquea una ceja.

—Sé que estás deseando que te diga algo sobre tu boca ocupada entre mis muslos, pero te diré, y muy en serio, que lo que pasa si estas normas no se cumplen es que nos vamos a tomar por culo.

—Coño… —Abre los ojos.

Suspiro.

—Miri… —Me pellizca con cariño el brazo—. Va a ir bien. No te preocupes.

—Mi padre siempre dice que el amor es un trabajo a jornada completa, trescientos sesenta y cinco días al año, veinticuatro horas al día, pero yo creo que es más bien como un recién nacido que necesita atención y mimo. No solo hay que darle alimento, resguardarlo del frío o el calor y procurar su seguridad…, hay que acunarlo, darle mimo, jugar con él, enseñarle a reír y consolarlo si llora.

Tristán ha dejado de masticar y ha soltado los palillos, con los que se maneja regular…, y me mira fijamente, como si en realidad no me estuviera viendo.

—¿Qué? —pregunto.

No responde. Se vuelve a poner de pie y se marcha hacia la cocina, desde donde le escucho rebuscar en uno de los cajones. Vuelve igual de serio, con algo escondido dentro de la mano cerrada, y se dirige al equipo de música.

—¿No vas a decirme…?

Me lanza una mirada por encima del hombro cuando coge un vinilo; hay algo cómplice en su expresión, pero el silencio es tan confuso. Puede ser cualquier cosa. Mueve la aguja del tocadiscos buscando una canción en concreto. Falla un par de veces, pero termina por encontrar lo que quiere: «You and me» de The Cranberries. Después vuelve a la mesa, se sienta y despeja el centro, echando los envases en los que ha llegado el sushi a uno y otro lado. En medio coloca una velita pequeña y la enciende.

—Uy, qué romántico —y lo digo con sorpresa, no con sorna, porque en realidad esto no me lo esperaba.

—Hace tiempo ya que me pregunto si eres de las que quieren casarse. A decir verdad, también me lo preguntó hace poco mi madre: «Pero, Tristán, ¿ella no querrá casarse?». Sigo sin tener ni idea. Es parte de la magia que hay entre tú y yo, que hay misterios que solo puede ir descubriendo el tiempo. Y, fíjate, yo no soy de los que creen que el matrimonio sea la culminación lógica del amor, pero a esos votos te digo que sí.

Arqueo la ceja al tiempo que esbozo una sonrisa enorme.

—Úntate toda la crema que quieras, Miranda, hasta resbaladiza intentaré atraparte en sueños.

# 22

# El pedazo de océano Atlántico que besa el cabo Finisterre

Siento que algo me saca del sueño. Como si alguien me agitara con cuidado, casi como si me acunase. Me resisto a soltar el estado en el que me encuentro. Es uno de esos sueños plácidos en los que te balanceas suavemente sobre algo que pende en las alturas. Y no hay caída posible. Me agarro más a la somnolencia. Pero ahí está. El traqueteo. ¿Qué mierdas? ¿Está Tristán moviendo la cama? ¿Cómo? ¿Con qué fin? Los ojos quieren abrirse, pero les prohíbo hacerlo. Que no, coño. Que estoy muy a gusto.

Espera, espera…

Despego los párpados y encuentro, frente a mí, un cristal y un coche. Un coche de cara.

—¡¡¡¡Aaah!!!! —grito con todas mis fuerzas.

Algo sacude el espacio donde estoy. Tardo un poco más de lo necesario en entender que el espacio es un coche y que la sacudida ha sido el volantazo que Tristán ha dado del susto.

—Pero ¡¡¿qué haces?!! ¡¡¿Por qué gritas?!!

—Ay…

Esto es nuevo. Despertarme en movimiento. ¿Dónde coño estoy? ¿Dónde vamos? ¿Cómo es posible que me haya despertado aquí?

—Tris…

—Argh…

Odia que le llame Tris. Lo hago poco.

—Que no sé dónde estoy, coño, un poco de cariño —me quejo con la voz ronca por el sueño—. Qué susto.

Señalo la grúa que llevamos delante y que carga un par de coches.

—¿Qué te pensabas? ¿Que venía de cara? —me pregunta partiéndose de risa.

—Sí. —Me froto los ojos y cuando dejo caer las manos tengo el nudillo del índice completamente negro—. Mierda. ¿Me he corrido mucho la raya del ojo?

Tristán quita la mirada de la carretera un momento para comprobarlo.

—Eres Voldemort.

—¿Qué tendrá que ver Voldemort con esto?

—Yo qué sé. —Se despolla.

Así es la vida. Así es el ser humano. Fíjate si somos animales de costumbres que no sé adónde narices me dirijo ni cómo es posible que me despierte aquí a las cuatro de la tarde, pero yo de lo que me preocupo es de si se me ha corrido el maquillaje.

—¿Adónde vamos?

—Ay, Miranda, por Dios. —Resopla.

Cojo el bolso que tengo a los pies y rebusco hasta encontrar el móvil: 15 de marzo. Indago un poco más: 2019. Miro por la ventanilla y todo es tan verde…

Claro, vamos de camino a Vigo. Salimos a las diez de la mañana de Madrid en un coche alquilado. Para poder pedirme libre aquel día, tuve que trabajar hasta las cinco de la mañana. Tristán se quejó discretamente de haber conducido tantas horas «sin más compañía que mis ronquiditos».

A ver…, una punzada de dolor de cuello me desconcentra, pero sé que es muy importante aplicarme. Este viaje no fue fácil. Fue precioso, porque solo había estado en Vigo de paso y es una de las ciudades más bonitas que conozco. Tan señorial. Tan limpia. Tan llena de gaviotas…, pero lo de las gaviotas se le perdona. En realidad, toda Galicia es preciosa. Verla a través de los ojos de Tristán fue increíble. Pero…

Ay, los peros. Este es de los gordos.

Este es el viaje en el que conocí a sus padres. A su madre le pareció que rozaba lo ofensivo que llevara casi tres años con una chica (si contamos el primer año de idas y venidas), que se hubiera mudado a su piso y que aún no la conocieran. Yo le di la razón. Y sus padres fueron encantadores, como siempre lo han sido conmigo. El problema no fueron sus padres, fue su hermana. Mi enemistad con Uxía nació en aquel viaje. Y a Tristán siempre le dio bastante por culo…, no ella, no, porque es la «hermanísima». Le dio por culo que yo, como novia suya que era, como novia que vivía a seis horas en coche de distancia de la familia política, no supiera encontrar la manera de hacer viable esa relación en los pocos ratos en los que nos juntábamos. Le expliqué muchas veces que las relaciones son bidireccionales y que nada podía hacer si ella no quería, pero siempre me contestaba lo mismo:

—Miri, dos no se pelean si hay uno que no quiere. Ya está.

«Pues díselo a ella, que me tiene ojeriza» no era una buena respuesta. Era una respuesta posible, sí, pero traía consigo una bronca de varias horas. Una bronca con Tristán que no tenía nada que ver con escupir reproches ni con gritarse. Qué va. Tener una bronca con Tristán era escucharle suspirar y resoplar y terminar acostumbrándote a la estática de su silencio.

—¿A qué altura estamos?

—Vamos por Melón.

Me quedo mirándolo con una sonrisa. Él también sonríe.

—El pueblo se llama Melón, ¿qué quieres que haga?

Se me escapa una risita antes de responder.

—Pero ¿cuánto queda para llegar?

—Unos cuarenta y cinco minutos.

—Cuando llegues a Vigo, ¿puedes pasar por El Molino?

Me mira de reojo, sorprendido.

—¿Cómo? —se interesa.

—Si puedes pasar por El Molino.

—¿La pastelería El Molino?

—Sí.

—Pues… no pensaba cruzarme el centro, la verdad. Mis padres viven un poco en el extrarradio.

—Ya, ya lo sé. Pero… ¿no podríamos pasar?

—Bueno…, me imagino que sí. No sé cómo estará la calle para parar.

—Si no puedes, me dejas allí y das un par de vueltas.

—Pero… ¿cómo coño conoces tú una pastelería de Vigo?

—Soy periodista. —Le sonrío—. Tengo mis fuentes.

—Pues buenas fuentes. Es la pastelería preferida de mi madre. —Se ríe para sí.

Mi fuente es él, claro. A su madre y a su hermana les gustan las tejas cubiertas de chocolate y los bombones de esa pastelería. A su padre, la tarta de té, que en mi opinión está muy rica pero es muy pesada.

Una hora y cuarto más tarde llegamos al barrio donde se crio, Teis, a unos diez minutos del centro de Vigo en coche. Es un barrio obrero, como Carabanchel, donde crecí yo. Los edificios siempre me han recordado a los de la calle de la casa de mis padres: construcciones de los años setenta de ladrillo y hormigón, sin filigranas. Balcones prácticos, de los de tender la ropa y echar un vistazo a la calle. Un barrio sin lujos que, según me contaron sus padres, ha cambiado mucho en las últimas décadas. Hace años no tenía muy buena campaña, como a veces pasa con los barrios donde vivimos las clases trabajadoras. Digo vivimos porque… anda que no he escuchado cosas sobre Carabanchel y he visto narices arrugadas en clara expresión de disgusto. Yo siempre digo lo mismo: a mí solo me han robado una vez y fue en el barrio de Salamanca. Pero por lo que me han contado mis suegros, sí es posible que su barrio escondiera ciertos «tesoros» que es mejor no desenterrar.

Teis tiene un parque precioso que me encanta, el parque de A Riouxa, de un verde intenso incapaz de ser reproducido. No hay pantone para ese color, solo existe aquí. Es algo que a Tristán siempre le gustó escucharme decir, que su Vigo tiene colores que jamás hallarías en otras partes. Está orgulloso de su tierra. Él dice que los gallegos son viajeros pero que siempre terminan volviendo a casa, y a mí eso nunca ha dejado de preocuparme. Vigo es precioso, pero no es mío. Nada mío. Yo aquí solo encajo de visita.

Tristán lleva un rato callado. Al hecho, que no va a confesar, de que le inquiete presentarme a su familia se le une que no está muy contento porque le he tenido esperando en el coche veinte minutos cuando he bajado a por los pasteles. Él siempre va despacio, pero no le gusta que los demás le hagan esperar. Y es que, además de comprar dulces para todos, me he escapado a la Casa del Libro, que está en la calle paralela, para comprarle a Uxía un libro. Le encanta la poesía y… quiero empezar con buen pie. Me he preguntado muchas veces si hice algo mal, si no fui suficientemente cariñosa o detallista o…, no sé. Necesito saber que no es por mí.

—Cambia esa cara, anda. Solo quiero caerles bien —le pido en el portal.

—Es que no entiendo este sobreesfuerzo. Es como si pensaras que mi familia tiene dos cabezas y una de ellas come madrileños o algo así.

—Ofenderte por el hecho de que me preocupe por entrar con buen pie...

—Pues no te preocupes tanto y no se me pondrá esta cara. —Levanta las cejas—. Son más simpáticos que yo, no sufras.

—Pues eso me tranquiliza, porque mira que eres rancio cuando quieres.

—Y por eso te enamoraste de mí.

Su madre abre la puerta sonriente y se lanza a besar... me. A besarme a mí. En su momento esperaba una reacción similar con su hijo, no conmigo, pero hoy he venido preparada, así que respondo con la misma efusividad. Su padre, asomado en el pasillo, me estudia de arriba abajo. Tristán nunca me lo confirmó, pero siempre he sospechado que fui la primera chica que presentó en casa.

—¿Qué tal el viaje? ¡Estaréis agotados! ¿Quién ha conducido? —pregunta su madre.

—Pues íbamos a alternarnos, pero Miranda ha caído en un coma irreversible y me he chupado yo los seiscientos kilómetros.

—Ya será para menos —le riñe su madre dándole besos y abrazos.

—No se ha despertado ni cuando he parado a poner gasolina.

—Ayer trabajé hasta muy tarde para poder coger el día libre —me disculpo—. Ya lo siento..., lo he puesto de mal humor.

—No estoy de mal humor —rumia mientras le tiende a su madre las bandejas de la pastelería—. Toma.

—¡Uy! ¡De El Molino! Pero qué detalle, hijo.

—Son de parte de Miranda. Hizo labor de investigación.

—¡Ay! ¡Gracias, *miña xoia*!

Miro a Tristán con una sonrisa de victoria mientras sus padres me hacen arrumacos de agradecimiento. En el bote. Los tengo en el bote.

—¿Y Uxía? ¿Ha venido? Tengo muchas ganas de conocerla —les digo.

—Está en el salón. Pasa, pasa...

La muy rancia... no sale ni a saludar.

Uxía es, con diferencia, una de las chicas más guapas que he visto en mi vida. Es el equivalente femenino de su hermano, pero todos esos rasgos afilados y masculinos de Tristán se endulzan en su rostro. Morena, unos ojos mucho más verdes que los de él y un tipazo de muerte. Pero la belleza de Uxía es inversamente proporcional a lo simpática que es. La encuentro repantingada en el sofá y le cuesta levantarse cuando aparecemos en el salón, no por fondo físico, sino por ganas.

—¡Hola, Uxía! —Me acerco a saludarla muy sonriente—. ¿Qué tal? Soy Miranda. Encantada de conocerte. Tu hermano me ha hablado mucho de ti.

—¿Miranda? Estaba convencida de que te llamabas Amanda.

Miro a Tristán de reojo. En esta versión casi es más borde que la primera vez.

—Parecido. —Me río—. Me dijo Tristán que te gustaba la poesía, así que... te traje un libro.

—No es mi cumpleaños. —Coge la bolsa que le tiendo con reticencia, que viene a ser un eufemismo para decir con «cara de estar oliendo una mierda».

En realidad podría decir que es su expresión predominante; siempre da la sensación de que alguien le ha puesto un trocito de caca debajo de la nariz y está oliéndolo todo el rato.

—Bueno, es un detalle de… ¿bienvenida? —le digo.

—Sí. A la familia.

Y lo dice con una ironía que tira de espaldas. Deja el libro sobre la mesa de centro que queda frente al sofá y se lanza en los brazos de Tristán con una efusividad loca. Casi parece que lo está exagerando para que sea más evidente el asco que le doy.

—¡El señor abogado!

—El que tengo aquí colgado —responde él sonriente.

Los dos se ríen. Se adoran y se palpa en el ambiente. Me pasa lo mismo que la primera vez que viví esto: me muero de envidia; yo también querría tener a alguien que fuera carne de mi carne, sangre de mi sangre, a quien adorar. Y con quien poner a caer de un burro a esta tía.

—Te he dejado el jersey que te olvidaste en mi casa encima de tu cama —le dice ella.

—No duermo aquí esta vez.

—¿Y eso?

—La cama de mi infancia, de ochenta, se queda un pelín estrecha para dos.

Tristán me mira de reojo con esa sonrisa tan bonita.

—¿No duermes aquí? —insiste su hermana.

Vamos a ver, chavala, ¿qué no entiendes? Que no soy un chiguagua, que no duermo acurrucada a sus pies.

—No —le responde su hermano—. Tenemos una habitación en el hotel este…, el del puerto. Nunca me acuerdo del nombre.

—¿El pijo?

—El pijo. —Se ríe él.

—Pues he visto a algunos de tus amigos en el bar cuando venía hacia aquí y están convencidos de que vas a tomarte algo con ellos esta noche.

—Esa es la intención. —Se ríe y le tira del pelo, que lleva recogido en una coleta baja.

—¿Y te vas a ir ciego de cervezas hacia allá?

—No va a ir ciego de cervezas ni al hotel ni a ninguna parte, porque no creo que tu hermano, con la edad que tiene ya, se la agarre como cuando tenía dieciocho —dice su madre.

Tristán me mira haciendo una mueca de apuro.

—Tranquila, mamá.

—Tranquila no, que me conozco yo a los animales de tus amigos.

Y yo, y yo...

—Conduciré yo. Él que se tome todas las cervezas que quiera —digo para calmar los ánimos.

—Uhm..., qué amable —musita Uxía.

—¿Te vienes con nosotros? —le pregunto—. A tomar cortos con estos.

Sonrío como una bendita, pero ella me mira..., me mira..., me mira..., y no contesta. Busco a Tristán con la mirada... y no lo encuentro. Aparece cargando una bandeja con tazas de café.

—Le decía a tu hermana que si se viene a tomar algo con nosotros esta noche.

—Tendrá planes —dice él—. ¿Y el novio ese que tienes con melenas?

—No lleva melenas. Es que tú, hijo mío, con ese peinado que llevas desde la comunión... Seguro que si intentas hacerte la raya hacia otro lado, te duele el cuero cabelludo.

—No llevo la raya hacia ningún lado, pesada.

Pero se ríe. Se ríen juntos. Y yo aquí, de plantón, mirándolos con una sonrisa de gilipollas en la cara.

—Miranda, hija, has acertado con todo lo que has traído —me agradece su madre—. ¿Cómo tomas el café, bonita?

—Negro como la noche y con sacarina —le dice Tristán, volviendo a mi lado y rodeándome por la cintura—. Como su alma: oscura pero ligeramente empalagosa.

—Vamos listos…

Miro a Uxía esperando que se ría después de su última declaración, pero no lo hace. El libro que le he traído espera allí tirado, sobre la mesa de centro.

—Tu hermana me odia.

Tristán va apoyado en la ventanilla del coche. No es que vaya castaña, pero se ha tomado una cantidad de cervezas nada desdeñosa. Yo me tomé dos cortos al principio de la noche y después muchas aguas con gas. Al parecer, tomar agua con gas no está bien visto en esta pandilla y me han abucheado un poco. Mi cuñada, que al final se animó a venir, no dejó pasar la oportunidad de hacer alguna broma que no sonaba precisamente a broma.

—No te odia —murmura.

Tiene los ojos cerrados. Está cansado.

—Me aborrece. Me mira con asco. No sé qué he hecho. He intentado ser simpática, sacarle temas de conversación, interesarme por sus cosas…, pero nada. —Estoy francamente frustrada.

—Quizá…

—¿Quizá qué?

—Da igual. Déjalo estar. Te vas a montar películas.

—No, no. —Le lanzo una mirada—. Dímelo. Si yo quiero caerle bien.

—Quizá ese es el problema. —Suspira—. Te has esforzado demasiado.

—¿Demasiado? Define demasiado.

—Pues… demasiado. No sé. Ya sabes.

—¿Demasiado como cuando a alguien le gustas y no pilla la indirecta y está como superpesado?

—Algo así. —Se coloca la mano izquierda sobre la frente.

—¿Te duele la cabeza?

—Un poco.

—¿Quieres una aspirina? Tengo en el bolso. Es de las que se pueden tomar sin agua.

—Lo estás haciendo otra vez.

—¿Qué estoy haciendo otra vez?

—Esforzarte demasiado. Soy tu novio. No hace falta. Yo ya te quiero.

Lo miro extrañada. El GPS me pide que gire a la izquierda en la siguiente calle, donde encontraré ya el aparcamiento del hotel.

—¿Ahora tú también estás borde?

Tristán se ríe con sordina.

—No, claro que no. —Estira el brazo hasta acariciarme la nuca—. Solo te digo que estás muy nerviosa. Como muy… intensa.

—¿Sobreactuada?

—Ahora que lo dices, quizá esa sea la palabra.

Chasqueo la lengua contra el paladar.

—A ti te parece la leche de gracioso… —me enfurruño.

—Un poco. Siempre pareces tan…, no sé, tan por encima de las circunstancias…

—¿Yo parezco por encima de las circunstancias? —me escandalizo.

—Bueno, ya sabes. Estás como preparada para todo. Supongo que lo que pasa es que tienes el culo pelado por tu trabajo y capacidad para adaptarte a cualquier situación.

—Pues sí que la tengo —refunfuño.

—No te cabrees.

—Es que tu hermana ha sido muy maleducada, Tristán.

—No ha sido maleducada. Es… muy suya. Y soy su único hermano.

—¿Y por eso tiene que desdeñar a tu pareja como si fuera un trozo de mierda que se te ha quedado pegado a la zapatilla y llevas arrastrando a casa?

Tristán suspira. Suspira y…

—Te estás pasando, Miranda.

—Dime qué tengo que hacer para caerle bien a tu hermana.

Se ríe, pero ríe con cierta amargura, como quien piensa «¿otra vez?».

—¿Quieres saberlo?

—Sí, por favor, porque me esperan unos añitos… majos.

—La adivinadora ha vuelto.

—Venga. ¿Qué puedo hacer para caerle bien? O al menos para que me tolere con buen talante.

—Nada.

Lo miro sorprendida y se vuelve hacia mí con una sonrisa cansada.

—Soy su hermano pequeño y nunca nada le ha parecido suficiente para mí. Ninguna de las chicas con las que he salido, la carrera, la casa, Vigo, Madrid, el coche cuando tenía coche, las vacaciones… Ella siempre me trata como si yo aspirase a poco y estuviera perdiendo oportunidades. Podría enamorarme de su mejor amiga y le haría la misma poca gracia que si lo hiciera de cualquier otra, incluida tú. Se suma el hecho de que, además, ahora ya tiene a quién culpar por verme poco.

Paro el coche en el borde de la rampa de acceso al aparcamiento y lo miro mientras bajo la ventanilla para coger el tíquet.

—Qué bien. —Y levanto las cejas para darle énfasis al mensaje de sarcasmo.

—Ya, ya lo sé, Miri, pero esa es la situación, y… siento decirte que esto es lo que te va a tocar aguantar. Vivís lejos y os vais a ver de Pascuas a Ramos…, no cuesta mucho poner buena cara y pasar el trago.

—Eso es bastante egoísta por tu parte. Que me las apañe, ponga buena cara y no te moleste más con el asunto, ¿no? No vaya a salpicarte.

—Miranda, no te estoy diciendo eso. Te estoy diciendo que poca solución tiene más allá de resignarse.

—Pues soy muy poco de resignarme en la vida —refunfuño.

—¿Y qué hacemos?

—También podrías decirle algo. Pedirle, por ejemplo, que me trate con cariño…, o al menos que me conteste cuando le hablo.

—Puedo hacerlo, sí, pero entonces te cogerá más tirria porque pensará que me has pedido que hable con ella y que yo la estoy regañando. Si lo digo por ti, Miri, cielo.

—Tiene que haber algo que…

—Miranda, por Dios… —rebufa—. Tampoco soy responsable de lo que haga mi hermana. Tiene treinta y seis años y es adulta. Esto no es el patio del colegio y yo no soy el profe.

—Pues nada, lo solucionaremos en un ring. O en un duelo a cuchillo. La que sobreviva se queda contigo.

—Dios…, con lo poco que me gusta el drama, no sé cómo me colgué de la reina de la tragedia.

Me dan ganas de empujarle la cabeza contra el salpicadero, pero me contengo mientras aparco.

—¿Ahora te enfadas? —pregunta alucinado.

Lo de algunos hombres…, ¿qué tipo de problema es? ¿Vienen del pasado, de otro planeta, del centro de la Tierra? No. No es cuestión de generalizar. Este espécimen masculino es tonto a ratos y punto.

Arrastramos las maletas hasta la recepción, que está desierta a esas horas. Una chica, sonriente, nos espera tras el mostrador. Nos registramos en silencio y, mientras ella teclea en su ordenador y nos activa las llaves electrónicas, me da por pensar que esto es como esa película de Bill Murray en la que siempre vive el mismo día, *El Día de la Marmota*, pero yo, en lugar de despertarme siempre en el mismo punto temporal, voy saltando de situación en situación pudiendo cambiar cómo suceden las cosas, pero no el resultado. Esto es frustrante. La puta Uxía de los cojones nos ha vuelto a dar la noche. Y yo que quería celebrar un triunfo abrazándome a su pecho sudoroso después de un polvo brutal…

La habitación está en el tercer piso y es bonita. Un poco oscura e impersonal, como casi todos los hoteles de noche, pero bonita. Tiene vistas al puerto, con lo que seguramente al despertarme todo me parecerá mejor. No sé qué planes tiene mañana, pero no me gustaría que, sea o no consciente de todo esto, arrastrase esta sensación de derrota durante todo el fin de semana. Aún es viernes por la noche. Podemos remontar. Puedo arreglar esto. Puedo robarle a su hermana el poder de jodernos lo que queda de viaje, porque parto con ventaja; si esto fuera una guerra, yo disfruto de cierta superioridad estratégica. ¿Cómo hacerlo?

Espera…

Cojo mi móvil y busco algunas cosas.

Sí.

Eso es.

—Tristán…

Sale del baño con el pantalón desabrochado y despeinado.

—¿Ya se te ha pasado? —Me mira un segundo, pero se dirige hacia nuestro equipaje enseguida—. ¿Te suena dónde dejé el estuche de las lentillas?

—¿Puedes atenderme un segundo, mirarme a los ojos y callarte?

—¿No me estarás pidiendo sexo? Porque fliparía mucho, después de cómo te has pues…

—Cállate y vuelve a vestirte —le exijo.

—¿Por qué?

—Porque nos vamos.

—¿Dónde?

—A un sitio.

—Estoy reventado, Miri… —se queja, y se sienta dejándose caer en el borde de la cama.

—Por favor, Tristán…, yo conduzco.

—¿Conducir? Pero, Miranda, son casi las dos de la mañana…

—¿Tenemos planes de madrugar mañana?

—No, pero me he levantado pronto, y… tú has dormido en el coche, pero yo me he dado una paliza de seis horas al volante.

—Te estoy diciendo que yo conduzco —insisto—. Tú puedes dormirte. Y no nos vamos a matar, no me pongas esa cara.

—Pero ¿dónde quieres ir?

—¿Me puedes hacer caso por una vez en la vida? —intento ponerle ojitos de caramelo líquido, a ver si se reblandece—. Es importante…, no suelo hacer estas cosas.

—No. Sueles ser más normal.

—Pues permíteme que deje de ser aburrida…, abróchate el pantalón y coge la chaqueta.

Antes de salir me sirvo un café de la cafetera de cápsulas que hay en la mesa frente a la cama, porque quiero arreglar esto pero no quiero matarme por el camino…

Tristán se duerme cuando llevamos unos veinte minutos y no se despierta ni siquiera cuando bajo mi ventanilla para que el aire fresco de la noche me espabile. No tengo sueño. No me hubiera arriesgado de haberlo tenido, pero es agradable. Él cae como un peso muerto y me regala, como banda sonora, unos ronquidos muy graciosos. De perfil, así dormido, está entre feo y muy divertido. Bueno, feo no puede estarlo porque estoy segura de que tiene hasta el bazo precioso, pero en esa postura un poco cómica, con la coronilla apoyada, la boca entreabierta y totalmente fuera de juego..., guapo no está.

Un bache en el camino lo despierta abruptamente, pero solo quedan unos minutos para llegar... Al menos al punto más cercano a nuestro destino en el que se nos permite dejar el coche. Lo primero que hace es mirar la hora y después a mí. Son las cuatro de la mañana.

—Pero ¡¿dónde estamos?!

No digo nada hasta que el coche no queda estacionado. Allí, apago las luces y bajo las ventanillas. Se cuela entonces el sonido de las olas rompiendo con fuerza contra las rocas, muchos metros por debajo de nosotros. Ya ha debido de reconocer el lugar, porque escruta la oscuridad en silencio, sin hacer preguntas.

—Las parejas suelen decirse cosas superrománticas, como en las películas. Cosas como que se querrán más allá de la muerte o que cruzarían el mundo entero para estar junto al otro —le digo, mirando hacia el exterior también. Me genera pudor este arranque de romanticismo—. Yo no sé decir esas cosas. Podría intentar escribirlas, pero lo más probable es que me diera una vergüenza ajena terrible decirlas.

—Ajena no, propia —contesta él.

—Sí. Exacto.

Me callo y los sonidos de la noche se cuelan en el interior, junto a nosotros y la oscuridad total. Pronto nuestros ojos se acostumbrarán a la falta de luz y las estrellas parecerán más brillantes.

—Sigue… —me pide.

—Digo que no sé decir esas cosas, pero… si tengo un coche y la oportunidad, soy capaz de traerte al fin del mundo. Quizá nuestro amor sea ese tipo de amor…, un amor un poco apocalíptico.

Nos volvemos el uno hacia el otro a la vez. Tiene los ojos somnolientos, aunque tan bonitos como siempre. Sonreímos a la vez y nos cogemos las manos.

—No voy a decirte que te querré más allá de la muerte.

—Gracias —apunta con una sonrisa burlona.

—Pero voy a decirte en el fin del mundo que te quiero. Y supongo que eso vale de algo.

El beso que viene después es incómodo, porque los besos en la parte delantera del coche siempre lo son, sorteando volante, cambio de marchas y freno de mano, pero es un beso feliz. Un beso de dos personas enamoradas que se enfadan, que roncan, que van a pelearse decenas de veces y que un día, quizá, tiren la toalla, pero que son dos personas que se quieren como nunca antes quisieron a nadie. Y descubrir hasta dónde llega el amor, aunque sea con más de treinta, es maravilloso. E imparable. Porque supongo que siempre somos capaces de querer más.

Quedan unas tres horas para el amanecer, así que decidimos acomodarnos en la parte trasera del coche. No tardamos en provocar que la ropa sobre un poco y termino a horcajadas sobre él sin poder despegar los ojos de su cara, de su expresión de placer cuando me penetra. Yo, que una vez le pedí, frenética, que me pegara durante un maratón de sexo, le acaricio el pelo mientras subo y bajo en su regazo. Sus manos, agarradas a mis caderas, son como el anclaje a la vida real en medio de este algo extraño en el que se ha convertido mi existencia. Y cuando llega el momento de parar, no quiero hacerlo y le pido que no lo haga. Que no salga, que siga, que me llene. Le digo que quiero sentir cómo se vacía dentro de mí. Que quiero tenerlo tan tan dentro que jamás pueda borrar su huella. Y cuando lo hace, cuando se corre por primera vez dentro de mí, me siento capaz de hacer cualquier cosa por cambiar el final de nuestra historia.

A las siete y cuarenta y ocho minutos, el sol ilumina el pedazo de océano Atlántico que besa el cabo Finisterre.

# 23

## Donde pocas cosas llegan a provocarme algún efecto

Cuando nos despertamos, tengo seis llamadas perdidas de mi madre, pero la pérdida que más me preocupa es la del desayuno. Es la una y veinte. Estas son las cosas que pasan cuando llegas a las nueve y media de la mañana al hotel, después de escaparte en plena noche a Finisterre, y tan sobado... que lo de desayunar antes de dormir ni se te ocurre.

Soy muy poco romántico. Esa es la verdad. Para mí, romántico puede ser compartir la clave del wifi. O yo qué sé. No me imagino yendo a recoger a Miranda cargando con un ramo de flores, y no es que me parezca mal. Es que a mí... esos gestos me cuestan. No es mi código. Yo intento decirle las cosas de otra manera; espero que el mensaje le llegue, aunque menos adornado.

Quiero llevar a Miranda a tomar unos vermús y después al parque de A Riouxa, que sé que le encantará. No es como conducir dos horas en plena madrugada para decir «te quiero» en Finisterre, pero algo es algo. Esta noche hemos quedado con mis padres para cenar los cuatro. Uxía no vendrá porque ya tenía planes confirmados, pero casi mejor. No ha habido mucha sintonía entre mi hermana y mi novia. No voy a decir que no me lo esperara. Uxía siempre ha sido... especial. Tiene un carácter muy agrio cuando quiere; en ciertas cosas nos parecemos mucho, como hermanos que somos, pero en otras somos como el sol y la luna. Ayer no fue muy amable con Miranda y supongo que tendría que haber hecho algo al respecto, pero me pareció violento. No soy amigo de los enfrentamientos. Solo me he dado de hostias una vez en mi vida y, siendo fiel a la realidad, lo único que hice fue apartar al energúmeno que se me vino encima. Aunque... no estamos hablando de darle un puñetazo a nadie, sino de decirle a mi hermana que deje, por favor, de ser imbécil.

Hoy tengo cosas que hacer...

Miri sale de la ducha envuelta en una toalla. Yo me he dado una ducha primero y ya estoy vestido, aprovechando para escribirme con alguien por WhatsApp.

—¿Con un vestidito iré bien, Tristán? Porque me imagino que ya no pasaremos por el hotel antes de la cena con tus padres, ¿no?

—Podemos venir a descansar a media tarde, si quieres.

—Vale, pero ¿iré bien para la cena con un vestidito corto, medias, bot...?

—No —la corto.

Se gira y me mira extrañada y yo me río.

—Pues claro, tonta. Siempre vas bien. No tienes que preguntarme qué ponerte.

—Es por tus padres. —Arruga la nariz con timidez—. A veces, en Madrid, se me va la mano con la vanguardia y no quisiera que pensaran que voy disfrazada.

—Siempre vas bien —insisto—. Lo que piensen ellos no debería preocuparte. Ayer ya les gustaste.

Sigue hablando de lo importante que es la ropa para las primeras y las segundas impresiones, pero yo solo puedo concentrarme en el conjunto de ropa interior que se pone, que, desde luego, debería venderse junto con unas gafas de soldador, porque el color duele en los ojos.

—¿Sabes? Porque la segunda opinión viene a ratificar la primera o a mostrarles que se equivocaron.

—¿Esas bragas brillan en la oscuridad? —bromeo.

—Sí. Son las que me pongo cuando voy a cuartos oscuros, para que se me vea bien.

Me incorporo en la cama y me concentro en calzarme.

—¿Ya estás? —pregunta—. Yo aún voy a tardar un pelín. Tengo que secarme el pelo, maquillarme...

—Sí, yo ya estoy, pero... voy a salir un momento, ¿te importa?

Me coloco a su lado, frente al espejo, y ella me estudia en silencio.

—¿Qué? —le pregunto.

—¿Dónde vas?

—Pues voy a pasarme a saludar a mi exjefe. Me ha dicho que está en un bar con otro de los socios y...

Arquea una de sus cejas, con dudas, pero asiente y se encoge de hombros.

—Claro. ¿Te espero aquí?

—Sí. O... si tardo y te apetece ir tomando algo, puedes...

—Pero ¿vas a tardar?

—Pues no lo sé, Miranda. No creo.

—No sé ni por qué te pregunto, si siempre tardas —rezonga.

—Como tú ayer al ir a comprar los dulces, ¿no?

—Pero ¡¿qué te pasa?! —exclama.

—No me pasa nada, Miranda, por Dios —me quejo—. Es que siempre te pones a la defensiva.

—No es a la defensiva, Tristán. Es que...

—¿Es que qué, exactamente? —Me apoyo en la mesa y cruzo los brazos sobre el pecho.

—Que eres igual de suave que un guante de esparto. Si fueras un poco más cariñoso cuando te diriges a mí, no estaría a la defensiva.

—¿No habíamos quedado que no estabas a la defensiva?

—Vete a cagar a la vía.

Suspiro. Ay, Señor, qué mujer.

—No me gusta nada cuando te pones a suspirar en lugar de expresar lo que estás pensando o cómo te estás sintiendo —insiste.

—Miri, cielo, no puedes ordeñar a un asno —digo, para que lo entienda, con cariño y amor.

Pero no contesta. Palmeo mis bolsillos para asegurarme de que lo llevo todo y alcanzo en una zancada la chaqueta.

—Me voy.

No responde. Esta vez no suspiro, bufo.

—Miranda, por favor..., ponme las cosas un poquito fáciles también. ¿Cuál es la queja principal?

—No tengo queja, Tristán. Es solo que me pone un poco triste que no encontremos el punto intermedio entre tu manera de demostrar el amor y la mía. Eso es todo.

—Pues no te pongas triste.

Me acerco y le doy un beso en la sien antes de estrecharla brevemente en mis brazos.

—Vuelvo enseguida. No tardo.

Sé que a veces tiene razón, pero en ese momento pienso que Miranda adoptó un pez esperando que ladrara.

Entro en el bar y ella ya está en la barra. La reconozco de espaldas por su pelo, que lleva suelto, ondulado y muy largo. Se vuelve cuando me apoyo junto a ella y sonríe, acercándose a mi pecho con cariño en una especie de abrazo breve.

—Te he reconocido por la colonia.

—Es perfume —le vacilo.

—Menudas horas de amanecer.

—Se me han pegado las sábanas. Anoche me acosté muy tarde.

—¿Y eso? ¿Mucha marcha anoche?

Chasqueo la lengua y pido un corto de cerveza.

—No tengo mucho tiempo —le anuncio.

—Le has mentido, ¿no? Le has puesto una excusa para salir.

—Pues sí —asiento, apoyándome de espaldas a la barra y mirándola—. Porque quería hablar contigo a solas y...

El camarero me sirve la cerveza y, tras darle las gracias, me quedo mirándola con una sonrisa apacible en los labios.

—No quiero que me cuestes broncas con ella —afirmo con aplomo.

—Siempre has tenido mucho miedo al enfrentamiento.

—Evito las movidas que no suman; es diferente.

Mi hermana pone los ojos en blanco. Me temo que es un gesto que hacemos mucho en la familia.

—¿Te ha mandado a reñirme?

—¿Tú te crees que yo sigo teniendo doce años, Uxía? —Esto se lo digo un poco más serio, a ver si lo capta—. No tienes que velar por mis elecciones vitales.

—Y si no me gusta esa chica, ¿qué hago?

—Pues le sonríes y haces el papelón.

—¿Sí? —me dice cabreada.

—Pues sí, Uxía, pero por muchos motivos, además. Por ejemplo, porque vive en Madrid y no vas a tener que verla todos los domingos precisamente. Y...

—La de la capital... —se burla.

—Y... —insisto con más rotundidad— porque es la mujer de la que se ha enamorado tu hermano, y tú, sobre esto, punto en boca, porque no es de tu incumbencia.

—Eres mi hermano, algo de mi incumbencia será, digo yo.

—Sí, tu hermano pequeño, pero eso no significa que tengas que juzgar con lupa lo que hago y decido. —Dulcifico un poco el tono—. Uxi..., te lo pido por favor.

—Qué llorona, la tía... —musita.

—Ella no me ha dicho nada —miento—. Pero tengo ojos y oídos y lo tuyo de ayer fue... —Le hago un gesto exagerado—. De un borde... Y te pido que lo hagas por mí, si es que no entras en razón. Sonríele, habla del tiempo, me da igual, pero no me des por el culo con esto.

Bebe un poco de su vermú y refunfuña.

—¿Tanto te gusta?

—Pues sí —asiento y, muy a mi pesar, me entra la risa. Mi hermana a veces... sigue siendo una adolescente.

—¿De qué cojones te ríes, so payaso?

—De tener que explicarte que me gusta mucho. —Me río—. Es que no me gusta, es que la quiero.

—¿Le vas a pedir matrimonio? —Me mira asustada.

—Pues no creo, pero porque no me la imagino apareciendo con un vestido blanco en el altar. Ella es como más... —muevo la cabeza, divertido—, de otra manera. Pero vivimos juntos, ¿no te da ninguna pista eso? Tenemos planes.

—¿Adoptar un perro y haceros veganos?

—Eres muy tonta —me desespero—. Y no sé por qué le tienes tanta tirria a cualquier cosa que no conozcas. Eso es de ser un poco cortita de miras y yo, tía..., no te tengo por una palurda.

Me enseña el dedo corazón y yo saco un billete del bolsillo y se lo paso.

—Invito yo. Me voy, que me está esperando.

—¿Quién, Amanda?

Le doy con un dedo en la frente, como cuando éramos pequeños, y se ríe.

—¿Y si te hiciera escoger? —me dice, no sé si en broma o en serio.

—Escogería a la que no me está haciendo escoger.

Le beso la frente, justo en el punto donde la golpeé (flojito, palabra), y le guiño un ojo mientras me termino el corto de cerveza.

—Duerme, anda. No te presentes en casa de papá y mamá con esa cara de depravado que se ha pasado la noche empujando.

Lanzo una carcajada.

—Nada más lejos de la realidad.

—¿No pinchaste?

—Me llevó a Finisterre para ver amanecer —confieso con una sensación entre la vergüenza y el orgullo.

—Qué bonito —se burla.

—Pues sí. Prueba a sentir algo humano, verás qué sobrecogedor. Llévate a tu novio a Finisterre y dile que no puedes prometerle amor eterno, pero que eres capaz de llevarle al borde del fin del mundo para decirle que lo quieres aquí y ahora. Y después intenta echar un polvo en el coche, a ver si se te quita la mala uva esa que tienes.

—Puaj.

Es lo último que me dice. Después simplemente la beso en la mejilla y me voy. Aún tengo que pasar por otro sitio antes de ir al encuentro de Miranda...

La localizo sentada en una terraza, al tímido sol que ilumina hoy Vigo. He echado un vistazo a la previsión del tiempo y esta tarde lloverá; aprovecharemos hasta las primeras gotas y luego iremos al hotel a dormir arropados, escuchando cómo repiquetean las gotas en la ventana, hasta la hora de la cena.

—Hola. —Me inclino y le doy un beso. Sus labios tienen un leve rastro del sabor del vermú.

—No te he pedido nada por si tardabas.

—Tranqui. —Me siento a su lado y le aprieto la pierna con cariño.

—¿Qué tal tu jefe?

—Bien. Como siempre. Moviéndose en la delgada línea que separa a un gilipollas de un psicópata.

Le arranco una sonrisa y señala la bolsita que descansa en mi regazo.

—¿Y eso?

—He pasado por la farmacia. Toma.

Se la doy, se asoma a su interior y reconoce el medicamento. Es la pastilla del día después. Ayer me corrí dentro de ella. Llevamos un año largo haciéndolo sin goma, con la marcha atrás, pero no termina de decidirse por ningún anticonceptivo. Después de hacernos las pruebas para asegurarnos de que estábamos sanos..., es demasiado tentador. A los dos se nos va la olla llegado el momento, aunque nunca lo habíamos llevado hasta el extremo de anoche. Y sí, ya sé eso de que «antes de llover chispea», pero entra dentro de los riesgos que asumimos.

—Ah... —Cuando coge la cajita se queda un poco descolocada, como si no recordara lo de anoche, pero enseguida asiente para sí misma—. Claro. Gracias.

—No la he comprado porque piense que tú..., es más..., sabes que yo... —Dios, qué mal se me dan estas cosas—. Si no la quieres tomar, por favor, no entiendas esto como que te estoy presionando. Sabes que yo... si por mí fuera...

Miranda sonríe, abre la cajita y me pide que llame al camarero.

—Pide tu cerveza y un poco de agua para mí.

—¿Cómo sabes que voy a querer una cerveza? —le devuelvo la sonrisa.

—Porque lo sé todo de ti.

Y esa afirmación me da miedo. Y calor. Calor también, justo en un punto del pecho donde pocas cosas llegan a provocarme algún efecto.

# 24
## «Ven un segundo y te explico»

¿Sabes cuando te levantas e intuyes que va a ser un día de mierda y, efectivamente, todo es una mierda? Pues súmale el plus de conocer a ciencia cierta lo que va a pasar y cuándo. Algunas cosas puedo solucionarlas; por ejemplo, el chorrazo de caca líquida de paloma que me manchó el pelo, la frente y la gabardina y que he evitado esperando al taxi bajo la marquesina de autobús. El pajarraco malicioso, que estaba esperándome majestuosamente posado en la farola frente al portal, se ha quedado con las ganas. Pero... ¿podré evitar todo lo demás?

Hoy es el cumpleaños de Tristán. Su treinta y cinco cumpleaños. Debería ser un día feliz, pero no va a serlo. ¿Por qué? Porque hoy es día de cierre del próximo número y surgirán muchos problemas que de haberme despertado ayer, los hubiera podido subsanar, pero que hoy van a hacer que la redacción pase directamente a Defcon 2.

En su momento, no solo fui una novia pésima que no le preparó nada especial, tipo fiesta sorpresa y esas cosas, sino que además llegué tardísimo a la «celebración», que no fue más que una quedada de cervezas con los cuatro gatos de la oficina que le caían bien. Bueno, regular. Dejemos el asunto en que los soportaba.

Mi regalo, por cierto, no le gustó: una camisa de Saint Laurent preciosa, negra, con revólveres estampados en blanco. La sacó de la caja en la que venía envuelta, la extendió, la estudió y me miró muy lentamente antes de sentenciar: «Pero, Miri..., no me conoces nada».

Seamos justos con Tristán: la camisa era maravillosa, pero no le pegaba ni con cola. No sé por qué se la compré. A veces nos proyectamos en nuestras parejas. O quizá era el típico regalo que haces porque a ti te encantaría, sin pararte a pensar en los gustos del otro. Quizá no tuve ni siquiera tiempo para pensarlo bien.

A ver qué podemos hacer hoy.

De primeras, la redacción parece estar en llamas. Hoy es el cierre y Marisol (la pobre Marisol, que no lo ha hecho por ganas, sino por presión) nos ha tumbado un reportaje de cuatro páginas. Y sus razones tendrá.

—Chicas, hay que inventarse otra cosa, este reportaje ya no aplica en absoluto.

—A esto se refieren cuando dicen que el papel se está quedando obsoleto —ha apuntado Marta, la directora de digital.

Y ahí ya ha cundido el pánico. Y el mal rollo. Porque, aunque todas hacemos un poco de todo, hay cierta rivalidad (que siempre he creído sana, no obstante) entre la gente que dedica su tiempo al número físico y las personas que hacen lo mismo con el digital. Hoy esa rivalidad ha creado ciertas fricciones, porque...

Hay que sacarse de la manga contenido para cuatro páginas.

Ha entrado una campaña de publicidad importantísima y hay que rehacerlo todo.

Estamos esperando las fotos de un reportaje que no llegan y no llegan y no llegan...

Todas sabemos que eso implica salir muy tarde. Y estas chicas tienen vida más allá de estas cuatro paredes.

Y yo un novio que cumple años.

Me encierro en la sala de reuniones con las jefas de cada sección para buscar soluciones. Ninguna escucha a las demás, Marta no ayuda con sus pullitas, Marisol tiene un almuerzo con Guerlain y yo no dejo de pensar en cómo solucionar lo del cumpleaños de Tristán y me preocupa salir muy tarde. Esto es una casa de locos ahora mismo.

Propongo los temas que nos sacaron del aprieto entonces porque, de pronto, un haz de luz me ilumina el hemisferio del cerebro donde debo tener almacenada esta información, pero resulta que a Eva no le terminan de encajar.

—Hicimos algo parecido hace cuatro o cinco meses.

—Me la come —respondo terca.

Marisol me mira de reojo justo antes de echar un vistazo a su reloj Tank de Cartier.

—Lo siento, Marisol —me disculpo, posando la mano sobre su antebrazo—. Pero es que hay que buscar soluciones.

—Nada, nada. Yo confío en tu criterio, mi amor, pero cuidemos las formas. Sé que lo de «somos señoritas» está bastante fuera de onda, pero... hablémonos con el cariño que nos merecemos.

—Toda la razón. Perdonadme —les digo a las demás.

Asienten. Ellas también están nerviosas.

—¿Qué problema le ves al tema, Eva? —intento mediar, conciliadora.

Fuera, desde todas las mesas, las chicas nos miran como si este cónclave fuera a decidir algo vital sobre sus vidas.

—No podemos estar hablando constantemente de la rutina de limpieza e hidratación.

—Totalmente de acuerdo —secunda Cris—. Desde belleza tenemos muchísimas más cosas que decir.

—En otras circunstancias lo vería igual que vosotras, pero vamos contrarreloj y no es un buen día. Tenemos que ser ejecutivas.

—Pero es que nos repetimos como el ajo.

—Pues dadle un toque diferente —sugiero—. «Rutina de limpieza e hidratación según tu edad o tu bolsillo o si la luna estaba creciente el día de tu nacimiento».

—Pero ¿qué te pasa, Miranda? —Se ríe Rita.

—¿Te parece poco? —Arqueo las cejas y dibujo un barrido con el brazo hacia la redacción expectante.

—Sí. Esto nos pasa mes sí, mes también.

—Pero no todos los meses es la conmemoración del nacimiento de mi novio y le he comprado una camisa que me da que no le va a gustar y voy a llegar tarde a la celebración y me va a mirar mal durante por lo menos cinco días y no me va a tocar ni con el palo de la escoba en dos semanas. Ojo, que eso me afecta a mí y a vosotras.

—¿A nosotras por qué nos va a afectar que tú no chusques? —pone en duda Cris.

—Porque os voy a hacer la vida imposible.

Abro mucho los ojos para darle énfasis.

Supongo que no se creen ni una pizca mi amenaza porque ya me conocen. Como mucho me pondré superpesada quejándome de todo, cosa que tampoco será agradable.

—Chicas, adelante con la rutina facial. Intentad darle un giro original, haced algún guiño a marcas amigas y arrimad el hombro desde moda también —sentencia Marisol.

—¿Y qué tal un editorial desmontando mitos sobre la moda? —propongo de pronto.

—¿Tipo…?

—Pues… lo de «vístete como quieres que te traten», «correcto para una edad concreta», todas las temporadas sale el titular de que un color es el «nuevo negro» y nunca lo es…

—Dijo la eterna viuda.

Todas se ríen. Yo también. No puedo hacer otra cosa. Hoy llevo una falda negra de tubo, un jersey oversize también negro ajustado con un cinturón negro y dorado a la altura de la cintura, unos botines con el mismo acabado, y... ¿adivinas de qué color era la gabardina y el bolso con los que llegué? Bingo.

—Me parece bien. Ajustamos páginas y secciones. Lo dejo en vuestras manos. ¿Ves? —Marisol se levanta y se recoloca la blusa—. ¿Ves como no hace falta ponerse barriobajera?

Me río y asiento. Me señala con su mano de manicura perfecta.

—La dejo al mando, *like usual*. Vuelvo en cuanto pueda. No me escaqueo. Hoy el cierre lo hacemos juntas o no lo hacemos.

Un suspiro se me enquista en el pecho cuando me doy cuenta de lo muchísimo que me gusta esto, de lo unida que estoy a mi trabajo. Tristán, el de 2021, tiene razón. Es uno de los amores de mi vida y a veces me paso de mimo...

—Ah... —Mi jefa se gira en la puerta de la sala de reuniones y se dirige de nuevo a mí—. Sobre lo del cumpleaños de tu novio... ¿Sabes en realidad lo que más ilusión les hace a los hombres?

—¿Qué?

—Lo mismo que a nosotras: sentirse especiales. Que les regales tu tiempo.

—Genial. Es un día perfecto para encontrar un montón de tiempo para él. —Suspiro.

—Sabrás hacerlo, chica lista.

La amo, pero me dan ganas de estrangularla.

Reparto el contenido a escribir de la manera más justa posible y me quedo con un par de tareas. A las pobres becarias les pido que busquen imágenes que no hayamos usado antes y que ilustren cada artículo nuevo.

Después de dos llamadas tratando de que nos manden las fotos del reportaje que nos faltan (y que siguen sin llegar), me voy arrastrando los pies hasta la cocina para servirme otro café y, de paso, sentarme con la cabeza entre las manos a ver si se me ocurre algo que no decepcione mortalmente a mi pareja. Llevo diez minutos en esta postura contemplativa cuando entra la primera hornada de redactoras y becarias a por su dosis de cafeína.

—Hola, Miri —me saludan a una, como un coro.

—Hola, chicas. —Casi no levanto la cabeza.

—¿Todo bien? —pregunta una.

Me incorporo con el pelo como Eduard Punset y niego con la cabeza.

—Vamos a llegar a casa tardísimo hoy, ¿somos conscientes?

—Sí —responden otra vez a coro antes de echarse a reír.

—Bueno, nos comeremos el marrón por rangos de sueldo, así que las que menos cobren tendrán el honor de salir de aquí en cuanto terminen sus tareas.

—Muy considerada.

Hago una suerte de reverencia.

—Me viene genial, porque hoy es el cumple de mi novio.

Miro a la chica de la que ha salido la vocecilla y lo hago en un movimiento que bien podría ser el de un perro de presa que ha visto pasar un conejo.

—¿Le has preparado alguna sorpresa?

—Bueno... —Se encoge de hombros, avergonzada—. Algo.

—¿Me lo cuentas?

Todas se miran entre sí, cohibidas. No olvidemos que cuando no está Marisol, soy la máxima autoridad.

—Si quieres…

—Es que… hoy también es el cumpleaños del mío y no he podido organizar nada. Me siento fatal y sé que…

—¿Le felicitaste esta mañana?

Asiento.

—Y le llevé el café a la cama. Pero tenía una reunión a primera hora y no ha podido tomárselo tranquilo.

Claro, no puedo decirles que la que tenía prisa era yo porque cuando he identificado en qué día me he despertado, ya sabía todos los marrones que sufriríamos hoy.

—He reservado mesa en un restaurante y vamos a encontrarnos en el bar donde ligamos por primera vez. —Sonríe cortada—. No sé si puede darte alguna idea. No es muy original.

—Ya…, es que voy a salir tardísimo.

—¿Y no podemos sustituirte nosotras para que salgas antes?

—No, no. Si se alarga el cierre, es mi responsabilidad.

Asienten agradecidas, pero me quedo mirándolas, alelada. He tenido una idea.

—Oh, oh… —murmura una de ellas.

—Aunque… En el cierre no podéis sustituirme, pero…

—Miri, yo no pienso ir a hacerle carantoñas a tu novio —se defiende una.

—¿Tú lo has visto? —Otra le da un codazo—. Yo voy, yo voy.

—¡Seréis marranas! —Me río—. Dejadme pensar. Igual os pido algún favor.

A los veinte minutos aparezco como una loca en la redacción, corriendo y aún despeinada. Muy despeinada.

—¡Que levanten la mano las que no lleven tacón hoy!

Después de una mirada de confusión, seis manos emergen con timidez.

—Tú no —le digo a Rita—. A ti te necesito para cerrar este puto número. Tú. —Señalo a una becaria—. Necesito que me hagas un favor.

—¿Y qué le vas a dar a cambio? —me fastidia desde su mesa Cris.

—Escuchadme… —Subo la voz y todas me prestan atención—. Hoy es día de cierre y, como ya sabéis, todo pinta a que vamos a salir muuuy tarde. Pero… para amenizarlo, las que menos trabajo tengan asignado van a ayudarme con el cumpleaños de mi chico. A cambio…, todas tendréis antes de iros una bolsa llena de productos del almacén de belleza.

Hay un aplauso conjunto y varios hurras.

—Almudena, ven un segundo y te explico.

# 25
## Acariciándome la cara

Echo de menos fumar. Cuando fumaba, al menos tenía excusa para salir de esta oficina diez minutos cada hora y media. Bueno..., no es una oficina. Es uno de esos pisos antiguos con muchas habitaciones que se ha convertido en un bufete de abogados. Tiene el aspecto de una notaría pija, aunque tiene sentido porque supongo que somos un bufete pijo.

Las habitaciones se transformaron en salas de trabajo y despachos. La cocina se amplió y tenemos un *office* con máquina de café y algunas mesas donde comemos cuando traemos la comida preparada. Los techos son altos. Tenemos tres baños. Las paredes son blancas y lisas y la decoración es clásica y elegante. Solo hay algún cuadro de temática paisajística en los pasillos y los muebles son de madera buena. Podría decirse que es un buen lugar para trabajar, aunque para mí resulte tan asfixiante. Supongo que, al menos en lo que a comodidad se refiere, tengo suerte. En mi sala de trabajo tenemos un balcón y, cuando lo abrimos, la brisa nos trae las voces de la calle, el olor a la estación del año y cierto anclaje con la vida real, que es aquella que se desarrolla extramuros de este despacho. Nunca he terminado de entender el concepto de vivir para trabajar.

El ambiente no es horrible, pero no me gusta lo que hago. He tardado un par de años de más en darme cuenta de que se me da bien, pero no lo disfruto. Me salva el hecho de que no tengo claro qué podría hacer además de esto.

Hoy tenemos el balcón abierto. Es mi cumpleaños. Se avecina un cumpleaños triste.

El año pasado pude ir a Vigo porque cayó en fin de semana. El anterior no me acuerdo. Pero este..., bueno, Miranda tiene día de cierre, con lo que no creo ni que se pase a tomar una cerveza con los del bufete después; llegará a casa tardísimo y hecha polvo. Y en Madrid no atesoro muchos amigos. Además no tengo apenas curro hoy, pero no puedo salir de la oficina. Estoy un poco triste. Siento morriña.

—Tristán.

Levanto la cabeza del ordenador y miro al secretario del bufete. No suele dirigirse mucho a mí; solo si los socios dejan alguna indicación que compartir conmigo o si llega documentación a mi nombre. Pero no parece eso..., luce cierta sonrisita burlona.

—¿Puedes salir un segundo?

—¿Por?

—¿Es tu cumpleaños?

Por Dios...

—Ehm... —Noto cómo se me sonrojan las mejillas por debajo de la barba—. Sí. ¿Por?

—Ha venido una chica...

Antes de que pueda salir corriendo hacia allí para comprobar que Miranda no se ha personado en mi oficina con alguna idea loca, una chiquilla rubia, monísima, por cierto, se asoma por detrás de él, sonriente. Va cargada con una caja en la que han atado dos globitos de helio con un «35».

—La mato —digo muy serio para después partirme de risa de pura vergüenza.

La chica se acerca sin pedir permiso y yo vuelvo a sentarme en mi silla, aunque supongo que decir que me desmorono en mi silla sería más fiel a la realidad.

—Hola, Tristán, feliz cumpleaños.

Aparta muy resuelta algunos papeles y deposita con cuidado la caja. Los globos se quedan flotando sobre mi mesa para el goce de todos mis compañeros, que estallan en un aplauso, risas y vítores. La mayoría de ellos me cae regular (mucho ego, mucha tontería, mucha competitividad), pero me contagian la risa.

—Gracias —le digo—. ¿Y te manda a ti?

—Estamos de cierre, Tristán. Es como si vosotros tuvierais un juicio importante. —Sonríe como una bendita—. No podemos perder en plena batalla a nuestra mejor amazona. Además... me manda a mí, que llevo zapato plano.

Esta Miranda. Me tapo la cara, me la froto y vuelvo a reírme en medio de un suspiro.

—Vale. Muchas gracias...

—Almudena.

—Muchas gracias, Almudena.

—A ti, Tristán. —Me tiende un sobre—. Feliz día...

—Suena a amenaza.

Contesta con una risita al tiempo que se da la vuelta hacia la puerta. La veo coquetear con el secretario antes de marcharse. Me encanta la vitalidad de la veintena, cuando creemos que el mundo es nuestro, y... probablemente lo sea. Abro la caja y encuentro, muy bien organizado y colocado de manera coqueta, un café, un zumo, un rollito de canela y un pincho de tortilla. Me entra la risa.

—¿Qué te mandan, gallego? —pregunta uno de mis colegas.

—El desayuno.

—¿Y la carta?

—Será una felicitación.

Abro el sobre y saco una tarjeta blanca donde solamente hay escritas unas pocas palabras y la firma de Miranda.

Feliz desayuno de cumpleaños.

Te quiero.

Igual tú, esta noche, no sientes lo mismo por mí.

Miranda

Arqueo las cejas. Vaya. Pues sí suena a amenaza. La temo. La temo mucho, pero con una sonrisa.

—¿Compartes? —Una compañera se asoma para ver si puede rapiñar algo. Son las once y media y ya hay hambre.

—Ni de coña.

Miranda sabe que a mí, sobre todo a mí, se me seduce rápido con comida.

A las doce y cuarto un rayo de sol cruza la estancia y a su paso deja que veamos el baile dorado de las motas de polvo a través de él. Andamos todos mirándolo un poco embobados porque resulta apacible, como la secuencia de la bolsa de plástico que flota con el viento en *American Beauty*. Estamos bromeando sobre qué pasaría si nos vieran los clientes así de alelados cuando el secretario vuelve a entrar.

—Tristán...

—Ay, Dios..., ¿personal o documentación?

—Personal.

Me pongo en pie de un salto.

—Vale, voy...

—No hace falta que salgas.

—Voy, voy y lo cojo en la recepción. —Quiero evitar el paseíllo del mensajero o de la becaria de turno hasta mi mesa, sea lo que sea lo que se le ha ocurrido enviarme a Miranda, pero veo cómo niega con la cabeza, muy divertido.

—Es mejor que entre el mensajero con el carrito...

—¿Con el carrito?

Un mensajero vestido de azul medianoche entra silbando y empujando un carrito con tres cajas. Tres cajas y un sobre.

—¿Tristán Castro?

—Yo.

—Écheme una firmita aquí.

No doy crédito.

Cuando el mensajero se ha ido, le pido con un gesto unas tijeras a mi compañera de mesa, que aprovecha para levantarse y asomarse para ver qué esconden las cajas.

—¿Te lo manda también tu chica? —pregunta un compañero desde el fondo de la sala.

—¿Quién si no?

—Tu novia es... efusiva.

—¿Efusiva? Es un vendaval.

Cuando abro las solapas de la primera caja, doy un pasito atrás y pongo las manos sobre las caderas mientras me muerdo el labio superior. No me lo puedo creer. Está chalada.

—¿Qué son?

No respondo. Aparto la caja y abro la de abajo. Idéntico. El contenido de la que hacía de base también es el mismo. Cojo el sobre y lo abro sin demasiada ceremonia, rompiéndolo.

> Querido Tristán:
>
> Te diría que los guardes en un espacio seco y alejado de la luz del sol, pero primero tienes que encontrar la pista.
>
> Siempre has sido muy goloso, ¿no?
>
> Feliz huevo de cumpleaños.
>
> Te quiero,
>
> Miranda

—¿Qué son?

Cuando levanto la mirada, todos mis compañeros se concentran a mi alrededor.

—Huevos Kinder.

La carcajada debe haber llegado a la sala de trabajo que hay en la otra punta, porque no tardan en acercarse un puñado de compañeros más. Y menos mal, porque voy a necesitar ayuda.

Contamos doscientos diez huevos Kinder en total. Setenta en cada caja. Nos organizamos en grupos para ir estudiándolos con cuidado para hallar «la pista». El que lo haga debe dar la voz de alarma para que el resto deje de buscar. Damos gracias de que los jefes estén tremendamente ocupados hoy y que no haya ningún fuego que apagar.

—Tu novia es la leche —murmura mi compañera mientras aparta las chocolatinas que ya han sido estudiadas.

—No los sobéis mucho, que me los quiero comer —les digo, levantando el que he mordisqueado ya.

—Tienes chocolate para tus antojitos después de comer hasta que cumplas treinta y seis.

O cuarenta.

—¡¡Aquí!!

El grito proviene de la sala de trabajo contigua, así que el parqué devuelve el sonido de decenas de pasos rápidos cuando salimos hacia allí a la carrera. Tengo que esforzarme para abrirme paso hasta el compañero que ha encontrado la pista y que, probablemente, ya ha leído.

No sé si me muero de la vergüenza o de la risa.

—Uuuh —aúllan un par de capullos que han debido de ojearla.

—Arghhh, qué asco dais. Dádmela.

Oigo varias bocas masticar mientras la leo.

> No comas mucho... Te necesito con hambre.
>
> Felices y calientes treinta y cinco, mi amor.
>
> Miranda

La madre que la parió.

—Pero ¡esto no es una pista!

—Esto es una declaración de intenciones.

Mis compañeros no se cortan un pelo en opinar. Un codo se me clava en el costado y pongo los ojos en blanco mientras meto el papelito doblado en el bolsillo del pantalón. Después, cuando llegue a la mesa, lo guardaré en mi cartera, junto a las demás notas.

—Ale, gracias por la ayuda. Coged un par de huevos cada uno, que hay quien dice que a este bufete le faltan.

—U ovarios, ¿no?

—Toda la razón. —Hago una reverencia a otra de mis compañeras, que aprovecha para darme una merecida colleja.

Paso la siguiente media hora organizando cajas con huevos Kinder. Está siendo el cumpleaños más estrambótico de mi vida. Pero no hay paz para los malvados, así que justo cuando termino y vuelvo a sentarme en mi silla, el secretario asoma la cabeza de nuevo.

—Tristán…

—¡No puede ser! —exclamo.

Todos estallan en carcajadas y aplauden.

—¿Mensajero o becaria?

—Becarias…

Tres chicas vestidas tan modernas que parecen llegadas del futuro aparecen portando una cajita cada una y muertas de la risa. Son la versión moderna de los Reyes Magos, pero no estamos en Navidad.

—Hola, Tristán —me saludan al unísono.

—Hola, chicas. —Suspiro.

—Qué guapo… —murmura una entre risitas.

—Feliz cumpleaños.

Las tres me tienden sus cajitas, pero yo dudo.

—¿Tengo que abrirlas en algún orden concreto?

—Dice Miranda que no importa, que..., ¿cómo era?

Se miran las unas a las otras y por fin una abre los ojos en un claro gesto de «¡lo tengo!».

—Que nunca te has mostrado demasiado fan del protocolo en este caso.

—Ay, Señor... —murmuro para mí.

Para cuando las chicas están saliendo por la puerta, mi mesa ya está rodeada de compañeros y compañeras expectantes. Yo, que me imagino por dónde van los tiros, no sé muy bien cómo deshacerme de ellos, pero el morbo es el morbo.

—Esto creo que va a ser mejor que lo abra yo por mi cuenta.

El abucheo no me amedrenta, pero no se van.

—Chicos, ¿no tenéis curro o qué?

—¡¡Ábrelo!!

—Id a comeros un Kinder.

No hay manera. Rezo por que Miranda no haya sido demasiado ella misma en la elección de este regalo.

Abro el más pequeño. Es ciertamente tan pequeño que no creo que pueda meterme en ningún problema o sacarme los colores. Tardo demasiado en comprender que me estoy equivocando.

Son dos dados. Dos dados rojos, del tamaño más o menos de una nuez, que, en lugar de números, llevan algo escrito en cada una de sus caras. En uno de ellos acciones; en el otro partes del cuerpo.

—La madre que la parió... —mascullo entre dientes intentando a la vez esconderlos.

Pero es tarde. Mis compañeros también han atisbado a leer «lamer» y «pezones».

Hay un aplauso general y yo querría excavar en el suelo hasta llegar al primer piso y salir corriendo calle abajo a coger el autobús. Pero de buen rollo, porque es imposible no reírse. La gente se ha venido irremediablemente arriba y ha empezado a vitorear y a dar palmas al ritmo. «Miranda, voy a matarte».

—¡Que los abra! ¡Que los abra!

—¡Van a salir los socios, por Dios, bajad la voz! —pido, pero los socios o están escuchando a Vivaldi a toda pastilla o no están. Me da que es más bien lo segundo.

Meto las cajas bajo la mesa e intento por medio de la razón disuadir al tumulto, pero no es hasta que no les hostigo con el paraguas del bufete que todos tenemos bajo la mesa para los días de lluvia cuando se van. Cuando siento que no tengo ojos curiosos alrededor y bajo el tablero de la mesa, abro las otras dos cajas. Primero la mediana: unas esposas..., pero no las típicas. Tengo que estudiarlas un poco antes de decidir que tal vez sean para el cabecero de la cama. O quién sabe si sirven para cualquier mueble. Creo que me va a salir vapor por las orejas. No sé si me atrevo a abrir el grande. Por favor, que no sea lo que mis amigos llaman «cintupene», porque, no digo que no me gustara si lo probara, pero no tengo ganas de andar por ahí..., y tendríamos cachondeo en la oficina para años. No es que me importe demasiado lo que los demás piensen sobre mi vida sexual, pero... prefiero que no opinen nada en absoluto.

Dentro de la caja hay otra muy bonita, negra, adornada con un lazo que al caer dibuja un tirabuzón hasta el suelo. Para ver el contenido tengo que apartar papel de seda perfumado bajo el que descubro...

Vuelvo a cerrar la caja, lo dejo todo junto a mis pies y apoyo la frente encima de la mesa. Joder. La puta de oros.

Hay tanto lazo y encaje en ese conjunto de ropa interior que ni me hago a la idea de cómo le quedaría puesto. Pero me da que es... bastante más obvio que los que usa normalmente. Es ese tipo de conjunto que no se pondría debajo de la ropa para ir a trabajar. Se lo pondría para salir a cenar y sugerirme, en voz muy baja, en mitad de la cena, que lleva algo debajo que puede que me guste.

Como aquella vez. Deslicé la mano sobre la mesa, sigiloso, mientras ella me hablaba inclinada hacia delante, falsamente interesada en su café, hasta alcanzar su pecho izquierdo y manosearlo. Casi follamos en un portal después. Y hoy, como en aquella ocasión, no puedo levantarme porque se me ha puesto dura. Sabe que esas cosas me ponen caliente.

Levanto la vista hacia mi ordenador y me doy cuenta de que todos los compañeros con los que comparto sala de trabajo me miran con una sonrisita en la cara.

—¿Lencería? —se atreve a decir uno de ellos.

—Sí.

La carcajada plural me contagia. Maldita Miranda. Me vuelve loco.

A las dos, hora a la que suelo salir a comer, mis compañeros me proponen ir a una hamburguesería cercana a «celebrarlo». Me apetece decirles que ya lo vamos a «celebrar» con unas cervezas a la salida, pero no sé cómo no quedar como un rancio si lo hago, de modo que asiento. No me apetece nada sentarme a comer una hamburguesa grasienta (que, oye, otro día no le haría ascos, pero hoy no se me antoja) con este montón de conocidos. Algunos me caen bien, pero tengo que ser sincero y confesar que no he conseguido ahondar en mi relación con ninguno. Aquí tengo colegas, pero no creo que pudiera llamar a ninguno amigo. A veces pasa. No es que sea un imbécil; yo lo he intentado, pero... no terminamos de encajar. El que no está obsesionado con aprender a jugar al golf para impresionar a los clientes y trepar rápido es un pijo redomado. Hay un par de chicos y chicas que me caen bastante bien, pero... tienen vidas muy diferentes, familiares.

Bajo por las escaleras con unos cuantos; normalmente hablarían de trabajo, de fútbol, de teatro o de algún programa de la tele, pero hoy mi cumpleaños monopoliza la conversación, para mi total incomodidad. Yo sonrío y meto las manos en los bolsillos lo más hondo que puedo, pensando qué tema sacar para desviarlo. Pero...

Cuando piso la calle y la luz amarilla de la primavera madrileña me baña la cara, entrecierro los ojos. Supongo que por eso no la veo enseguida. Al principio solo atisbo una figura vestida de negro apoyada en el coche que está aparcado frente al portal. Pero esa sonrisa pintada de rojo solo puede tener una dueña. Me salta el estómago dentro del cuerpo y sonrío. Me hace cosquillas. Cosquillas en las palmas de las manos, en las vísceras, en la polla, en los labios. Todo mi ser quiere acercarse a ella, olerla, besarla, acariciarla.

Se escucha un breve murmullo divertido que ella sobrelleva detrás de sus gafas de sol enormes. Eso me gusta..., es sofisticada sin pretenderlo demasiado; y como tantas otras cosas que me encantan de nosotros, este rasgo también me da un poco de miedo. Me da micdo que me canse. Me da miedo que quiera que yo también lo sea y... no serlo lo suficiente. O en absoluto.

—Loca.

Lo digo en silencio, para que pueda leerme los labios.

—Chicos, id sin mí, ¿vale? Ya lo celebramos esta tarde.

Me palmean la espalda como si fuera un torero y tuviera que enfrentarme a un miura, como si sospecharan que temo que debajo de la gabardina... Miranda no lleve nada.

—Dime que no estás desnuda debajo de eso —le susurro casi pegando mi nariz a la suya.

—¿Estás loco? Claro que no. Vengo a comer contigo, no a comértela.

—No sé qué parte de tus últimos tres regalos ha podido confundirme.

—Bésame.

Apoyo una mano en la carrocería del coche y miro a mi alrededor para asegurarme de que mis compañeros han girado ya la esquina. Entonces me pego más a ella, dejándola atrapada entre el vehículo y mi cuerpo, haciendo énfasis con mi cadera para que note que siempre reacciono cuando la huelo. La beso. La beso bien, muy bien, pero breve. Quiero que se quede con tanta hambre como la que ella me está dejando después de sus regalitos.

—Cabrón —gime cuando me separo de ella y evito que me vuelva a besar.

—Dicen que hay que darle misterio a las relaciones para que sean sanas y duraderas. —Le sonrío con descaro—. ¿Qué haces aquí? Te hacía muy estresada, de cierre de número.

—Y lo estoy, pero tendré que comer, ¿no? Hoy todo son problemas. Si aparece Godzilla en la redacción exigiendo derecho de pernada, yo ya ni me extrañaría.

—Poco podría hacer allí; no creo que haya ninguna virgen.

—Según por qué orificio.

Se me escapa la risa por la nariz.

—No me acostumbro. —Me vuelvo a acercar a su boca divertido.

—¿A qué?

—A ti.

—Eso es bueno; así no podrás aburrirte.

A veces me da por pensar que Miranda tiene la capacidad de leerme la mente. Hay días en los que parece que nada en mí puede resultarle ajeno o extraño o indescifrable. Como si fuera un libro abierto. O una página en blanco que ella va escribiendo de su puño y letra.

—Lo siento muchísimo —dice compungida—. Solo tengo cuarenta y cinco minutos. Máximo una hora. Me hubiera encantado montarte un pícnic en el parque del Oeste..., cerca del riachuelo que te gusta, pero me es imposible. Y no es porque no te quiera o quiera más a la revista; es que tengo una responsabilidad.

—No pasa nada —le digo de corazón.

—Así que... reservé mesa en Nagoya. Nos pilla cerca a ambos y sé que, aunque no te mata el sushi, el de allí sí te gusta.

Quiero decirle que es perfecto, justo lo que me apetecía, aunque aún no lo supiera, pero me limito a cogerla de la mano y tirar un poco de ella en dirección al restaurante.

La comida es fugaz. O eso me parece. Soy consciente del esfuerzo que está suponiendo para Miranda no consultar el móvil cada dos por tres. Me pone enfermo que lo haga porque, de alguna manera superpueril, me siento invisible, poco importante, de paso. Como si fuera a esgrimir el argumento de: «Déjame un segundo, son cosas de mayores». Y yo quiero ser su cosa de mayores, aunque también deseo tener las mías propias, pero no me sale. Nos despedimos en la misma puerta del restaurante, donde coge el primer taxi que pasa. Tiene que ir a acosar a no sé quién que le debe no sé qué fotos.

—Temo que se haya olvidado de editarlas y esté haciéndolo a toda prisa. No puedo publicar un mojón de vaca.

No sé muy bien a qué se refiere, pero como otras tantas veces, no hay tiempo para explicaciones. Es como una superheroína de la moda. Tiene sus obligaciones con el mundo. Es «La mujer de verde» a la que canta Izal.

En cuanto pierdo de vista el taxi en el que se marcha, pongo rumbo de vuelta al despacho, pero apenas llevo unos metros cuando me suena un mensaje de Miranda en el teléfono:

En tu bolsillo derecho.

Hundo las manos en los bolsillos de la chaqueta, en ambos, a pesar de que ha sido muy concreta, y descubro un papelito que leo de inmediato. Es solamente una dirección:

Calle Modesto Lafuente, 31.

Abro Google Maps, que me sopla que tardaré diecisiete minutos andando hasta allí. Si aprieto el paso no serán más de quince. Llego un pelín sudoroso, pero corre una brisa agradable que lo hace más llevadero. La dirección corresponde a una pequeña librería que juega con el nombre de la calle y el suyo: Modesta Librería. Y encaja, porque el espacio es muy pequeñito. No sé qué hago aquí. ¿Quiere que me compre un libro? ¿Es una indirecta para que lea más? ¿Quiere que se lo compre a ella? Estoy dubitativo, pero cedo a la tentación de entrar. Un chico se encuentra detrás del mostrador leyendo, sentado en una banqueta.

—Hola —le saludo.

—Hola...

No me mira. Me escudriña. Frunce el ceño bajo su flequillo.

—¿Estás buscando algo en concreto? —me pregunta.

—No. —No puedo evitar reírme, un poco avergonzado—. La verdad es que...

Saca un libro del mostrador y me lo tiende. Es un libro pequeñito; en la portada, sobre fondo verde, la fotografía en blanco y negro de una chica que bien podría ser la protagonista de una película de cine mudo y que sostiene un corazón del que surgen flores. *Primero de poeta*, de Patricia Benito.

—Creo que este es el tuyo...

—Ehm... —dudo.

—Porque tú eres Tristán, ¿no?

Sonrío. Sí, sí que lo soy, sobre todo cuando es ella quien pronuncia mi nombre.

Ya debería estar en mi mesa retomando el trabajo tras la pausa de la comida, pero he decidido tomármelo con calma. Un día es un día. Me siento en un banco, en una pequeña plaza cercana a la oficina, con el libro en la mano. Observo que tiene una dedicatoria, sencilla y perfecta, que ha redactado a toda prisa con el bolígrafo azul que siempre lleva en el bolso y que deja un minúsculo borrón al empezar a escribir:

> Solo quería regalarte algo bonito que durara mucho.
>
> No creo que haya nada más permanente que las palabras impresas, sobre todo cuando son de amor.
>
> Te quiere,
>
> Miranda

Hojeo curioso las páginas en busca de una nota, de una pista, de algo, pero lo único (que es mucho en realidad) que encuentro es la esquina de una página doblada. Entiendo que quiere que lea este poema.

*Tanto tiempo acostumbrada*
*a amores de barra*
*en lunes llenos de noche,*
*que no sé hacerlo de otra manera.*

*Tanto tiempo acostumbrada*
*a curarme con limones,*
*a cicatrizarme con sal,*
*a borrar con tequila.*

*Tanto tiempo acostumbrada*
*a permisos de fin de semana,*
*a orgasmos sin amor,*
*a espacios sin calor.*

*Tanto tiempo acostumbrada*
*a pisar despacio,*
*a entrar sin hacer ruido,*
*a huir sin dar abrazos.*

*Tanto tiempo conmigo,*
*tantas noches sin ti,*
*que no sé hacerlo de otra manera.*

*Y llegas tú,*
*y entiendo por qué la primavera*
*viene después del frío*
*y me parece imposible*
*que vuelva el invierno.*

*Y cualquier día de la marmota*
*suena perfecto contigo.*

Miranda..., ¿cuánta fuerza hizo falta para crearte?

No quiero aburrir con el resto. Solo...

A las cinco de la tarde llega un ramo de flores enorme a mi nombre con una nota en la que pone:

> Las flores no tienen género.
> Solo son bellas. Te quiero

A las seis, un mensajero con una caja de dónuts de colores, decorados y rellenos.

A las seis y cinco minutos, un mail con el link a una canción de Zahara... «Tú me llevas».

A las seis y media, cuando casi toda la oficina vamos al bar de la esquina a brindar con unas cervezas, el camarero me llama aparte para decirme que a media tarde llegó una chica, le pagó cien euros y le dijo que eran para mi celebración... Me pregunta si quiero que saque algo de comida.

—Tenemos torreznos de Soria...

A las diez, cuando llego a casa, un caminito hecho con velas led me conduce al baño, donde suena música (a saber desde qué hora) y hay bombillas pequeñas colgadas de cualquier manera por todas partes y una nota pegada al espejo:

Tenías razón en lo de que todas las casas deberían tener una bañera. Quería prepararte un baño para que te relajaras, pero solo puedo ofrecerte una ducha.

Si te quedaste con hambre, tienes la cena guardada en el horno. El iPad, encima de la cama, está preparado para que veas esa serie aburridísima que te encanta.

No puedo decir que llegaré pronto, pero sí prometerte que llegaré. Siempre y donde estés. Da igual lo que tarde. Llegaré.

Te quiero,
Miranda

PD: Si cuando entre, encuentro la lencería que te mandé colgada del pomo de la puerta del dormitorio, entenderé que puedo despertarte para que me ates a la cama. Quizá mejor el sábado, que estarás descansado y con mucho más tiempo para disfrutar(me)(nos).

Sobre la cama, además del iPad, está el pijama, que huele a suavizante.

Me quedo dormido viendo la serie y se me olvida colgar la lencería en la puerta, pero me despierto cuando ella aparta la tablet de mi regazo y se mete sigilosamente en la cama. Ahora mismo no me veo con capacidad para echar un polvo que valga la pena recordar, así que lo apunto como tarea pendiente para mañana.

Miranda se acurruca a mi espalda, abrazándome la cintura; noto cómo me huele por encima del algodón de la camiseta. Suspira, como si le aliviara mi olor, pero despacito, porque cree que estoy dormido.

—Lo siento —musita.

—Gracias por el mejor cumpleaños de mi vida.

Me vuelvo hacia ella y nos besamos. Parece entre triste y aliviada, pero está muy oscuro y esto es solo una percepción volátil.

Vuelvo a quedarme dormido con las yemas de sus dedos acariciándome la cara.

# 26
# Y el gazpacho deja de saberme tan rico

Me hubiera gustado despertarme tal y como me dormí, con sus brazos rodeándome, su olor a mi lado y mis manos sobre él, pero estoy sola en la cama y el despertador me acribilla las sienes como una ametralladora. Me duele muchísimo la cabeza y no sé en qué día vivo.

Entra bastante luz por la ventana para ser las siete de la mañana, así que deduzco que es pleno verano. El móvil me lo confirma: 5 de julio.

Me siento en el borde de la cama y noto pesadez en la cabeza, los párpados y los hombros. Cuando consigo reunir las fuerzas suficientes para levantarme, me dirijo al baño, y al mirarme en el espejo casi no me reconozco. Estoy fatal..., tengo la piel macilenta, los ojos hinchados, unas profundas ojeras y el pelo bastante sucio. Bastante sucio es un eufemismo..., lo llevo guarrísimo. Se pueden freír croquetas en él.

No sabría decir si he perdido peso, lo he ganado o estoy igual, pero mi cuerpo ha cambiado y tengo cara de haberme muerto. ¿Esto es consecuencia de tanto saltar en el tiempo? Pero espera... ¿En qué año estoy?

Una alarma interna me pone el corazón a mil y, con la mano en el pecho, como si pudiera sujetarlo para que no lata tan rápido, estudio el entorno. Mi casa. Una casa que está exactamente igual que anoche, excepto por algunos sutiles, muy sutiles, cambios.

En la ducha no está el jabón de Tristán. Tampoco encuentro su maquinilla de afeitar, la espuma, el cepillo de dientes o el peine en el cajón. El armario está mucho más vacío que de costumbre: faltan sus cosas. Y sus zapatos. Me precipito hacia el salón: no están sus libros, sus discos, el mueble de los vinilos…, tampoco nuestras fotos. Pero… ¿he vuelto hacia atrás? ¿He vuelto a antes de conocerlo?

—No, no, no, no —repito con una nota de rabia en la voz.

Me flaquean las fuerzas; estoy cansada. Todo estaba saliendo bien…

Abro la aplicación de calendario del móvil y me vuelvo a sentar de golpe.

5 de julio de 2021.

Hace tres meses que Tristán me dejó.

—¡¡¡¡Joder!!!!

Tardo un rato en reaccionar. Tengo ganas de volver a meterme en la cama, correr las cortinas y dormitar hasta que esto se pase. No sé dónde quiero despertarme mañana, pero que no sea aquí. Se me pasa por la cabeza varias veces la posibilidad de despertarme atada en una cama de un sanatorio mental con un doctor diciéndome que todo es un sueño. Igual Matrix existe y la simulación que me han puesto está escacharrada.

Lo cierto es que hoy es lunes y, hasta donde sé, una se gana la vida trabajando. Puedo llamar a la revista, decir que estoy enferma y después darle un toque a Iván y pedirle que venga. Quizá él…, no sé. Quizá él sepa darme una explicación de qué está pasando. Es muy listo; siempre lo ha sido…, a lo mejor él lo entiende.

También podría ir a trabajar, y... fíjate que tengo el pálpito de que debería hacerlo. Pero antes... voy a cambiar las sábanas y a ventilar esta habitación. Todo parece indicar que me he pasado el fin de semana tirada en la cama. Huele a..., vamos a dejarlo en que huele a cerrado.

La nevera está vacía. Junto a la basura, varias bolsas de comida para llevar. Todo muy sano, claro..., los granos que me noto en la barbilla y en la sien tienen como mamá a «menú de hamburguesa con aros de cebolla» y como papá al combo completo de pollo frito. El fregadero está lleno de vasos, tazas, cucharas y algún plato. La lavadora vacía y el cubo de la ropa sucia lleno. El lavabo lleno de pelos. Una pelusa grande me mira muy seria en una esquina, juzgándome. Parece decir: «Has tocado fondo, marrana».

Cuando salgo de casa, por fin lo he dejado todo mínimamente decente..., lo suficiente como para que los vecinos no se sientan en la obligación de llamar a Sanidad para que me clausure el hogar por atentar contra la salud pública. Hasta el jueves no vendrá Yolanda, así que algo había que hacer para no vivir en la inmundicia durante cuatro días.

Me he vestido con una de las pocas cosas que quedaban limpias en el armario y que no es de fiesta: un vestido midi de algodón y manga corta. He añadido un colgante para mostrar cierta intención de «haberme puesto mona». Me he lavado el pelo, pero lo he recogido en un moño bajo despeinado para no tener que hacer mucho con él. No llevo ni pizca de maquillaje. No me apetece, pero sigo teniendo los párpados hinchados; al parecer, me he pasado llorando buena parte del domingo. Parezco Ojoloco Moody, de *Harry Potter*.

Habría podido cerrar el look con una declaración de intenciones en versión calzado, pero me he decidido por unas Converse bajas negras, apostando por la comodidad. De bolso, un capazo grande. Vistiéndome me he dado cuenta de que he adelgazado a trozos… Han menguado los pechos, los brazos y quizá los muslos, que además parecen más flácidos. Me siento entumecida y blanda a partes iguales. Sin embargo, estoy hinchada en vientre y cara, como si mi cuerpo estuviera cambiando su constitución por partes y no al unísono. Conozco mi cuerpo y, aunque no me preocupa el efecto estético, sé que todo esto es consecuencia de meses de no cuidarme nada. Meses de abandono. Y eso ya…

Se me olvida quitarme las gafas de sol al entrar en la redacción y las mantengo hasta mi despacho. Bueno…, en realidad se me olvidaron puestas unos pocos segundos y después pensé que lo mejor era no quitármelas para que nadie se asustara.

Algunos ojos me acompañan hasta «mis aposentos», pero no cruzo la mirada con ellos. Solo lanzo un «buenos días» genérico al aire. Nada de frases motivacionales ni mimos. Tengo la necesidad de esconderme, como una alimaña nocturna a pleno sol. De tanto ver películas de vampiros he terminado convirtiéndome en uno.

Enciendo el ordenador, abro la agenda con la intención de ponerme a trabajar de inmediato y…, Dios…, qué desastre. Todo está lleno de pósits caóticos, garabateados, poco legibles. No entiendo nada de lo que hay aquí, pero sí alcanzo a adivinar que tenemos muchísimo trabajo por hacer. No sé por dónde empezar. Me azota un pensamiento bastante compulsivo, uno que conozco y que me visita siempre que no estoy bien, cuando pongo las miras en propósitos que me quedan muy lejos y al no alcanzarlos me desmorono. Es como: «Esto es un desastre, y me siento incapaz de hacer nada por mejorarlo; no quiero hacerlo. Tendría que emprender una tarea titánica para la que no estoy preparada». En lugar de todo ese drama, podría suspirar y… sencillamente empezar, poco a poco, e intentarlo. Es mejor que nada. Pero no lo veo claro.

Alguien llama a la puerta de cristal de mi despacho y con un gesto, sin mirar quién es, le digo que pase. Es Rita.

—Amor…, ¿cómo vas? —pregunta en tono almibarado.

—Bien…, bueno…, he dejado de entender mi letra de la semana pasada, así que me pillas pensando muy seriamente en contactar con algún especialista en escritura cuneiforme a ver si sabe descifrar qué pone en todos estos pósits cochinos.

La miro y sonrío en un gesto que probablemente es perturbador, porque no me apetece demasiado. Me devuelve una sonrisa triste.

—Hueles bien —anuncia.

—Uhm…

—Que te hayas duchado es un avance, pero… no tienes buen aspecto, Miri.

—Ya me he dado cuenta.

Espera…, ¿es que no suelo ducharme últimamente?

—Sé que es un comentario de mierda. —Coge la silla que hay frente a mi mesa, se sienta, inclinándose hacia la mesa, y habla en un tono conciliador—. No es como si te dijera de manera maliciosa «Uy, no tienes buena cara» o «¿Estamos más gorditas?». No es eso. Me conoces y sabes que no soy así.

—Sí, ya lo sé.

—Pero déjame que te lo diga: me tienes un poco preocupada.

Me quedo mirándola sin saber qué responder.

—¿Acabas de llegar? —me pregunta.

—Sí. —Y lo digo como si fuera la mayor evidencia de toda la historia de la humanidad.

—Son las once pasadas. Nunca llegas tan tarde.

—Bueno, quise hacer uso por una vez de la flexibilidad de entrada… —Y sí, me he puesto a la defensiva, a pesar de que sé que sus intenciones son buenas y tiene la confianza suficiente como para decirme lo que me está diciendo.

—Ya. Si no pasa nada, Miri, que no te lo digo por el curro, te lo digo como amiga. Es que esto no es propio de ti y me da miedo que sea síntoma de que no vas a mejor. Han pasado tres meses…

Quiero explicarle que para mí ha sido mucho menos, que ayer hundí la nariz en su espalda en la cama, que la pena no tiene plazos lógicos oficiales que todos debamos cumplir y que estoy viajando en el tiempo, dando saltos de un momento de mi relación a otro, así que tengo el derecho de encontrarme como me salga del monedero. No hay nadie siguiendo nuestros tiempos y esperando nuevas marcas. Y estoy asustada y decepcionada, porque pensaba que estaba arreglando las cosas. Pero no digo nada.

—¿Y unos días de vacaciones? Quizá puedas llevarte a Iván por ahí. Incluso repetir aquellos días que pasasteis en Tarifa.

Iván…, ¿qué pinta tendrá ahora mismo? ¿Le habrán salido unas alas en la espalda con tanto cambio? ¿Habrá aprendido a volar? ¿Habrá decidido vestir como un monje tibetano?

—Tarifa estará hasta los topes. A ver quién encuentra ahora habitación. ¿Te imaginas El Tumbao? Aquello tiene que estar como el Primark un sábado por la tarde. —Me encojo de hombros, fingiendo que no pasa nada, que va todo bien y solo estamos hablando de unas vacaciones.

Otros nudillos golpean la puerta, pero la persona a la que pertenecen no espera permiso para entrar. Lo hace. Eso me da una pista de quién es incluso antes de verla. Es Marisol.

—Hola, mis niñas. Feliz lunes.

—Feliz lunes, Marisol.

—¡Uy!, qué bien huele aquí, ¿no?

Vale. Definitivamente he pasado por una época de baja atención a mi higiene personal. Con todo el disimulo del que soy capaz intento olerme por dentro de la ropa. Todo está en orden…, al menos hoy.

—Rita, ¿me dejas un segundito con Miranda?

—Claro…

Se avecina una bronca.

—Ah, y amor…, odio pedirte esto, pero… ¿podrías pedirle a alguien que nos traiga un par de tés de esos tan ricos que hay en la cocina?

—Claro, mujer. No me cuesta nada.

Cuando la puerta se cierra y nos quedamos solas, Marisol me mira con ternura, con tanta que quiero hacerle el favor de romper yo el hielo.

—Tengo muy mala pinta, ya lo sé.

—A ver… —Cruza las piernas elegantemente—. Te has duchado, peinado y vestido para venir a trabajar, lo que ya está muy bien.

—¿No suelo hacerlo? —me alarmo.

Me viene un flash con una imagen de mí misma sentada en esta misma silla en leggins con pelotillas, una sudadera con una mancha sospechosa de ser mayonesa y un recogido como de perrito Yorkshire que «disimula» la grasa; un par de moscas y un tufillo verde me acompaña. Lo último es cosa de mi imaginación, lo admito.

—Ambas sabemos que los últimos tres meses han sido duros para ti. Una pérdida es una pérdida, aunque no esté relacionada con la muerte, y necesita su periodo de duelo —me dice con paciencia.

—Lo sé.

—Pero tienes que cuidarte.

—Lo intento. —No tengo ni idea de si realmente lo hago.

—Tienes que ponerle más empeño. Por ti. Porque cuando estés mejor, no te va a gustar echar la vista atrás.

No estoy de acuerdo. Querer mucho a alguien, respetarlo y admirarlo no te asegura que siempre vayas a opinar igual que esa persona. Yo siempre he defendido que se necesita estar mal sin penalizarse por ello, que es parte del proceso de cura. De la misma manera que no se nos ocurre decirle a alguien que se ha roto la pierna que debería empezar a correr con la escayola puesta, no deberíamos hacerlo cuando lo que duele no es algo físico. No sé si el alma tarda más o menos en curarse, pero creo que se merece marcar sus propios tiempos.

Aun así... es mi jefa.

—He estado descuidando el trabajo —asumo. Está bastante claro, aunque no haya estado precisamente aquí.

—Pues sí, pero esta revista es una comunidad, una familia unida, y, como tal, aquí estamos las demás para respaldarte y hacer de cadena humana con las cosas que vayan quedándose sin resolver, porque tú estuviste al pie del cañón para hacerlo por nosotras antes.

—No me gusta dejar cosas sin resolver a mi paso, pero no me siento muy capaz ahora mismo, Marisol. Y me disculpo por ello. No debería haber dejado que mi vida personal invadiera la profesional.

—Y no lo has hecho; es que es muy duro tratar de hacer vida normal con el corazón roto.

Siento un nudo en la garganta. Pero si lo estaba haciendo todo bien..., ¿cómo no ha podido eso arreglar lo que se rompió? ¿Cómo es posible que todo el esfuerzo de revivir y solucionar...?

Una de las becarias entra sigilosamente en el despacho con dos vasos de tubo con hielo y té al limón. Se lo ha currado con la presentación, dejando caer una rodajita de limón dentro y añadiendo una pajita de cartón de colores. En la cocina de la redacción siempre tenemos cosas bonitas que nos animen. Quizá debería refugiarme en lo frívolo hasta que termine el día.

—¡Qué bien oléis! —exclama cuando se acerca a dejar los vasos sobre la mesa.

Ay, santo Christian Dior...

—Mil gracias —le digo—. Te prometemos que tu beca no consistirá en servir cafés y tés.

—Sí, pobre, también te pediremos que piques precios. —Marisol se encuentra entre divertida y ruborizada.

La chica sonríe.

—Pues... lo cierto es que me encanta picar precios. Me relaja muchísimo.

—Esas son mis chicas, siempre sacando algo positivo de todo. —Marisol le hace un mimo antes de que se vaya del despacho.

Ambas somos conscientes de que ese breve intercambio de palabras le ha alegrado el día a esa jovencita. Pero la realidad sale a relucir de nuevo.

—Miranda, necesito que me hagas un favor. —Da un sorbito a su té y me invita a hacer lo mismo, pero a mí no me apetece demasiado.

—Claro.

—Necesito que te cojas esta semana de vacaciones. No puedo regalarte estos días, pero he estado echando un vistazo al cuadrante y no has cogido días desde Navidad, con lo que puedes permitírtelo.

—Si no vengo a trabajar, me volveré loca en casa.

—Ya, mi amor, pero es que las cosas a medias cuestan el doble, porque así ni te curas de la pena ni estás rindiendo como deberías. Siento ser tan dura.

—Siempre me ha gustado que lo seas. Lo eres con cariño y eso saca lo mejor de nosotras.

—Miri…, coge esos días de vacaciones. Vuelve la semana que viene con un proyecto de vida nuevo. Con que sea cuidarte mejor me vale. Porque los caminos se hacen dando pequeños pasos al principio.

No me gustan ese tipo de frases de libro de autoayuda, pero la mastico y asiento.

—Un día —le regateo.

—Tres.

—Dos.

Me da la mano. Sabe que soy muy cabezona, y… no es que en otras circunstancias los días libres no me parecieran miel de romero, pero siento que ahora, más que nunca, necesito mi trabajo.

—Normas para mi vuelta al ruedo: ducharme todos los días.

Las dos nos reímos.

—Mi niña… —Alarga la mano y coge la mía—. Es una mierda perder un amor, sobre todo cuando es algo tan especial como lo que teníais Tristán y tú, pero la vida es muy larga y tenemos mucho que dar. Aunque ahora mismo lo creas imposible, volverás a querer algún día. Y mientras llega ese día, te querrás a ti, lo que es maravilloso.

Cuando la gente le dice a alguien con el corazón roto la palabra «tiempo», esa palabra se convierte en un rosario de piedras ardiendo alrededor de la garganta. Porque cuando sufres, el tiempo es relativo. El descanso dura poco, las noches son muy largas, los recuerdos muy hondos. Tiempo es lo que sientes que no tienes, lo que has perdido. Tienes prisa, eso sí, porque el dolor aprieta mucho, pero ni idea de lo que significa en realidad ese «tiempo» que, por más que repatee, no puede ser más real.

Apago el ordenador, cierro la agenda y le sonrío.

—Pues me voy a casa. ¿Quién se queda de responsable? Dile que me llame si tiene alguna duda o surge algún fuego o…

—Me quedo yo, cuqui. Creo que sabré desenvolverme.

Encuentro a mi padre sentado en el sofá orejero de su tiendecita, leyendo un libro con pinta de tener más años que él. A su lado, una mesita redonda, como de café parisino y con patas de hierro forjado, donde reposa una taza de estilo victoriano con una infusión.

—Papá…, sé que te lo pregunto siempre, pero… ¿es normal que uses las cosas que deberías estar vendiendo?

—Hoy he vendido el arcón castellano que te daba tan mal rollo.

—No me has contestado, pero me alegro. Parecía un sarcófago vampírico del siglo XIII.

—Cuatro mil euros. —Arquea las cejas y las deja bien arriba mientras me mira sonriente—. Y… vendo cosas viejas, ¿qué más da que las use un poco mientras tanto? Es para que no se pongan tristes.

Los dos sonreímos. Sigue contándome cuentos a pesar de que soy mayor.

—Me han mandado a casa del cole. Dos días de vacaciones —anuncio.

—¿Vacaciones o sin empleo y sueldo?

—Vacaciones. Estoy dispersa, pero soy buena persona. Aún no he entrado en la evolución macarra.

—Borracha, pero buena muchacha.

Los dos nos reímos.

—Pues… —Deja el libro junto a la taza y se levanta a darme un beso—. Te diré que tienes mejor pinta. ¡Mmm! ¡Y te has duchado! Hueles muy bien.

—Aclárame una cosa… Del uno al diez, ¿cómo he olido estos últimos meses?

—Los dos primeros bien. Este último ya estábamos pensando en hacerte una intervención. Es que era un olor así como avinagrado.

Me horrorizo.

—¡Papá!

—Ay, hija, no preguntes si no quieres la verdad.

Mi padre me ofrece pedir algo de comida a domicilio, coreano o quizá tailandés, y comérnoslo allí en la tienda mientras charlamos, pero estoy preocupada por mi alimentación.

—Creo que todo lo que he comido en los últimos meses ha venido envasado y en bolsas de papel.

Así que, muy decidido, echa la cortina de la tienda y me lleva a su bar preferido; el bar donde ha tomado café todas las mañanas laborables desde que abrió su negocio y con cuyos dueños fue labrando una amistad con los años. La cocina, aunque sea un bar que dé de comer a muchas personas, sigue siendo casera y buena. Hoy tienen gazpacho y pollo asado. Me quiero morir del gusto.

A papá le cuesta un pelín abordar el tema que le preocupa; lo veo mirarme de reojo, calibrando cómo y cuándo será mejor saltar sobre ello. Podría echarle una mano y atajarlo, pero me divierte verlo elaborar su plan. Un plan que podría resumirse en «querer robar el Banco de España sin dejar huella y terminar estampando el coche contra el escaparate de la Mercería Lola para llevarse veinte euros en medias».

—Pues está muy bien eso de que vuelvas a ducharte.

Doy gracias de haber tragado la cucharada de gazpacho antes de que se pusiera a hablar.

—Y dale… —Me río.

—Nos has tenido preocupados…

—¿A ti y a quién más? Sabes que el recuerdo de mamá no cuenta como persona física, ¿verdad?

—Eres muy tonta cuando quieres —responde serio—. Para mí es mucho más que un recuerdo, pero es complicado que lo entiendas. —Suspira—. Me refería a Iván.

—Luego le llamo.

—Llámale y haced algo divertido. Id a un spa o a que os den un masaje. Algo.

Sigo comiendo mientras asiento.

—Tú eras muy pequeñita y no te acordarás, claro, pero cuando tu madre perdió a la abuela… Ay, la abuela es que era lo más. Superdivertida y muy dulce…, pero lo que te decía…, que cuando la abuela murió, mamá se quedó hecha polvo. Al principio se resistía a la pena; me decía que teníamos que encargarnos de ti y de la tienda y que no podía hundirse, que no tenía tiempo. Recuerdo la cara que se le quedó cuando le pregunté si le venía bien que le mandásemos el duelo en vacaciones, para no estorbarla. Tenía un carácter…, aunque supongo que eso sí que lo sabrás porque lo heredaste todito. El caso es que ella se resistió, pero la pena es como un alud. Tú puedes creerte muy rápido, pero suele tener la habilidad de enterrarte bajo capas y capas de nieve y hielo. No es evitable de ninguna de las maneras.

—¿Por qué me cuentas esto? —No lo miro al preguntárselo.

—Porque estoy orgulloso de ti, y seguro que mamá te diría lo mismo. Has dejado un poco de lado algunas cosas importantes, sí, pero has abrazado la pena y eso…

—Espera, espera…, ¿me estás dando la enhorabuena porque he abrazado la mierda y no sé salir?

—No. —Se ríe—. Qué ocurrencias tienes, hija. Te digo que estoy muy orgulloso de que seas tan consciente de ti misma como para ponerte a ti por delante.

Ay…

—Papá, no he estado descuidando mi trabajo y mi higiene por priorizarme. Es que… no he sabido hacerlo mejor. Me he quedado debajo del alud pensando que estaba caliente.

—Pero mírate, ya hueles bien.

La madre del cordero.

—Esto es como cuando tu madre se puso malita —sigue—. El primer mes estuvo muy ausente, pero porque necesitaba asumirlo todo para poder…

Le paro. No necesito más historias tristes.

—Papi…, déjame que te pregunte algo. Es algo bonito, eh, no es un reproche.

—Claro, cariño.

Me acaricia el pelo. A veces creo que en mi casa nos profesamos el cariño como si fuéramos perritos.

—¿No te cansas de recordar a mamá?

No creo que se esperase esa pregunta, porque se queda en silencio lo que me parece mucho rato. Mirándome. Poco a poco recupera la sonrisa y niega.

—No. Yo no. Pero esto tiene sus fases y… sus elecciones.

—¿Qué quieres decir con «elecciones»?

—Por las fases no me preguntas…

—No. Me imagino que te refieres a las fases del duelo.

—Sí. Y tiene que ver con las decisiones de las que hablo. Y es que… cuando estás superando la pena, es común revisitar la historia constantemente. A mí me pasó de una manera muy contundente, pero no fui del todo consciente porque tenía mi duelo y te tenía a ti, que demandabas mucha atención en aquel momento. Con cuatro años, después de quedarte sin madre, es lógico que necesitaras a tu padre.

—Ya —asiento.

—Me enfadé mucho al principio porque pensaba que igual, si hubiéramos estado más atentos, habríamos podido hacer algo más por ella. Cuando comprendí que no..., fui revisitando todos los momentos felices, negociando un poco con el recuerdo, construyendo habitaciones estancas, como..., como en esa película que me gustó tanto, ¿sabes a la que me refiero? La de la gente que se mete en los sueños de otra gente.

—*Origen.*

—Sí, exacto. Yo construí un montón de recuerdos que me esforcé muchísimo por amueblar hasta el mínimo detalle y a los que volví..., bueno, a los que vuelvo. Es una manera de tenerla aún conmigo. ¿Y sabes una cosa? Una vez, en la tienda, una señora que vino a ver si me interesaba la colección de libros de su padre me dijo que había leído en algún sitio que nuestra memoria encuentra el modo de reinterpretar y reescribir nuestros recuerdos con el tiempo, de manera que lo que pasó y lo que nos gustaría que hubiera pasado conviven en paz. Y es aquí cuando las elecciones tienen su papel.

—¿En qué sentido? Desarrolla.

—Yo decidí tener dos vidas paralelas: una contigo, en presente; y otra con ella, en pasado.

—Pero, papá... —Le agarro el antebrazo y jugueteo con su viejo reloj—. Es triste, porque... no te diste la oportunidad de seguir viviendo otras cosas en presente. Podrías haber rehecho tu vida, y... ¿quién te hubiera culpado? No solo hay un amor en la vida. No solo se puede querer a...

Me para posando su mano, con la piel ya manchada por el tiempo, sobre la mía. Sonríe con cierta tristeza y yo siento congoja.

—Yo decidí quedarme en esas habitaciones hechas de recuerdos, Miranda. Yo elegí vivir siempre a caballo entre lo que tú me cuentas y lo que tú y yo vivimos y lo que yo te cuento de mamá y lo que viví con ella. Pero es mi elección, y... no la quiero para ti.

—Pero...

—Estoy orgulloso de que te hayas dado una buena ducha…

—Papá… —me quejo cansada.

—Que huelas estupendamente, que vayas bien vestida y que abraces tu pena para ver lo grande que es y poder gestionarla. Solo te quiero decir que… no te quedes a vivir en el pasado. Estás a tiempo de recuperar tu vida. Solo… tienes que escogerte a ti. Y ahora… vamos a comer. Aquí y ahora.

—Papá, pero ¿cómo sabes que…?

—Chimpún.

—No, papá. Necesito… Escucha, esto que me está pasando…, ¿también te pasó a ti? ¿Es eso lo que me quieres decir?

—Miranda, hija, déjame volver al presente, por favor. Me hace falta.

No creo que sea una locura pensar que mi padre sabe muy bien lo que me está diciendo, pero cuando intento seguir indagando se cierra en banda. Lo único que consigo arrancarle es que…

—Cada uno reescribe sus recuerdos como quiere, lo que no significa que pueda solucionar lo que ya ha pasado.

Y el gazpacho deja de saberme tan rico.

# 27
# En caliente

Cuando escucho o leo la palabra «mar», siempre se me viene a la cabeza el Mediterráneo. Ni el Cantábrico ni el Atlántico ni el Caribe. Mi cabeza viaja de manera directa y certera hasta sus orillas y lo veo. Lo huelo, incluso. No conozco a ningún madrileño que no tenga allí, enterrados en su arena, amor, juegos y penas, como en la canción de Joan Manuel Serrat. Podría reconocer su color entre decenas de mares diferentes porque solo él sabe ser, a la vez, oscuro, azul, verde, negro o turquesa. Por eso, nada más verlo a través de los ventanales del hotel he sabido en qué día, qué año y qué momento de mi vida me he despertado. No hay duda.

Tristán sigue durmiendo, así que me permito un momento de reflexión en el salón de la suite en la que estamos, no sin antes disfrutar unos segundos de lo que veo: él, agarrado a la almohada de espaldas a mí, nadando en medio del oleaje de unas sábanas blancas que hacen destacar su piel. Su espalda. El inicio de ese culo respingón que se asoma por debajo…, está como para pintarlo al óleo. O con la lengua.

¿Has sentido alguna vez una piscina de angustia y alivio en el estómago? Si la respuesta es negativa, te preguntarás cómo es posible sentir angustia y alivio a la vez, y…, bueno, el ser humano es maravilloso... sobre todo en lo que a contradicción se refiere.

Por un lado, me alivia volver a viajar hacia atrás; ayer, en 2021 de nuevo, me acosté con la idea de qué pasaría si no pudiera hacerlo otra vez. Y me agobió muchísimo. Pena, desarraigo y ansiedad son algunas de las sensaciones que me despierta esa posibilidad, pero...

Por otro lado, me angustia no saber qué haré si esto no para; me crea congoja pensar que mi vida se haya acabado hacia delante, que solo tenga de vez en cuando, como ayer, un ventanuco al «presente». O al futuro. Ya no sé a qué línea temporal pertenezco, pero me asusta no poder evocar más que en pasado y existir solo de forma nítida en los recuerdos.

Además... nos acercamos a 2020. Y todo el mundo sabe lo que se nos vino encima entonces.

Hoy es 17 de mayo de 2019 y estamos en Barcelona. Cogimos un AVE ayer por la tarde que nos dejó alrededor de las diez de la noche en la Ciudad Condal. Fuimos directamente a comernos unos tacos a la Gastro Taquería Mexicana que hay en la calle París y al terminar de cenar, arrastrando nuestras maletitas de ruedas, cogimos un taxi hasta el hotel Arts Barcelona, con vistas al mar. Estoy aquí por trabajo, pero la revista siempre supo premiarme haciendo que pareciera todo lo contrario.

El número que verá la luz el mes que viene gira en torno a la nostalgia y solo le queda para poder ir a imprenta mi reseña sobre el concierto al que voy a asistir esta noche: los Backstreet Boys actuarán en el Palau Sant Jordi y yo fui muy fan a principios de los dos mil. De paso hago uso de la invitación del hotel para ver sus instalaciones y escribiré un pequeño artículo sobre este que incluiremos en la sección «Escapadas». Por eso tenemos la suite Mediterráneo en la planta 32, con vistas al mar y a la ciudad, para nosotros solos.

Tristán y yo pedimos el día para «teletrabajar» desde aquí…, lo que, en realidad, significa que estaremos más o menos atentos al correo electrónico por si hay algún fuego que apagar hasta la hora del aperitivo.

Hoy es uno de esos recuerdos de los que me habló mi padre: habitaciones estancas, amuebladas al detalle con la memoria de los olores y los colores, en las que me quedaría a vivir; días buenos, días felices, que no es que no sean ciertos, sino que necesitan de sus antagonistas para existir. Estoy pensando en ello, en las palabras de papá, cuando Tristán aparece en el salón con su mata espesa de pelo negro despeinada y los labios aún más gruesos, hinchados por el sueño.

—Ey… —Carraspea para aclararse esa voz que nunca será lo suficientemente clara como para no sonar pendenciera—. ¿Por qué no me has despertado?

—Es pronto. Son las ocho y media.

—Tengo que conectarme al ordenador en media hora. —Se frota los ojos—. ¿Nos da tiempo a desayunar si me doy una ducha?

—Seguramente no —niego muy seria—. Vas a tener que escoger, aunque hay varias combinaciones: ducha y polvo, ducha y desayuno, polvo y desayuno. Todo no puede ser.

Se echa a reír y se da la vuelta camino del baño. El culito me hace un guiño ajustado en unos bóxer de color blanco que le quedan… que es una locura.

—Ducha y desayuno, cielo. Esta máquina no funciona si no le das carburante.

Ya veremos…

Tiene la espalda perlada de gotitas de agua caliente cuando entro en la ducha. Se escapa un ronroneo de su garganta cuando dejo un beso en el centro de su piel y le abrazo la cintura; levanta la cara hacia el agua que cae sobre él con un gesto de placer... Ese placer que sientes cuando te desperezas o te abrazan, no del que planeo que sienta en unos minutos. Pego los pechos a su espalda y mi piel, fresca por el aire acondicionado del hotel, se calienta con la suya. Intuyo cómo modera la temperatura..., a él le gusta ardiendo.

—Miri..., ¿qué haces? —Juguetea.

Jugaría con él ahora mismo a «la adivinadora» y le diría que no pasa nada, que el sexo va a ser del bueno, aunque vayamos con prisas, pero prefiero ser más directa.

—Ah... —gime con sequedad cuando agarro su polla con firmeza.

—Esto. Yo diría que tú también estabas pensando en ello.

—Siempre estoy pensando en ello. Soy como tú..., pero disimulo.

—Eso no es verdad.

—No sé. Prueba.

Por el tono de su voz diría que está aún más cachondo de lo que recordaba.

—¿Qué quieres que pruebe?

Se gira antes incluso de que coloque la interrogación final a la frase y me la arranca de entre los labios con los suyos; nuestras lenguas embisten y chocan la una contra la otra, pero antes de que el beso se alargue, su mano se cuela entre los mechones de mi pelo y, tirando hacia atrás, me aparta.

—No. Déjame —suplico cuando noto que me impide volver a acercarme para besarlo.

—Métetela en la boca.

La mano tira un poco hacia abajo, y... no hay que ser muy lista para entender lo que me está diciendo.

—¿Quieres una mamada? —le reto.

—Quiero una mamada. De las que te gustan a ti.

—Ah, ¿sí? ¿Vas a empujar con la polla hasta que me ahogue con ella?

Su mano tira de mi pelo a la altura de la nuca de nuevo hacia abajo, esta vez con un poco más de fuerza. Gimo del gusto.

Cada uno tiene sus vicios. Mi vicio es este: que me trate con rotundidad en el sexo. Y que obedezca cuando soy yo la que quiere mandar.

Me coloco de rodillas y abro la boca delante de él, que no ha soltado mis mechones húmedos. Con la otra mano dirige su erección hacia la lengua que le enseño obscena y la desliza sobre ella hasta que me produce un amago de arcada. Quiere disculparse. En el fondo desea hacerlo, pero sabe que rompería el clima que tanto me gusta, así que se retira despacio, disfrutando de cada centímetro de humedad de mi boca..., y vuelve a embestir. Gimo. A veces me parece mal lo mucho que me gusta comerle la polla.

El vaivén se mantiene así durante unos minutos, alternado con golpecitos sobre los labios y sobre la lengua, que saco para provocarlo. Trato de usar las manos, pero me las retira; cuando las coloco en la parte de detrás de sus muslos, aún la siento más dura dentro de la boca.

—¿Te gusta? —le pregunto cuando, después de un bombeo intenso, se retira con miedo a correrse ya.

—Me encanta follarte la boca, Miranda, pero ya estoy pensando en abrirte de piernas y lamerte hasta que te tiemblen.

Soy obstinada. Me gusta que sea rudo en el sexo, pero en el fondo me encanta ser yo la que manda; decidir cuándo hacemos algo, cuándo dejamos de hacerlo y cuándo emprendemos otra tarea. Aunque esa otra tarea sea darme placer a mí. Así que vuelvo a acercar la boca hasta que la punta me roza los labios y entonces la engullo con más ganas si cabe.

Está a punto de correrse unas tres veces antes de que yo le ceda el mando y le deje llevarme al dormitorio.

Dejo una huella empapada en la tapicería del sillón donde me sienta, pero me da igual. Cuando paso cada pierna sobre los reposabrazos, lo último en lo que pienso es en si se secará antes de que lleguen a limpiar la habitación o si sospecharán la razón por la que el sillón está mojado. Y menos aún cuando se arrodilla delante de mí y hunde la cabeza entre mis muslos. Creo que le gusta lamerme casi tanto como a mí hacérselo a él.

Durante unos minutos, el sonido de su lengua entre mis pliegues húmedos es lo único que se escucha. Eso, y mis gemidos. Sabe cómo hacerlo para acercarme al orgasmo a toda velocidad y dejarme allí, suspendida en el aire, en tierra de nadie, sin correrme. Hace algo con la boca…, no me lo habían hecho nunca. Succiona y lame y parece que hasta vibra allí, agarrado a mi sexo.

—Los dedos, Tristán…, por favor…

No soy muy consciente de ello, pero ruego como una gata en celo, porque necesito sentir cómo me penetra con ellos.

Lo hace despacio al principio. Solo uno. Una caricia, una penetración breve que se repite y se repite y se repite hasta que coge velocidad y ya no sale, se queda dentro de mí para arquearse rítmicamente. No entiendo cómo sabe cuándo tiene que meter otro dedo, pero lo sabe, y… siento tanto placer que las piernas tienden a cerrarse.

Separa la boca y la pasea por el interior de mi muslo; siempre me ha gustado esa manera de limpiarse en mí, íntima, de camino a mi boca. Nos besamos como dos auténticos locos, como dos depravados, mientras su mano sube el nivel de la caricia. Sus dedos se mueven arriba y abajo hasta que escuchamos un chapoteo y yo ya no puedo escuchar más, porque me he perdido volando hacia el cielo.

Estoy casi al borde, casi casi al borde, cuando saca los dedos para envolver mis tobillos con ambas manos y me derriba de un tirón. Cuando me tiene en el suelo, se hace hueco entre mis piernas y me penetra con fuerza. A ambos se nos escapa un rugido. Durante unos minutos follamos como dos animales salvajes.

—No pares… —le pido, aunque sepa que no lo hará.

—Me vuelve loco follarte duro.

Nos sonreímos con un gesto lobuno y aceleramos. Las pieles no chocan, se estrellan la una contra la otra. Y a mí se me retuercen los dedos agarrados a sus nalgas.

Sale de golpe porque, probablemente, ha comenzado a sentir ese hormigueo en su espalda; ese calor que palpita más húmedo. Y no quiere. No aún. Así que aprovecho para incorporarme; pero antes de que pueda saltar sobre él, me tira sobre el colchón, de espaldas, y sube mis caderas en el borde de la cama. En esa postura lo siento en todas partes, hondo, fuerte, pétreo. En esa postura a veces el placer me hace perder el control.

Empuja con su cadera hasta colarse hondo, muy hondo. Allí embiste varias veces, sin llegar a salir, como si quisiera quedarse dentro para siempre.

—Más fuerte… —le pido.

—Espera, espera… —jadea mientras siento su pecho sobre mi espalda y sus labios en mi cuello—. Si sigo, me corro.

—Córrete.

—Espérate.

—Córrete dentro.

Mi mano derecha se pierde entre mis pliegues para acariciarme y las suyas agarran la carne sobre mi cadera con una fuerza que casi me provoca dolor. Casi. El golpeteo se vuelve frenético; es una carrera por alcanzar el placer en la que, bueno…, ninguno va a perder.

Sé que está cerca porque le siento palpitar. Mucho más de lo que lo he notado en todas estas veces revividas. Quiere dejarse llevar, pero no sabe si debe hacerlo aún; me espera.

Mis gemidos suben de volumen cuando el cosquilleo comienza y sirve de pistoletazo de salida para su instinto; ya no para. Ya no para… hasta que noto la explosión dentro de mí. Su orgasmo y el mío se entrelazan.

Gruñe…, o más bien ruge, un par de interjecciones. Creo que «joder» y «ah», pero estoy ida, así que podría haber sido media lista de los reyes godos. ¿Cómo no voy a estar ida si gruñe mientras embiste con fuerza? Aunque ya a otro ritmo, hasta que no queda nada dentro de él y toda yo estoy llena.

Me desmorono sobre la cama con las piernas temblorosas y el sexo en llamas. Él lo hace sobre mí y besa mi cuello, mis hombros y mi espalda antes de incorporarse de nuevo.

—Joder… —jadea.

Al salir de mí, noto su semen recorrerme los muslos hasta la cama.

—Van a tener que quemar estas sábanas —le digo al darme cuenta de la mancha que dejamos.

—Que quemen toda la habitación si quieren.

Se tumba a mi lado con una sonrisa satisfecha. Es como la placidez de un borracho. El éxtasis de un santo que se ha sentido cerca de Dios. La alegría de un niño al que sorprenden con un dulce.

—Te pesan hasta los párpados. —Le paso con suavidad la yema del dedo sobre la frente, hasta alcanzar sus ojos.

Este sería el momento perfecto para un «te amo» o un «no me imagino la vida sin ti», pero es Tristán y ni siquiera espero escuchar algo así de su boca. La sonrisa que me dedica, no obstante, suena similar para mí.

—Voy a la ducha… Ahora de verdad —me dice tras besarme.

—Yo también necesitaría ir.

—Y la del piso de abajo, seguramente.

Le doy un golpe en el brazo y él estalla en carcajadas.

Cuando me incorporo, Tristán me retiene antes de que pueda levantarme.

—Ey…

—¿Qué?

—Te quiero.

Y siento que mi padre tiene razón y que, quizá, revisitar los recuerdos los vuelva a escribir de algún modo.

Entramos en El Nacional a la hora del vermú y nos apostamos en sendos taburetes frente a la barra de ostras y cava que hay al fondo. Comemos, a pesar del desayuno poscoital, como si nos hubieran descubierto los sabores ese mismo día. Las ostras están suaves, saladas y deliciosas. Son como un poco de mar que cae garganta abajo y deja una nota sabrosa en su camino. Las burbujas del cava nos sientan muy bien y brillamos al decir esto o aquello. Y nos reímos como si tuviéramos gracia porque probablemente la tenemos en nuestro idioma. Con gracia o no, estamos enamorados y eso es lo que importa.

Sé que este viaje no le apetecía demasiado al principio porque pensó que tendría que acompañarme como un acólito a todas partes, además de acudir a un concierto que no le interesaba en absoluto.

—Pero hazlo por mí. Me encantaban cuando era pequeña —le dije en su momento.

—¿Y no tienes ninguna amiga a la que también le gustaran y que se ponga superfeliz si se lo propones?

—Mis amigas eran más de NSYNC. Son unas traidoras.

A regañadientes aceptó, claro, porque le hice mucho chantaje emocional. Pero es que por aquel entonces ninguno sabíamos que esta escapada sería un recuerdo dulce.

—¿A que ya no te parece tan horrible haber venido conmigo?

—Nunca dije que me pareciera un plan horrible. —Se ríe agarrado a su copa y con una sonrisita—. Solo que... no creía que fuera el mejor plan para mí. Sonaba más a... plan de amigas.

—Ya verás qué bien te lo pasas en el concierto.

—Si voy a ver a cuatro cincuentones bailando coreografías saltarinas, igual sí que me lo paso bien.

—Son cinco y casi todos están en la cuarentena. No seas cínico. La edad es solamente un número.

Pone los ojos en blanco y da un trago a su bebida.

—Si esto le hace ilusión a tu niña interior, démosle lo que quiere.

—Mi niña interior quiere que la saques a bailar con «I'll never break your heart» o, tal vez, mejor con su versión en español «Nunca te haré llorar».

—Por el amor de Dios... —Se tapa la cara con ambas manos—. Qué horterada.

—Es de finales de los noventa... y yo era muy joven... Me sigue pareciendo una monada de canción.

Muerto de risa se inclina hacia mí.

—Creo que por estas cosas me enamoré de ti.

—¿Qué cosas?

—Pues... estas. Que lo mismo eres fría, supercaliente o lo suficientemente tierna como para admitir que te sigue gustando una canción que escuchabas a los once años.

—Estaba muy enamorada de Brian, tienes que entenderlo.

—No quiero ni saber la diferencia de edad.

—Había planeado nuestra boda con todo lujo de detalles.

—Loca.

Me besa la frente y la nariz.

—Esta loca te vuelve loco —me aventuro a decir.

—Y tanto. Porque creo que en realidad el loco soy yo. Me trastornaste ya el día que nos conocimos, y... aquí estamos. A punto de ir a un concierto de los Backstreet Boys. Será un recuerdo precioso de por vida.

Sé que está siendo sarcástico, pero es inevitable pensar en ese recuerdo que..., sí, será precioso. Hasta que un día vaya perdiendo su valor original.

—Te ha cambiado la cara. ¿Qué pasa? —me pregunta—. ¿Dije alguna bordería otra vez y no me he dado cuenta?

—No. Es que... mi padre... me dijo hace poco que los recuerdos, con el tiempo, se reescriben.

—Tiene sentido. —Vuelve a erguirse en su banqueta—. ¿Quieres otra ostra?

—¿Tú crees que los recuerdos, con el tiempo, además de aumentar su valor, también pueden perderlo?

Arquea una ceja mientras sus dedos golpean la barra con cierto ritmo; mueve la cabeza, sin estar muy seguro.

—Puede que sea como... con la moneda cuando un país sufre inflación.

—¿Qué? —le pregunto con un tono de voz un poco chillón.

—Sí, ya sabes..., como cuando suben los precios sin parar y..., bueno, al final, la moneda se va devaluando en un reflejo de la pérdida del poder adquisitivo.

—Pero ¿qué tiene que ver eso ahora? —Me cabrearía que hiciese estas comparaciones si no supiera que le cuesta lo suyo ser romántico.

—Pues que quizá el valor de los recuerdos dependa de…, de la disponibilidad de los recursos, que en este sentido sería la persona amada y el tiempo a su lado. ¿A eso te refieres?

—Tristán… —Le pongo mala cara—. ¿En serio tienes que responder en términos económicos a una pregunta como la que te he hecho?

—De economía sé más bien poquito, eh…

—¡Tristán! —me quejo.

—Ay, cariño…, lo que quiero decir es que probablemente los recuerdos solo valgan de verdad su peso en oro cuando son lo único que te queda de la persona con la que los viviste.

—O cuando se quieren mucho, ¿no? Porque el tiempo pasa tan rápido… que da miedo quedarse sin él.

—Eres una romántica. —Sonríe. Y sonríe bonito—. Sí. Probablemente sí. Y por eso, cuando tenga noventa años y esté muy muy muy arrugado, el concierto de hoy me parecerá un recuerdo maravilloso.

—Porque lo único que debería dar miedo a los amantes es quedarse sin tiempo para quererse.

Tristán me mira con cierta condescendencia. Sé que no piensa lo mismo, que su romanticismo cubre solo plazas mucho más prácticas.

—¿Qué? ¿Te estás burlando? —le pregunto sin llegar a estar molesta.

Frunce el ceño, pero manteniendo la sonrisa.

—No. Claro que no. Solo estaba pensando que… ojalá hubieras diseñado tú el mundo, porque lo habrías hecho precioso.

No sé si el mundo sería precioso de haber estado en mis manos cuando solo era una bola de arcilla por transformar, pero sí sé que horas más tarde este hombre le regala a la niña que fui lo que tanto miedo le daba no vivir jamás.

No es con «I'll never break your heart» y sucede en la soledad de un pasillo a media luz, mientras volvemos del baño. Yo voy a la carrera, por delante de él, metiéndole prisa porque no quiero perderme nada, cuando suenan los primeros acordes de «As long as you love me»; el Palau Sant Jordi tiembla con la ovación del público. Y Tristán tira de mí hacia atrás.

—¡Que me la pierdo! ¡Y me encanta! —me quejo, sonrojada por las cervezas que hemos bebido antes y por la nostalgia y la emoción y el amor y el calor y...

Entonces comprendo que solo quiere, ahora que no nos ve nadie, que bailemos. Que bailemos pegados una canción que no tiene pinta de bailarse pegados. Casi estoy a punto de decirle que será mejor que no hagamos el ridículo, pero aquí, en un pasillo solitario y algo oscuro, la niña interior me empuja, toma el control y se cuelga de su cuello. Ríe como en cascabel, feliz de haber encontrado un amor como los que las canciones le narraban.

Ella, la niña, baila emocionada con el chico guapo de la historia mientras yo pienso en la letra de la canción. No, a mí tampoco me importaba nada de él..., ni quién era, ni de dónde vino, qué hizo..., nada, siempre que me amase.

Y ahora que sé que un día dejó de hacerlo..., debería abandonar el refugio de los recuerdos felices. Dejar de agarrarme a ellos. No en vano... es 2020 el que espera agazapado en la esquina. Y ambos sabemos lo que significó para nosotros. Aunque quizá... ya lo recibimos en caliente.

# 28
## Ese es mi problema

Lo que voy a decir no significa que me haya hartado de esto. No. Para nada. Pero… echo de menos cuando los días eran correlativos, se vivía un mes del tirón y deseabas que llegaran las vacaciones porque estabas cansado y muy vivo. Yo ahora estoy cansada y muy demente, sobre todo cuando me doy cuenta, al despertarme, de que estoy en Vigo. En Vigo, en casa de los padres de Tristán, que ya se han dignado a cambiar la cama de ochenta de la infancia de su hijo por una más grande. De cuerpo y medio, no de matrimonio como tal, pero… al menos podemos dormir aquí juntos y no gastarnos el dinero en un hotel cada vez que venimos a verlos, y eso es guay.

Cof, cof, cof…

Perdona que tosa. No sabía cómo aclarar que esa era la opinión de Tristán: yo preferiría quedarme en un hotel.

Mis suegros eran (bueno, son) dos personas maravillosas, pero no son mis padres, son mis suegros. Eso significa que son una familia postiza, «de alquiler» (o comprada con hipoteca, según lo mires), de la que tienes que aprender todas las tradiciones desde cero. Tú, que vienes de tu casa, de la relación con tu padre, con tus manías familiares y tus filias conjuntas, debes disfrazarte como si pertenecieras al código postal de sus dos apellidos. Y en mi documento nacional de identidad no aparecían ni Castro ni Souto por ninguna parte.

De modo que cuando abro el ojo y veo la persiana bajada, la estantería con libros viejos y el muñeco de madera, me recorre un escalofrío. Por el lugar y por la sospecha del cuándo. Hoy es el día en el que la gilipollas de su hermana va a probarse vestidos de novia. Y hoy se va a armar. Pero gorda.

O a lo mejor no. Puede ser que como estoy reescribiendo nuestra historia, lo que hice cuando la conocí por segunda vez, hace unos días, haya mejorado las condiciones iniciales y ahora seamos *superbest friends*. Sin embargo, cuando Tristán se despierta, esa esperanza se disuelve como el Cola Cao que me está preparando su madre. En qué momento le dije que me gustaba...

—Cariño... —Tristán habla con la voz cascada de haberse levantado hace poco y tensa de no saber cómo decir algo incómodo—. ¿Puedes venir un segundo?

—Uy..., pues vaya manera de dar los buenos días. Lo que le tengas que decir a la niña se lo dices aquí, que así somos las mujeres, ¿sabes, Tristán? Nos apoyamos entre nosotras. Corporativismo. —Mi suegra levanta el puño y yo le sonrío porque es para matarla, pero dándole muchos besos mientras la ahogas.

—¿En serio, mamá?

—Pues claro, que ese tonito tuyo ya me lo conozco.

—¿Y si le tengo que decir algo PRIVADO A MI PAREJA que no quiero que escuches? —remarca las palabras que a él le parecen clave y que espera que harán reaccionar a su madre.

—Respetaré ese vínculo cuando le pongas un anillo en la mano.

Le enseño, orgullosa, la mano donde luzco el que me regaló este año, pero ella me la baja con un ademán rápido.

—Muy bonito, cielo, pero ese no quiere decir nada. Yo hablo de boda.

—Pues de boda le quiero hablar, pero no de la nuestra. ¿Vienes un segundo, Miranda?

Y como no tengo más narices, arrastro los pies hasta su dormitorio de la infancia con mi pijama del gato Garfield. ¿Qué? No me juzgues. No es cuestión de pasearme por casa de sus padres con uno de mis picardías.

—Dime.

Tristán cierra la puerta tras de mí y me sonríe como si no hubiera roto un plato en su vida.

—Mi amor.

—No me has llamado «mi amor» en tu vida —finjo sobresaltarme—. ¿Qué quieres?

—Solo quiero hablar. Ven aquí, ponte cómoda, cariño.

—Ah, no... —le digo—. Me estás dando mucho miedo.

—Solo voy a pedirte una cosita. Una cosa pequeña.

Me sienta en la cama aún sin hacer y se arrodilla delante de mí. No arranca. No hace más que acariciar mis piernas con nerviosismo mal disimulado.

—Necesito que veas esto con paciencia y con...

—¿Paciencia? ¿Por tu madre? Tu madre es muy maja. No hace falta que me digas esas cosas.

—No es por ella, no..., es por Uxía.

Vale. Si albergaba un pellizco de fe en mi interior se acaba de esfumar. No conseguí que fuéramos mejores amigas en esta línea temporal tampoco.

—Siempre tengo paciencia con Uxía, Tristán.

—Está más nerviosa que de costumbre. Está preparando su boda y...

—Tranquilo —requiero—. Pero de todas formas..., ¿por qué me pides a mí más paciencia y no a ella que sea más amable?

—Pues porque…, por lo que te estoy diciendo, Miranda. Está estresada con todo esto de la boda y ya no le gustas de normal…, si con todo el follón que tiene llega su hermano pequeño a darle sermones sobre cómo tiene que tratar a su cuñada, mal vamos. Voy a conseguir el efecto contrario.

—Mal vamos, sí, pero no por eso, sino porque ni siquiera tenemos la libertad de pedirle a alguien que se comporte como una persona normal y no como un animal rabioso.

—No te pases. —Se pone serio—. Es mi hermana. Tiene sus cosas, ya lo sé, pero…

—Pero yo soy tu novia. Y aunque no lo fuera, debería tratarme bien. Como a cualquier otro ser humano, vaya. Que no soy Pol Pot.

—Ni Teresa de Calcuta.

Pongo los ojos en blanco. No puedo con ella.

—¿Cuál es el problema?

Sorbe aire entre los labios. No sabe cómo decírmelo, aunque yo ya lo sé. Debería ponérselo un poco más fácil…, pero no me da la gana. Tenía la esperanza de haber modificado, aunque fuera un poco, este «futuro» cuando me esmeré al conocer a Uxía, pero al parecer todo permanece tal y como pasó.

Justo antes de aparecer en la cocina, Tristán ha leído un mensaje de su hermana en el que deja caer que quizá sea mejor que yo no vaya con ellos a escoger su vestido de novia. ¿Se puede ser más cobarde y más hija de puta?

Si te parece poca cosa, es probable que para encontrarle el sentido completo a mi decepción tenga que remontarme al momento en el que él me propuso el viaje. Estaba ilusionado, pero a la vez se sentía un poco perdido. Me decía que no sabía si iba a encajar mucho en el plan de ir a buscar vestidos de novia, pero que quería ir.

—No sé si sabré ayudarla. ¿Espera que lo haga? Es que yo de eso no entiendo. No sé. Me pone un poco nervioso. Lo bueno es que cuentan también contigo, y... que estés conmigo me da seguridad.

Aun así, sabiendo la animadversión que Uxía sintió siempre por mí, yo insistí mucho en que hiciera aquel viaje solo. Le dije que era algo especial entre hermanos, en familia, que era íntimo, que yo no pintaba nada... Se lo repetí tantas veces que terminó cabreándose y me dijo que si hacer esas cosas con su familia era un coñazo para mí, solo tenía que confesarlo abiertamente. ¿Un coñazo? Yo no tengo madre, no tengo hermanos. Me hubiera encantado hacer ese plan con ellos, pero era consciente de que ella, Uxía, no quería. Y era la novia. La protagonista del día. Pero aun así fui. Y cuando le escribió aquel mensaje y él me pidió, avergonzado, que los esperase tomando algo, me tragué el orgullo y las lágrimas de rabia y simplemente asentí, como si nunca le hubiera advertido sobre aquello.

Pero el chiste viene ahora... porque, no contenta, la niña, la novia, la protagonista, la hermanísima, decidió montarme un pollo durante la comida con sus padres. ¿Por qué? Pues por no haber ido con ellos a la tienda. ¿Esquizofrenia? No. Solamente muy mala hostia.

Empezó con coñas un poco ofensivas sobre si el motivo por el que no había ido era que me daba celitos porque Tristán no iba a subirse al altar ni harto de vino jamás, cosa que además no era verdad. Si uno de los dos tendía al recorrido tradicional del amor, era él. Yo no contesté e intenté cambiar de tema, pero como ella siguió erre que erre, su hermano le pidió que se callara. Se lo dijo con cariño pero con firmeza y ella, que le sacaba casi dos años, explotó como una niña de diez años a la que no le permiten ser todo lo tirana que está acostumbrada a ser:

—La señorita, como trabaja en una revista de moda en la capital, se cree demasiado buena para acompañar a una chica de provincias a buscar vestido de novia. ¿Es eso? ¿O es que sabes que no te vas a casar en la puta vida y te sube la bilis?

Cuanto más le respondía su hermano, más inquina escupía, y yo más callada estaba. No recuerdo haber pasado más vergüenza en toda mi vida. Su madre se echó a llorar. A su padre le temblaba la voz pidiéndole que saliese a que le diese el aire, y yo, al final de tanto ataque, no pude hacer otra cosa que levantarme y esconderme en el baño, donde lloré hasta que Tristán vino a por mí, me subió en el coche y, sin recoger las maletas, regresamos a Madrid. No me dirigió la palabra.

Tardamos tres días en hablarnos…, los que tardó en explicarme, muerto de vergüenza, que nunca había estado enfadado conmigo; que si no me habló en todo el viaje fue por miedo a desmoronarse, por no saber qué decir y por el propio bochorno. Lo entendí, lo perdoné, lo abracé…, pero me comí la rabia de escuchar cómo un par de días después se despedía cariñosamente de su hermana por teléfono. Cariñosamente. Tristán. En fin. La familia es capaz de despertarnos una incongruencia vital devastadora.

Así que… este es el día que me va a tocar revivir si no hago nada por cambiarlo. Y ya me dirás. Aquí, sentada en su habitación de adolescente, con un pijama que me compré para fingir frente a sus padres que soy una chica pudorosa que no suele dormir con las dos berzas al aire (y a poder ser bien pegadas a su hijo), me siento como alguien que está manejando uranio enriquecido. Este recuerdo es el equivalente a una bomba nuclear.

—Tristán… —Sonrío, insistiendo con dulzura—. ¿Cuál es el problema?

Una duda cruza detrás de sus ojos durante una milésima de segundo, pero la cazo.

—No sé si Uxía va a sentirse cómoda con esto…, con tantos allí presentes. ¿Me entiendes?

A ti, sí. Al pedazo de mierda reseca de tu hermana, no.

—¿Te ha comentado algo?

Suspira.

—Tris... —le pincho.

—Ay —se queja—, no me llames Tris, por favor.

—Pues contéstame.

—No es que me haya dicho nada, Miranda —miente—, es que..., bueno, piénsalo..., tú trabajas en una revista de moda en Madrid y ella... supongo que se siente insegura.

—¿Se siente insegura porque yo trabajo en una revista de moda?

—No sé. Supongo que tiene miedo de que juzgues su criterio en la elección del vestido. O tal vez se agobie si hay allí mucha gente.

—Deja de decir «supongo» si sabes qué es lo que le pasa.

—Es que no lo sé. Solo dejó caer algún comentario...

Chasqueo la lengua y me levanto de la cama.

—¿Dónde vas?

—A hablar con tu madre.

—Miri... ¡Miri!

Me alcanza cuando estoy en la cocina, pero yo ya estoy introduciendo el tema con tacto:

—Sabela, una pregunta, en confianza... Tristán cree que Uxía puede sentirse incómoda si voy con vosotros a buscar vestidos. No te lo pregunto porque quiera que me contestes que sí, pero... ¿no crees que si no voy puede ofenderse?

Su madre, que estaba cortando unos pedazos de pan para tostar, se vuelve sorprendida.

—Ay, no, nena, pero ¿cómo se va a sentir incómoda si vienes con nosotros? Ella quería que vinieras. Me lo dijo a mí. Me dijo estas palabras textuales: «Díselo a Tristán y que venga con Miranda».

—La estás liando —me advierte Tristán muy serio.

Pasa de largo y va hacia la cafetera, donde se sirve un café.

—Ya sé que dijo que quería que yo fuese con vosotros y entiendo que ha podido cambiar de parecer; eso es respetable.

—Entonces ¿por qué le das vueltas, coño? —responde molesto, sin volverse.

—El «coño» sobra, Tristán —le reprendo.

—Totalmente de acuerdo —me apoya su madre—. *Miña neniña*, tienes toda la razón. Si no vienes, dirá que por qué no has venido. Que yo a la Uxía la conozco como su madre que soy y... mira, a Tristán lo trajimos al mundo así, calladito, masticando las palabras, pero porque creo que su hermana se las quedó todas. Si al menos fueran buenas...

—Mamá...

—Yo a tu hermana la adoro, Tristán, hijo, pero cuando seas padre ya lo sabrás. Que a los hijos se los quiere por igual y más que a uno mismo, pero no siempre se les entiende. Ni se les aprueba. A ti, a los diecisiete, te hubiera hinchado a hostias bien a gusto.

—No quiere que Miranda venga con nosotros —aclara, cansado de tanta vuelta al asunto.

Deja la taza sobre la mesa nervioso y de malas maneras y se desborda un poco de líquido; una mancha color arena se extiende en el mantel alrededor de la loza, pero él sigue, haciendo caso omiso.

—Me ha escrito y me ha dicho que no está segura de sentirse cómoda..., ¿qué hago?

Tócate los cojones, que, pase lo que pase, aquí la que termina en un aprieto soy yo.

—Pero, Tristán..., ¿entiendes por qué se lo pregunto a tu madre? Es que con este tema te obcecas. Y yo solo quiero hacer las cosas bien.

—Pues si quieres hacer las cosas bien, no vengas. Te lo estoy diciendo. Porque luego me la va a liar que flipas.

—No, Tristán —responde su madre muy seria—. Miranda tiene toda la razón del mundo. Esto de tu hermana no tiene ningún sentido, porque si no va tampoco le va a parecer bien después. Y yo aquí ya punto en boca.

Entro en el cuarto de baño cuando Tristán está en la ducha. No ha cruzado más que un par de palabras conmigo desde lo de la cocina, de modo que imagino que está cabreado, pero si algo me han dado los años es paciencia. Yo ya no soy la chica que fui en este día de 2019.

—Tristán... —Cierro la puerta y me siento sobre la taza del váter.

Su cuerpo se adivina a través de la mampara biselada. Ñam. Ñam.

Miranda, céntrate.

—¿Qué?

—Solo quiero que me escuches un momento, ¿vale? Te ha sentado mal que le pregunte a tu madre, pero yo necesitaba...

—Me has puesto en una situación maja, ¿eh? —A su tono le chorrea más sarcasmo que agua sale de la ducha.

—¿Tú ves normal enfadarte por habérselo preguntado, cuando a ella también le puede parecer un desplante que yo no vaya? Porque tampoco ibas a explicarle que es porque a tu hermana no le apetece, ¿no? Yo ya insistí en no venir en su momento.

Corta el agua y corre la mampara. Buf. Agarra la toalla, se seca la cara, el pelo, y se la enrolla en la cintura. Después se apoya en el lavamanos, donde se para a escucharme muy serio. Al menos tengo su atención.

—Te advertí que era mejor que no viniese, tú te lo tomaste a mal y por ti, porque te amo, cedí. Y ahora que a tu hermana se le antoja que es mejor no contar conmigo, me dejas a un lado. ¿Y no tengo derecho ni a preguntarle a tu madre, que también forma parte de todo esto, que qué opina? Y encima te enfadas. Pues me vas a perdonar, pero por culpa de tu hermana yo no voy a quedar mal con tu madre.

Se muerde el labio superior, pero no dice nada.

—¿Y sabes lo peor? —insisto—. Que si no llega a ser por mí, tus padres ni siquiera se enteran de que es tu hermana la que no quiere que vaya. Porque estás acostumbrado a cubrirla en todo, incluidos los malos ratos que me hace pasar.

Agacha la cabeza en un gesto de sumisión difícil de ver en Tristán y, tras unos segundos más en silencio, asiente. Cuando vuelve a mirarme, parece arrepentido.

—Es que no sé cómo hacer las cosas para que no te coja más ojeriza... —confiesa.

—Ya lo sé. Pero el modo en que tratas de solucionarlo es cobarde.

—Vale.

—Y no me respetas si lo haces de ese modo. La priorizas a ella. Si es lo que quieres, está bien. Yo puedo aceptarlo y quedarme, o rechazarlo y marcharme. No obstante, si no es lo que quieres...

—No es lo que quiero.

—Pues te estás equivocando.

Suspira agobiado y yo me pongo en pie para colocarme frente a él.

—Es ella la que te está colocando en esta situación, lo sabes, ¿verdad?

—Pero no estaría de más que tú me lo pusieras más fácil. Lo de mi madre...

—Lamento que te haya sentado mal. No sabía qué otra cosa hacer.

—Vale.

Le doy un beso y le palmeo los antebrazos húmedos.

—Mira, hacemos una cosa: me cambio y os acompaño. Le doy un beso a tu hermana, tanteo la cara que pone al verme y si tuerce el morro, le digo que me parece que eso de buscar vestido es algo muy íntimo y familiar y que…

—Pero es que tú también vas a ser su familia.

—Ya, bueno, pero a ella no le mola la idea.

Los dos nos reímos con sordina.

—Ya verás. Lo vamos a arreglar.

Cuando Uxía me ve aparecer junto a sus padres y su hermano parece que le va a dar una embolia, pero al menos, como no sirve para jugar al póquer, todos le ven la cara. Miranda 1, Uxía 0.

Me acerco solícita, le doy dos besos y un abrazo breve y cariñoso, más falso que un euro de madera. Me dan ganas de reírme a carcajadas y que un rayo caiga sobre la acera a mi espalda para darle a la escena más teatralidad, pero así está bien. Ella no para de mirarme mientras saluda a su familia hasta que llega el turno de Tristán, a quien le da un pellizco en el brazo.

—¡Au! —se queja este, que no entiende a qué viene la agresión.

—Uxía… —Me vuelvo a acercar—. Escucha…, que estábamos tu hermano y yo hablando y le he comentado que quizá esto de buscar vestido es muy íntimo…, no sé. A lo mejor te agobias de tenernos a tantos ahí dentro. Así que ¿qué te parece si os espero tomando algo por allí? —Señalo otra calle comercial con varias cafeterías, al lado de donde estamos—. Pero si tu hermano se pone cabezón con alguna opinión o necesitas un voto que desempate…, estaré encantada de acercarme y darte la razón.

Le guiño un ojo, sonriente.

—Miranda… —suplica su madre.

—No, de verdad, Sabela, que yo creo que ella así va a estar más tranquila. Y eso es lo que importa. Tenéis cita en Pronovias y Rosa Clará, ¿verdad? Pues yo os espero por aquí y luego ya vamos a celebrar si has encontrado el vestido. Y si no, compramos unas revistas y echas un vistazo, que aún tienes tiempo.

—La verdad es que estoy un poco nerviosa; cuanta menos gente, menos ruido —dice—. Te lo agradezco mucho.

—No es nada. Totalmente comprensible. Además… yo de vestidos de novia entiendo poco y seguro que estás guapísima con todos.

Una actuación impecable. El Oscar es para… ¡mí!

Escupe un gracias que hasta hace sonreír a su hermano, que se inclina a darme un beso.

—Te veo en un rato.

—No tengáis prisa.

Me despido sonriente con la mano y me dirijo hacia mi destino, un vermú y un plato de patatas fritas, pero Tristán me retiene para decirme al oído:

—Eres la mejor.

Vienen contentos después de dos horas largas que yo he pasado enfrascada en la lectura de un libro que cogí de la habitación de Tristán y del que entiendo la mitad, porque siempre he tenido problemas para mantener la atención leyendo ensayos. Pero he estado entretenida y serena, sobre todo con la expectativa de una comida tranquila y la seguridad de que van a encontrar la horterada que su hermana busca, ceñida como el traje de esquiar de Ned Flanders y con más brillos que todas las bodas de *My Gypsy Wedding* juntas.

En algo tenía razón: iba a juzgar su elección, pero en silencio y sonriendo, con el placer que te da ver a tu enemigo ir hecho un zarrio en uno de los días más bonitos de su vida. De todas formas, no voy a poder ir a su boda, porque en Wuhan alguien se va a encontrar regulinchi, así como con tos, y el resto del mundo vamos a tener que esperar en casa a que termine una pandemia mundial. Y no quiero frivolizar, que va a ser lo más jodido que recuerdo haber vivido jamás.

En 2021, cuando Tristán y yo nos separamos, Uxía y su novio aún no se han casado.

Cogemos el coche de nuevo para ir a un restaurante a celebrar que la bicha ya tiene vestido. Allí nos espera el bicho, el futuro esposo, el ser más anormal que he conocido en mi vida, al que he escuchado juntar dos palabras seguidas en muy raras excepciones, pero…, oye, se tienen que entender ellos. Tristán y yo cogemos nuestro coche de alquiler y ella se va con sus padres en el sedán gris de estos.

A Tristán le sorprende que esté tan contenta en el trayecto, pero es que solo estoy pensando en ponerme hasta las cejas de marisco y vino blanco, y después dormir una siesta en el sofá de casa de sus padres, más feliz que una perdiz con un regaliz. Él va contándomelo todo y también parece alegre, emocionado incluso, lo que es mucho para alguien tan contenido como Tristán.

No me puedo creer haber esquivado esta bala…

Cuando se gestó este viaje, Tristán me preguntó si me parecía bien que él invitase a comer. Yo le dije que por supuesto, que no tenía ni que consultármelo, y, orgulloso, reservó mesa para seis en Silabario, un restaurante con estrella

Michelin que ocupa el sexto piso de un edificio céntrico de Vigo y que está coronado por una cúpula vanguardista de cristal y acero bastante espectacular. Desde allí, la vista de la ciudad es maravillosa y sus padres insisten en que me siente junto a la ventana (más bien pared de cristal) para que pueda disfrutarla por ser la invitada. Frente a mí, Uxía, que tiene el mismo honor por ser la protagonista del día.

Pedimos un par de botellas de vino blanco, con el que brindamos por los futuros novios con alegría, una alegría que cada vez es más tensa porque, sinceramente, parece que a la «feliz novia» mi sonrisa le molesta, pero pienso, ingenua, que la cantidad de comida que ha pedido Tristán relaja a cualquiera…, aunque a juzgar por la cara agria de su hermana casi podría decirse que alguien le ha sugerido que, en lugar de comérselo, tendrá que introducirse por el recto todo el marisco. Aprovecho que el novio se va al baño para intentar congraciarme con ella a través del tema del día:

—Bueno…, ¡cuéntame algo del vestido! ¿Cómo es?

—Pues… blanco —me dice fingiendo que es una broma y no una bordería de las suyas.

—Ah…, pero ¿blanco blanco o blanco roto?

—Es blanco, de satén y entallado —me explica, encogiéndose de hombros—. Iba a escoger uno de corte princesa, pero he pensado que hay mujeres que se morirían por poder ponerse un corte sirena y no tener que esconder las caderazas en una falda amplia, así que, yo que puedo…

Paso. Hago como si no entendiera que esas «caderazas» son un poco las mías.

—Pues haces muy bien. ¿Llevarás velo?

—Aún no lo he decidido.

—Tiene uno de mi madre precioso —apunta Sabela, que está muy emocionada—. Así en la iglesia no se le verían los hombros desnudos.

—¿Es palabra de honor? —pregunto.

—No. Es escote..., ¿cómo ha dicho la chica? —Su madre no encuentra la palabra.

—Hunter —dice ella con tono de sabihonda.

Me aguanto la risa, porque lo que quiere decir con ese aire de superioridad hacia su madre, que no recuerda el término, es halter, no hunter. Pero yo, calladita.

El novio vuelve.

—Bueno, bueno, cambiemos de tema —dice su madre—. No vayamos a estropear la sorpresa.

Su madre me hace un guiño cómplice desde la otra parte de la mesa y se lo devuelvo. A juzgar por cómo me mira, creo que a Uxía le revuelvo el estómago. Traen los primeros platos y la mesa se llena de comida rica. Hay pocas cosas que me hagan más feliz que tener en el mismo sitio a Tristán, vino blanco y buena comida, y se me nota. Eso y saberme a salvo del numerito de aquella vez. Por fin voy a poder disfrutar de este restaurante.

O no.

—Bueno..., ¿y tú quieres casarte? —me pregunta Uxía.

—¿Yo? —me sorprendo.

—Sí. La opinión de mi hermano ya la sé. Si te pregunto a ti es más divertido.

Intuyo que Tristán le hace algún gesto que ella obvia.

—Pues... no nos lo hemos planteado, ¿verdad? —Lo miro con el gesto más neutro que encuentro en mi repertorio, que se convierte en una sonrisa cuando él esboza una—. Ay, maldito, no me mires así.

—Pero ¿tú quieres? —insiste mi cuñada.

—Pues es que... —«Es que tengo una opinión muy diferente a la tuya, pedazo de petarda, y no quiero que la uses para iniciar una trifulca, ¿es que no lo ves?»—. La verdad, no he pensado mucho en ello.

—¡Venga ya! —se burla—. Estamos en confianza. Puedes decirlo..., no nos vamos a reír.

Ni que tuvieras motivo.

—Pues mira... —Cojo la copa y me armo de valor—. El caso es que siempre he entendido el romanticismo de una manera muy personal. Comprendo el discurso tradicional sobre la boda como acto simbólico de consolidación del amor, pero... podría prescindir de él.

—¿No quieres casarte con mi hermano?

Me rasco la cabeza. Me está poniendo nerviosa. Claro que quiero casarme con él. No en una boda como la que organizaría ella, pero sí. Aunque él nunca llegó a pedírmelo. Y yo a él tampoco.

—No me importaría, pero tampoco es algo que me quite el sueño —respondo con cierta pena.

—Ya la has oído, Tristán...

—No hacía falta que la presionaras para que lo dijera, eso ya lo sé. Salgo con ella desde hace tres años y vivimos juntos. La conozco.

—Pero le regalaste un anillo..., y no es de compromiso.

—No. Es un aguamarina en talla oval. —Trato de hacerme la graciosa.

—Es precioso —dice la madre de Tristán, queriendo zanjar el tema. Pobre.

Uxía sigue con lo suyo.

—¿Y cómo te las ingeniaste para regalárselo y que no se creyera que era una petición de mano?

—Uxía, ¿por qué no comes? —Tristán le contesta algo cabreado.

—No te pongas nervioso, hombre. —Le sonríe.

Queriendo incomodarme a mí, está molestando a su hermano y se acaba de dar cuenta. Eso es lo único que puede pararla y me alivia, aunque la rotundidad de la voz de Tristán me ha dejado cortada hasta a mí.

—Ya habíamos hablado de ello —le explico, porque me sabe mal que se haya quedado planchada—. Tu hermano también entiende el romanticismo a su manera..., y aún es más práctico que yo. Así que... le dije que, si alguna vez quería pedirme matrimonio, tenía que hacerlo...

—Calla... —me sugiere él muerto de risa.

—Somos unos ridículos —le respondo.

—Totalmente.

Nos entra la risa, cómplices, pero todos los demás esperan la respuesta.

—Le dije que tenía que hacerlo con un anillo hecho con una moneda de veinticinco pesetas y un par de alambres. Una moneda de cinco duros, ¿sabes? De las que tenían un agujero en medio. Y él aceptó. Así que cuando abrí la cajita y vi este anillo, solo pensé que..., que tu hermano es increíblemente atento y que lo quiero, entre otras cosas por haber ido a aquella subasta a conseguirlo. Sabía que me traía loca. Es de 1929 y ha ido de mano en mano desde hace años. Mi padre es anticuario y...

—Tu hermano es un romántico a su manera; no lo hiciste tan mal en cuanto a influencia. —Tristán se mete en la boca un trozo de croqueta de pato y erizo de mar y levanta las cejas hacia su hermana.

Ambos se sonríen.

Suspiro. Venga, venga..., que de esta salimos indemnes.

—Me ha dicho tu hermano que la boda será en un pazo muy bonito.

—Sí —responde sin mirarme—. La ceremonia será en una capilla pequeñita y después el convite en el jardín. Pondremos unas carpas, pero ojalá ese día nos dé tregua la lluvia, como hoy.

—Ojalá, sí —añado, dispuesta a callarme durante el resto de la comida.

—Tú en un pazo no, ¿verdad? —me pregunta Tristán.

—¿Casarme?

—Casarnos.

Toda la familia nos mira disimuladamente y yo trago saliva.

—Si hay anillo de moneda, donde tú quieras, chulo.

Una carcajada general me relaja. Ay, por Dios. Estoy apretando tanto el culo de los nervios que mañana no sé dónde me despertaré pero tendré agujetas. Aunque no, Tristán, en un pazo, no. Yo quiero casarme en campo abierto. Y que nos case Iván. O mi padre. Sobre nuestras cabezas poco más que bombillitas de verbena y la luna, y como invitados solo un puñado de buenos amigos y familia cercana. Tú, vestido con unos vaqueros y una camiseta de esas que te quedan tan bien; y yo, con un buen escote y los labios rojos. Sin anillos. Y de baile nupcial «Sesenta memorias perdidas» de Love of Lesbian. Cenaremos cosas ricas que nos gusten sin preocuparnos de si son o no *cool* y beberemos Coca-Cola en botellas de cristal y cava a morro. Y seremos la pareja más feliz que nadie haya visto casarse jamás. ¿Por qué no se lo he dicho nunca? ¿Por qué nunca hemos hablado sobre esto?

—Eh… —Tristán me despierta de la ensoñación con un codazo suave.

—Sí…, ¿qué?

—Te has quedado en Babia —susurra.

—Me fui un momento a mi planeta.

—¿Y qué se cuentan?

Le doy un beso en el hombro ahogando un suspiro y atiendo de nuevo a la conversación de la mesa. Mi suegra está hablando sobre los preparativos de la boda…, de la real, no de la que yo imagino y que probablemente jamás se celebre.

Me da pena pensar en el chasco que se llevará cuando tenga que atrasar todo esto más de dos años por culpa de la covid. Uxía querrá casarse cuando ya no haya restricciones a la hora de celebrar ese tipo de eventos, con lo que se alargará la cosa. Pero, sinceramente, más pena me da pensar que, a pesar de querernos como sé que nos queremos ahora, Tristán y yo jamás soñamos en voz alta sobre casarnos, y de alguna manera el momento pasó de largo. Y aunque él no lo sabe, después de este año nos atropellará la parte más gris de la relación, sin piedad y sin habernos dejado hacer planes.

Miranda..., come. Céntrate en disfrutar de la manera más hedonista posible. Come, bebe, luego intenta seducir a Tristán para echar un casquete. Disfruta todo lo que aquel día no pudiste. El steak tartar de vaca gallega está de muerte. Y las anchoas de Castro Urdiales. Las ostras. Y los berberechos. Me va a dar algo. Ojo a las cigalas. Que alguien me pare con la nécora. Cuando llega la carne, estoy a punto de entrar en un coma no reversible.

Y un consejo..., el enemigo jamás debe verte bajo mínimos..., aunque sea por una ingesta masiva de marisco. Cuídate de estar bien atenta, porque cuando no te lo esperas, en ese momento, es cuando llega la estocada final.

—Oye, peque. —Uxía se dirige a Tristán—. Vale que de boda no nos lleváis, pero ¿tía no me hacéis?

Hija de puta.

Tristán me mira de soslayo una milésima de segundo antes de coger la servilleta y pasarla con elegancia sobre su boca.

—Bueno... —musita.

—Bueno ¿qué? ¡Ay! ¡¡No me digas que estás embarazada!! —me dice a mí—. ¡Lo sabía!

Hija de la grandísima puta.

—No, no... Esto es el kilo de berberechos que me he comido. —Señalo mi tripa.

—Pero ¿no ves que está bebiendo vino? —la reprende su hermano, que empieza a ruborizarse, no sé por qué.

—Ah, perdón, perdón. Es que... como dijiste así ese «bueno»...

—No. Digo «bueno» porque esas cosas ya las dirá el tiempo, ¿no?

—Miranda, ¿tú cuántos años tienes?

Suspiro. Me he hartado de disimular que me está tocando los ovarios. Le doy a entender que esa pregunta me toca hondito los bemoles. Y porque tengo que calcular cuántos años tenía en 2019...

—Treinta y uno.

—Bueno, tenéis margen..., pero tampoco eres una niña.

Retengo las ganas de preguntarle cuántos tiene ella, porque yo no soy así. Lo que me preocupa no es mi edad biológica; lo que me preocupa es que no me importe en absoluto. Tristán sabe a ciencia cierta que quiere ser padre; yo, por más tiempo que he pedido para averiguarlo, solo he encontrado en mi interior silencio y pánico. Creo que el último año y medio de nuestra relación se basó en la esperanza de que yo, de pronto, lo viera claro.

—Siempre pensé que él sería padre antes que yo, ¿sabes? No te imaginas lo niñero que es. Le encantan. Siempre que nos juntamos con la cuadrilla, termina con alguno de los hijos de los amigos en brazos. O tirado por el suelo jugando con todos a la vez. Es como..., como el encantador de niños. Va a ser un gran padre.

—Uxi... —musita Tristán. Cuando lo mira, él arruga la nariz con cariño—. Déjalo estar.

—Ah, ¿que no te gustan ahora? ¿Has cambiado de opinión? ¿Ya no quieres ser padre?

Tristán me mira de reojo, midiendo mi expresión, y trata de calibrar mi nivel de incomodidad.

—Sí. Sí que quiero, Uxi.

—¿Entonces? Venga, chicos. ¡A repoblar el planeta! Que faltan niños, que está la cosa fea y siempre traen alegría.

Lo está haciendo a propósito, eso está claro. No sé cuándo debió de contarle que yo no estoy segura de querer ser madre, pero me juego la mano derecha a que esa conversación se ha dado y está recordándole a su hermano los motivos por los que alargar las cosas conmigo no tiene sentido. La odio. Y ya sé que odiar es para flojos, pero voy a permitirme esta flaqueza al menos hoy.

—Bueno, Uxía, eso ya lo veremos nosotros dos, ¿no crees? —contesta él.

—Sí, sí. Yo no digo nada.

Finge cerrarse la boca con una cremallera y desearía cosérsela con mis propias manos.

Debería decir algo, algo como «no hay prisa», pero no me sale. Se me ha agriado la cara, probablemente como a ella cuando me ha visto llegar esta mañana a la puerta de la tienda. Y como cantaba Julieta Venegas, o parecido, no sé si me lo merezco, pero no lo quiero.

Después de la comida no hay siesta. La hermana cabrona y el novio moñeco se van a su casa y Tristán me ofrece enseñarme un sitio. Supongo que quiere deshacerse de la sensación con la que nos hemos quedado tras la pu(ta)ñetera conversación sobre las criaturas. Y lo comprendo.

—Está a media horita en coche, pero es bonito.

—Claro —accedo, aunque no sé si ya me da un poco igual.

—Ay, ya sé dónde te lleva..., te va a encantar, nena. Te va a encantar —dice su madre con los ojitos brillantes.

Y tiene razón, aunque eso ya lo sé, porque ya he estado allí, aunque me lo enseñó en otro viaje a Vigo. Me confesó que el día de aquella comida en la que su hermana me había hecho llorar tenía intención de llevarme a pasar la tarde allí. Hoy va a cumplirlo, aunque Uxía haya dejado su huella de otro modo.

El Bosque Encantado de Aldán es un lugar con algo especial, más allá de la frondosa vegetación y el castillo abandonado. Más allá de las familias con niños que juegan y lanzan gritos de guerra mientras fingen ser bucaneros de otro siglo atacándose unos a otros. Tiene algo. Un halo de magia que envuelve a los enamorados. Eso y una humedad que te cala los huesos. Es como los cuentos de fantasmas decimonónicos…, escalofriante y romántico a la par.

Tristán me envuelve con su brazo y frota el mío como si intuyera que el frío está escarbando ya en mi carne para instalarse mucho más abajo. Pasea tranquilo, aunque lo conozco y rumia. Rumia palabras como las vacas lo hacen con la comida, porque es la única forma que entiende de labrar las frases para que la tierra no quede yerma a su paso. No sé si me explico.

Tarda en sacar el tema. Tarda, pero cuando lo hace, lo hace de manera certera.

—Mi hermana es una cabrona.

—Lo es. —Sonrío.

—A veces siento que la provocas, que os retáis en duelo, pero voy a ser justo y reconozco que lo de hoy, no…, lo de hoy no ha tenido nada que ver.

—Te lo agradezco. ¿Pero?

—¿Pero?

—Hay un pero.

Sonríe con tristeza.

—Lo hay, aunque tú ya lo sabes.

—Sí.

Seguimos andando agarrados, en silencio, con miedo. A veces los miedos, si no se les pone una correa con su nombre, si se les deja aullar libres, no nos pertenecen. Pero hay que ser responsables con sus bocas, porque es cosa de sus dueños saciarlos.

—Miranda…, no lo hemos hablado más desde entonces.

—Ya, lo sé.

—Pero yo no he cambiado de parecer. Entiendo que tú tampoco.

No respondo. Miro el suelo cubierto de hojas y ramas. Trago saliva.

—A veces me pregunto si…, si no estaremos mirando hacia otro lado por no querer tomar una decisión al respecto. Me preocupa que si dejamos pasar más tiempo, el tema nos haga daño.

Se para.

—Yo quiero ser padre. No tiene por qué ser ahora, pero lo sería. Y lo sería contigo. Pero si tú no vas a querer ser madre nunca, quizá deberíamos replantearnos las cosas.

—Aquel día en el lago te lo dije. Fuiste tú quien no quiso mirar, quien lo apartó a un lado.

—Lo sé. Pero ahora que Uxía sacó el tema…, no sé. Tengo que ser sincero…, pienso en ello a veces.

—Y yo.

Dios…, en lugar de saliva, me corren piedras puntiagudas garganta abajo.

—¿Y? —pregunta con cierta esperanza.

—No puedo evitar sentir que esto es un ultimátum.

—No lo es. Es solo que…, mira…, hay una canción de Mr. Kilombo…, «Sinmigo», ¿la conoces?

—No.

No le pega nada hacer símiles con canciones. Eso es más cosa mía. Supongo que todo se pega, menos la hermosura. Y odio que vuelva a mencionar hoy esa canción, a pesar de que es preciosa.

—Dice que «hay que soltar con fuerza, dejar que llueva a mares». También «quiero que ames libre, aunque sinmigo».

Frunzo el ceño. ¿Qué?

—¿Me estás dejando?

—No. No, no, joder. No quiero. Solo que... —Encoge los hombros y suspira—. Creo que si tienes clarísimo que no quieres ser madre deberías decirlo. Y tendríamos que hablarlo poniéndolo todo sobre la mesa... Y es que hay muchas más cosas... como el ritmo de vida que llevamos, el tiempo que nos dedicamos o Madrid. No sería justo que ninguno de los dos tuviera que ceder en esto. Es demasiado importante.

Y tiene razón. Asiento. Trago un nuevo puñado de piedras.

—¿Entonces?

—Entonces...

La primera vez que tuvimos esta conversación, cuando volvió a sacar el tema, yo le pedí tiempo. Le dije que creía que no cambiaría de opinión, que lo sentía, pero que me diera tiempo.

—¿Tiempo para qué? —me preguntó.

No tenía ni idea, pero él me lo dio. Y estoy segura de que fue aquel el día en el que empezamos a morirnos. Nosotros quizá no, pero nuestro «nosotros» sí.

—Vale —me oigo decir.

—¿Vale? —Se sorprende.

—Sí. Vale.

—Pero vale... ¿en qué plan? ¿Vale, es demasiado importante como para que ninguno ceda? ¿O vale, seamos padres?

—Vale, seamos padres.

—¿Vale, ya?

Se me escapa una risa. Es una risa aterrorizada, triste, pero tierna, porque lo quiero.

Estaría dispuesta a todo por no perderlo. Incluso a faltarme a mí, a mi palabra, a mi voluntad, a la forma de entenderme a mí y al mundo que me rodea.

—Vale…, solo dame…, dame un poco de tiempo.

—¿Un poco de tiempo? Eh… —Tristán se mueve un poco nervioso—. Joder, sí, claro. Pero… —Se ríe—. Qué bueno. No…, no me lo esperaba. ¿Me das un beso?

Y lo beso, agarrándome a él como si este fuera el último recuerdo que voy a tener suyo. De alguna manera…, ojalá pudiera dejarlo todo aquí, congelado. Pero no.

Otra vez tengo en las manos un puñado de tiempo con el que no sé qué haré.

Convencerme. Resignarme. No lo sé.

Tiempo…, ese es mi problema.

# 29
## «Incluso a ti»

La primera vez que estuve en una sesión de fotos me impresionó muchísimo. Me pareció que era similar a lo que había imaginado. Qué curioso. Son aquellas cosas que más se asemejan a lo que proyectamos las que nos sobrecogen. Todo lo que las rodea es tan de película... El «clic» del disparo y el sonido del fogonazo de los focos por encima de la música, que suena para que quien protagonice la sesión se sienta cómodo. Los estudios de fotografía suelen ser fríos, de techos altos, blancos. Algunos cuentan con cicloramas, otros con fondos y suelos neutros que se desechan tras cada sesión. Y casi siempre están llenos de gente: estilistas, maquilladores, representantes de la marca, personas responsables de la publicación en la que aparecerá el reportaje, mánager, equipo de producción, iluminación, técnicos... No son aptos para personas tímidas.

Por suerte para él, Iván no lo es. Quizá, por lo que cuenta, lo fue en el colegio, cuando lo diferente asustaba y era objeto de burla. Quizá allí se sentía más cohibido. Pero desde hace muchos años, él es quien es y pocas cosas pueden hacerle sentir menos..., sobre todo cuando trabaja. Porque es bueno. Muy bueno. Por eso jamás he sentido que contratarlo para editoriales o portadas de la revista fuera tráfico de influencias. Marisol está de acuerdo: es mi mejor amigo, sí, pero lo conocí en el ámbito profesional, tiene un porfolio impecable, su currículo habla por sí solo, es fiable, de confianza, trabaja rápido y con unos resultados al nivel de lo que necesitamos. Por eso, cuando tenemos alguna portada especialmente importante, lo llamamos a él.

Hoy hacemos fotos para la portada a la que será la actriz revelación de los próximos años, pero se supone que yo no debería saberlo. Ni yo ni nadie, pero, claro, vengo del futuro. Se nos va a aplaudir mucho por esta portada, porque es talentosa, porque no esperamos a que esté arriba para hacerla protagonista y porque no es lo que dicta el perfil de la chica de portada heteronormativa. Este número, protagonizado por una actriz aún poco conocida de metro setenta y dos y de talla y pecho grandes (al menos para lo que dicta la moda), va a ser un símbolo de cambio. Y nosotras, parte del movimiento.

Hoy es jueves 12 de diciembre de 2019. Recuerdo perfectamente esta sesión. Fue distendida, divertida, y los resultados, muy buenos. Todos terminamos encantados. Por parte de la revista estamos al mando Rita, como directora de moda, y yo. Iván, al timón del estilismo. La maquilladora Natalia Belda es la responsable de la parte *beauty*. El fotógrafo, un grande por el que nos damos de tortas continuamente con *Harper's Bazaar*. Espero disfrutar igualmente esta segunda oportunidad…, si es que Iván me deja.

—Es que, sinceramente, Miranda, no te puedo creer.

Lleva enfurruñado conmigo desde que le he contado que en mi último salto temporal, ayer, le dije a Tristán que sí quería ser madre, que solo necesitaba un poco de tiempo. No se enfada porque no quiera que tenga hijos por algún tipo de celo o yo qué sé…, es que me conoce bien y sabe por qué lo he hecho. Y yo también.

Pero bueno. Aquí todos sufrimos, ¿sabes? Yo, por ejemplo, no he dicho ni mu de que él, en esta realidad paralela, lleve pinta de villano de película de James Bond de los años sesenta… si se hubiera ambientado en la era futurista. Lleva una levita negra con cuello mao, pantalones de vestir del mismo color tobilleros, zapatos Dr. Martens plateados, el pelo cortado con un degradado rarísimo, le falta una ceja, que no sé si se rasuró en un momento de enajenación o es que él es así de moderno ahora, y lleva una lentilla blanca y una funda plateada en un diente. ¿Qué hago, me mato?

—Así de serio y enfadado, y con esta pinta, pareces el líder de una secta.

—No me hace gracia, Miri. —Se acerca al fotógrafo, que está dando instrucciones a la actriz, y se agacha—. Carlos…, ¿cómo ves si probamos unas cuantas de frente? El vestido tiene unas mangas impresionantes. Quizá puedas jugar con ellas.

Yo también me aproximo. Rita está en el combo, la mesa que se ha instalado con los ordenadores y demás, para ir viendo el resultado de la sesión, y tras echarme una mirada me hace un gesto que entiendo al instante y, a modo de susurro, sin que parezca un cuchicheo, le comento al fotógrafo:

—Carlos, estoy de acuerdo con Iván. Probemos unas cuantas de frente, con mangas o sin mangas, eso ya como lo veáis vosotros. La postura en la que está ahora, de perfil, estiliza, ya lo sé, pero… no es lo que pretendemos. Queremos que sea ella. Tal cual es. Buscamos una imagen empoderada, sexi, fuerte. Como esa energía que tiene ella y que llena la habitación cuando entra.

El fotógrafo asiente y sonríe.

—Te capto. Me parece guay.

Iván y yo volvemos a dar dos pasos atrás y cruzamos los brazos sobre el pecho con el mismo gesto y a la vez. Suena «Djadja» de Aya Nakamura…, aún no ha sacado la versión con Maluma.

—Mara, cariño, vamos a probar algunas de frente, ¿vale? Separa un poco las piernas con poderío torero…, ¡así!

—Espera que le acomoden el vestido… Vero, ¿vas tú? —le pide Iván a su ayudante.

—Claro, Iván.

—No te enfades conmigo —le pido en un susurro.

—No es mi vida. No me puedo enfadar si quieres cagarla a lo grande.

—Escúchame.

—Me pones de los nervios —rumia entre dientes, masticando las palabras.

—¿Y si le perdí por eso?

—¿Y? —Me mira con cierta rabia—. Dime, si le perdiste por eso…, ¿qué?

—Pues que a lo mejor he estado evitando el tema de la maternidad por el síndrome de Peter Pan o…, no sé, por egoísmo.

—¿Vas a preguntarte ahora quién va a cuidar de ti cuando seas vieja si no tienes hijos? Porque ya no creo que flipe más de lo que estoy flipando ahora.

—¿No puedo hacerme preguntas que vayan un poquito más allá? —le respondo agarrando la chaqueta de traje que llevo echada sobre los hombros, como siempre sin meter los brazos, antes de que se me escurra y caiga al suelo.

Me fulmina con la mirada.

—Por cierto —desvía el tema—, estás guapísima de granate. No sé por qué no te vistes más de color.

—Porque mi color es el negro.

—Pues el *total look* en granate francés te queda increíble.

—¿Granate francés?

—Sí. Este tono de granate es como muy francés, ¿no? El nuestro es más…, más carmín. ¿Me entiendes? Más carmesí.

Toca de soslayo el jersey que llevo con el traje monocolor, del mismo tono, y hace un gesto de aprobación al comprobar que es cachemir.

—¿Aprobada? —le pregunto con sorna.

—Lo que te gusta la lana buena…

—¿Eso no me suma puntos?

—No, porque te gusta la lana buena pero eres una gilipollas capaz de poner por delante las prioridades de tu novio, aunque estas se vayan a llevar las tuyas a tomar por culo.

—La maternidad no es el fin del mundo.

—¡Claro que no, so gilipollas!

De repente, todos nos miran. Cesa el sonido de los flashes, las indicaciones, el rumor de las conversaciones. Solo queda la música y un montón de ojos sobre nosotros. Los dos pedimos disculpas con un gesto y la sesión se reanuda.

—La maternidad no es el fin del mundo, claro que no —sigue Iván—, pero no es lo que tú quieres. Al menos no es lo que quieres ahora. Si así fuera, lo tendrías clarísimo, ¿no crees?

—Pues no sé. Estas grandes decisiones siempre dan miedo…, dame un segundo.

Me acerco al fotógrafo y al combo. Rita me señala un par de fotos en un iPad y asiento.

—Ese rollo mola mucho. —Señalo la expresión de ella—. Se la ve simpática y segura de sí misma. Eso es lo que buscamos.

—Probaría con otro estilismo, ¿no? —propone Rita.

—Sí. —Miro rápidamente a Carlos, que pide nuestra atención—. Dime…

—Se la ve genial. ¿Os gusta la postura?

—Mucho.

—¿Queréis que metamos un poco de ventilador?

—Mara, ¿te mola el rollo ventilador? —La chica me mira raro y yo me río—. Así como en un videoclip de Paulina Rubio.

—¡Ah, me encanta!

—Dale pues.

—¿Hacemos un par de posturas más con este vestido y probamos con el otro de Dolce? —pregunta Iván.

—Perfecto —confirma Rita.

Iván y yo nos volvemos a retirar hacia un lateral. Vero, la ayudante de Iván, corre a recolocar la ropa de la protagonista. Ambos levantamos el pulgar a la vez cuando la tiene lista. Rita se ríe, iPad en mano, mientras hace bromas sobre si somos o no, en realidad, mellizos separados al nacer.

—Seguro que los pilló la monja esa que robaba niños, y... tú a Boston y yo a California.

—Mira que sois brutas en esta revista. —Se ríe el fotógrafo.

Nosotros hacemos caso omiso de las pullas.

—¿Y si, por miedo, pierdo al hombre de mi vida y la experiencia más gratificante y completa de...?

—Miranda, por Dios. —Suspira.

—¿Qué?

Se vuelve hacia mí.

—Uno... —Entrecierra los ojos, muy concentrado—. ¿Esto que está sonando es Luna Ki?

—La misma. «Septiembre» se llama la canción.

—Una letra muy evocadora. Perdón. ¿Por dónde iba? —Y para mi desgracia, vuelve a centrarse en el tema mientras levanta con solemnidad un dedo a la altura de mi cara—. Uno. Eso del hombre de tu vida..., ¿no te parece de un romanticismo un poco... obsoleto?

—El romanticismo es el que es, Iván.

—Ah, pues que vuelvan los corsés.

—Eres gilipollas —me quejo.

—No, en serio, Miranda. «El hombre de tu vida»..., vale..., ¿y cuándo se sabe eso? Porque así, en términos generales, a mí me parece que un título de este calibre debería darse en el lecho de muerte, ¿no? No sé.

—Eres muy práctico.

—No. No, qué va —se desespera—. Soy un puto romántico, Miranda, mucho más que tú, aunque me dé vergüenza. Por eso, porque soy capaz de amar mucho, no pienso engañarme pensando que lo que tengo es lo único. Es lo que quiero. Hostia..., ¡eso es mucho más romántico! No seas cínica.

Como un niño que acaba de descubrirse la mano, mira el dedo que tiene levantado a la altura de mi cara y se ríe.

—Pero ¿de qué te ríes? —me contagio.

—El otro día me contaron un chiste y me he acordado..., ¿tú te sabes los nombres de los dedos?

Lo miro con ojos de cordero degollado.

—Pulgar... —Me los va enseñando conforme los nombra—. Índice, romero, tomillo y meñique.

—Romero y tomillo..., ajá..., ¿y eso es por...?

—Porque son los que dan sabor al conejo.

Se pone a moverlos de manera lasciva y no puedo evitar echarme a reír. Bueno..., no soy la única. Estallamos en carcajadas su ayudante, el técnico de luces, uno de los que está en el combo y Mara, la actriz a la que estamos haciendo la sesión. El fotógrafo, muy rápido, lanza unas cuantas fotos. Entre ellas estará la imagen principal del reportaje central.

—Estáis poniendo todos la oreja, porteras —me quejo—. Carlos, Rita, ¿lo tenemos? ¿Hacemos el cambio?

—Perfecto.

La chica que se está ocupando de la producción del *shooting* coge la delantera, llevándose a Mara hacia el camerino, y nosotros les seguimos con paso lento. Creo que me he librado de la bronca cuando mi mejor amigo me agarra del brazo y me impide seguir.

—No voy a entrar —refunfuño—. Ya sé que le tengo que dar un poquito de intimidad a la chica.

—Dos —me dice, levantando el corazón junto al índice.

—Dios, no…

—Dios, sí. Acompáñame a por un café.

Tira de mí, literalmente, hasta la mesa en la que han colocado los termos.

—Miranda, la valía de una mujer no puede reducirse a la maternidad.

—Joder, ya lo sé —me indigno.

—Entonces ¿por qué no puede ser válida tu postura de no querer tener hijos?

—Porque no sé si quiero o no quiero.

—¿Y eso no es válido también? Sobre todo porque, querida, te conozco desde hace ya la hostia de años y siempre has estado más cerca del «no» que del «sí».

—Bueno…

—Bueno… —me imita, poniendo cara de soplapollas.

—No tengo toda la vida, Iván. No es tan difícil de entender. Y él lo tiene claro. Quiere ser padre. Ya lo perdí una vez y… —Veo la cara que me está poniendo y me desespero—. No lo entiendes.

—La que no lo entiendes eres tú, Miranda. —Parece realmente dolido, como si no lograra comprender por qué soy tan testaruda en un tema como este—. Si no lo tienes claro, la respuesta es «no». Es así con todo. Eso de «si te da miedo, hazlo con miedo» vale para algunas cosas, pero para otras es mucho más complicado. ¿Y si no es un «no» y solamente es un «aún no»? ¿No vas a respetar tus tiempos? ¿Y si sí es un «no» en realidad?

—Supongo que en estas cosas no se sabe a ciencia cierta nunca.

—Pues tienes razón, pero no debería ser otra persona la que te empujara a tomar la decisión.

—No es otra persona. Es el amor.

—Ay…, el amor.

—Sí, el amor. ¿Quién está siendo cínico ahora?

—Cuántas cobardías se esconden detrás de la palabra «amor»…

Resoplo y me concentro en servirme un café. Él también. No tarda ni un minuto en terminar con el silencio.

—Solo quiero que no tomes decisiones por presión…, joder. —Se interrumpe y pone los brazos en jarras—. Sé que jamás te vas a arrepentir si tienes un hijo. Será tu hijo, lo adorarás y seguro que eres una madre increíble, pero quiero…, quiero que si algún día tomas esa decisión sea porque la tomas TÚ. POR TI.

—Bueno…, le pedí un poco de tiempo. Tampoco es que esté mojando ácido fólico con el café todas las mañanas. Tranquilízate.

—¿Cuándo fue eso?

—¿El qué? —Lo miro confusa.

—El salto «del que vienes». —Dibuja unas comillas en el aire.

—Octubre.

—Lo que me parece más increíble es que no me lo hayas dicho hasta ahora. —Pestañea, suspira y mueve la cabeza con desaprobación.

—Mi yo del hilo temporal lógico o no se ha enterado del cambio o es más cobarde que yo.

—O sabe que mucho lirili —se señala la lengua— y poco lerele.

—¿Qué quieres decir?

—Pues que le has pedido tiempo… y él te ha dicho que sí sin saber cuánto le pides. Conociéndote, vas a usar eso en tu beneficio.

—Si lo dices así, parezco una timadora.

—Miranda, si ese chaval…, que ya no es tan chaval, por cierto, quiere ser padre y tú no lo tienes claro, deberías decírselo claramente. Si te da tiempo para que lo pienses, que sea teniendo toda la información.

—¡Ah! ¡Qué listo! ¡Mil gracias por el consejo! ¡¡¡No lo había pensado!!! ¡Ya hice las cosas así en la primera intentona! —le digo saliéndome de mis casillas.

—¿Y?

—¿Te recuerdo por qué estoy viajando en el tiempo?

—Sí, por favor. —Y cruza los brazos en el pecho.

Me quedo mirándolo, alucinada, porque no sé muy bien qué contestarle. Cojo un minicruasán y se lo meto en la boca a la fuerza. Que nadie se asuste…, es pequeño e Iván se ha comido cosas más grandes sin rechistar. Y me refiero a un bocadillo de pollo empanado con patatas…

—¡No tengo ni idea! —le grito para bajar enseguida el tono—. Pero haciendo las cosas como tú dices, *spoiler*: al final me deja.

Cuando consigue tragar el cruasán, me cae una colleja de diez megatones que me deshace el moño de un soplido. Las horquillas salen volando.

—¡Ah! —me quejo.

—Loca de mierda. Déjame decirte una cosita. —Se acerca poniendo la boca como si fuera el culo de un mandril. La tiene llena de migas—. No puedes… No puedes supeditar toda tu vida al amor.

—¡Y no lo hago!

—Me cago en mi sangre, en la tuya y en Mercurio retrógrado, Miranda…, ¿y ahora qué?

—No te quiero destripar lo que viene después, pero no es bonito.

—Ya, ya sé. Tengo todos los armarios de casa llenos de papel higiénico y latas de fabada, albóndigas y melocotón en almíbar…

—También podrías haber comprado conservas de verduras…

—Me estás asustando.

Me muerdo el labio.

—¿Sabes eso que empieza a escucharse de una gripe… en China?

—Sí. Lo de Wuhan.

—Pues no se queda en Wuhan…, ni en Asia. Se va de paseo como Willy Fog. Quédate con esta palabra porque la vas a usar mucho: «pandemia».

Hago una mueca.

—¿Morimos todos?

—Sí. Pero antes del fin, Pedro Sánchez, presidente del Gobierno, decidió meterme en una máquina del tiempo y enviarme a hablar contigo porque eres el único que puede salvarnos, Iván.

Se queda muy quieto. Creo que durante unos segundos se lo cree, hasta que me echo a reír.

—Eres gilipollas, ¿vale? —espeta cabreado.

—Te lo has tragado.

—A ver, tía, llevas desde 2016 diciéndome de vez en cuando que vienes del futuro y cuando no me lo dices, mágicamente, ni me acuerdo del tema… O es la broma más larga y mejor llevada de la historia o yo ya me creo todo lo que me cuentes.

Suspira y con su café en la mano se encamina hasta el camerino, al que se asoma después de dar un par de toquecitos a la puerta.

—Ah, joder…, espectacular. Aún lo luce mejor de lo que pensaba.

Me asomo. La chica está increíble, pero Iván ajusta la prenda a su cuerpo con unos alfileres hasta que queda como si la hubieran cosido exclusivamente para ella.

—Rita…, ¿cómo lo ves? —pregunto.

—Yo lo veo genial. —Me mira intrigada—. ¿Te has soltado el pelo?

—Me lo ha soltado Iván…

—Se lo he soltado de un guantazo, así que ya sabéis cómo me las gasto.

Todos se echan a reír.

—¿Cómo lo ves? —Señalo con la barbilla a Mara, que ciertamente está espectacular.

Iván me hace un gesto con el que entiendo que lo tiene todo controlado. Se apartan los tres, Rita, Natalia Belda y él, y hablan sobre algo del *mood board* que se envió al fotógrafo. Quieren un rollo muy «italiano». Mara pasa a maquillaje de nuevo y yo aprovecho para relajarme y comerme un bollito con el café. Pero, claro…, le he soltado la bomba a Iván y no va a dejarme tranquila.

—¿Vamos a morir? —me avasalla.

—No. Nosotros no. Pero… —Le pongo mala cara. Mala de verdad—. No frivolicemos.

Asiente. No entiendo cómo puede creerme a ciegas. A veces siento que, en el fondo, no lo hace, que solo está actuando.

—Déjame que te haga una pregunta, Miranda. —Se apoya en la pared, junto a la mesa de desayuno, y cruza los brazos sobre el pecho—. Si todo eso que dices es verdad…, y no dudo que lo sea, pero si se nos viene encima una crisis mundial y hasta tememos por nuestra vida y la de la gente que queremos…, ¿cómo es posible que sabiendo todo lo que sabes te siga preocupando lo superfluo?

Me quedo mirándolo sin saber muy bien si es una pregunta real o un juicio de valor; no sé qué contestarle.

—No te estoy juzgando —me aclara—. Es solo que... —Mira a nuestro alrededor—. Estamos aquí, haciendo cosas tan frívolas...

—El mundo también necesita estas cosas para continuar girando. Y al amor.

—Sí, pero de algo tienen que servir las crisis, ¿no? Ya sean una pandemia o una ruptura. Para poner las cosas en orden. Para colocar las cosas en el lugar que merecen.

—Bueno, de eso va. Eso estoy intentando.

—No, Miri. Tú no estás poniendo las cosas en su sitio. Tú estás huyendo —me dice con pena.

—Huyendo no es la palabra, Iván. Es complicado.

—Miranda —insiste muy serio—. Te dejó y has huido a un sitio más cálido: a los recuerdos. Estás dejándolo todo de lado, tratando de reconstruirlo. Todo. Incluso a ti.

# 30
## Lo está haciendo todo mal

Son las diez y media y hace ya muchas horas que es noche cerrada. Las noches en Madrid, en invierno, son largas y anaranjadas. El frío es tan seco que puede engañarte y empujarte a menospreciarlo.

Llegué paseando a casa a las ocho y media. Caminé sin prisa, abrigado, escuchando música, absorto en asuntos de trabajo que no abandonan mi cabeza hasta que los echo. Cuando entré, el piso estaba caliente y oscuro como un útero, pero vacío. No es que me apeteciera, pero me cambié, cogí la mochila y me fui al gimnasio. Con algo tendré que llenar el tiempo mientras Miranda está en el trabajo.

Ahora, ya de vuelta en casa, después de una ducha, con ropa cómoda (unos vaqueros y un jersey, por si Miranda quiere salir a cenar), la espero tomando una cerveza. Pero ya es muy tarde. Debería llamarla.

Responde a la segunda intentona, como distraída.

—Seis, siete, ocho... Ocho, Cris, ¡son ocho! —le dice a alguien que debe de estar en su despacho de cristal—. Hola, guapo.

—¿Aún estás en la revista?

—Sí. Pero no creo que me lleve mucho.

—¿Estáis de cierre?

—Sí.

Se escucha jaleo a su alrededor. Cazo la palabra «poke».

—Estoy cansado, pero puedo ir a recogerte y nos comemos una hamburguesa por ahí.

—Es que tienen que enviarlo ya, que parecemos nuevas —carraspea—. Perdona, cariño. Es que... igual la cosa se alarga, hace frío..., es un coñazo para ti.

—¿Preparo algo en casa y te espero?

—No, amor. Solo faltaba. ¿Llego tardísimo y encima te ocupas de todo? No te molestes. Además voy a llegar vegetal. ¿Lo dejamos para mañana? Hoy solo sé hablar de cómo y con qué llevar botas altas esta temporada y del poliamor.

—¿Del poliamor?

—Un reportaje que va en el número que cerramos hoy. No te preocupes.

—No me preocupo. Es físicamente imposible que tu trabajo te deje tiempo para tener otra relación, así que...

Se ríe. Esa risa me hace sonreír.

—No prepares nada para cenar —me dice—. Te mando cena para los dos. Guárdame lo mío en el micro y me lo como cuando llegue.

—¿Te espero para ver una peli?

—No me esperes ni para acostarte si tienes sueño.

—Pero ¿no decías que no ibas a tardar?

—No lo sé, Tristán. No lo puedo asegurar.

Me froto la frente.

—Vale. Pues te veo en la cama.

—Genial. Nos vemos en la cama. Seré la de las bragas que dejan ver todo el culo, ¿vale?

Me echo a reír.

—Es invierno, por Dios. No te pongas esas bragas.

—¿Qué crees, que se me van a constipar las nalgas?

—Prefiero no imaginarlas estornudando.

Escucho una especie de tos y deduzco que se ha atragantado.

—Ale..., te dejo. No te quiero entretener —insisto.

—Te veo en un rato. Te quiero.

—Sí... —suspiro—. Creo recordar que la última vez que te vi yo también.

—Lo siento. Tienes toda la razón. Te recompenso pronto.

—¿Mamada?

—Pensaba más bien en una escapada a algún hotelito con chimenea, pero si sirve una mamada...

—¡Miranda! —la reprendo—. ¡No lo digas en voz alta! Seguro que tienes a alguien en el despacho.

—¿Crees que digo cosas más suaves cuando hablo con mi otro novio?

Le lanzo un beso, un te quiero de esos líquidos que chorrean en la boca de las parejas, y cuelgo.

Miro el salón en calma, ordenado, iluminado por la bonita y moderna lámpara del rincón, y... no sé qué hacer. En fin. Un buen día es aquel en el que no hay sobresaltos, ¿no? Un buen día es aquel en el que no pasa nada.

Rescato el libro que llevo unas semanas leyendo en un avance lento pero seguro: *Cómo funciona la mente*. Ojalá lo termine con una idea un poco más clara..., porque a ratos no me entiendo ni yo.

—Ey...

Mi hermana tiene el don (para bien o para mal) de llamar siempre cuando estoy solo en casa, aburrido, sin mucho que hacer. Eso es bueno, porque me entretiene y me hace sentir ligado al mundo..., pero me da demasiadas herramientas con las que poner en duda cómo estoy haciendo las cosas.

—Has respondido a la primera, ¿tan interesante es tu vida? —me pregunta.

—Me has pillado con el teléfono en la mano. Estaba echando un vistazo ocioso a Instagram. Estoy leyendo, pero... no sé qué me pasa últimamente que no me concentro más de quince minutos seguidos.

—Ya..., y aparte de eso, ¿qué me cuentas?

—Pues no mucho. Lo mismo que estos días.

—¿Habéis solucionado ya el problema del curro?

—A duras penas. No sé qué les pasa a los jefes. Creo que cuando llegas a cierto rango, en un par de años, como si fueras un ordenador con obsolescencia programada, te trastornas.

—¿Tu chica no es jefa?

—Eres mala —le digo muy en serio.

Si le río media gracia sobre esto, la tenemos liada.

—¿Has visto las noticias? Parece que lo de la gripe esa se complica. ¿Vas a venir a vernos?

—Lo dices como si fuéramos a convertirnos todos en zombis en cuestión de meses y tuviera que despedirme. Como en... *Apocalipsis Z*. Cómo me gustaron esos libros...

—Sí, ya. Lo digo porque... a juzgar por lo animado y lo acompañado que estás siempre por allí...

—Es martes. Es normal que Miranda esté currando.

—Hasta donde yo sé, tú también curras... y estás en casa. Son casi las once.

—Ah, ¿y te parecen horas de llamar por teléfono?

—Tristán...

Suena el timbre de casa. Salvado por la campana. Abro sin preguntar.

—¿Es la princesa?

—Es la cena. Me la manda Miranda que, por cierto, no es una princesa, es la reina.

—Arghhh, qué asco. Qué poquito te pega decir esas cosas.

—Debe de ser el hambre. No sé lo que me envía, pero ahora mismo me comía hasta el potaje ese chungo que hace papá con espinacas.

—Eso no se lo comen ni los perros, Tristán.

Me río y abro la puerta de casa cuando adivino el sonido del ascensor llegando a nuestro piso. Cojo la bolsa que me tiende el mensajero y le doy las gracias mientras sonrío. Hamburguesas. Aunque a veces dude, me escucha.

—Voy a cenar —le digo a Uxía—. Te llamo un rato mañana.

—Espera, Tristán..., un segundo.

Dejo la bolsa sobre la encimera de la cocina y espero a que mi hermana reanude el discurso.

—Pasas mucho tiempo solo.

Me humedezco los labios. Ahí viene la turra.

—Nunca tuve muchas habilidades sociales para hacer amigos.

—¿Y tu chica?

—Mi chica sí, pero los amigos de Miri son sus amigos. Y..., la verdad, siempre he sentido que me miran un poco raro. Soy un tío seco, Uxi, es normal que no sea su tipo preferido.

—¿Habéis vuelto a hablar del tema de los niños?

—No.

—Nunca pensé que diría esto de una mujer, pero... ¿no crees que evita el compromiso? Yo creo que tiene un trauma con lo de su madre muerta.

—Lo primero, tu comentario es asquerosamente machista. No me puedo creer que lo vea yo y tú no.

—Es verdad. La primera parte ha estado muy mal construida —acepta—. Pero lo del trauma lo mantengo.

—No tiene ningún trauma.

—Al final te lo va a crear a ti. O no. O sencillamente terminarás a los cincuenta amargado sin saber...

—Uxía... —la freno, firme, molesto—, he tenido un día de mierda. No lo empeores.

—Es que... si no cuentas nada...

—¿Qué quieres que te cuente? Odio mi curro. No sé por qué mierdas hice caso a todo el mundo y me hice abogado y, peor aún, no sé por qué, odiándolo tanto, se me da bien.

—¿Y eso qué tiene que ver con...?

—¡Déjame terminar! Soy un tío de mar en medio de una meseta, rodeado de gente de secano... Lo único bueno que tengo, además de a vosotros, es a Miranda. ¿Hay cosas no tan buenas en nuestra relación? Claro que las hay: evita temas, está enamorada de su trabajo y a ratos parece que se le va el santo al cielo y vuelve a su planeta, pero... estoy loco por ella, ¿entiendes? Y si algún día rompiéramos, porque..., porque..., no sé. Porque ya no puedo soportar mi curro de mierda, esta ciudad que no es la mía, el poco tiempo que tengo a su lado y descubro que la vocación de mi vida es criar hijos..., si todo eso sucediera a la vez y la dejara..., aun así, cargado de razones, sería lo puto peor que me pasaría en la vida. Y a lo mejor no soy un tío romántico, ¿sabes?, y soy incapaz de decírselo, pero creo que somos capaces de enamorarnos muchas veces, ninguna de la misma manera que la anterior, y a mí me gustaría pasarme la vida enamorado como lo estoy ahora. De esta misma forma. Y de la misma persona. Así que deja de darme por culo con el tema, joder.

Uxía no me contesta, pero no ha colgado, porque la oigo respirar al otro lado del teléfono. Cierro los ojos y apoyo la frente en la encimera fría, junto a la bolsa de papel con la cena. No creo que haya nada más que decir. Ella no soporta a Miranda, porque es todo lo que nunca será mi hermana, y siempre odiamos lo que envidiamos. Y eso es así, lo que no significa que siempre envidiemos lo que odiamos. Decido zanjar aquí la conversación, pero con cariño.

—Buenas noches, Uxi.

—Buenas noches, Tristán. Yo solo me preocupo por ti.

—Lo sé. Pero deja de hacerlo, por favor. Me haces sentir peor.

Cuando cuelgo y saco la hamburguesa de su envoltorio, ya ni me apetece. Pero me la como.

Echo de menos Vigo. Ya no solo Vigo. Echo de menos Galicia. Me tira de las tripas como si uno perteneciera a la tierra como una moneda que ella reparte, pero que quiere de vuelta. A veces me duele este secano, este periodo de suspensión para «crecer». Si no fuera por Miranda, ya habría regresado. No lo hubiera soportado…, pero todos sabemos que ella no es omnipotente, por más que de un tiempo a esta parte sienta que se ha convertido más y más en una deidad a la que venero y a la que doy las gracias cada noche, cada mañana.

A este planteamiento le empiezo a ver las costuras. Y necesito algo, una prueba. Como Santo Tomás, me gustaría meter el dedo en la llaga del costado de esta relación para creerme que todo compensa. Necesito que me dé algo a cambio de todo lo que siento, quizá injustamente, que estoy dando por ella. Por quedarme aquí, a su lado, aunque ella no me lo haya pedido. Necesito más. No sé cómo decírselo ya. No sé cómo abordarlo de nuevo. Me da miedo insistir porque en el fondo, muy en el fondo, sé lo que ella necesita y quiere y lo que yo necesito y quiero. Y no es compatible. Aunque debería. Dicen que el amor lo puede todo…

Hace poco, una compañera de trabajo con la que, no sé por qué, me desahogué sobre el tema, me dijo que Miranda era una cría egoísta y que tanto no me querría si no era capaz de madurar y formar una familia. Le contesté tranquilo pero tajante:

—No. Para nada. Miranda solo es una mujer que piensa de manera diferente a ti, pero eso no la hace peor. Y no lo digo porque sea mi pareja; creo que es lo lógico. En cualquier caso, es una cuestión de empatía. Solo hay que entender, por más que me cabree que no estemos en sintonía en esto, que mi pareja necesita otra cosa para sentir que su vida está llena. Yo la quiero a ella, pero también una familia, una vida tranquila, una casa a las afueras y, probablemente, si puedo soñar, volver a Galicia con ella y largarme de aquí para no volver jamás. Ella me quiere a mí, ama su trabajo, desea viajar, seguir creciendo y aprender, busca tiempo para ella, tiempo que dedicarme a mí, tiempo para decidir, adora su piso en el centro, el ruido de Madrid y, algún día, le gustaría sentir que ha hecho algo grande. ¿Eso nos convierte a alguno de los dos en alguien mejor que el otro?

No me contestó. Yo tampoco añadí más. En realidad, no le respondí a ella y a su impertinencia. Me respondí a mí, dejándome claro que esto es lo que hay y que, por más que nos digan lo contrario, el amor no lo puede todo, porque eso significaría que aplasta otras muchas cosas que también son importantes. Si el amor lo puede todo, ¿dónde quedamos nosotros? ¿Dónde queda lo que escogemos, quiénes somos?

Cuando Miranda llega a casa, yo estoy medio dormido viendo una serie en la cama, pero me esfuerzo por espabilarme un poco y levantarme.

—Ay, no —me dice, con cara de pena—. No te levantes, por favor. Me siento fatal.

—No te preocupes. Estaba despierto. Prefiero sentarme aquí contigo mientras cenas.

—No tengo ni hambre. —Se frota la cara.

Tiene un aspecto..., buff..., casi me canso solo de mirarla. Del maquillaje impoluto con el que salió esta mañana temprano queda poco. Se le marcan dos ojeras hondas y oscuras y tiene los ojos rojos. La abrazo.

—No me abraces, porfi —me pide—. Cuando estoy tan cansada me pongo muy sensible.

—Lo sé. Y no pasa nada.

—Soy la peor novia del mundo.

Noto que me humedece el pijama a la altura del hombro, donde está acurrucada cuando la estrecho entre mis brazos con cierta fuerza. Evito hacerle comentarios sobre sus lágrimas porque sé que solo necesita sacar un par. Un minuto de flaqueza y volver a coger las riendas..., así es ella. Cuando se serena, se yergue y me sonríe.

—Ya está. Soy tonta.

—No vuelvas a decir que eres la peor novia del mundo, como si, encima de estar reventada, tuvieras que sentirte mal por no tener el don de la omnipresencia. Cariño —le sonrío—, lo haces lo mejor que puedes y eso es, siempre, mucho más de lo que se necesita. Porque eres brillante. ¿Vale?

Asiente, haciendo un puchero.

—Y tú —gime.

—¿Yo? —Me río—. El abogado triste.

—No. —Se aguanta las lágrimas—. Es solo que no has encontrado aún eso en lo que todos verán que eres brillante. Pero para mí ya lo eres.

Y por estas cosas digo que el amor no debería poderlo todo, porque también podría ser mentiroso y hacerle creer a esta mujer que no me merece y que lo está haciendo todo mal.

# 31

## «Voy a hacer la comida»

Me despierta Tristán con un leve zarandeo. Lo primero que veo es que lleva un jersey marrón jaspeado y unos vaqueros viejos. Estoy confusa. La luz que entra me hace creer que es temprano, pero no lo suficiente como para que no estemos en el trabajo los dos. ¿Será fin de semana?

—Miranda…, despierta…

—¿Qué hora es?

—Las ocho y media.

—¿De qué día?

—Viernes.

—Coño, que llego tarde —digo incorporándome.

—Tranqui, tranqui…, que estamos de teletrabajo, ¿no te acuerdas?

Me siento en la cama y lo miro. Sigo con un montón de niebla en la cabeza. Cojo el móvil con un movimiento automático y todas mis sospechas se confirman: viernes 13 de marzo de 2020. El Gobierno está a punto de declarar el estado de alarma a causa del coronavirus.

—De todas formas, no es pronto.

—Anoche te acostaste tardísimo trabajando, adelantando cosas. No te apures —me recuerda—. Miri…, me acaban de llamar del despacho.

—¿Y?

—Levántate, porfi. Creo que necesitas tomarte un café antes de hablar de esto.

Una taza de café humeante me espera sobre la encimera de la cocina. Vestida solamente con un camisón y una bata de seda, me siento en uno de los dos taburetes altos y le doy un sorbo que me templa el cuerpo al momento. Tristán está abrochándose los botines, haciendo equilibrismo, entre el dormitorio y el salón.

—Ven…, ¿qué pasa? —le llamo, aunque ya lo sé.

—Ehm…, bueno, ya sabes que uno de los socios del bufete está muy bien relacionado, ¿verdad?

—Sí —asiento.

—Pues… le han chivado que va en serio…, que nos encierran en casa.

—Define «nos encierran en casa».

—El Gobierno va a decretar el estado de alarma y van a limitar las salidas del domicilio a lo esencial: compras de primera necesidad, al médico siempre y cuando sea de urgencia y trabajos que no se puedan ejercer telemáticamente. Algo así. Nos han pedido que pasemos por el despacho a recoger la documentación que vayamos a necesitar para trabajar en casa.

—Pero tú ya trajiste cosas, ¿no?

—Sí. Pero tengo que recoger otras. Es probable que esto se alargue.

Me debato entre hacerme la tonta y seguir preguntando o callarme.

—Miri…, puede que se alargue semanas. Ve a ver a tu padre hoy. Pregúntale si quiere venirse a casa o si necesita algo o…, no sé.

—Tendré que llamar a Marisol, a ver cómo vamos a hacerlo en la revista. Suerte que nos instalaron VPN esta semana para poder acceder en remoto a los ordenadores de la oficina. A ver cómo iban a maquetar si no.

Asiente, y pone las manos sobre las caderas. Está muy serio.

—¿Hablaste con tus padres? —le pregunto.

—No. Iba a llamarlos ahora. Mi madre se va a poner histérica.

—Es muy previsora. Seguro que ya tiene la alacena llena.

—Sí. Si no sufro por el desabastecimiento en su casa. —Sonríe tirante—. Es que es un culo inquieto, y los dos jubilados…

—Tranquilo. Mientras tengan una baraja de cartas…

Se ríe y me besa.

—Me voy ya.

—Sí. Yo me tomo el café y voy a ver a mi padre. ¿Quieres que compre algo?

Me mira sin saber qué contestar. Sé que ahora mismo siente que se está dejando llevar un poco por la histeria colectiva y le da vergüenza, pero al final cede.

—Voy a pasar por la farmacia otra vez, a ver si les queda paracetamol. Por si acaso. Solo tenemos una caja empezada —me dice.

—Pregunta si tienen mascarillas homologadas.

Hace una mueca. A estas alturas todo suena aún raro y extremista.

—Vale.

—¿Paso por el súper? —insisto.

—Me da miedo, Miri. Está la gente como loca. Ya viste cómo estaban las estanterías del supermercado ayer.

—Por eso. No es que tengamos mucho en casa. Me acerco a ver qué consigo.

Mi padre vive en Carabanchel, en el piso en el que me crio. Un piso con el encanto setentero de los edificios de protección oficial de los barrios obreros, sin lujos pero cómodos, con azulejos con flores en la cocina y en el baño, feuscones, pero que vuelven a estar de moda…, porque en cuestión de modas todo vuelve. Pero sé que si quiero encontrarlo no tengo que ir allí, sino a la tienda. Se resiste a cerrar, a pesar de que hace días que no va nadie. La estampa con la que tropiezo es la de un señor leyendo el periódico tan tranquilo, sentado en un sillón orejero mientras bebe café.

—Papá, lo tuyo es de traca y opereta. ¿Es que no te enteras de las cosas o vas de guay y te crees que una pandemia mundial no va contigo? Hasta donde yo sé, no eres parte de los Vengadores.

—Yo creo que se está exagerando un poco con todo esto de la covid.

—Pues yo pienso que no me quiero quedar sin padre, así que levanta y recoge, que nos vamos.

—Anda, anda.

Le tiro del jersey y lo zarandeo.

—Papá, no estoy de coña. Nos mandan a casa desde todos los trabajos. El Gobierno va a decretar el estado de alarma mañana. No te comportes como un crío.

Arquea las cejas, haciéndose el asustado.

—¿El estado de alarma?

—Sí. Se lo han chivado a Tristán en el despacho. Va en serio. No son rumores. La cosa se va a poner fea. Las urgencias de los hospitales se están saturando. Está muriendo mucha gente, papá. No te lo tomes a broma. No frivolices.

—Miri…

—¿Qué?

—En casa tengo comida y las sábanas de tu cama están limpias. ¿Te quieres venir?

No puedo evitar echarme a reír.

—No, papá. Tengo casa. ¿Quieres venir tú a la mía? Me lo ha dicho Tristán. Le preocupa que estés solo.

—Pues dile que no estoy senil, que tengo sesenta y cinco años y aún puedo darle una paliza al frontón.

—Ya nadie juega al frontón, papá.

—Pues al «padle».

—Se dice pádel.

—Lo que sea.

—¿Quieres venir a casa o no? —me desespero.

—¿Y yo qué hago encerrado con mi hija y su novio en una casa que no es la mía? No, no. Si quieres, os venís vosotros. Además en tu casa solo hay una habitación.

—Pero si es para que no estés solo, nos apañamos. O si te vas a agobiar, nos venimos los dos para acá.

Niega con la cabeza.

—Serán solo unos días. No quiero que Tristán esté incómodo.

—No lo va a estar —miento.

—Miri, van a ser solo unos días. Tienes que relajarte, hija, que me estás poniendo nervioso.

—Vale. —Suspiro. Sí…, solo unos días—. ¿Te acuerdas de cómo hacer videollamadas desde el iPad?

—Hija —se cabrea—, para que tú seas tan lista, tu padre no tendrá que ser tan tonto, ¿no?

Lo doy por perdido.

—Cierra la tienda y coge todo lo que necesites. No volveremos en mucho tiempo. Vamos a coger un taxi.

La farmacia, tal y como recordaba, es un caos. Casi no les queda de nada. La gente se lleva sobre todo medicamentos pautados para enfermedades crónicas. Mi padre toma unas pastillas para el ácido úrico, y le obligo a pedir a su farmacéutica tratamiento para tres meses. Conseguimos también antiinflamatorios por si le duelen las rodillas y paracetamol. Lo de las mascarillas aún es ciencia ficción.

Subimos la compra (lo que hemos podido comprar) por las escaleras, tal y como recuerdo que hicimos en su momento, porque quise evitar el aire concentrado del ascensor. También recuerdo la paranoia y el miedo que sentí y agradezco saber lo que sé ahora: que mi padre estará bien. Sufrí muchísimo dejándolo allí solo. Con todo colocado en la cocina y el baño, me aseguro de que pone a cargar el móvil y el iPad, pero no me quedo conforme.

—Te tendrías que venir a casa.

—A maldormir en el sofá, ¿no?

—Es un sofá cama. Nosotros dormimos en el sofá cama y tú en nuestra cama.

—De eso nada. Una pareja necesita intimidad y yo me voy a poner nervioso. Prefiero quedarme, Miri. Si estuvieras sola, te vendrías aquí y punto. Pero teniendo a Tristán, debes estar con él, que él está solo en Madrid y tiene a sus padres lejos. Estará preocupado. Anda, vete para allá. Que nos vemos en unos días.

—No salgas. ¿Vale? No salgas por nada del mundo. Yo te enviaré la compra. Y cuando la traigan, te la dejarán en la puerta y tú la recoges cuando se vayan. Y luego la lavas bien como te he dicho, ¿entendido? Y nada de timbas con los vecinos y esas cosas.

—No te preocupes. Me quedo aquí tranquilito con tu madre.

Eso creo que aún me preocupa más.

Llamo a Marisol mientras salgo de casa de mi padre. Fuimos previsoras y hemos estado preparándonos para esta situación en las últimas semanas. Vienen tiempos duros, pero no hará falta pasarse por la redacción. Está todo controlado.

Cuando vuelvo a casa, cargando con lo que he conseguido arramblar del supermercado, encuentro a Tristán sentado en el sofá, frente al ordenador y con el teléfono móvil en la oreja.

—No, mamá. No te veo. Algo estás haciendo mal. Mira. Da igual. Otro rato te enseño, que me parece a mí que vamos a tener tiempo de sobra. —Me mira y pone los ojos en blanco—. No, mamá, es que me estás poniendo histérico. Vaaale. Vaaaaaale. ¡¡Vale!!

Cuelga y tira el teléfono sobre la mesa de centro para frotarse después la cara con vehemencia.

—Dime que con tu padre te ha ido mejor.

—Sí. Todo controlado. —Me siento a su lado—. Tú no te preocupes.

—¿Cómo no me voy a preocupar? —Me mira de soslayo—. ¿Has escuchado la cifra de muertos hoy? Y mi hermana diciendo: «No sé, fíjate, ¿y no será todo un montaje?».

Me río y me apoyo en su hombro.

—Tienes que armarte de paciencia.

—Que es algo que últimamente no tengo.

—Pues la vas a necesitar, Tristán. —Le beso el hombro y lo miro—. Porque vamos a pasar muchas horas aquí metidos y la mayor parte de los días con poca información. Y va a ser desesperante y claustrofóbico. Y triste a ratos.

Me echa una mirada que traduzco como un «gracias, eres de gran ayuda» de lo más sarcástico.

—Ya, ya lo sé. Pero quiero que seamos realistas.

Chasquea la lengua contra el paladar con la mirada perdida en el fondo del salón y no contesta.

—¿Qué? —le animo a que hable.

—Nada.

—No, venga, no te calles. ¿Qué pasa?

—¿Te parece poco?

—No. Pero te has quedado como…, no sé. Dime.

—Nada. —Y alarga las aes con pocas ganas.

—Cariño…, tenemos que ser realistas.

—Y de realismo morimos, mi vida. —Se levanta y va hacia la cocina—. Voy a hacer la comida.

# 32
## «Algo a lo que aspiro»

Podría haberme despertado recordando nuestro viaje a Lisboa. O el día de la boda de Rita. Quizá cuando fuimos a aquel festival a Valencia, el día que tocaron Vetusta Morla y Zahara en la misma noche y él, un poco borracho, me dijo al oído que yo le había hecho entender las canciones de amor. Podría haberme despertado una y otra vez en domingos ociosos de cama y sofá, de esos en los que veíamos series compulsivamente, comíamos por vicio y follábamos por deporte. O en sábados en los que tratábamos de cocinar recetas que salían fatal, pero que nos comíamos igual. O en noches de miércoles desvistiéndonos en el dormitorio, hablando del día con esa intimidad y normalidad que da el amor calmado. Quizá en días de cortejo, esos en los que sonríes demasiado, en los que te esfuerzas tanto en ser la mejor versión de ti misma sin darte cuenta de que la mejor versión siempre será la completa, aunque tenga sus sombras.

Pero no.

Marisol (la cantante, no mi jefa) en su canción «Tómbola» cantaba: «En la tómbola del mundo yo he tenido mucha suerte, porque todo mi cariño a tu número jugué». Yo voy a hacer una versión modernizada y personalizada que se va a llamar: «Vaya puta mierda» y dirá así: «En la tómbola de la neurosis, no he tenido mucha suerte, porque, teniendo tantos días, con la covid me topé». Y será un *hit* mundial. En Corea seré una estrella.

A esto se le llama suerte. Habiendo más días que longanizas, tengo que revivir la puta pandemia. Y doy gracias de que, al menos, al vivirlo por segunda vez, el miedo a lo desconocido ha desaparecido... en mí, pero no en él. Tristán está asustado, como lo estábamos todos, pero sin querer admitirlo. Supongo que siempre fue demasiado orgulloso como para reconocer sus flaquezas. Y yo demasiado optimista como para ver las nuestras.

Siendo sincera, el confinamiento no fue nuestro mejor periodo como pareja. El piso es pequeño, teníamos asignaturas pendientes como proyecto en común, yo no llevé bien el encierro y él no gestionó de la mejor manera la distancia con sus seres queridos. Basta que te impongan algo para que te resulte insoportable.

Los primeros diez días fueron fáciles, incluso plácidos de alguna retorcida manera; aprovechamos para estar juntos todo lo que el trabajo no nos había permitido estar. El primer mes, sin embargo, en conjunto..., no fue fácil. La tensión se concentró sobre nuestras cabezas como una nube cargada de lluvia, gris y espesa. Recuerdo haber pensado en muchas ocasiones que no resistiríamos, que nuestra pareja sería una víctima colateral, como tantas otras, de la situación. Discutíamos por el orden y el desorden. Por cocinar. Por fregar. Por si uno respiraba muy fuerte o si el otro carraspeaba demasiado. También mientras comentábamos las noticias. Por quién bajaba a reciclar el vidrio. El sexo, como es lógico, se resintió, aunque ya venía aquejado de fuertes dolores desde que Tristán me vio, en Navidad, tomarme la píldora una mañana. No es que la tomara a escondidas, es que sencillamente no habíamos tenido esa conversación, y las cosas por decir son como ese supuesto amigo que malmete siempre con la peor de las intenciones.

Sin embargo, poco después de cumplirse un mes de encierro… salió el sol. Dicen que el ser humano es capaz de acostumbrarse a todo.

Bueno…, a ver. Rebobino.

Cuando digo que salió el sol… no me refiero a un arcoíris, pajaritos piando, conejitos saltando tras los matorrales cubiertos de rocío y ciervos bebiendo agua de un manantial. Es más bien… como esos días grises en los que se adivina luz a través de una capa fina de nubes y además deja de llover.

Y ahí estamos. Ahí me desperté hoy. Maldita la gracia.

Hoy cumplimos treinta y cinco días de encierro y navegamos inmersos en una calma chicha más cómoda, pero extraña. Hasta yo soy consciente de que quedan lejos esos Miranda y Tristán que se miraban muertos de amor, y no sé muy bien qué ha pasado. Quizá nada. Quizá eso es justo lo que nos ha pasado: nada.

Salgo del baño y paso por detrás de él, que teclea con los auriculares puestos. Identifico que está escuchando «Eternal Summer» de The Strokes. Si no me equivoco, hace poco que la han lanzado y a Tristán le encanta.

Me inclino y le beso el cuello. Se quita uno de los auriculares un poco extrañado por el mimo.

—¿Dime?

—Nada. Solo quería darte un beso. —Le sonrío—. Me encanta que te sigas poniendo perfume a pesar de estar encerrado en casa.

—Tengo una hembra a la que seducir —bromea.

Recuerdo vagamente que un comentario similar inició una pelea; si no fue hoy, fue un día como hoy. Supongo que lo consideré, dadas las circunstancias, cruel, o aproveché para echarle en cara que no me tocaba. O vete tú a saber.

Respiro hondo y señalo la pantalla del ordenador.

—¿Qué haces?

—Redactar un mail para una clienta que no entiende un procedimiento. Y es complicado porque —se vuelve del todo para mirarme bien— casi no lo entiendo yo.

Los dos sonreímos.

—¿Cómo lo llevas? —le pregunto.

Coge aire. Se ha puesto los vaqueros viejos que tanto me gustan y una camiseta de algodón blanca. ¿Hablamos de cómo les queda el blanco a los morenos? No, mejor no.

—Lo llevo como ayer…, y antes de ayer…, y el anterior. —Dibuja una línea recta con ambas manos que se van separando en su recorrido.

Arrastro la silla hacia atrás y me siento de lado sobre sus rodillas. Él va a apartar el cable de los auriculares, que siguen conectando su oreja izquierda con su móvil, pero acomodo el cable y coloco el que sobra en mi oreja derecha. Le sonrío.

—Tú llevas bien la rutina —señalo.

—Sí. Supongo. Si la situación ahí no fuera la que es…, y si no estuviera preocupado por mis padres y por cómo serán las cosas al volver…, bueno, es ideal, ¿no? Los dos en casa. *Chillin'*.

—Qué moderno.

Nos quedamos quietos, sin saber muy bien qué decir, mientras le acaricio el lóbulo de la oreja en el que un día, años atrás, descubrí divertida la cicatriz de dos agujeros de su etapa adolescente.

—Cambia la canción —pido—. El soniquete eléctrico me está poniendo la cabeza…

—¿Qué te pongo?

—Cachonda y tocina.

Deja escapar una risa suave mientras se vuelve hacia el ordenador.

—Espera..., voy a descubrirte una cosa así romanticona que seguro que no conoces.

Selecciona una canción con un doble clic del ratón, luego vuelve a acomodarse para mirarme mientras suena el sencillo y rítmico sonido de una guitarra a la que pronto se le suma la voz de un chico.

—Se llama Ed Maverick, es mexicano.

Durante los siguientes tres minutos y cincuenta y cuatro segundos no decimos nada. Solo escuchamos la letra de esta canción, que no me decido si me parece triste, esperanzadora, romántica o doliente. Se llama «Acurrucar», y a partir de ahora siempre olerá a él. Eso yo ya lo sabía. Es la primera vez que la escucho desde entonces y duele horrores. Me sorprende comprobar que hubiese tanta verdad sobre nosotros en su letra..., tanta verdad que todavía no conocíamos.

*Dime que esta no será la última vez que te voy a abrazar...*
*Quisiera que todo fuera mentira y de chingazo despertar.*

Querido Ed, no te conozco, pero te entiendo tanto...

—Me gusta —le digo cuando termina.

Y empleo un tono de voz débil, porque me he puesto triste, como quien llora delante de un cuadro o al escuchar un poema que escribió alguien con quien no tiene nada que ver.

—Ya lo sabía.

Suena otra canción. Es «Saturn Return» de Hanorah, y se la mandé yo unos meses antes, cuando la descubrí. Me hace ilusión que la guarde en su lista.

—Oye, Miri... —Me acaricia distraído la piel del cuello que mi camiseta deja al descubierto—. Lo decía un poco de verdad, ¿sabes?

—¿El qué?

—Lo de que si no fuera porque el motivo que nos obliga a estar en casa es una puta pandemia mundial..., esto no está tan mal.

—¿No tienes ganas de salir? ¿No se te cae la casa encima?

—Echo un poco de menos salir a cenar o..., no sé..., hacer deporte al aire libre. Pasear. Y ver a mi familia, entiéndeme..., pero igual esto me ha venido bien para darme cuenta de que... —mueve la cabeza— soy un chico tranquilo.

—Todo el mundo sabe que eres un chico tranquilo.

—¿Y qué hacemos con eso? —pregunta, apartándome con cariño unos mechones de la frente—. ¿Qué hacemos con el chico tranquilo en la capital?

—Eso habría que preguntárselo al chico tranquilo, ¿no? ¿Qué quiere él?

—Él quiere a la chica nerviosa.

—Ya... La chica nerviosa pegada a la ciudad.

—Pero el chico no quiere a la ciudad. ¿Se las puede despegar? ¿O son siamesas que comparten órganos vitales que imposibilitan su vida por separado?

Disimulo con una sonrisa lo mucho que en realidad me asusta lo que dice. Después de todo lo que me he esforzado volvemos aquí, a este punto.

—¿Y qué harías tú con una chica de ciudad sin ciudad, chico tranquilo?

—¿No has pensado nunca dejar esto?

—¿Dejar qué, exactamente? —pregunto sin parar de acariciarle pelo, cuello y lóbulos de las orejas.

—Irte de Madrid. Esto está bien, eh. No digo que no. Y tampoco que te lo plantees ahora, pero... ¿nunca lo has pensado?

—¿En qué términos? Porque, no sé, todos fantaseamos con que nos toque el Euromillón y pasarnos la vida sin rumbo fijo, viajando sin parar.

—No, no es eso. Me refiero a cambiar de aires. Dar un giro. Trabajar en alguna publicación pequeña, de «provincias», o…, o volver a escribir, dejando la parte de coordinación de lado. Ser *freelance.* O «corresponsal» fuera de Madrid. Vivir en una casita…, una casita con parcela. Y perro. Te encantan los galgos. Siempre dices que te gustaría adoptar uno y pasearlo con bufanda en invierno. —Voy a hablar, pero me interrumpe—. Unos años más de alcanzar metas aquí y después… vivir la vida. La vida de verdad.

Nunca me había dado cuenta, pero para Tristán vivir en Madrid siempre fue como estar conectado a Matrix. Una especie de recreación de lo que él considera que era de verdad la vida, un sucedáneo de consumo rápido, un «mientras tanto». Como el coche, moderno y rápido, que te compras de joven sin pararte a pensar si es o no práctico.

Acaricio sus sienes y suspiro.

—Ese suspiro suena a «no». —Sonríe triste.

—Para mí esto también es la vida de verdad.

—¿Trabajar doce horas, llegar a casa con la energía justa para tomar un bocado y dormir? Y en el mejor de los casos vestirte rápido para un evento. La presentación de una marca. Unos premios. Una premier. Y no por placer. Un mes de vacaciones disfrutadas con el culo apretado por si pasa cualquier cosa que requiera de ti mientras no estás…, ¿es esa la vida a la que aspiras, Miranda?

¿Es así como la ve él?

¿Y el placer de los dedos sobre el teclado, la sensación al sostener la revista impresa, ver a una chica leyéndola en el transporte público, que nos mencionen como precursoras de algo bueno para la juventud, participar en causas en las que creemos…? ¿Y lo divertidas que resultan esas fiestas a las que a veces vamos por obligación? ¿Y las conversaciones que se mantienen con los cientos de personas interesantes y brillantes que se pueden conocer en distintos actos o actividades? He cenado en el Louvre cerrado exclusivamente para unos pocos. He visitado el taller donde se diseñan las prendas de alta costura que recorrerán la pasarela en el desfile de Dior. He dado clase en un máster de periodismo. Me he reunido en Nueva York con todas las directoras y subdirectoras de la cabecera internacional. He escuchado cantar a Adele a capela en un evento…

Joder. Y esa es solo una parte de mi vida. Ese es mi trabajo. Tengo un trabajo de la hostia. Pero…

Tengo a Iván, que lo mismo es capaz de beberse una botella de Larios con Cola Zero en dos horas y bailar «Paquito el Chocolatero» con desconocidos que de preparar un bizcocho de limón y ponerte películas de risa un domingo en su casa. Alguien con quien viajar, en quien confiar, al que querer. Y no es el único de mis buenos amigos al que le entregaría mi vida en fianza.

Tengo a mi padre, que me cuenta sin parar crónicas de una vida que no viví y me mantiene anclada a una parte de mi historia.

Tengo Madrid, que en una cara de la moneda es una ciudad grande que se viste con trajes bonitos, caros, con tacones altos, que te invita a fiestas y brinda con cócteles, que es *cool*, que está al día, que lee, que participa en la vida, en la cultura, en el futuro, que brilla… Y en la otra es hogar, un domingo de chocolate y churros, bocadillo de calamares en La Latina, cafeterías donde sentirse en casa, librerías de viejo, calles adoquinadas, historia, tradición.

¿Sigo?

¿Que si esta es la vida a la que aspiro?

—Sí —le respondo—. Sí que lo es.

Para compensar la tristeza del hallazgo lo beso. Me fundo en un beso intenso, pellizcando sus labios gruesos, dejando que mi lengua acaricie la suya mientras le meso el pelo. Responde tímidamente al principio, pero no tarda en corresponderme con la misma intensidad, con el mismo deseo, con la misma necesidad.

Siempre me ha fascinado la facilidad con la que la respiración se agita a causa de un buen beso. No cualquier beso. Uno bueno. Y la nuestra es ahora el resoplido de una máquina pesada calentando para entrar en pleno funcionamiento.

Mis dedos se crispan entre los mechones de su pelo negro y los suyos en mi cuello y mi nalga. La presión de su pulgar, justo en el valle que dibuja la parte baja de mi garganta, me excita tan rápidamente que gimo. Y ese gemido le hace gemir a él. Agarro la mano que tiene en mi culo y la poso sobre mi pecho, pero él lo suelta... para colarse bajo la ropa y agarrarlo sin nada entre su piel y la mía. Todo mi cuerpo ha despertado y el suyo también bajo mis muslos, de modo que me incorporo sin dejar de besarlo y me siento a horcajadas sobre él...

En el proceso, los auriculares caen al suelo y, durante unas centésimas, nuestras bocas se separan. Al volver a conectar nuestros labios, intuyo el cambio...

—Miri... Miri... —Me aparta un poco y se echa hacia atrás.

—¿Qué? —le pregunto, excitada—. ¿Vamos a la habitación?

—Miri..., son las doce. Tengo que trabajar. Estaba mandando un mail...

Hace años, la Miranda que fui, con este fuego con el que nací y que despertó cuando crecí, quizá insistiría; pero la que está sentada a horcajadas sobre un novio que acaba de rechazarla con una excusa está cansada. Muy cansada. Cansada, triste, frustrada.

Sé que a él también le apetece, yo no soy el problema. Tampoco lo es él. El problema es uno de los fantasmas que tendremos en el futuro…, que empiezan a dejar oír sus psicofonías.

—Vale. —Le palmeo el pecho mientras respiro hondo—. Vale.

Me levanto sin disimular mi resignación y Tristán tampoco se esfuerza en esconder cómo acomoda su erección en el pantalón.

—Lo siento, cariño…, es que…

—No pasa nada. —Me coloco la camiseta y el pelo y voy hacia el rincón donde tengo mi mesa de trabajo—. Yo también tengo que mandar unos mails.

Un silencio terriblemente tenso se instala en el espacio reducido pero abierto que conforma el salón y el comedor, que en realidad es lo mismo. Acabo de llegar a mi mesa cuando digo su nombre.

—Tristán…

—¿Sí? —No se gira.

—Lo que tenemos tú y yo…, eso, esto, también es algo a lo que aspiro.

# 33
## «Tu parte de la almohada huele más a ti que tú mismo»

Escucho a Tristán darse una ducha y miro el reloj. Tendría que estar ya conectada, pero ¿qué más da? No me apetece salir de la cama. He consultado la fecha en el móvil y el mundo continúa parado ahí fuera, así que no pasará nada por seguir aquí tumbada. Me abrazo a la almohada, que huele muchísimo a él, y me da por pensar que huele más a él que él mismo. A veces es igual con los recuerdos, no sé si me explico. Es como si él se fuese esfumando, dejando de ser una persona tangible. Poco después de escuchar cómo cierra el grifo de la ducha se abre la puerta del baño y Tristán sale en ropa interior.

—¿Estás todavía en la cama? —se sorprende.

—No, soy un holograma.

Hace un mohín con cariño al tiempo que se pone unos pantalones cómodos, tipo jogger, en un equilibrismo de premio, tras lo que se acerca y se sienta a mi lado.

—Nos está costando a todos, Miri. Pero ya está más cerca el final de esto. Ya se acaba.

Asiento.

—¿Te metes un poquito en la cama conmigo? —le pido—. Cinco minutos.

Sé que duda, al menos un instante, pero termina diciendo que no.

—Tengo una *call*. No puedo. ¿Preparo café?

Tardo una eternidad en decir que sí. Cuando lo digo, Tristán está ya casi en la cocina.

Me siento rara, pero no puedo dejar de mirarlo durante su videollamada. Lo miro sin moverme, como una vigía, con los auriculares puestos, los pies sobre la silla de mimbre en la que me siento a trabajar y abrazando mis rodillas.

En mis oídos suena «Falling» de Harry Styles, y suena muy alto. No me llega ningún sonido más, solo su voz. El mundo está callado y hasta el viento sopla en forma de piano.

Tristán se ha puesto un polo blanco para la «reunión» con la intención de dar una imagen un poco más profesional, a pesar de estar sentado en el salón, frente a la única pared lisa de la casa. No oigo lo que le dicen ni lo que dice, solo lo veo asentir serio y cómo sus labios se mueven al ritmo de unas palabras que seguro que son certeras. Sonríe y los ojos se le achican. El dedo índice de su mano izquierda alcanza la piel de su cuello y se pasea, arriba y abajo, en un gesto algo nervioso. Sus manos olerán a perfume después, pero no me atreveré a olerlas, a apartar los papeles, a sentarme sobre la mesa y decirle que quiero respirar en él hasta que me ahogue. Esas cosas solo pueden decirlas las parejas que tengan mucha esperanza, que no estén cansadas.

Estoy cansada. No puedo evitarlo.

He revisitado esta historia con paciencia, con cariño; he parado mi vida para hacerlo. Y no se soluciona. No funciona. ¿Qué será de mí ahora? ¿Voy a quedarme atrapada aquí? ¿Voy a ser el fantasma, el holograma de la novia que fui en una pareja que ya no existe?

¿Quién soy sin él? Sé que soy alguien, que lo era antes de él, que lo fui durante y que lo seré si finalmente se va, pero me da muchísima pereza descubrirlo de nuevo. Solo quiero meterme en la cama otra vez.

Y que acabe toda esta historia de viajar, de ir y de volver. Como sea, pero que acabe. Es agotador analizar, culparse, revivir cada episodio buscándole las costuras para rematarlas con aguja e hilo de nuevo, intentando que sean más fuertes esta vez y ver que... no sirve. Yo pensaba que el problema era que me había equivocado. Pensaba que se podría remendar.

Tristán se despide. Sonríe, levanta la palma de la mano y baja pantalla del ordenador para respirar profundamente; los hombros se le hunden, la sonrisa desaparece y las sombras debajo de sus ojos se hacen más visibles.

Hay que estar ciega para no ver que está agotado y que algo le preocupa. Y sé que por las noches es como si me desconectara, como si no estuviera, pero vuelvo a entonces y recuerdo cómo pasábamos esas otras noches calentando el colchón, revolviéndonos, cambiando de postura, suspirando. En vela.

¿Recuerdas lo que pasa con las cosas por decir? Pues tienen una amiga más insana: las cosas por hacer.

Tristán agita los brazos llamando mi atención y me quito los auriculares. El mundo vuelve a tener los márgenes reales y Harry Styles se encierra de nuevo en la lista de canciones que escuchaba en 2020 cuando la realidad no era suficiente.

—¿Dime?

—¿Hacemos la comida?

—Es pronto —me quejo.

Arquea una ceja.

—Son las tres menos cuarto.

—¿Cuánto ha durado tu llamada?

—Dos horas. He tenido dos. Una de una hora y otra de dos horas. Estoy muerto.

Y yo, pero en otro sentido. Me levanto solícita intentando compensar tanta pena.

—Yo hago la comida. Tú… relájate.

—¿Vas a cocinar tú? —se burla.

—Sí. —Voy hasta la cocina fingiendo que estoy de humor, dando saltitos, y abro la nevera—. Estoy en plan creativa y dispuesta a cocinar algo para ti…, uhm…, a ver…

Echo un vistazo a los potenciales ingredientes, pero en el reparto de la creatividad yo no me puse en la cola de la dedicada a la cocina. Hago una mueca.

—¿Espaguetis? —propongo.

—Creo que necesitas un pinche.

—Puede. Todo maestro necesita sangre joven a su lado con ideas nuevas. Ya sabes.

En unos minutos humea sobre la vitrocerámica una sartén en la que está dorándose una cebolla y un poco de ajo picado y Tristán está tamizando tomate triturado. «Tamizando tomate triturado». Yo me bajo del mundo. Y ojo, que va a hacer espaguetis, pero los va a hacer bien, con su salsa boloñesa casera.

—Si es que se hace en nada. —Me sonríe.

—En nada se abre un bote de tomate frito, cariño. La salsa boloñesa tiene su aquel.

—En veinte minutos estamos comiendo, ya verás.

—En veinte minutos me he comido, poquito a poquito, todo el queso de la nevera. Silenciosa. Como las termitas.

—Pero ¡si te he tenido que llamar yo para comer! Anda…

Suena un teléfono sobre la mesa del salón, sepultado bajo folios garabateados.

—Es el mío. ¿Me lo pasas? —me pide.

Corro para alcanzarlo, aunque no es que haya mucha distancia entre la cocina y el salón.

—¿Quién es?

—Tu hermana. —Pongo cara de asco aprovechando que no me ve.

—¡Cógelo y la saludas!

Trago saliva. Cada llamada de su hermana durante el confinamiento era una patada en el culo. De una estupidez supina. De una tirantez insoportable. Ya sé qué día es hoy. Claro. No iba a despertarme solamente para ver desmoronarse las ganas.

—Hola, Uxía —saludo—. ¿Qué tal estáis?

—¿No está mi hermano?

—Estamos confinados, como el resto del mundo. Claro que está.

—¿Me lo pasas?

Me quedo parada delante de Tristán, que está echando la carne picada en la sartén.

—Que si me lo pasas… —insiste impertinente mi cuñada.

—Solo intentaba… —me justifico.

—Es que tengo que comentarle una cosa.

A tomar por culo.

—«Hola, Miranda, ¿qué tal? Yo bien, ¿y tú? ¿Cómo estás?». Es lo mínimo, ¿no? Aunque sea por educación, más que por interés.

Tristán solo levanta los ojos, sin mover ni un ápice la cabeza, y tiende el brazo hacia mí.

—Dame el teléfono.

Se lo doy.

—Me ha colgado.

Se incorpora tenso, desbloquea el teléfono y marca rellamada sin dejar de mirarme.

—Ni se te ocurra cabrearte conmigo —le advierto.

Pasa la lengua despacio por sus labios y apaga el fuego con un ademán que viene a decir que no está cabreado…, que está en ello aún.

—¿Qué ha sido eso? —dice cuando su hermana le coge el teléfono—. Estoy harto. No, no, Uxía, estoy harto. De las dos. ¡De las dos! —sube el tono.

Me fulmina con la mirada.

—Si tú estás harto, imagínate lo harta que estoy yo de la niñata de tu hermana —le suelto con la boca llena de rabia.

—Cállate, por favor, cállate. —Pone la mano entre nosotros.

—No me mandes callar.

—Una cosa a la vez, os lo suplico.

Con el teléfono pegado a la oreja se dirige hacia la habitación a grandes zancadas y cierra dando un portazo. Genial. Tenía muchas ganas de reencontrarme con mi novio adolescente.

El tono de voz de su conversación sube… bastante. Supongo que sube más de lo que subirá la nuestra, porque no se discute igual con una hermana que con una novia. Eso espero, porque no toleraría ese tono en una pareja jamás. Ni siquiera en él. Ni en su boca.

Cazo palabras sueltas con las que me hago un mapa de la situación mientras espero en la cocina con los brazos cruzados: harto, crías, cansado, arruinar, futuro, amargado, insuficiente, competición, protección, adulto, avergonzado, insoportable, contra, las, cuerdas.

Cuando sale, está desencajado.

—Venga… —me dice—. Ahora tú.

—No te voy a decir por dónde te puedes meter esa condescendencia porque nunca hemos discutido en esos términos y no vamos a empezar ahora.

—No es condescendencia. Parecía que tenías mucho que decir, ¿no? Pues habla.

—No.

—Ah, ¿no? ¿Ahora vamos a jugar a la callada por respuesta? Muy maduro.

—Si tengo que añadir algo ahora mismo es que este tema no merece discusión. Ya está.

Tristán se frota la frente.

—Cojo el teléfono, trato de ser amable, me responden de mala manera, ¿y aún tengo que soportar yo una bronca? —le digo cabreada—. No, señor. Es tu hermana, es tu problema, no el mío.

Se deja caer en una banqueta de la cocina, con la cabeza entre las manos.

—Pues sí tenías algo que añadir, ¿no?

—¿Te mando a la mierda, Tristán?

—Ya estoy en la mierda, cariño, no hace falta.

—Muy bonito —escupo.

—Tienes que aguantarla… ¿cuántas veces al año?

—Esa no es la cuestión, porque no tengo por qué aguantar ni treinta segundos a alguien con una mala educación como la de tu hermana y que, además, hace gala del asco que le doy siempre que puede y con total impunidad.

—Tiene treinta y ocho años. —Me mira con los ojos muy abiertos—. ¿Qué hago? ¿Se lo hago copiar cien veces?

—Ay, mira, Tristán, es que… —me desespero—. El problema es que esto sea una discusión. Porque no lo es. Si escuchase a Iván hablarte de ese modo… —Me muerdo los labios.

—Iván es un amigo. Uxía es mi hermana. No la elijo, ha venido en el pack. Y sé cómo es. Tiene ese modo equivocado de mostrar el cariño, ya lo sé… Cree que es su manera de protegerme porque soy su hermano pequeño y…

—No, Tristán. Tu hermana es una persona acomplejada que necesita sacar ese veneno para no morirse en vida. Odia todo aquello que representa lo que ella no es. Evidentemente, nadie le va a parecer suficiente para ti, pero asume que el grueso del problema es que Uxía no es quien le gustaría ser y odia a aquellos que peleamos por ser quienes queremos ser… porque ella no se atreve. Y tú eres incapaz de decírselo.

Tristán no contesta. Nunca, jamás, se lo había dicho tan claramente. Lo había pensado mil veces. La idea había ido formándose en mi cabeza como se va cargando la electricidad de una tormenta de verano, pero es posible que esta sea la primera vez que se materializa en mi boca. Y él sigue con la frente apoyada en la mano derecha, sobre los dedos índice y pulgar y los ojos clavados en la encimera.

—Yo solo pido no discutir, Miranda —le oigo musitar.

—Es que a veces hay que hacerlo.

—Pero no quiero discutir por ella.

—Pues sácala de aquí. De entre nosotros.

Resopla.

—Nunca te voy a hacer elegir entre tu familia y yo, pero no puedo tolerar que me trate así. Y tú tampoco deberías. Y ya está —le aclaro.

El silencio planea sobre nuestras cabezas durante unos minutos hasta aterrizar en el suelo de la cocina con un estrépito ensordecedor. Y allí se queda, con nosotros, hasta que no lo soporto más. Trato de salir, pero al pasar por su lado uno de sus brazos envuelve mi cintura. Podría continuar mi camino porque no está ejerciendo fuerza; sin embargo, yo, que soy débil, que oigo un «tic tac» fantasma en mi cerebro, me quedo y dejo que me acerque a él. Al enterrar la cara en su cuello y olerle, siento un alivio triste que acaba en abrazo.

No dice «lo siento». Yo tampoco. En el fondo, ninguno lo siente, porque yo me agarro a mi verdad con uñas y dientes y él a su resignación, pero ninguno de los dos querría que este fuera el motivo de nuestro final. Supongo que tenemos demasiados temas propios como para quedarnos en el camino por esto.

—Ey... —me obliga a mirarlo. Sonríe con timidez y sus labios de pan bao me parecen más bellos que nunca—, voy a terminar esa salsa y comemos escuchando música, ¿vale? Nada de tele. Solo un poco de música que nos relaje.

Música ligera..., recuerdo la letra de esa canción italiana que el año que viene Ana Mena versionará en español y que, justamente, habla sobre esto, sobre la necesidad de poner música que nos distraiga y se lleve los silencios dolorosos.

—¿Te parece? —insiste.

Asiento.

Hace una mueca.

—Dime algo —suplica—. Habla, por favor.

—Tu parte de la almohada huele más a ti que tú mismo.

# 34

## En Madrid

Hay muchas buenas formas de despertarse. Con el sonido de los pájaros o el de la lluvia repiqueteando contra la ventana. Con una canción suave que te guste. Con la seguridad de que es tu primer día de vacaciones, tu cumpleaños, la mañana de Reyes… O con dos labios en el cuello, justo detrás del lóbulo de tu oreja y dos brazos envolviéndote. No dos brazos cualesquiera. No, los dos brazos de la persona a la que quieres.

Así me despierto. Con un tirón suave que me saca del sueño como la mano que te guía a través de la multitud en un concierto. Mis pies se mueven, perezosos, en unas sábanas con la reconocible suavidad de la cama de un hotel. El sol entra tímidamente por la delgada franja que queda entre las dos cortinas opacas que cubren el gran ventanal que está frente a mí. La temperatura de la habitación es perfecta, pero agradezco el calor del cuerpo casi desnudo de Tristán pegado a mi espalda.

A excepción de mi reciente despertar abrupto en 2021, desde que todo esto empezó viajo de un punto a otro de nuestra historia siempre hacia delante, de modo que solo puedo estar en un sitio. Ni siquiera miro el teléfono para comprobarlo. Estamos en Tenerife, a finales de julio, y son nuestras vacaciones.

—Buenos días —le digo.

—Shhh…

Me vuelvo para mirarlo y me recibe con un beso. Tan despeinado…

—¿Qué me estás pi…?

Vuelve a callarme con su boca y tira de mí hasta que me doy la vuelta; de manera instintiva mi pierna izquierda envuelve su cadera. Nos miramos, porque mirarse a veces es una acción completa que no tiene por qué implicar más que el placer de hacerlo… o sí. Su mano derecha baja mi ropa interior, despacio, dándome tiempo a decidir si quiero que me la quite o no, como en una declaración de intenciones. Me muerdo el labio y me arqueo para que le sea más fácil. Sonríe, mirándome los pechos.

—Va a ser rápido —suelta.

Asiento. Por las mañanas solo me gusta así. No hay preliminares. A veces nos gusta juguetear, sosteniéndonos la mirada, probando poco a poco cómo y cuánto va entrando en mí. Muy despacio al principio, desesperándome, frotándose, provocándome y saliendo cuando mi cuerpo apenas se ha abierto para él, hasta que estoy completamente empapada, y entonces acelera. Hoy cuesta un poco. O vamos más rápido. No lo sé, pero nuestros cuerpos no terminan de adaptarse el uno al otro. El sexo no es siempre perfecto, cabe recordarlo para no frustrarse.

—Ah… —me quejo, colocando la palma abierta sobre su pecho.

Me frota el clítoris con la cabeza de su pene y asiento en un ronroneo sonoro.

—Shhh…

Vuelve a intentarlo. Entra un poco más. Sale. Cuando entra otra vez, lo hace tan profundamente que me quedo sin aire y nos apretamos en una especie de abrazo de lado.

—No voy a parar hasta llenarte —gime en mi oído.

Echo la cabeza hacia atrás y gimo, disfrutando de cómo se agarra a mí, de cómo apuntala las palmas de sus manos y sus dedos en mi cuerpo antes de follarme con fuerza.

—No pares —suplico.

—No voy a hacerlo —gruñe—. Alcánzame.

Espero que las habitaciones contiguas estén vacías y sus inquilinos en los aledaños de las piscinas del hotel, en la playa o en el bufé desayunando; cualquier cosa excepto que estén escuchando este espectáculo. Es un show breve, eso sí, pero intenso. Y traumatizante para menores de dieciocho. Posiblemente también para mayores.

El cabecero de la cama golpea contra la pared con fuerza, Tristán resuella y yo, aunque intento evitarlo, ahogo algunos gritos en su cuello, que incluso muerdo, porque no sé qué más puedo hacer para absorber tanto placer.

En menos de diez minutos, al menos siete habitaciones de este pasillo escuchan a Tristán blasfemar antes de cumplir su palabra y llenarme. A mí hace un par de minutos que me han perdido la pista, porque el orgasmo me ha dejado medio inconsciente cuando he sentido, además de la fuerza de las arremetidas, su mano cerniéndose alrededor de mi cuello.

No obstante, sigue entrando y saliendo durante unos segundos, con los ojos cerrados, hasta que parece calmarse, se entierra en mí y… se deja caer, sepultándome.

—Creo que te quiero —me dice, agotado.

Solo puedo reírme.

—Me duele un poco al sentarme —me quejo al entrar en el coche de alquiler.

A Tristán se le escapa una carcajada.

—Eres muy tonta.

—Te lo digo de verdad. Pero ¿qué hicimos anoche?

—¿Y lo preguntas tú? —Se pone el cinturón y bosteza—. He llegado a pensar que me traes de esclavo sexual en lugar de como novio.

—En serio, Tristán…, me duele todo cuando me siento. —Me pongo el cinturón y arranco el coche—. No sé si me estoy explicando.

Se acomoda y se frota un ojo.

—¿Te hago un croquis? ¿Es que de repente tienes amnesia?

Lo miro, tratando de entender por qué estoy tan dolorida. Arquea las cejas.

—Oye, chica, soy un tipo enamorado. A mí mi novia me pide cosas y yo me engorilo y se las hago.

—¿Cómo que «se las hago»?

—Pues que se las hago. —Se ríe—. No podrás decir que no fui cuidadoso, que estaba como una moto y aun así no paraba de decirme a mí mismo «tranquiiiilooooo». Eso sí…, lubricante ya no queda.

Me vuelvo hacia el volante con la total seguridad de que no tengo ningún interés en seguir ahondando en el asunto. Tristán es así; no es el tío más comunicativo del mundo, pero ¿sabes ese tema del que te da vergüenza hablar? Pues ese, justamente ese, es el que él tratará sin rastro de eufemismos. Ni uno. Ni por piedad.

Tras un trayecto de poco más de veinte minutos, que hacemos con las ventanillas bajadas, llegamos al puerto deportivo. Yo estoy feliz. Después de los días que he revivido necesitaba esto; él también. Lo veo tan relajado que es fácil olvidar que hace nada el confinamiento nos ganaba la batalla y la guerra.

Hemos alquilado una embarcación pequeñita con patrón para que nos lleve a ver ballenas piloto a mar abierto y nadar cerca de una cala, rodeados de peces. Podríamos haber hecho esto con un grupo de gente y nos hubiera salido muchísimo más barato, pero mientras organizábamos el viaje, Tristán me miró, negó con la cabeza y dijo:

—Mejor solos. No es porque tenga la intención de que sea un recuerdo especial que recupere siempre que la vida se vuelva triste y gris; es que con esto del confinamiento he desarrollado fobia social.

Y yo entendí que era la manera más romántica que tenía de decir las cosas. Era un: «Solo te necesito a ti allí».

El patrón, acostumbrado a grupos de amigos que quieren mucha cerveza, mucho vino, reguetón y que gritan sin parar, nos recibe como si fuéramos la Virgen de Fátima. Nos pregunta qué música nos gusta, a qué hora nos apetecerá comer y si estamos celebrando algo.

—Bueno…, creo que la vida. Este año nos ha enseñado que más nos vale celebrarlo todo —le confiesa Tristán rodeándome por el hombro—. ¿No le parece?

Así es Tristán. Puede que le cueste décadas sentirse cómodo en un grupo de amigos, pero es capaz de caer muy bien a esos desconocidos con los que sabe que no volverá a cruzarse jamás.

Zarpamos untándonos crema de la cabeza a los pies…, él a regañadientes. Dice que no se quema. No. Claro. Lo que pasa es que cuando se quema, ya no hay vuelta atrás y no se queja. Pero debería haberse buscado a otra chica con la que pasar el día en un barco si quería socarrarse al sol de agosto.

Ponerle crema en la espalda, repartiendo a partes iguales loción y besos, con el olor a mar mezclándose con el de flores del protector solar, es uno de mis recuerdos preferidos. Cuando lo viví, no era consciente de que estaba en tiempo de descuento; creo que ni siquiera me daba cuenta de dónde veníamos exactamente como pareja… Y aun así lo disfruté como una niña.

El viento nos remueve el pelo y nosotros, acomodados en la proa, bebemos una cerveza fría mientras escuchamos una lista de Spotify de Tristán que se llama «Ponte a trabajar, haz el favor» y que me encanta. Conectó por bluetooth su móvil a los altavoces antes de salir y ahora suena «Better» de Khalid. Y…, joder, le va al hilo, porque no creo que haya nada en el mundo que pueda ser mejor que esto. El mar se va oscureciendo hasta adquirir un tono cobalto sobre el que brillan esquirlas de sol. Todo es perfecto.

Cuando nos acercamos a la zona donde se avistan las ballenas, el patrón baja la música hasta que casi no es más que un leve rumor y aminora la velocidad al mínimo. Nos explica que es posible que no las veamos, cosa que sabemos, y mientras esperamos y nos desplazamos casi por inercia, nos cuenta cosas sobre las ballenas que viven allí.

—Suelen verse siempre en grupo —nos cuenta—. Y son… bastante grandes. Pueden medir…, no sé, fácil cuatro o cinco metros las que más. En realidad son de la familia de los delfines.

—¿Comen humanos?

Tristán se tapa la cara al escuchar mi pregunta y el capitán se echa a reír mientras niega enérgicamente con la cabeza.

—No, qué va, pero a no ser que tengas muy mala suerte y te caigas por la borda tampoco vas a comprobarlo porque esta zona está protegida y muy controlada. Somos muy pocas las embarcaciones que podemos entrar en el perímetro y no está permitido el baño. Para cuidarlas.

—Me parece muy bien —sentencio.

Recuerdo que me quedé con las ganas de preguntárselo la primera vez. Ahora ya sé que las personas no están en su dieta. Y es tranquilizador, porque son preciosas, pero enormes, y… da miedito caerse del barco con ellas cerca.

En ese momento nos hace una seña.

—Ahí. Justo ahí. Creo que van dos.

Cuando se acercan, no tardamos en comprobar que son seis. Enormes, brillantes y maravillosas. Su piel deslumbra como el sol cuando salen hasta la superficie y adivinamos la forma de sus cabezas. Tal y como me pasó en la primera ocasión, tengo ganas de llorar. Dicen que la naturaleza, entendiendo la palabra como un todo, no interactúa con nosotros, pero yo creo que sí, de la misma manera que lo hace el concepto de la belleza.

—¡Qué bonitas! —exclamo—. Tristán..., ¿a que son bonitas?

Me mira risueño.

—¿Qué?

Me río.

—Me parecen supertiernas. A ver..., son supergrandes, pero...

—Tú sí que eres bonita.

Me rodea con el brazo y apoyo la cabeza. La piel le arde bajo el sol y el balanceo del barco sobre las olas, con el motor apagado, nos mece como si ambos estuviéramos en brazos de algo que quisiera adormilarnos.

—¿Sabes cuánto te quiero? —le pregunto cuando veo que el patrón se aleja hacia popa.

—Claro.

—No. Es imposible que lo sepas.

Se inclina para mirarme.

—Claro, igual que es imposible que tú sepas cuánto te quiero yo.

—No me lo dices nunca.

—No empieces —me suplica con gesto cansado—. Ojalá todos habláramos el mismo idioma en esto, pero no es así. Mi código es distinto, pero no significa que no te quiera tanto o más que tú a mí.

—¿Cuánto me quieres?

Sonríe.

—Tanto..., tanto..., tanto... como para ser yo quien le diga a tu prima que no vamos a ir a su boda.

—Nooo... —mezclo la queja con la risa—. Tristán, por una vez, por una sola vez, te pido que me digas algo, te lo pregunto directamente incluso. Y estás en un barco rodeado de ballenas. No tienes escapatoria. Dime, ¿cuánto me quieres?

Sus labios se tuercen en una sonrisa mientras me mira. Su dedo índice acaricia la piel entre mis cejas y después recorre mi nariz y mis labios. Cuando llega a mi barbilla, la sonrisa se ha convertido en una mueca un poco más ambigua.

—Te quiero tanto, Miranda, tanto, como para dejarte ir si en algún momento de nuestra vida sospecho que no te estoy haciendo todo lo feliz que puedo y que te mereces.

—Tú no eres quien debe hacerme feliz —le respondo.

—Lo sé. Pero tampoco hacer lo contrario, ¿no?

—Claro.

—Entonces entendemos el amor del mismo modo.

El beso es breve. Lo interrumpe el patrón, que no se había dado cuenta de nuestro momento de intimidad.

—Chicos, ¿os parece si reanudamos? Quizá podamos avistar delfines un poco más adelante. —Pero al vernos tan juntos...—. Perdón.

—Nada. —Nos reímos.

—Comeremos junto a una cala y os podréis bañar. ¿Vale? Empieza a hacer calor.

No conseguimos ver delfines, aunque yo ya lo sabía, como también que Tristán iba a pasarlo entre regular y mal cuando nos lanzáramos al agua en mar abierto. Tiene un poco de vértigo y a veces no se puede evitar esa sensación cuando hay mucha profundidad.

—Tú concéntrate en flotar —le digo.

—La hostia —farfulla—. Eso suena fácil, pero es que por debajo tenemos el puto vacío, Miri.

Aun así, al subir al barco de nuevo, nos partimos de risa. Cuando llegamos a puerto, tenemos la sensación de volver de un campamento. Uno de esos campamentos especiales donde hiciste amigos, te enseñaron a reconocer las estrellas y hasta te dieron algún buen beso.

De vuelta al hotel, de nuevo con las ventanillas bajadas, el viento agita nuestro pelo lleno de salitre y escuchamos a Foxes a todo volumen. Conduce Tristán y yo le acaricio el pelo mientras tarareo en mi mal inglés. Suena «Let go for tonight» cuando me dice que esta noche, si me apetece, podemos salir a dar un paseo después de la cena.

—¿Un paseo?

—Un paseo. —Me mira fugazmente—. ¿No echas de menos fumar de vez en cuando?

No solía fumar en el coche, pero ahora me echaría un pitillo…

—Sí —asiento—. A mí también me pasa. Hay momentos puntuales que son de cigarrillo por definición.

—Un paseo —retoma el tema mientras reduce, frena, mira por el retrovisor, acelera, cambia de carril y cambia de marcha.

—Vuelve. Me he dejado las bragas cien metros atrás.

—Lo que te has dejado es la vergüenza. No puedo más contigo. Se me va a caer la polla. Te juro que me va a empezar a doler al mear.

Me entra la risa.

—Céntrate. Decías no sé qué de un paseo.

—Sí. Coño. —Me lanza una mirada de guasa—. No te quieres casar conmigo. No quieres tener hijos conmigo. Seguimos siendo novios con la edad que tenemos…, pues vamos a hacer cosas de novios. Vamos a pasear por la playa. Es más…

En una maniobra rápida coge el siguiente desvío, donde está señalizada la dirección de un supermercado.

—¿Qué haces? —le digo, agarrándome donde puedo.

No es que conduzca mal…, es que conduce fuerte.

—Vamos a comprar calimocho. —Se descojona él solo—. Y vamos a cogernos un pedo en la playa.

Me echo a reír a carcajadas. No recordaba lo del calimocho en la playa. Sí que fuimos paseando desde el hotel, pero no sé por qué pensaba que habíamos comprado la bebida en algún sitio de por allí…

Otro volantazo.

—Mejor lo compramos por allí. No tengo edad de beberlo calentorro y paso de ir cargando con una neverita llena de hielo.

Ya decía yo.

—Tristán… —musito.

—¿Uhm?

—Yo nunca he dicho que no quiera casarme contigo.

La luna está llena, preciosa, cuando salimos cogidos de la mano por la cuesta que da salida al hotel. Miro nuestras manos entrelazadas y sonrío. El tipo duro que «no era de esos» y que sueña con una casita con parcela en Vigo, con niños jugando en un jardín lleno de bicicletas, pelotas, muñecos, un coche familiar, una vida tranquila…, agarrado a mi mano.

—¿Qué miras? —me pregunta.

—Nuestras manos. ¿Te acuerdas de que «no éramos de esos»?

—Yo no. Tú sí. Se te veía en la cara como si llevaras un cartel. —Se ríe—. Creo que la primera vez que lo hice fue porque no quería decepcionarte y después pensé…, qué chorrada, ¿por qué no voy a cogerle la mano si me gusta?

—El otro día… —dudo.

—¿El otro día qué?

—Estuve recordando aquel beso que me diste en París.

—Te he dado muchos besos en París. —Me mira de reojo—. Vaya, ¿no seré un romántico?

—Me refería al que me diste la primera vez que fuimos juntos, cuando estuvimos por la Semana de la Moda. Aún no salíamos oficialmente.

—Ah, sí. Me lo pusiste superdifícil durante ese viaje. —Se ríe—. Te besé y me pringaste la boca de pintalabios.

Lo miro de soslayo.

—Creo que fue el beso más bonito que me han dado jamás.

—Eso dice poco de nuestra relación. —Pero lo suelta como si nada, como si eso en realidad no importase lo más mínimo.

—No. Pero… los besos de los comienzos son más románticos, ¿no? Más emocionantes.

—Los besos más bonitos son siempre los que quedan por dar. —Me mira y sonríe—. ¿No va de eso?

No sé por qué esa afirmación que debería ponerme tremendamente feliz y darme esperanza me pone triste. Hay algo…, algo, algo pequeño, maligno, que ha puesto sus tentáculos sobre las palabras y se arrastra manchando cada letra con una ponzoña de la que no puedo desprenderme.

—¿Tú quieres besar a otras?

Tristán se para en mitad de la calle. No parece enfadado ni molesto por la pregunta. Parece tremendamente descolocado y confuso.

—Guau.

—¿Qué? —le pregunto.

—No sé. No me lo esperaba. No de ti.

—¿Y qué quiere decir eso?

—No lo sé. —Reanuda el paso—. Déjame pensar una respuesta.

—¿Para cuál de las preguntas?

—Que me preguntes eso es lo que me perturba, supongo. Creía que la primera cuestión se daba por contestada desde hace cuatro años.

Hablamos poco; estamos un poco tensos, pero no molestos, quizá la palabra sea incómodos, al menos hasta que llegamos a la playa. Encontramos un garito en el que nos venden unas bebidas para llevar en vasos de plástico y nos encaminamos hacia la arena. Yo me descalzo antes de entrar; él arrastra arena bajo las suelas de sus zapatillas blancas hasta que nos sentamos, alejados de los grupos de amigos que se han reunido con una idea muy similar a la nuestra pero más… social.

Se descalza ceremonioso mientras le aguanto la bebida y voy dando sorbitos a la mía. Escucho a unas chicas con un bonito acento decir que ya es cerca de la una. Hoy nos lo tomamos con calma durante la cena y la copa en el hotel antes de salir a pasear. Estoy preocupada por si Tristán está molesto por mi pregunta y eso es raro. No sé explicarlo.

—Tristán…, ¿estás enfadado?

—Nop —responde enseguida—. Ya está, dámelo, gracias.

Coge su vaso y me da un beso en los labios. Me relajo hasta que le escucho decir la siguiente palabra:

—Pero…

—Joder.

—Escucha, Miranda, por Dios… —se sorprende—. Solo quiero decir que preguntarme si quiero besar a otras es lo último que pensaba que saldría de tu boca. No te pega nada.

—¿Cómo que no me pega nada?

—Nada. —Mira al frente, hacia el mar, apoyando los antebrazos en sus rodillas—. Desde que te conocí, pero no solo en ese momento sino en toda nuestra relación, has sido siempre una mujer sin celos, con tus inseguridades, como todo el mundo, pero consciente de que si estoy a tu lado es porque quiero estarlo. Los dos sabemos que la puerta está abierta para marcharnos, y eso es lo que hace más valioso lo que tenemos, ¿no?

—Sí.

—Preguntarme si quiero besar a otras es dudar de si estoy donde quiero estar.

Pestañeo, sorprendida, y miro hacia el mar.

—Pues es que no era eso lo que estaba planteándome cuando te lo he preguntado.

—Me lo imagino, pero es lo que yo he escuchado detrás de esa pregunta.

—Vale —asiento.

—¿Tienes dudas?

—¿Sobre qué?

—Sobre mí.

Sí. Porque en siete meses me vas a dejar en una cafetería sin alma de la calle Fuencarral.

—No.

—Dices no y escucho sí.

—¿Será por la cercanía del mar? —Levanto las cejas, intentando que suene más suave tamizado por la broma—.

No sé. Quizá haya que asumir que los últimos meses han sido difíciles.

—Sí. Lo han sido. Pero eso no quiere decir que, como nuestra relación pasa por baches, yo desee acostarme con otras. Otras, además, en general. Con muchas. A poder ser a la vez.

—Seguro que quieres acostarte con muchas a la vez cuando te la pelas en la ducha —trato de hacer una broma.

—Seguro que quieres que te la meta Harry Styles.

—Por supuesto. Qué cosas tienes.

Le entra la risa.

—Miranda... —Suspira—. Las cosas se ponen difíciles porque ambos queremos hacer viable esto, no porque queramos romperlo.

—No sé si eso que acabas de decir tiene mucho sentido.

—Claro que lo tiene. —Sonríe con cierta amargura—. Me di cuenta hace poquito. Y estoy seguro de que tú llegarás a la misma conclusión. Somos tan diferentes que con nosotros eso de «los polos opuestos se atraen» no funciona. Y el baile entre la nieve y el fuego..., buff, Miranda, es muy complicado. Porque me deshaces. Y yo te apago. ¿Dónde está el equilibrio? ¿Lo hay?

Un suspiro se me enquista en medio del pecho. No quiero llorar, pero no sé si seré capaz de contenerlo.

—Eh... —me dice suave—. Seguimos intentándolo, ¿no? Pues será porque, por encima de las leyes de la física, la nieve no tiene ninguna intención de besar a otras personas. Así que..., Miranda..., no sé. ¿Y si solo bailamos?

Dejo que me arrulle bajo su brazo. No lloro, aunque quiero, porque ahora mismo, sobre todo, quiero bailar. Bailar hasta el final. Y siento que en breve la música dejará de sonar.

—¿Podemos quedarnos hasta que amanezca?

—¿Tanto? —pregunta, aunque no parece sorprendido.

—Por favor. Quiero ver qué pasa.

—¿Te puedo hacer un *spoiler*? Al final sale el sol.

—Lo que quiero saber es si me pongo yo.

—Estás loca. —Se ríe.

—Qué va. Oye…, ¿y te acuerdas de aquella vez que me hiciste steak tartar en tu casa? En tu primer piso de Madrid.

—Joder. Y tanto. Qué rara eres. Estuve un buen rato debatiéndome entre si eras una loca o la tía más interesante que había conocido en mi vida. ¿Sabes lo que pensé también? Ven, vamos a acomodarnos…

Pasamos la noche hablando, recordamos y revisitamos juntos detalles y rincones a los que no viajé. Ahora que algo me dice que dejará de sonar la música tengo miedo de quedarme sin silla y que se acabe el juego. Y escuchar algunas cosas de su boca decapita las sombras que esperan agazapadas en un rincón. Y no dan tanto miedo, aunque den pena. Mucha pena.

Sobre el amanecer, si quieres un *spoiler*, como dice Tristán, cuando ya se adivina el cielo rosado, cierro los ojos. Al volver a abrirlos estoy en mi cama. En mi piso. En Madrid.

# 35

## Hoy dormiré en el sofá

Una de las cosas que más me gusta de mi trabajo es ir a las presentaciones de nueva temporada de grandes marcas de moda. Antes Marisol y yo íbamos juntas, pero con lo de la covid y la reducción de los aforos, nos hemos tenido que organizar. Ahora a muchas acude ella y a otras yo, porque mi jefa siempre ha considerado que soy la otra cara visible de la revista. Nos repartimos los eventos según las marcas que más nos gustan y las amistades que tenemos que trabajan en ellas; esa es otra de las cosas maravillosas de este trabajo: conoces a gente encantadora con la que compartes aficiones, chascarrillos, horas de trabajo, favores, cansancio y con la que, con los años, estrechas lazos.

Marisol, si no recuerdo mal, este 2021 acudió a Louis Vuitton, Chanel, Loewe, Valentino, Roger Vivier, Bottega Veneta y Etro. Yo a Balenciaga, Saint Laurent, Miu Miu y Prada. A veces quedo con Iván en las tiendas o en los espacios que las marcas tienen alquilados para la ocasión, en una especie de quedada «personal-profesional». Me importa su criterio, confío en él, suelen servir cava y él, como estilista, también tiene que ver las nuevas prendas. Es un plan redondo.

Hoy no es una excepción, porque es la presentación de la nueva temporada de Prada y he quedado con Xabier, *de-*

*partment manager* de la tienda de mujer (majo, guapo, divertido y con culazo, por cierto), a las siete y media. Con él y con Iván.

Del resto de día, de lo que ha sucedido hasta llegar hasta aquí, no vale la pena hablar. Lo de saltar en el tiempo tiene estas cosas. A veces tienes la suerte de caer en el recuerdo de algo que te hace temblar los cimientos o entender un vacío que quedaba en tinieblas. Otras es como regurgitar algo que te sentó mal. No sé si necesito una copa o un vaso de sal de frutas.

El piso de arriba de la boutique de Prada de la calle Serrano está preparado para mostrar a buenos clientes, estilistas y publicaciones las prendas icónicas de la nueva temporada. No es difícil localizar a Iván porque no hay mucha gente y el local es diáfano. Además no hay pérdida: está frente al perchero donde cuelgan las telas más brillantes.

—Míralo, ahí está —me indica Xabier con una sonrisa—. Voy a por cava y os dejo un rato a vuestro aire.

—Ahora te veo.

En una situación normal, le daría un beso en la mejilla antes de que se marchase, pero esto de las mascarillas ha reducido el contacto humano. Echo de menos viajar a 2016, donde la gente estornudaba sin taparse la boca y no temías coger el dengue.

—Eres como una urraca —le digo a mi amigo.

Ni me mira. Solo descuelga un vestido y me lo pone delante.

—Ojo, es de portada para vuestra revista.

—¿Lucirá en foto?

—¿Que si lucirá en fot...? Mira. No me ofendas. No me contratáis ni por mi pelazo ni porque sea tu mejor amigo.

Eso es verdad.

No hago comentarios sobre su aspecto porque, por primera vez en mucho tiempo, Iván es Iván. El Iván original.

Su pelo negro, salpicado de canas que brillan aquí y allá a pesar de su juventud, luce su corte habitual. Sus ojos morunos, enmarcados en unas espesas y oscuras pestañas negras, son los de siempre. Lleva una mascarilla negra, una FPP2, como las que se pone siempre, a conjunto con el resto de su ropa. Los «cucarachos», eternamente de luto de arriba abajo. Lleva unos zapatos Dr. Martens, unos vaqueros y un jersey negros. El jersey sin tocarlo ya sé que es bueno, pero es Iván, nunca le verás lucir el logotipo de una marca.

—¿Qué pasa, cuqui? ¿Por qué me miras así?

—Vuelves a ser tú —le suelto, contenta.

—¿A qué te refieres?

—A tu aspecto. Hoy estás como siempre.

—Tú también estás pareciéndote ya a la de siempre. —Me guiña un ojo, me pasa el brazo por encima del hombro y me besa en la sien a pesar de llevar la mascarilla puesta—. ¿Qué opinas?

—Pues no me ha dado tiempo a echar un vistazo, ¿qué me adelantas?

—No te quiero condicionar. Vamos a empezar desde aquel perchero y le damos la vuelta entera a la tienda.

Xabier no tarda en venir con una bandeja de madera preciosa y dos benjamines de cava que descorcha para nosotros. Pasea a nuestro lado y nos habla sobre la colección tal y como nos gusta, con honestidad, estilo y sabiendo de lo que habla, con referencias a la historia de la casa, a otras temporadas, a lo que inspira a la diseñadora para que las prendas sean las que son y no otras... Y nosotros contestamos con la misma honestidad que él nos brinda.

—Ya sabéis que no puedo con el tejido técnico —confieso—. Ese sonido de «fru-fru» cuando roza... me pone los pelos de punta.

—No se puede ser más carca —me acusa Iván—. El tejido técnico, bien trabajado, es moderno, cosmopolita. Las prendas son versátiles y muy cómodas.

Arrugo la nariz, pero se me pasa al acercarme a un perchero.

—Pero este vestido es precioso.

—Eres más clásica que llamarse Pituca en el barrio de Salamanca —farfulla Iván.

—Lo dice el que siempre va de negro y se pone sota, caballo y rey.

—No puedo con vosotros —se burla Xabier, al que llama una clienta a nuestra espalda—. Perdonadme. Hoy es un día de locos. Seguid mirando, ahora vuelvo, pero... llamadme para beber como Dios manda algún día, por favor.

Nos echamos a reír y le azuzamos para que acuda; pobre, siempre pasa lo mismo cuando venimos: lo acaparamos.

Continuamos frente al perchero. Yo acaricio las prendas e Iván las estudia hasta el más mínimo detalle.

—¿Qué pasa? —me dice tras un rato de silencio.

—Ayer me pasé el día en Tenerife.

Me mira de soslayo y sus ojos me sonríen tristes.

—Esto tiene que parar, Miri. No puedes dejar tu vida de lado y volver constantemente a los recuerdos felices.

—Ya lo sé. Es a lo que me refería. Que ayer estuve en Tenerife con él y éramos superfelices..., pero no. Esta mañana me he despertado supermimosa y él estaba frío como un témpano. Me ha dicho que le dolía la cabeza. Y... no sé qué me pasa cuando le noto tirante que me pongo de uñas..., me da como vergüenza, ¿sabes? Vergüenza por haberme mostrado cercana o conciliadora y aflora mi vena estúpida. Más de la cuenta. Así que, en el breve lapso que ha pasado entre que ha sonado el despertador y nos hemos ido a trabajar, hemos discutido tres veces. Por las toallas de la ducha, porque me da rabia que cuelgue la suya mojada encima de la mía seca; porque no hay leche, y al parecer soy un puto desastre que olvido todo lo que no tenga que ver con mis amigos o mi vida profesional; y por… lo último, no sé ni por qué ha sido. Total, que me he ido dando un portazo.

Iván devuelve una prenda al perchero, se baja la mascarilla un segundo y da un trago a su cava mientras asiente, animándome a continuar.

—A media mañana, ya me conoces, me he venido abajo, porque no soy nadie y me desinflo en dos minutos, y le he llamado para pedirle disculpas. Nada más descolgar me ha dicho que no tenía el día para discutir por teléfono y que, por favor, me ahorrara movidas cuando está en el trabajo.

—Me puedo imaginar cómo te has puesto.

—Pues iba a ponerme como una hidra…, pero me he contenido.

—¿Sí?

—Hasta que se ha mosqueado porque le he dicho que hoy tenía que venir a Prada a ver la presentación de la nueva temporada a las siete y media. Me ha preguntado que por qué no he agendado la visita antes y le he dicho que porque quería coincidir contigo…, y, bueno…, se ha armado.

—¿Por?

—Pues porque dice que priorizo verte a ti a verlo a él. Eso no me ha gustado. Pero le he dicho que se viniera. Y me ha contestado que «mis trapitos le importan una mierda». Mis trapitos. Y ahí ya… me he puesto —muevo la cabeza y suspiro— como una loca, Iván. Como una loca.

—¿Habéis hablado después?

—No me pasa desapercibido el hecho de que estés haciendo preguntas asépticas sin emitir opiniones. Lo sabes, ¿verdad?

—Eres mi mejor amiga; eres inteligente.

Me echo a reír amargamente.

—Si fuera un trozo de corcho no sería tu amiga.

—Obvio que no, pero viéndote los zapatos que llevas hoy, igual me lo pienso.

Me miro los pies. Llevo las botas de Prada que se hicieron tan famosas en 2020; finas finas no son. Pero a mí me encantan para mezclarlas con un look más «lady», por eso las combino con un vestido de flores. Él las odia.

—Arghhh..., ¿me estás atendiendo?

—Claro que te estoy atendiendo. Quería distender el ambiente. ¿Entonces? ¿Habéis vuelto a hablar?

—Le he mandado un mensaje preguntándole si quería que pasara por algún sitio a pillar algo para la cena y me ha respondido que está harto de comer mal. Yo creo que de lo que está harto es de mucho más que de comer mal.

—De eso ya hemos hablado. No debería sorprenderte.

—No como tan mal. Es que siempre voy con prisas. Hoy he tomado un tartar de atún, por ejemplo.

—No me refiero a eso. Tu rutina alimentaria ahora mismo me preocupa bastante poco. Quería decir que a Tristán Madrid se le está haciendo bola y eso es algo que ya hemos hablado mucho.

—En Tenerife estábamos tan bien...

—Ay, Miranda... —Pone los ojos en blanco.

—¿Qué?

—Pues que... estabais de vacaciones.

—Las parejas que no están bien también discuten en vacaciones, ¿sabes?

—Las parejas que no se quieren discuten en vacaciones.

—Partamos de la base de que todas las parejas discuten —apunto.

—Sí, claro que sí, pero yo he estado aquí los últimos meses, Miranda, y... desde que volvisteis todo es un problema.

Ir a Vigo a ver a su familia, quedar con la pandilla, hacer planes de fin de semana, el sexo, cómo mostrar el cariño, el tiempo que se dedica al trabajo…, hasta lo que hay en la nevera.

—Estamos pasando un bache. —Me agarro con uñas y dientes a esa idea, aunque hasta a mí me está sonando ya absurda.

Iván se separa del perchero y centra toda su atención en mí. Me mira, con sus ojos grandes y bonitos, y escucho cómo chasquea la lengua contra el paladar tras su mascarilla.

—Miranda…, yo solo quiero que seas feliz.

—Ya lo sé.

—Pues no lo estás siendo. Y él tampoco.

—Pero yo lo quiero.

—¿Y desde cuándo eso es garantía de éxito?

Después de repasar de nuevo las prendas y fotografiar algunas que me interesa comentar con Marisol porque podrían encajar en un especial para el siguiente número, Iván y yo nos hemos sentado en una terraza en la plaza de la Independencia, bajo la luz roja de una de esas estufas de pie, a tomar un vino y seguir charlando. No hemos hablado mucho de Tristán, de mi vida o de mi relación. Nos hemos centrado en el trabajo y en algún proyecto que tenemos sobre la mesa, como unos bodegones para los que le hemos contratado. Los bodegones son algo que se le da fenomenal y en el próximo número saldrán dos sobre zapatos que produciremos en el estudio de la revista. Suena a cuadro barroco con faisanes y naranjas, pero no deja de ser una composición artística, estética y bonita con los accesorios como protagonistas. También conversamos sobre una salida que estamos planeando con el resto de mi pandilla del barrio y sobre ese chico con el que se ilusionó un poquito, sin querer admitirlo. Y que todo apunta a que saldrá bien.

Llego a casa a las diez, sí, y con un par de vinos encima. Y quien dice un par… dice un par de pares. He bebido el suficiente vino como para notar la lengua un poco más gruesa de lo normal y temo que a Tristán le moleste porque además de llegar tarde he estado «de fiesta». Pero es que me vienen bien estos momentos con mi gente, no porque no le necesite a él, sino porque son parte del equilibrio. Lo quiero, pero mi vida para estar completa necesita más cosas, no solo a él. Lo encuentro en el sofá, leyendo en pijama. Me mira las manos en cuanto dejo las llaves. No hay saludo.

—¿No traes cena? —pregunta tirante.

—¿No me dijiste que no trajera nada?

—¿Yo?

—Sí. Tú. ¿No estabas harto de comer mal?

—No hay nada en la nevera. Eso también te lo avisé.

—Ay, Tristán —me desespero—, es que a veces para entenderte me haría falta un médium, una tabla ouija o algo.

Se levanta visiblemente hastiado y anda hasta el congelador, que abre cabreado.

—Pido algo de sushi, si quieres.

—No, da igual.

—Tristán, no te pongas así. Pido algo y está aquí en veinte minutos.

—Pero es que yo tengo hambre desde hace ya una hora —escupe.

—Habérmelo dicho.

—A ti es que hay que decírtelo todo. Hay que decirte que la nevera está vacía, que lo normal es cocinar —se va calentando conforme habla y se mueve por la cocina—, que te acuerdes de llamar para confirmar la cena del sábado, que hay que poner la lavadora, que yo también tengo un trabajo, una vida, que estoy cansado, que las relaciones implican tiempo, ¡que me siento solo aquí metido en casa mientras tú te emborrachas con tus amigos y que esta es la relación más agotadora de mi puta vida!

Tira sobre la encimera el paño de cocina, se da media vuelta y, antes de que pueda decir nada, enfila hacia el dormitorio, donde se encierra con un portazo. No. No voy detrás. Es la primera vez en mucho tiempo que estoy de acuerdo con alguien que me grita: esto es agotador. Y estoy cansada. Muy muy cansada.

Hoy dormiré en el sofá.

# 36
## Amor

La sensación es la de dos fuerzas que tiran con brutalidad de mis vísceras en direcciones opuestas. No de todas mis vísceras. Solo de mi corazón, de mis pulmones y de mi estómago. A veces mi hígado también se ve afectado. Vivo en una arritmia constante, en un baile entre el «estoy harto» y «la quiero demasiado», entre la bocanada liberadora de aire que me llena cuando aspiro oxígeno pegado a su cuello, en la cama o al despertarme y la opresión asfixiante de sentir que estoy solo y hay eco en todas partes. He perdido kilos. No sé cuántos, no me peso, no me importa demasiado, pero lo noto en la ropa y en el espejo; tengo la cara enjuta. Me lo han comentado en el trabajo e incluso en los juzgados; creo que estoy somatizando toda esta mierda y tengo cara de enfermo. Madrid me enferma. No es ella, no es nuestra relación, que también está enferma, es Madrid. No lo sé. El hígado, por cierto, me lo noto con bilis que me sube muchas veces por la garganta, sobre todo cuando estoy cargado de rabia, cuando escupo ciertas palabras que no siento. O que siento pero no quiero decir.

La quiero, pero esto no es viable.

La quiero, pero no así.

«Así», en este caso, tiene muchas caras. Es un decaedro lleno de aristas. «Así» significa «aquí», en el sentido más concreto de espacio. Le he cogido una manía visceral a este piso que tanto me gustaba. No entiendo por qué tengo que vivir en cincuenta metros cuadrados, sin posibilidad ni de asomarme a un puto balcón, con el sueldo que gano. Con el sueldo que ganamos. Pero así es Madrid. Y ahí viene la otra cara del «aquí». No puedo con esta ciudad que para ella está llena de luces, de música, de vida y para mí es poco más que cláxones y tubos de escape, prisas y presión en las sienes. No soy objetivo. No es Madrid. Es que Madrid no es mi casa y no he conseguido hacer hogar en esta ciudad. El problema soy yo.

«Así» también hace referencia al tiempo, y el tiempo se despliega como un abanico con muchos matices. Han pasado cinco años desde que nos conocimos: necesito avanzar, sentir que crece lo que tenemos y no que se mantiene congelado como un eterno amor a la espera de algo que no sé qué es y que no sé si existe. No obstante, ya me he dado cuenta de que casarnos no solucionaría nada y tampoco tener hijos, porque... ahí viene el otro matiz del tiempo: hay demasiado entre lo que repartir los minutos que tiene el día. Su trabajo es un bebé glotón constantemente enganchado a su teta. Y a la mía. Su mundo, al completo (familia, amigos, trabajo, intereses, ocio), es una maquinaria industrial, un monstruo que fagocita tiempo a boca llena. Yo, a su lado, soy el banco de trabajo de un carpintero medieval. Y el problema no es ella. El problema es que tiene una vida y yo solo he conseguido, aquí, tenerla a ella. Y eso... no tiene salida.

«Así» también es el estado de las cuentas de nuestra salud sentimental. Estamos en números rojos. Nos ha faltado tiempo para dedicarnos mimo. Nos ha faltado ternura, probablemente por vergüenza. Vivimos un momento de extremos: o perteneces a la mitad que practica la pornografía emocional o a la mitad que siente vergüenza de expresar con ternura sus propios sentimientos. Soy un zoquete incapaz de decirle a mi novia que la quiero tantísimo que a veces no me cabe en el pecho y que nunca encuentro las palabras con las que expresarlo.

«Así», por último, es también la cara oculta de la luna en la que me he convertido. Ella, la Tierra; yo, su satélite. Y, de pronto, me descubro queriéndola tanto que la odio porque no entiendo que, queriéndome, no desee lo mismo que yo.

Pero aún tengo la consciencia suficiente para saber que «así» no. Así no debería ser. Así no se lo merece. Así no me lo merezco. Así no es amor.

# 37
# Sentido

El despertar es extraño pero apacible. Me despierta la luz a través de la persiana a medio bajar; aunque entra por la izquierda, hay algo diferente en ella. Lo más confuso es que al incorporarme en una mullida cama, comodísima, no reconozco la habitación, ni siquiera entre mis recuerdos. Es una estancia grande y bonita que se nota algo destartalada aún, de suelos hidráulicos, preciosos y originales. Frente a la cama, en la parte izquierda, una puerta de doble hoja, antigua pero restaurada y pintada de blanco, con bonitos pomos dorados, se abre hacia el resto de la casa; entre esta puerta y la ventana, un platanero en una maceta de mimbre muy bonita.

—¿Qué...?

Me levanto de la cama, donde las mantas están revueltas solo en un lado. El suelo está frío y en el rincón de la parte derecha de la habitación hay un gran armario empotrado frente al que se amontonan cajas rotuladas con el logo de una empresa de mudanzas; algunas están abiertas y a medio vaciar y las otras aún precintadas. Veo en una esquina otra puerta que abro con sigilo y miedo y descubro un baño reformado, bastante grande, con aires vintage y muy cuco. Hay una bañera con patas y ducha. Perdona..., ¿bañera con patas? Eso es exagerar.

Un pasillo prácticamente inexistente conecta la habitación con otra puerta tras la que hay una estancia mucho más pequeña con cajas donde alguien ha escrito la palabra LIBROS con mayúsculas gritonas y caligrafía rápida. Montado y solitario contra una pared, un escritorio de madera clara y patas esbeltas con dos cajones de poca profundidad donde ya está... ¿mi ordenador? La pared luce un papel pintado con un estampado de ramas de eucalipto en un sutil verde.

El salón también es un caos de cajas y muebles de estilos heterogéneos entre los que destaca un sillón rosa, y apoyados en él hay al menos siete cuadros enmarcados que esperan pacientes que alguien los cuelgue. Una barra lo conecta con una cocina también con pinta de haber sido reformada hace muy poco con intención de recordar otras décadas. Sonrío cuando veo la nevera: es una de esas retro, poco práctica para una familia, pero perfecta para alguien como yo que cocina poco y vive sola.

La luz entra a raudales a través de dos balcones que dan a una plaza, como compruebo al abrirlos.

—Pero ¿qué es esto? —Sonrío.

Dos puertas más, cerca de la entrada, encierran un aseo pequeño, bonito y útil, y un buen armario de esos que pueden albergar los abrigos y la ropa de fuera de temporada sin despeinarse.

Me gusta mucho mi piso, pero no exagero si digo que este se acerca mucho al de mis sueños.

Una foto enmarcada con madera turquesa, muy bonita, llama mi atención y me acerco; es la pandilla. Bueno..., somos la pandilla: la suma de todos los grandes amigos, los del barrio, los del curro, los de vida. En el centro estoy yo, sonriente, con un traje negro y un body de encaje, de lencería, debajo. Llevo los labios pintados de un rojo vivo y vibrante y un *eyeliner* que ha tenido que ser obra de un profesional, porque yo no tengo ese pulso ni de coña. Estoy favorecida, me veo guapa..., probablemente porque se me ve feliz. Estoy con la boca abierta, como riéndome, arropada por todos mis amigos, que también lucen muy elegantes. Iván, a mi lado, me mira cómplice, riéndose.

Es una estampa feliz. Sé que uno no debería nunca fiarse de las fotografías, que son solo un dibujo en dos dimensiones. Una vez escuché a David Martínez, Rayden, decir que muchas veces vivimos bajo «la maldición del *frame*». Lo que quería decir es que tendíamos a escoger de una situación, de una vivencia, de un sueño, una aspiración o un recuerdo, una sola imagen, un *frame*, como si congeláramos la película..., e idealizábamos todo lo que había alrededor.

Pienso en ello cuando me siento en el sofá cubierto por una sábana con la fotografía entre las manos. No querría idealizarla, pero... lo mejor de ella, lo más especial, es que se trata de la instantánea de algo que aún no ha sucedido. Y en ella, en el futuro, soy feliz.

Marta sostiene en alto una botella de champán; debe de ser la celebración de algo de la revista, pero también están las amigas del barrio e Iván. Unos se ríen, otros se miran, alguno parece llamar a alguien fuera de cámara y, al fondo, Rita sopla sobre uno de esos cacharros para niños de los que salen burbujas, que dibujan un telón de fondo precioso. Es de noche. Todos están guapos, contentos. Siento algo dentro, un cosquilleo al vernos. Juntos. Bien.

No. Tristán no está, pero es hora de asumir que hace mucho tiempo que empezó a irse, que la despedida se alargó demasiado. Lo mejor para nosotros no es siempre lo más bonito.

En la nevera hay dos botellas de vino diferentes pero buenos con un lazo rojo y en el congelador una cubitera con hielos en forma de torre Eiffel y una botella de Larios. Me echo a reír. Este Iván...

Paseo por la casa mirando aquí y allá, sin saber muy bien qué mirar, qué pensar, qué hacer, pero con una sensación plácida en el pecho. Regreso al dormitorio, me dejo caer sentada de nuevo en la cama y abro el cajón de la mesita de noche, donde encuentro un sobre abierto con una tarjeta manuscrita. La letra es la de Iván:

> Te dije que todo iría bien y no me hiciste caso, con lo que ahora soy el orgulloso portador de esta frase de mierda que, por una vez, me da placer pronunciar: «Te lo dije».
>
> Enhorabuena. Todo lo que tienes es tuyo. Toda esta felicidad. Toda esta luz. Es todo tuyo y solo tuyo. Coge estas dos botellas y comparte vino y fuego con toda la gente que te quiere. Ahora que lo pienso, creo que te vas a quedar muy corta de vino. Fuego tienes de sobra.
>
> Te quiero.
>
> Iván
>
> PD: Por los nuevos comienzos.

Al final será verdad eso que dicen sobre el tiempo: no esperes curar las heridas sin que participe, el muy cabrón. Aunque tengamos prisa, aunque duela horrores, aunque a un corazón roto la palabra «tiempo» le suene a placebo, no hay más respuesta que esa. Dejar que pase, dejar que cure, dejar que se calme.

Eso me recuerda a «Lodo», la canción de Xoel López; puede que sea cierto que del lodo crezcan las flores más altas.

Ojalá pudiera mirar mucho más allá de estas cuatro paredes para saber detalles sobre cómo me va la vida o... qué día es hoy, pero casi es mejor así. Echar solo un vistazo, tener un rayo de esperanza, solo un suspiro, un momento de lucidez, pequeño, corto, en el que las palabras «todo saldrá bien» tengan sentido.

# 38
# Todo saldrá bien

Cuando Tristán me pide que nos veamos fuera del trabajo, en una cafetería entre su bufete y la redacción de la revista, le sugiero la posibilidad de vernos en casa. Insiste, sin entrar en detalles, triste pero cariñoso, evitando las tres fúnebres palabras que preceden a cualquier ruptura: «Tenemos que hablar».

—Creo que es mejor que nos veamos fuera, ¿no puedes? Me apetece… que nos dé el aire.

—Tristán…, mejor en casa. Ya está. Tranquilo. Hagámoslo bien.

Noto su voz mucho más trémula que la mía, pero eso no significa que no me esté costando.

Cuando sonó el despertador esta mañana y vi la fecha en el móvil, entendí que esto llega a su fin. Este viaje, este devenir de recuerdos, ha llegado a la estación de destino. Y es justo porque el trayecto ha durado lo que debía. Ahora entiendo perfectamente el propósito de esto: cada uno necesita unos plazos, unos tiempos, unos procesos, para entender y superar. Los duelos son complicados.

Por favor, que nadie imponga calendarios a las penas. Son nuestras. El corazón no entiende de prisas. Ojalá, pero es un viejo cabezota y gruñón que comparte casa con un niño que lo mismo ríe que llora.

Hoy se termina todo. Y lo haremos bien. Hoy me despido de Tristán y ya no habrá más Tristán y Miranda. En realidad, ya no habrá más Tristán, porque refugiarme en recuerdos está bien durante un tiempo, pero solo sirve para curarse. Cuando las heridas están ya cicatrizadas, es tirar de la palanca que frena el convoy. Y si tengo que escoger entre el futuro o vivir como lo hace mi padre, escojo lo que está por venir, sobre todo porque yo no tengo a nadie a quien deba dejarle el legado de mi historia con Tristán.

Iba a decir que hoy morimos, pero me temo que ya estamos de cuerpo presente y hasta velados. Hoy repartimos las cenizas entre su mar Atlántico y mi fuego.

Cuando llego a casa, ha recogido algunas de sus cosas. No me molesta, porque ambos sabemos de qué va esto y no es ninguna traición. Solo trata de hacerlo más fácil, más breve. Sin embargo, cuando coloco las llaves en el recibidor y lo miro, deja de sacar libros de la estantería como si le hubiera pillado haciendo algo malo. Quiero decirle que no se preocupe, pero no me sale la voz. Se pone en pie y me mira con los ojos húmedos. Asiento, como si con ese gesto pudiera transmitirle que yo también lo siento, que lo siento muchísimo.

Da un paso hacia mí y tantea, como si me pidiera permiso para abrazarme. Antes de que nos fundamos en un fuerte abrazo, veo cómo contiene un sollozo. Nos frotamos la espalda el uno al otro en un baile que ya no tiene sentido porque ya hemos comprobado que la nieve y el fuego, si bailan, se destruyen.

—Lo siento —me dice.

—Y yo. Muchísimo.

—Lo hemos intentado.

—Lo sé.

—No puedo más —y su voz se rompe en los extremos, como un papel muy leído, como las páginas de un libro muy viejo—, pero de verdad que no es por ti. Por ti me quedaría toda la vida, pero no te mereces la parte de mí que se quedaría, Miranda.

—Lo sé.

—Me odio por no poder, pero no puedo.

—Te entiendo.

—También te odio por no querer lo mismo que yo, y no te lo mereces. Porque yo te admiro. —Me separa un poco y me mira a los ojos—. Te admiro por ser fiel a lo que te hace feliz y ser quien eres, y es por eso, porque debo aprender de ti.

Sollozo. Durante unos minutos no hay palabras, hay muchos deseos que no se cumplirán estampándose contra las paredes y el suelo en forma de lágrimas y gemidos.

—Creía que no ibas a entenderlo —me dice, secándome las lágrimas—. Que ibas a odiarme.

—Ya pasé por esa fase.

Me mira como si no me entendiese, y es normal. Palmeo su brazo y me acerco al sofá, donde me siento. Tarda en sentarse a mi lado, como dudándolo.

—No sé qué decir —añade.

—Lo que sientas. O no digas nada. —Me encojo de hombros—. En realidad, si lo piensas, ya está todo dicho.

Juega con su labio inferior entre los dientes.

—He terminado siendo solo un hombre que te quiere —musita—. Y no te mereces eso. Tu mundo gira demasiado rápido para mí. He tratado de subirme, pero no sé si es que no sé o si en el fondo no quiero. Y empiezo a estar amargado.

—Lo sé.

—Te he querido muchísimo. —Coge aire—. Aún te quiero. Pero ya no me quedan fuerzas para intentarlo más porque lo cierto es que no creo en esto. No sé cuándo dejé de hacerlo, pero no creo que tú y yo seamos de verdad posibles. Y no quiero levantarme una mañana, dentro de diez años, y pensar que solo soy la inercia de lo que fui. Yo quiero cosas, pero no puedo tenerlas si estoy contigo.

Me echo a llorar.

—No quiero hacerte daño —se defiende.

—Ya lo sé. Es solo que... duele.

—Miranda... —carraspea, ahuyentando al llanto—, si te vinieras conmigo..., si te vinieras conmigo, yo querría hacerme viejo a tu lado, pero no puedo pedírtelo. Ni eso ni que seas madre. Ni la casa en las afueras o...

Nos cogemos las manos, con fuerza.

—Quédate... —le suplico, flaqueo—, quédate y nos casamos y me quedo embarazada y nos mudamos..., aunque me cueste una hora llegar a la revista.

Nos abrazamos.

—¿Es lo que quieres? —pregunta.

—No —confieso—. Pero te quiero a ti.

—Y yo a ti, pero te quiero tanto, tantísimo, que jamás podría aceptar ser un poco más feliz a cambio de que tú fueras un poco más infeliz.

—¿Es por lo de los niños?

—No. Sí, pero no. Te esperaría, Miranda, por si alguna vez tú quieres ser madre, pero es que la vida se ha hartado de mandarnos señales de que esto es... imposible. Insostenible en el tiempo. Porque para que pudiéramos ser, uno de los dos tendría que soltar todo lo demás. Y ninguno se lo merece.

Asiento. Tiene razón.

—Han sido los mejores años de mi vida —me dice en un susurro. No creo que la voz le dé para más—. Llegué a Madrid siendo un tío gris y vuelvo con un jardín dentro. Pero, Miranda, vuelvo a casa. No conseguí sentir que esto fuese mi hogar.

—Gracias por…

—No me des las gracias por el amor, Miranda. El amor no se agradece.

—Es un regalo.

Ambos comedimos de nuevo un sollozo y asentimos.

—Necesito pedirte algo —me dice—. Y sé que no estoy en situación de pedir nada. Pero creo que, en realidad, lo pido por los dos. O al menos, por lo que me quiero quedar yo de esto.

—Tú dirás. —Me limpio las lágrimas y el maquillaje corrido con la manga del vestido.

—Deja pasar el tiempo. No me llames. Ni me escribas. —Aprieta fuerte un labio contra el otro y también la mandíbula. Traga—. Necesito alejarme de verdad o…, o flaquearé. Porque yo no quiero irme…, quiero irme de aquí, pero no de tu lado. Me ha costado muchísimo tomar esta decisión, así que caeré si me llamas. Y llamaré a tu puerta para suplicarte que me quieras toda la vida y no me vuelvas a soltar.

Las últimas palabras se pierden entre el llanto y un abrazo apretado. Entre caricias. Entre el eco de las palabras que ya no se dirán en este piso. Casi sin querer, nos besamos y ojalá no lo hubiéramos hecho porque ahora ya, para siempre, nuestro último beso sabrá salado, a lágrimas. No creo en los besos de despedida, porque no pueden caber esas dos palabras en la misma frase. Es un beso triste y los besos jamás deberían serlo. Un beso que les recuerda a nuestras bocas los motivos por los que no volverán a tenerse.

Tristán se levanta de golpe del sofá con un suspiro hondo.

—Mañana tendrás el piso vacío, ¿vale? Te molestaré muy poco.

—Yo te ayudo.

—No. Qué va. Hicimos juntos la mudanza, pero esto es diferente; no me ayudarás a irme. Quiero este recuerdo fuera de nuestra historia. No es un final justo.

—¿Y dónde vas a ir?

Pone las manos sobre las caderas y mira al suelo.

—Me marcho a Vigo.

Trago.

—Pero ¿ya?

—En un par de semanas. Ya está todo arreglado.

Bueno, he de reconocer que se ha molestado en hacer las cosas bien. Yo debería hacer lo mismo que él en ese sentido.

Me levanto.

—Voy a…, a dejarte solo.

—¿Dónde vas? —me pregunta alarmado.

—A casa de mi padre, ¿vale? Tú… no tengas prisa. Haz las cosas con calma.

—He cogido un Airbnb…

—No es necesario. —Le sonrío triste—. Deja que coja unas cuantas cosas y me voy a casa de mi padre, en serio. Tú puedes quedarte aquí hasta que tengas que marcharte. Empaqueta sin prisa; supongo que piensas enviar estas cajas a Vigo.

—Sí.

—Pues ya está. —Me dirijo hacia el dormitorio.

—No voy a echarte de aquí. Me siento fatal…

—¿Por qué? Pasaré unos días con mi padre, que me cuidará. Lo hemos hecho bien, pero tengo el corazón roto, le necesito. Así tú puedes recoger a gusto y nadie tiene que… —Pongo los ojos en blanco y hago un gesto con la mano, dando a entender que no me voy a alargar.

—Es tu casa.

—Pero también fue la tuya.

Mientras cojo algo de ropa y cosas de aseo en el dormitorio, me doy cuenta de la importancia de ese «fue». Y es que el tiempo verbal puede, a veces, ser la prueba más fiable de que sí, todo saldrá bien.

La última vez que veo a Tristán está de pie en el salón, con las manos en los bolsillos de su pantalón vaquero viejo, las ojeras marcadas bajo esos ojos cuyo color sigo sin ser capaz de concretar después de cinco años. Me viene a la cabeza, fugaz, el recuerdo del brillo jovial que tenían en las fotos que me hicieron decir que sí en la aplicación en la que lo conocí por primera vez... y aparto a manotazos al Tristán que apareció en la redacción el 11 de noviembre de 2016. Qué poco sabíamos entonces... de nosotros mismos.

Podríamos perdernos en datos prosaicos que hicieran la atmósfera más ligera, como que puede dejarme su juego de llaves, con el llavero que le regalé cuando decidimos vivir juntos, en el buzón, pero creo que ninguno de los dos quiere restarle al momento la importancia que tiene. No es solemne, pero, de alguna manera, merece cariño y respeto. Ha sido amor.

—Adiós —le digo.

—Adiós —responde.

—Cuídate.

Chasquea la lengua y mira el suelo mientras se muerde los labios.

—Y tú.

Le doy la espalda, aguantando el sollozo, reteniéndolo entre los dientes al menos hasta que llegue al portal, y arrastro la maleta hasta la puerta. Cuando estoy abriéndola, me llama.

—Miranda...

—¿Sí?

—Al final sí fue sinmigo.

—Sí.

Los dos sonreímos, quizá porque por un momento volvemos al Bosque Encantado de Aldán a hacer planes que son mentira. El suelo se cubre de hojas, las paredes desaparecen y los muros enmohecidos de un castillo abandonado se adivinan entre la vegetación. Y aunque allí los fantasmas aún no nos han alcanzado, de alguna forma nos prometemos querernos tanto que, si hace falta, aprenderemos a soltar, como en la canción de Mr. Kilombo.

—Sinmigo, pero sé feliz, por favor.

—Prometido. Y tú.

—Prometido.

Cierro la puerta muy despacito, como si no quisiera ni escuchar cómo encaja en la moldura.

El sollozo estalla cuando el ascensor ni siquiera ha llegado al tercer piso.

Que esté asumido no significa que no sea triste. Que sea necesario no significa que no cueste.

Pero si algo sé después de este viaje es que todo saldrá bien.

# Epílogo
## Te quiero

Mi despacho huele como a señor. Llevo diciéndolo desde que me instalé. Mis compañeros han hecho ya del comentario una broma asidua. Cada equis tiempo alguien aparece en mi puerta con el remedio definitivo, porque lo cierto es que todo el mundo está de acuerdo en que huele raro. No huele como esperas que huela un despacho en un bufete de abogados. En uno bueno, al menos. Hemos probado con ambientadores de todo tipo, con un ritual de limpieza de energía con sal gorda, con velas y dejando las ventanas abiertas una noche entera... Lo único que conseguimos con esto último, por cierto, fue que se encharcara el parqué.

Huele a señor. A señor que tiene mal humor y mastica sonoramente caramelos de regaliz. Pero este despacho me gusta. Por las mañanas entra una luz preciosa que se cuela a través de las traviesas de las persianas venecianas de madera que cubren las ventanas y dibujan sobre el escritorio un piano de sol. Es un despacho pequeñito, cargado de muebles de madera de caoba con más años que yo, sin nada especial; un solo marco cuelga de la pared. Cuando llegué, contenía un grabado rancio, el típico que esperas encontrar en la consulta del médico, pero no creía ser capaz de convivir con él, así que lo sustituí por una lámina del «Lanzador de flores» de Banksy. Sí. Lo sé. Poco original, pero por estos lares es una absoluta provocación, sobre todo porque he conservado el marco rimbombante. Es mi manera de hacer este espacio mío; me recuerda que el niño de extrarradio, el macarra con dos pendientes y voz pendenciera de Teis, no solo se licenció en contra de todo pronóstico, sino que también ha sabido prosperar.

Hace poco entendí que, posiblemente, ese es el origen de los problemas: la necesidad de demostrarme a mí o al mundo que puedo, independientemente del bloque de ladrillo y hormigón en el que me crie. No caeré en el error de defender la meritocracia y cosas como: «¿Ves? Soy un chico de barrio con despacho propio en un bufete pijo en Vigo. Si quieres, puedes». Pero me da gusto recordarle al Tristán de veinte años que se sentía un pardillo, por ser el único de la pandilla que se pasaba los fines de semana de enero estudiando, que merecía la pena.

De todos modos, a pesar del traje y de suavizar mi tono de voz, con un tinte naturalmente macarra, aquí siempre seré el chico de Teis. Me da igual, que conste. Lo que no me da igual es no poder quitarle el olor a señor rancio a mi despacho.

Unos nudillos golpean la puerta e inmediatamente se asoma la secretaria del bufete. Es una chica encantadora que nos lleva a todos entre algodones. Ojalá yo amara mi trabajo como lo hace ella. Ojalá no estuviera casada ya con su chica, porque le propondría matrimonio.

—Buenos días, Tristán. Café cortado con un sobre de azúcar.

—Gracias, Paz. —Le sonrío—. Buenos días.

—Toma, tu agenda.

Deja un folio subrayado sobre mi mesa y no puedo evitar reírme. Llevo aquí más de un año y no hay manera.

—Ya, ya lo sé. Ya sé que tú te apañas con la agenda digital, pero estoy tan acostumbrada a imprimírsela a los socios que..., y no me cuesta nada. A lo mejor te sirve para apuntar cosas. Yo qué sé. Perdóname. La costumbre.

—No pasa nada. Si siempre termino anotando cosas, pero es casi por responsabilidad ecológica.

—Me temo que eres el único de la oficina que sabe lo que significan esas dos palabras.

—¿Juntas o por separado?

—No me tires de la lengua. Oye..., te llamaron de la oficina de Madrid hace unos minutos.

—Vale... —La miro extrañado—. ¿Por qué no me los pasaste?

—Primero el café, Tristán. ¿Qué somos, animales?

Me echo a reír y le doy las gracias.

—¿Te han dicho qué es?

Me imagino que quieren consultarme sobre algún cliente de los que llevé cuando estuve allí; a veces lo hacen, y me gustaría poder echar mano de mis notas antes de devolverles la llamada para no tener que hacerlo todo de memoria.

—Pues es raro, porque era para transferirte una llamada.

—¿Desde Madrid? —Frunzo el ceño.

Asiente y se encoge de hombros.

—Te pongo con ellos en diez minutos. Tú tómate el café y revisa el correo con calma. Hoy tienes la agenda brava.

Diez minutos más tarde suena el teléfono de mi mesa y lo cojo sin mirar. Sujeto el auricular entre el hombro y la oreja mientras sigo tecleando la respuesta a un mail urgente.

—Dime.

—Te transfiero la llamada de Madrid.

—Perfecto, ¿quién es?

—Es la secretaria de Ortega. Es nueva. La que conocías se ha jubilado.

—¿Podemos mandarle flores? Nos ayudó con aquella cagada de López —le propongo.

—Genial. Lo gestiono. Esta se llama Mónica.

Se oye un pitido y de nuevo la nada.

—Hola, Mónica, soy Tristán Castro. ¿En qué te puedo ayudar?

—Hola, Tristán, perdona que te moleste tan temprano. Hemos recibido la llamada de un antiguo cliente tuyo al que le urgía consultarte algo. A decir verdad, el cliente sigue formando parte de nuestra cartera, pero insiste en que tú llevaste en su día un tema muy similar y que le parece mal puentearte, aunque ya no estés en Madrid, por respeto profesional y cariño personal. Hubiéramos insistido en llevarlo desde aquí, pero...

Levanto la mirada de la pantalla y las manos del teclado.

—Nada, ya. Sí. Eh... ¿La tienes en espera?

—¿Cómo sabes que es una mujer? —me pregunta.

Sonrío.

—Pásamela. Muchas gracias.

El instante de vacío siguiente es eterno y en él caben dos vidas enteras. Dos posibilidades completamente diferentes que se inician en la estática que llega a mi oído izquierdo y se marchan en direcciones opuestas dibujando estelas de colores.

—Buenos días, Tristán —escucho una voz cordial, cariñosa, algo tímida—. ¿Cómo estás?

—Muy bien. Bueno, bien, sin florituras. —Me río tontamente—. ¿Y tú?

—Meh..., ya sabes. Siento llamarte tan temprano y más con estos temas. Podría haberlo tratado con el nuevo «Tristán» de la oficina de Madrid, pero, entre tú y yo...

—¿No mola?

—No mola. —Se ríe—. Nos llama «guapitas». Ya le han dado un toque y tampoco queremos ser responsables de su despido.

—Sería culpa suya.

—Sí, ya.

—No le des una cita, aunque insista —bromeo—. Ni siquiera si te lo encuentras cien veces el mismo fin de semana.

Su risa alcanza mi oído.

—No tiene tu carisma. Eh... —Alarga el suspiro que esconde con la muletilla—. ¿Puedo contarte una cosilla a ver qué opinas o te parece tremendamente fuera de lugar?

—Claro que no. Cuéntame...

Le doy la vuelta a la hoja con la agenda y cojo un bolígrafo. Durante los siguientes tres o cuatro minutos, anoto unos cuantos datos y, cuando termina, los analizo en silencio antes de hablar. Me rasco la barba.

—Es lo mismo que aquella vez —le informo—. Si quieres podemos preparar un texto de esos nuestros que hacen que aprieten el culo y se echen atrás. Pídele a tu secretaria que nos mande...

—Tristán... —Se ríe—. Yo no tengo secretaria.

—La de la revista, listilla.

La oigo carcajearse.

—No seas payasa. —Sonrío, notando cómo me sonrojo.

—Soy tonta, pero me ha hecho gracia. Sí, hacemos acopio de todos los mails de consentimiento y los contratos firmados y te los mando..., ¿sigues teniendo el mismo mail?

—Eh..., sí. Y el mismo número de teléfono —le lanzo, espontáneo—. Podrías haberlo averiguado hoy, por cierto.

—Ya..., es que era un tema de trabajo y no quería abusar de la confianza que me otorga el título de exnovia. Así tenías toda la información para rebotar mi llamada a Madrid si es lo que querías.

—Muy considerada.

—Me pediste que no te llamara, que no te escribiera, y dijiste que no podíamos vernos y acepté. Me asustaba faltar a mi palabra, pero me parecía sencillamente feo no llamarte a ti para esto.

—Has sido tremendamente elegante —asiento para mí—. Y no creo que faltes a tu palabra buscándome para esto. Ha pasado más de un año.

—Un año y cinco meses, perla.

—¿Llevas la cuenta? —Arqueo las cejas.

—Como si tú no lo hicieras.

Un año, cinco meses y once días.

—¿Qué tal te va todo? —cambio de tema.

—Pocas novedades por aquí, Tristán. —Suspira—. Bueno..., Marisol amenaza con jubilarse y yo con que me dé una apoplejía si lo hace. Aún la necesito para dirigir esto, soy demasiado joven para llevar la revista sola.

—No estás sola. Están todas esas chicas a las que tanto quieres.

—Y admiro. Sí. Pero las marcas y los anunciantes, los inversores..., yo no me manejo con eso. Ya sabes que se me da mejor la parte de arengar a las masas y escribir artículos sobre bragas menstruales.

—No frivolices tu trabajo. A mí me parece que inspiráis a mucha gente para que el mundo mejore.

—Gracias, señor Castro. Me mira usted con muy buenos ojos.

—A sus pies.

—¿Y tú?

—Yo..., con despacho propio, ¿te lo puedes creer?

—A duras penas —se burla—. ¿Eres socio?

—No, aún no. En unos años. Si aguanto unos años...

—¿Aún no has descubierto qué te hace latir?

Me muerdo el labio y cierro los ojos mientras introduzco los dedos de la mano derecha en mi pelo.

—Hay muchas religiones en el mundo dispuestas a dar respuesta a esa pregunta, al parecer —decido contestarle.

—Ya. No te veo yo muy devoto. ¿Te diviertes?

—Sí. He vendido el piso, he liquidado la hipoteca, vivo de alquiler en un estudio bonito y ahorro para una casa con jardín cuando me encuentre el culo con las dos manos y sepa qué quiero hacer con mi vida. Creo que es un buen resumen.

—¿Qué llevas puesto?

—¿Es ese tipo de llamada?

Los dos nos echamos a reír.

—Era para ver si tienes la crisis de los cuarenta adelantada y la próxima compra va a ser una moto tocha o un descapotable.

—Llevo el traje azul marino con una camisa azul claro; la corbata está en el cajón. Azul marino también.

—Siempre has sido muy apañado.

—No sé si sabes esto, pero salí durante cinco años con la subdirectora de una revista de moda. Ahí aprendes o APRENDES.

Lanza una simpática carcajada. Me pregunto quién escuchará ahora esas risas.

—¿Sigues en tu casa? —Apoyo la frente en la palma de la mano y trago.

—No. Vas a flipar. Soy propietaria..., bueno..., el banco es propietario y me ha prometido que, si le voy pagando todos los meses durante treinta años, seré dueña de un piso de dos habitaciones en la plaza de las Comendadoras.

—Por todo lo alto, sí, señor.

—Tiene el suelo hidráulico original. No me jodas..., tenía que comprarlo.

—Era una oferta que no podías rechazar.

—Exacto.

Nos callamos.

—¿Y vives sola?

Otro silencio.

—Sí —contesta—. Y te voy a ser muy sincera, Tristán. Me ha costado muchísimo pasar página, pero ahora que lo he conseguido, vivir sola está bien. Muy bien.

—Me alegro mucho. —Me incorporo y respiro hondo—. Sé que no lo has preguntado, pero yo también he encontrado cierta paz en estar solo.

—Espero que no lo estés siempre.

—No. Tengo a la pandilla y a la familia, pero... ¿sabes? Lanzarme a conocer a alguien hubiera sido como intentar quitar la mancha de una mora con otra... El refranero español es muy sabio, pero creo que aquí se equivoca.

—¿Y quitaste la mancha ya?

—Bueno…, sí y no.

Espero que esa respuesta valga, pero, cómo no, no cuela.

—Vas a tener que matizar eso, querido.

—Venga… —rezongo.

—No te he entendido.

—Bufff —resoplo—. Pues nada, ahí va: me sigo acordando de ti, pero cada vez siento menos pena por lo que pudo haber sido y más felicidad por lo que fue.

—Eso es muy bonito. Gracias por compartirlo. A mí me pasa una cosa parecida.

—¿Sí? —me reconforta. Me he sentido vulnerable y ridículo diciéndolo.

—Sí. Siento eso y además estoy agradecida, porque podríamos habernos empeñado en que saliese y habría sido tremendamente doloroso. Yo estaba dispuesta a arriesgarme y te agradezco que me quisieras tanto como para que esa parte quedase intacta.

—Eso también es muy bonito.

Nos callamos de nuevo, pero no es un silencio incómodo. Es casi feliz. Casi.

—Lo hicimos bien —le confirmo.

—Sí. Dolió horrores, pero lo hicimos bien. Siento si…, si me costó un poco asumirlo. Siento si me encerré los meses siguientes en aquel proceso tan oscuro y tan…, no sé, tan opaco. Pero necesitaba revisitarlo todo para entenderlo.

—El duelo es caprichoso; cada uno lo vive a su modo.

—Tienes razón.

Una risa amarga se me escapa de entre los labios y ella se sorprende.

—¿Te estás riendo de mí?

—No, no, qué va. Me río de…, de lo absurdo que suena ahora pensar que intenté arrancarte la ciudad de encima.

—Y yo sacarte el norte y el mar de dentro. ¿Qué le vamos a hacer? Estábamos enamorados.

Quiero decirle que a ratos aún lo estoy, pero creo que mi terapeuta se tiraría del pelo si me escuchase, porque probablemente es un brote de nostalgia y una pataleta de la herida que queda. Nos queremos, pero ya no estamos enamorados. O ya casi no estamos enamorados. Yo la escucho y aún siento un ejército de primaveras cociéndose en el estómago; sin embargo, no olvido que esas primaveras, con ella, nunca podrían explotar en un jardín verde en Galicia, criando hijos.

—Sigues sin querer vivir una vida tranquila en un pazo con un hombre que críe a tus hijos, ¿verdad?

—Verdad. —Se ríe.

—Lo siento. Tenía que preguntarlo.

—Y me place que lo hagas, siendo sincera. ¿Tú sigues sin querer una ajetreada vida en Madrid?

—Lo siento. —Sonrío, triste, porque me he hecho esa pregunta muchas veces, tantas como noches la he echado de menos, pero no puedo volver.

—Mira..., vamos a hacer un trato. Si alguna vez siento el irrefrenable deseo de retirarme del mundanal ruido para vivir rodeada del increíble verde gallego, con un hombre maravilloso con el que hacer el amor hasta la extenuación no solo con fines hedonistas, sino reproductivos, serás el primero en saberlo.

—Vete a la mierda. —Me río.

—Me alegra hablar contigo, Tristán.

—Y a mí...

—Puedes decir mi nombre, eh..., creo que no te lo he escuchado decir ni una vez en toda la llamada.

—Sí, ya.

—Lo digo en serio —insiste entre risas.

—Si supero mi animadversión hacia la capital y la vida agitada de la gran ciudad en general, ¿puedo llamarte yo también?

—Sí, pero yo, tal y como confío y sé que harás tú, no te esperaré. Así que...

—Qué sabia eres.

Unas voces en segundo plano irrumpen en mitad del hilo telefónico y ella contesta con evasivas y monosílabos.

—Tengo que colgar. Pero... me voy feliz, ¿sabes? Necesitaba esto y no lo sabía. Y a lo mejor te parece una salida de tiesto monumental, pero siento que debo decirte que ya no estoy triste, que soy una mujer feliz y que nunca dejé de creer en el amor, porque si tú y yo fuimos capaces de querernos así, ¿cómo no va a ser real? Así que... gracias, ¿vale? Por estos minutos. Por lo profesional no te doy las gracias porque tu bufete mandará la minuta, que os conozco, pero ¿a ti? A ti todo, Tristán. Tuve la suerte de enamorarme de alguien bueno y esa suerte se arrastra de por vida, dure o no dure. Y ahora... hazme un favor, no digas nada, ¿vale? Me tengo que ir. Un beso. Cuídate.

Cojo aire. Ahí va.

—Y tú. Sé feliz, Miranda. Te quiero.

*Madrid, septiembre de 2022*

La calle Santa Engracia está más o menos serena a estas horas. A esta altura, en realidad, siempre lo está. Hay que bajar unos cientos de metros más, hasta su desembocadura en Alonso Martínez, para encontrar cierto bullicio. El sol rebota en la piedra de los edificios señoriales y en el hormigón de las aceras. Apenas hay tráfico; casi todo lo que circula son taxis luciendo provocadores sus luces verdes.

De pronto, de un portal sale a toda prisa una mujer. Debe rondar los treinta y pocos y parece que va con prisa. No lleva tacones altos, pero el sonido de sus zapatos levanta un repiqueteo que, por su velocidad, podría encajar con un ritmo latino. En su brazo carga un bolso grande y negro. El pelo repeinado en una coleta, con la raya en medio, aunque lleva tiempo sospechando que ese tipo de recogido le hace la cara más redonda. No puede negar que la última ruptura le dejó de regalo algunos kilos mal repartidos, pero no cree que tenga demasiada importancia. Y menos hoy, que está tan contenta.

Una ráfaga de viento remueve las copas de los árboles en dirección ascendente, hacia Cuatro Caminos, y le lame la cara, acariciándole incluso las pestañas a pesar de las enormes gafas de sol que se colocó en la puerta de la oficina. Y ese aire la frena porque su olor trae recuerdos. Desde hace unos meses respeta los recuerdos con cierta ceremonia, pues ha descubierto en ellos un poder reparador.

El recuerdo la transporta a la puerta del instituto en su primer curso de bachillerato. Casi palpa el tacto del forro plastificado de los libros en la mano sudada, mientras espera a que él salga de su clase y la lleve a casa, tal y como ha prometido. Es el recuerdo de un primer amor. Sonríe, saca el móvil del bolso y escribe un mensaje:

> He hablado con Tristán y ha sido como sacarme una espina que no sabía que tenía. Tranquilo, Iván, no hay drama. Aborta la misión «mejor amigo al rescate». Y, bueno, voy corriendo para solucionar un marrón y tengo un poco de resaca por culpa del evento de anoche, pero... la vida es bonita, ¿sabes? Y la mía es tal y como yo la escogí. Eso es tremendamente mágico. Soy afortunada. Y creo en el amor.

Deja caer el móvil en el bolso y reanuda el paso ligero con el que comenzó a bajar la calle, pero la luz de un taxi la seduce y levanta la mano para darle el alto. Se pone la mascarilla, cuidadosa de que no se quede pegada al pintalabios fijo que acaba de retocarse y que aún nota un poco húmedo, y cuando entra e indica la dirección a la que va, el móvil avisa cantarín de que acaba de recibir un mensaje.

Es de Iván, su mejor amigo.

> Miranda..., ¿has fumado opio?

El taxi se pierde, cabalgando la calle Génova hacia Colón, mientras ella se ríe.

«Al final», piensa, «la vida es un continuo diálogo entre la persona que fuimos, la que somos y la que seremos y, aunque en ocasiones pensemos lo contrario, lo único que realmente debería movernos es lo que queda por decir. Ojalá pudiéramos mirarnos al espejo y contestar las preguntas del yo de hoy con un sencillo: "Espera, todas esas cosas te las diré mañana"».

# Agradecimientos

Si me atreví a materializar esta idea que lleva años rondando mi cabeza fue por el apoyo incondicional de Ana Lozano, mi editora y amiga; te quiero y no podría trabajar si no es contigo, si no es a tu lado. También por el amparo de Vega Cerezo, a la que le conté el proyecto, sentada en las escaleras de su piscina, cuando aún no sabía cómo articular la historia.

Pero hay muchas personas que han participado en el proceso que ha supuesto la escritura de este libro. Muchas. A todas ellas, gracias.

Gracias a María Fernández Miranda, por dedicarme su tiempo y contarme cómo es la vida en la redacción de una revista de moda. Por la amabilidad y el cariño.

Gracias a Cecilia Múzquiz, por prestarme ejemplares de su fondo y brindarme la posibilidad de sentirme siempre un poco chica Cosmo.

Gracias a Eva Fernández, que soportó audios eternos con dudas absurdas, llenos de carcajadas de histeria y a la que nunca le mandé las páginas que prometí enviarle. Te quiero, tía.

Gracias a Araceli Ocaña, por responder mis preguntas y mis audios de WhatsApp siempre con buen humor, cariño y minuciosidad. Te debo un *almorçaret.*

Gracias a mis padres. Siempre y por tanto. A mamá, a la que siempre se le olvida mi horario de trabajo y llama cuando más inspirada estoy. A papá, al que escucho preguntar «¿qué?», «¿quién?», «¿cuándo?», «¿cómo?», «¿por qué?» cuando llamo. Los periodistas que se ha perdido España con vosotros dos...

Os quiero.

Gracias a Jose, por soportar mis monólogos trastornados sobre las cosas que no encajaban en la novela, por dejarme mensajes en la pizarra de trabajo, cocinarme cosas ricas, llevarme a brindar con los amigos, abrazarme cuando lo necesité, llorar conmigo, cuidar de mis gatos cuando tuve que irme, animarme a ser yo, seguirme en mis locuras, atender mis llamadas y mis mensajes siempre, regalarme una familia en Madrid y ser parte de la mía en Valencia. Por ser, por estar, por existir.

Gracias también a esa familia que me ha regalado: Jose, Rosi y Cristina.

Gracias a María Nieto por ser mi hermana de vida. A Lorena, mi hermana mayor, por serlo de sangre y las charlas tomándonos algo en L'Eliana. A mis sobrinos, María y Marc, por la luz.

A mis chicas de L'Eliana: Pauli, Vega, Jaz, Herni, Gilro y Raca. Da igual cuántos años pasen, en nuestro interior siempre vivirán las mismas chicas que quedaban en El Dragón a comer brownies y a beber cervezas.

A Aurora. Mi ñuñi. Por ese viaje que tenemos pendiente y que haremos muy pronto.

A Laurita pies de bebé, por otros veinticinco años en la vida de la otra.

A mis cañis preciosas, que hicieron de Madrid un hogar: Marta, Rocío, Esther, Laura y Fels. A Chu y Jorge, padrels y madrels, y los ratitos en su terraza… o en cualquier sitio. A Iván y a Charly: mi propuesta de matrimonio sigue en pie.

A Sara, mi Little. Por hacer de la charla siempre casa.

A Holden Centeno, porque soporta estoicamente las charlas mezcla de trabajo, angustia vital y desorden emocional y siempre tiene un buen consejo. Pero no te olvides el casco para llevarme en moto, porfi. A Cris, también, por su sonrisa.

A Cabecita, por las charlas en buenos restaurantes.

A Tone y Javixu, por seguir mostrándome lo que es el amor a través de los años.

A Sandra, Marina y Laurita. Por favor, repitamos lo de aquella tarde antes del concierto. Os quiero.

A David, por traer vida y tornados.

Al chico de la boca como un pan bao, por ser un poco muso. Un poco. Cualquier parecido con la realidad es pura coincidencia.

A mi primo, Miguel Gane, al que cada año que pasa quiero de una manera más madura y sincera y al que, cuanto más conozco, más admiro y aprecio.

Al equipo de Penguin Random House que hace posible cada una de estas páginas y permite que siga soñando con escribir historias de amor: a Gonzalo, Nuria, Leticia, Marta, Mar,

Marta, Nuria, Carlos, Yolanda; a la familia de comerciales a los que amo y adoro: Vega, Juan, Myriam, Paco, Jose, Dani, entre otros. Mención especial a Myriam, que me ayudó con todo lo concerniente a Vigo y a la que le debo un vermú y una cena en Niño Corvo.

A Conxita, a la que me muero por abrazar.

A K. K. por la compañía diaria, el apoyo en la duda y ser luz en la oscuridad. Estoy segura de que le gustará esta rimbombancia.

A todos los integrantes del viaje a Rumanía, por las risas, el licor que abrasa, las hogueras, la montaña, el coche, los brindis, las canciones, la danza alrededor del fuego, por dejar la puerta abierta siempre, por llevar collares, por bailar tecno, por la cucharita, por abrir su hogar al grupo más heterogéneo que jamás se juntó para viajar a los Cárpatos.

A cada coqueta del mundo, por ser las alas gracias a las cuales las palabras viajan. Por estar ahí, sosteniendo los sueños. Por tanto. Por todo.

A tod@s GRACIAS.